Les honneurs perdus

CALIXTHE BEYALA

Calixthe Beyala

Les honneurs perdus

Éditions J'ai lu

*Le Français est francophone
mais la francophonie n'est pas française.*

C.B.

Toute ressemblance ou homonymie avec des personnes
existant ou ayant existé serait fortuite et involontaire.

© Éditions Albin Michel, 1996

PREMIÈRE PARTIE

NAISSANCE D'UN MYTHE

1

Que ceci soit clair : je m'appelle bien Saïda Bénérafa. Jusqu'à quarante et quelques années, je n'avais jamais quitté New-Bell Douala n° 5. Je n'étais pas encore la jeune fille de cinquante ans qui passionne Belleville. Pourtant, même à cette époque, je faisais déjà la Une du téléphone arabe.

Pourquoi ? Je suis née quelques années avant les indépendances. C'était en 40-45, mais les dates précises n'ont aucune importance. J'ai vu le jour dans un de ces quartiers phares, nombrils de l'univers, où l'imagination de l'homme, son sens de la débrouillardise dépassent la fiction. L'instinct de survie y abolit la notion du temps et de l'espace. Les scientifiques et les services d'urbanisme restent babas de voir pousser sous leurs yeux émerveillés, tels des champignons, des maisons de bric et de broc, de toc et de miradors infernaux. Et devant cette capacité d'improvisation de l'humain, ils ne font qu'une chose : applaudir.

Cela se passe en République du Cameroun. Il y a, bien sûr, Douala-ville, prise entre forêt et mer, ornée de palaces où des Nègres-blanchisés paressent sur des rocking-chairs et trouvent dans cet état leur raison d'être ; des écoles publiques nationales, où les enfants s'époumonent avec des « nos ancêtres les Gaulois » ;

5

des universités où quelques cerveaux européens réfléchissent à la place des millions de cervelles nègres ; des centres de recherche où des savants noirs bavards comme des pies s'envoient des critiques et se glissent des peaux de banane parce qu'ils ne savent pas faire convenablement leur travail ; des banques d'État cannibales ; des administrations où l'on détourne les fonds publics ; des cafés-théâtres camerounais où l'obsession majeure est de rabâcher les vieilleries des grands boulevards parisiens ; des cours de bonnes mœurs et de meilleure conduite, où les femmes d'administrateurs blancs cocufient leurs époux ; des faux coups d'État et des vraies intrigues d'alcôves ; des avenues du Général-de-Gaulle, des squares Félix-Faure, des bordels où l'on peut s'envoyer toute une garnison de putes à prix modérés et le reste je le passe sous silence.

Puis, tout en dessous, indiqué par une flèche sur la carte de la ville – le lieu de honte pour les autorités –, exactement à l'endroit où la route commence à se défoncer, vivent des êtres étranges, qui ne jouissent pas des avantages de vivre dans une grande cité, mais qui ont perdu ceux d'une vie campagnarde. Il y a l'avenue principale en tablettes de chocolat avec des trous béants et qui conduit d'un côté vers le marché, de l'autre vers la cambrousse. De chaque côté de l'avenue, les maisons poussent, collées les unes aux autres, comme pour parer à la fragilité de leurs fondations et se protéger des billions de termites qui les grignotent. Elles sont construites avec les vomissures de la civilisation : des vieilles plaques commémoratives volées aux monuments aux morts ; des parpaings fabriqués à la vite-fait, trois quarts sable, reste ciment ; des épieux tordus, souvenirs du village ; de la ferraille rouillée de ce que furent autrefois des voitures de luxe françaises ; des reliques des guerres mondiales qui ne nous concernaient pas – couvertures allemandes, casques G.I. ou gourdes ; des boîtes de conserve ou de lait à étiquettes russes ;

quelques tuiles dépareillées qui se marient artistiquement avec la tôle ondulée ou la paille ; un peu de sang, beaucoup de sueur, énormément de rêve. L'électricité n'arrive pas chez nous. N'empêche, les plafonds de nos demeures brinquebalent à force de soutenir des lustres en cristal de Bohême. Il y a aussi nos magasins où l'on peut lire « Chez Maxim's » ou encore « Chez Dior ». On y vend du pain chargé, de la tomate concentrée à la cuillère, du sucre en morceaux, du riz à la tasse. Tapis dans leurs gourbis, des tailleurs, *confection sur mesure, qualité assurée*, fabriquent des djellabas *made in* Hong Kong ou Paris, et ces tâcherons s'attendent à tout instant à voir Chanel descendre les escaliers de leurs ateliers. Des grossistes vous proposent des aff' douteuses sur des pancartes sans orthographe. C'est le quartier des cultures mêlées, Arabes-mahométans et Nègres-catho-animistes, les peuples du Nord, Peuls, Foulbés, ceux du Sud, Bétis, Bassas, ceux de l'Ouest, Bamilékés ou Bamouns, fuyant les misères de leur village et échoués là ; c'est celui des durs immatures ; des chercheurs de diams sans puits ; des vendeurs de cacahuètes ; des antiquaires sans étalages ; des pousse-pousseurs crieurs ; des vendeurs de loterie qui braillent ; des expéditeurs à binocles bouffés par des terminologies en isme. C'est surtout le quartier de madame Kimoto, patronne de l'unique bordel à la devanture rouge et jaune et aux rideaux de perles. Il fait à la fois restaurant et sex-shop. On vous y sert du « crocodile meunière », du « singe à la provençale » et des Négresses blondes pour vous refiler des maladies – les filles y œuvrent, tout en délicatesse agressive. Elles servent à leurs Misters des mélanges aphrodisiaques de vin de palme et de gros rouge qui leur font exiger moins de raffinements. Elles battent des paupières, se penchent en avant pour que les Misters puissent apprécier ce qu'elles ont au plus profond de leurs corsages. Elles se dandinent, s'asseyent, croisent trente-six fois les jambes, fument des cigarettes à la parisienne, grâce à des fume-cigarettes en bambou. Et, sur un signe sommaire du client, une main copieuse sur les fesses – un geste du chef –, elles disparaissent dans les alcôves.

À New-Bell, que j'appelle aussi Couscous, on ne s'encombre pas de métaphysique. On donne l'impression de travailler beaucoup, mais il est très difficile d'y arriver. Certains se consacrent à quelques métiers dérisoires et bousillent le reste de leur existence. On peut les voir assis sur des bidons vides ou des casiers de bière, à discutailler sur leurs conditions de travail, à engueuler les patrons : « Je lui en fous une, moi, la prochaine fois qu'il me parle sur ce ton ! » et des : « Il m'exploite, le connard ! Il ne fait que de m'exploiter ! » D'autres s'usent à des travaux harassants mais ne le montrent jamais, parce que en fin de compte il est impossible de s'enrichir par son travail. Au crépuscule, nos filles de famille attachent des pagnes sur leur poitrine et, envieuses, regardent les doudous qui s'en vont tapiner. Des albums pornos font sauter des braises aux visages boutonneux des adolescents ; trois générations partagent la même chambre. Les grands-parents font semblant de dormir au moment des parties de jambes en l'air et les mômes en culottes rouges jacassent sous les draps lorsqu'ils entendent grincer les lits ; dans nos coins-prière, des tapis d'Allah cohabitent avec des christs cireux et des totems d'ancêtres. Parce que ici, on est tout et rien : musulman-animiste, chrétien-féticheur, bouddhiste-catholique et toutes ces représentations de Dieu gardent les yeux secs devant nos misères.

Et puis il y a la puanteur des ordures déposées sur la place du quartier, qui attendent la voirie municipale, une fois l'an, la veille de Noël. Si vous y passez un jour, à l'heure du midi, dans le soleil éclatant, vous verrez mes compatriotes y fouiller. Deux doigts qui ressortent une tomate dont les taches blanches indiquent l'état d'avancement. « Qui a jeté ça ? Mais c'est très bon ! » Et le chef du quartier – parce que seul Couscoussier à posséder une cabane à étage avec une vue plongeante sur la place –, un gros Nègre lippu, croise ses petites jambes et s'exclame, sa tête de chimpanzé mollement reposée sur le dossier de son rocking-chair : « Cette terre est extraordinaire ! Jamais rien de perdu ! »

Le chemin de fer qui passe à la périphérie de notre quartier et les locomotives à charbon vrombissent *Tutut ! tutu ! tutu !*, écrasent au passage quelques Couscoussiers distraits *Vlom* !, et charrient une fumée noirâtre pour notre plus extraordinaire bien-être ; la poussière de la scierie à la lisière de Douala-ville nous couvre de fines particules et nous fait ressembler aux Indiens d'Amérique ; et puis l'odeur entêtante de l'usine de chocolat nous permet de ne sentir qu'en chocolat, en bonbons Chococam ou têtes-de-nègre : on ne ressent plus la faim. Tout ceci pour vous expliquer que nous ne nous plaignons pas. Nous acceptons ces mini-dégâts avec la digne suffisance de ceux qui abandonnent sans regret leur village et attendent la grande immersion dans les eaux lumineuses de la civilisation.

C'est dans cette partie de la République des Camerouns réunis, cet enchevêtrement de vie, de couleurs, de bruits et d'odeurs que je suis née.

Ma naissance fut un événement qui mobilisa tout Couscous. C'était en fin de journée. Dans les cieux un vent souffla. Des grosses étoiles se faisaient une beauté, prêtes à montrer leurs yeux nacrés. Sur terre, les cailloux chauffaient encore, brûlés par la fournaise du jour. L'air était empâté et d'une haleine puante comme s'il gardait dans ses tréfonds le cadavre d'un animal ou d'un homme.

Soudain, en plein cœur de New-Bell, d'une véranda,

jaillit un son aigu, poignant comme un cœur qui se déchire : « Allah, j'ai un fils ! Dieu tout-puissant, j'ai un fils ! »

C'était mon papa, de qui maman ne me dira jamais rien de sa réelle position sociale. Tout ce que je sais, c'est qu'ils connurent des temps fastes dans leur village du Nord-Cameroun et, quand le désert avait avancé, brûlant tout sur son passage, depuis les ossements des morts jusqu'à la racine des arbres, ils étaient venus échouer à New-Bell. Papa était musulman-blanc-Couscoussier et de son état OS dans le transport à dos d'homme des sacs de sciure à l'usine de traitement des bois du Cameroun. Il était de bonne humeur et ses yeux ronds scintillaient. Une main sur la hanche, un képi jaune dans l'autre, ses mèches blanches décoiffées, il secouait New-Bell de sa léthargie : « J'ai un fils ! Mon fils est né ! » Son ventre immense dégageait une saveur de bois vert... Ses dents en or montraient de manière significative qu'il s'était élevé jusqu'à une réalité comparable à celle des apocalypses de saint Jean et ses Trompettes angéliques.

Je n'étais pas encore née. Ma tête restait coincée quelque part entre l'utérus et le vagin maternels, car la naissance est un mauvais moment à passer. Allongée sur une natte, maman gémissait. Sueur et souffrance collaient ses cheveux corbeau à ses tempes. Elle gesticulait de douleur, ses deux mains sur le ventre. Sa tête pivotait sans cesse à gauche et à droite. L'accoucheuse, une énorme Négresse tout embijoutée, habillée comme la dernière des princesses arabes, avec grande djellaba rose, boucles d'oreilles et babouches, s'agitait devant les jambes écartées de maman : « Pousse, pousse, je te dis de pousser. » De temps à autre, ses grosses mains replètes s'abattaient sur les joues blêmes de maman : « Tu veux tuer l'enfant ou quoi ? Pousse et je te dis de pousser ! » Elle posait ses poings sur ses hanches : « Si l'enfant meurt, ça sera de ta faute ! » Elle se penchait résolument et assenait des claques sur les cuisses de maman : « Pousse ! » Sous la véranda, papa continuait de crier : « J'ai un fils ! Allah vient de donner à Jérusalem son fils. »

Des chiens prirent peur devant ces clameurs répétées et se mirent à aboyer. De saisissement, des femmes qui enlevaient leur linge des cordes le laissèrent tomber dans des paniers d'osier. Comme un seul homme, tous les habitants de New-Bell, les Couscoussiers, se levèrent et se dirigèrent vers le gourbi de papa, dans un ordre africain, les hommes devant, les femmes derrière. Le vendeur de soyas, un Foulbé long et maigre habillé d'un tee-shirt déchiré qui fut autrefois blanc, quitta des yeux les morceaux de viande qui grillaient sur des braises et demanda :

– Qu'est-ce qui se passe ?

– C'est Bénérafa, il a un fils ! lui répondit-on.

– Ça alors ! dit-il en écarquillant ses yeux crémeux comme ceux des vieilles personnes.

Il lâcha son couteau qui luisait dans l'ultime rayon de soleil, essuya ses mains sur son tablier graisseux et se joignit au groupe.

Le début de la soirée était chaud, humide, un léger vent soufflait du nord et Couscous sentait les résidus de la journée. Le cortège passa devant la pharmacie du pharmacien-docteur Sallam. Ce dernier sortit sa figure d'écureuil de derrière la large pancarte blanche où on pouvait lire, écrit en lettres rouges, grandes comme des mains : SYPHILIS – PERTES BLANCHES – VARIOLE – TUBERCULOSE – CHAUDE-PISSE – MALADIES SEXUELLE-MENT TRANSMISSIBLES – CONSULTATION EN SOLDE – GUÉ-RISON SUR-LE-CHAMP. Il redressa sa silhouette déchar-née, essuya d'un pan de sa blouse blanche ses lunettes qui tenaient toutes seules sur son énorme nez et demanda :

– C'est une manifestation ?

– Presque, répondit le vendeur de soyas.

– Très bien, dit le pharmacien en baissant son store.

Puis il rejoignit le vendeur de soyas et s'exprima en ces termes :

– Il était temps. Comment voulez-vous que le gouvernement écoute nos revendications sans une manifestation publique d'envergure ?

– Quelles revendications ? demanda le vendeur de soyas.

– Mais celles à l'issue desquelles les organismes officiels du ministère de la Santé, du service d'hygiène et de la Sécurité sociale pourraient suppléer aux manquements jusque-là évidents de leur statut et assumer leur rôle en permettant aux Camerounais libres de toute domination étrangère de soigner gratuitement leurs trop nombreuses maladies qu'engendrent autant de pauvreté que d'ignorance.

– Je sais pas ce que vous racontez, patron. Mais ce qui est certain, c'est que Bénérafa a un fils.

– C'est pour ça que vous me dérangez ?

– La ferme ! dit le vendeur de soyas. C'est jour de fête aujourd'hui.

Le pharmacien se tut, mais ne quitta pas le cortège qui continua sa route entre les misérables bicoques faites de soleil couchant, de planches de bois pourries et barbouillées de chaux. Dans les sentiers, des sans-confiance rafistolés s'enfonçaient et restaient prisonniers de la boue. De temps à autre, une voix s'élevait, furibonde : « Merde, tu viens de marcher sur mes godasses et tu les as cassées ! » L'homme ainsi invectivé montrait ses dents canailles :

« Pardon, frère. C'est la faute des sans-confiance. » On s'arrêtait quelques secondes. À l'aide de fil de fer crochu, on essayait de fixer la cordelette arrachée des sandales. Puis on murmurait : « Ah, les choses des Blancs ! Ah, les choses des Blancs ! »

Devant le restaurant-sex-shop – de la patricienne Kimoto – les filles entendirent le cortège et se levèrent, branle-bas de combat : elles se débarrassèrent des mains des clients qui les tâtaient pour apprécier la nature non évanescente de la marchandise : « *One minute, brother.* » Elles écartèrent les rideaux de perles rouges et demandèrent humblement : « *What happens ?* – Bénérafa vient présentement d'avoir un fils », leur répondit-on. Les yeux des filles brillèrent, elles poussèrent des « Youyou ! », battirent des mains et retrouvèrent l'espace d'un moment cette grâce de la quinzième année qui fait penser que tout n'est pas si mal. Il fallut toute la hargne de madame Kimoto pour calmer cette horde : « Je ne veux pas de désordrerie pareille, chez moi ! » dit-elle en secouant ses seins pigeonnant dans un soutien-gorge noir de fabrication française. Ses yeux bigles dansaient. Sa figure bouffie par le couscous n'était plus que tressautements : « C'est par ce genre de comportements que l'Afrique ne s'en sortira jamais ! » Puis elle s'assit brutalement sur une chaise, tournant le dos à tout le monde : « Oh, Dieu d'Israël, qu'avons-nous commis comme péché pour mériter ton opprobre ? » Les filles ne dirent rien, ne parlèrent même pas entre elles. Madame Bida, une vieille qui avait accepté les couacs de la vie et qui avait dorénavant pour mission de surveiller l'entrée et d'avertir la populace de l'arrivée impromptue des forces de l'ordre, s'avança prudemment en sens inverse : « Une heure de distraction, c'est un véritable remontant », dit-elle à madame Kimoto. Cette dernière, dont le nombril n'éblouissait plus un rat, réfléchit quelques secondes puis chantonna :

– C'est la récré les enfants et faites pas de bêtises !

À la fin, le groupe était si impressionnant que même les oiseaux migrateurs s'arrêtèrent à Couscous. « Halte ! halte ! il y a miracle ! »

Cinq minutes plus tard, il y avait foule devant notre maison. Nègres, Arabes, catholiques, animistes, musulmans, femmes et enfants embistrouillés venus fêter ma naissance. À voir papa, tout debout dans le jour mourant, auréolé de sa gloire, on aurait pu se demander comment tant d'espérance avait pu échouer dans une telle misère. Brusquement, il jeta son képi en l'air, s'élança bras tendus, ses pieds décollèrent du sol et il cria : « J'ai un fils ! » Il boitilla, arrangea les deux pans de son costume français rouge, fermé sur le côté par des boutons dorés : « J'ai un fils ! » répéta-t-il. Et les Couscoussiers réunis applaudirent. On félicita papa : « Bravo, mon frère. » On se saisissait réciproquement par les épaules, grands de taille ou petits : « Bravo, mon frère. » De temps à autre, on entendait un hurlement puis, la voix de l'énorme accoucheuse : « Pousse-pousse et je te dis de pousser. » Et, à l'extérieur, entre des pousse-et-je-te-dis-de-pousser de l'une, les gémissements de l'autre, on continuait à féliciter papa : « Bravo, mon frère. » On grattait ses cheveux : « T'es un homme, un vrai ! » Papa recevait ces congratulations avec la hauteur d'un homme sûr de son sexe, qui s'était prouvé sa constante valeur dans mille batailles jamais perdues : « Merci. Très bien. Ouais, c'est ça. »

Un cri transperça l'air. Dans le ciel une étoile apparut à l'Orient comme le feu. Sur terre, il y eut un trou de silence : c'était moi, burlesque prune rouge, d'allure vilaine, la tête cabossée par le forceps. Je criais ma douleur au monde comme si je savais déjà tout ce que j'allais souffrir.

Papa se dirigea vers le manguier, se tourna vers la brousse et pissa abondamment. Il rajusta son pantalon, prit son visage entre ses mains et éclata en sanglots :

– Je commençais à douter, dit papa en montrant ses trois dents supérieures en or. Deux femmes, j'ai dû congédier, parce qu'elles étaient stériles. Ah ! je commençais à douter.

– Faut jamais désespérer, dit un vieillard en envoyant valser une chique dans la poussière. Chaque chose vient en son temps.

– Vous pouvez pas comprendre, dit papa. Je rêvais d'être mécanicien, d'être riche, d'avoir plein de fils. Et...

– C'est le début des réalisations de tes rêves, Bénérafa, dit quelqu'un. Il faut fêter ça.

– Oh, oui ! confirma une petite Négresse décharnée. Quand le destin prend forme, il convient de le célébrer avec reconnaissance, sinon...

– Je ne veux boire que du Johnnie Walker ce jour-là, dit une femme qui passait ses journées à domestiquer chez les Blancs. Et pour mieux affirmer sa supériorité sur les Couscoussiers, elle tourna trois fois son derrière et ajouta : « Je t'avertis, Bénérafa, que, ce jour-là, je ne mangerai que des haricots verts fumés au poivre, de la salade au jambon d'York, de la saucisse au pain d'épice.

Rien qu'à l'écouter, les Couscoussiers se mirent à saliver. On jacassait pour cacher son impatience. Un homme ramassa une bouteille de beaufort et tapa dessus avec des cuillères pour donner le rythme. Des femmes frappaient dans leurs paumes et chantaient. Un vieillard, tordu de partout, leva sa canne, élucubra sur une généalogie sortie de son imaginaire : « Alors, Dieu créa Abraham qui engendra un fils à sa ressemblance, Adam il s'appelait, qui donna naissance à Seth, qui engendra Qénâm qui vécut six cents ans, engendra les autres, filles ou garçons, parmi lesquels on dénombre Bénérafa ici présentement, qui engendra... » Il plissa les sourcils comme des soucis : « Comment va-t-on appeler le nouveau-né, fils Bénérafa ? » Il y avait un tel tintamarre que personne n'écoutait vraiment, mais tous exprimaient leur bonheur de manger bientôt une nourriture hors du commun.

C'est alors que la porte s'ouvrit et que l'accoucheuse sortit de la case. Même les hirondelles en restèrent coites. On ne percevait plus que les relents synchronisés de six cents haleines, les effluves de cuisine, les respirations mêlées, le parfum bon marché des épouses Unetelle veuves et Cie, et celui plus cher des doudous de madame Kimoto. Voilà l'accoucheuse submergée dans cette tiédeur humaine, là où l'espace d'un moment elle atteignit toute sa grandeur ! Elle suspendit sa pantomime, agita ses petites mains replètes qui n'annonçaient rien qui vaille :

– J'ai à vous parler, dit-elle résolument à papa.

– Tu vois bien que tu me déranges !

– C'est urgent, monsieur.

– Bon, bien..., dit-il.

Papa l'entraîna loin des oreilles indiscrètes. L'accoucheuse se mit sur les pointes et lui murmura quelque chose à l'oreille. Le temps de s'exclamer « Non ! », six cents paires d'yeux intéressés les regardaient. Yeux d'hommes, yeux de petits garçons luisant dans la nuit qui s'annonçait, yeux baissés de femmes qui n'espionnaient pas moins derrière leur masque noir, et ces yeux attendaient tous un signe de son visage, une face décomposée qui allait déchaîner les pleurs. « C'est pas possible ! » hurla papa. « Qu'est-ce qui n'est pas possible ? » demandèrent les Couscoussiers. Déçu, papa se laissa tomber sur l'énorme tronc du manguier. Il répétait : « C'est pas possible. »

– Il est mort ? demanda le chef du quartier en ajustant son grand boubou bleu sur ses épaules.

– Ne vous inquiétez pas, dit le menuisier couscoussier, un petit homme sec à figure de chat. Voilà trois jours que j'ai pas eu d'enterrement. Je peux vous confectionner un cercueil de comte à prix d'ami.

– Mais qu'est-ce qui se passe ? demanda-t-on à l'accoucheuse.

– Je n'ai pas à vous mettre au courant de ce qui se passe, dit-elle.

– Un accident ?

– J'ai un cercueil à prix d'ami, renchérit le menuisier.

– Mais pourquoi ne veux-tu pas nous dire ?

Les hommes ne cachaient pas leur exaspération. Les femmes s'agitaient. Les filles de madame Kimoto frappaient discrètement des mains, en faisant attention à ce que les chouchous fleuris qui maintenaient leurs nattes demeurent exactement placés à la naissance de leurs nuques poisseuses. L'accoucheuse haussa les épaules : « Ce n'est pas à moi d'annoncer la nouvelle. » Et elle jeta un regard franc et direct à papa dont le visage devenait pathétique, avant de continuer : « Tout ce que je peux vous dire, c'est que j'ai bien fait mon job ! Jamais un accident en trente ans de métier. » Elle énuméra les deux cents bébés nés à coups de forceps avec juste ce qu'il faut de déformation faciale ; les trois cents actes chirurgicaux pratiqués sur parturientes en état de mort avancée et tous réussis. Et tandis que l'accoucheuse étalait ses techniques de l'accouchement, les exercices de relaxation de la musculature périnéale, la contraction des mandibules, sans oublier la poire à lavements pour extraire de la gorge du nouveau-né les glaires accidentellement ingurgitées pendant le travail, papa se mit à pleurer. Sa mélancolie était trop forte pour qu'on puisse la supporter longtemps. Madame Kimoto s'approcha de papa, battit ses paupières, pinça son nez et lança le flux de sa rhétorique :

– Qu'est-ce qui se passe, mon vieux ? l'enfant est né, n'est-ce pas ? (Et à voix basse :) Passe donc me voir. Je t'arrangerai ça. (Et de nouveau à voix haute :) Sois pas triste un jour comme celui-là.

– Oui, dit papa sans conviction.

– Que c'est dommage ! dit le menuisier. Des occases comme celles-ci, c'est pas tous les jours qu'on tombe dessus, je vous préviens...

À ces mots, papa éclata de rire.

– Que c'est drôle ! dit-il.

– Qu'est-ce qui est drôle ? demanda madame Kimoto.

– Il parle de mort. J'aurais préféré que mon fils soit mort au lieu d'être transformé en fille.

– Ah oui ? demanda un vieillard.

– Oui. Mon fils vient d'être transformé en fille.

– Malchance ! hurla la foule, sans cacher sa déception.

– Mauvais œil ! dit le vieillard.

– Poisse, renchérit un autre. Il n'y aura que du vin de palme à la fête. Quelle malchance !

– Ça ne peut être qu'un garçon, dit papa. Il n'y a qu'un garçon pour causer tant de souffrances à sa mère depuis hier soir qu'il lui déchire les entrailles jusqu'au bas !

– Vous allez trop vite, dit le pharmacien-docteur. Le sexe d'un enfant est défini au moment de sa conception.

– Boucle-la, perroquet, dit le vieillard. La vie est impénétrable. La même chose a failli arriver à mon fils, j'ai fait ce qu'il fallait, et depuis ça va mieux.

– Et qu'est-ce que t'as fait ? lui demanda-t-on.

– Des prières.

– Nous aussi, nous avons prié, dit papa.

Et, pour donner à mes compatriotes l'étendue de ses sacrifices, il expliqua qu'à trois mois de gestation mes parents s'écorchaient déjà les genoux en incantations pour que je sois un garçon. Il se prit la tête dans les mains avant de continuer : « À six mois, ma femme prenait tous les jours des décoctions de henné bouilli. » Il soupira, enleva dix litres de sueur de son front : « À sept mois, on fréquentait les cimetières, à brûler des CFA en bougies à quelques inconnus morts pour qu'ils intercèdent auprès d'Allah en notre faveur. » Papa éclata en sanglots avant de conclure : « Qu'est-ce qu'on n'a pas fait ? On a tout fait ! »

Mes compatriotes étaient si sonnés qu'ils ne dirent quoi que ce soit. Et il fallut toute la hardiesse du pharmacien pour ramener de la vie là où elle ne semblait plus être :

– C'est pas si grave, dit-il. Une femme de plus dans une maison, c'est un complément de chaleur dans la vie. Comme dans les psaumes de Salomon : « Sans la reine de Saba, il serait mort. »

– Je ne veux pas de juiverie pareille chez moi ! cria papa. J'en veux pas !

– Ouais, renchérirent mes compatriotes. On veut pas des juiveries pareilles. La preuve : où ça a mené le monde ?

Un gosse passa sa figure noisette entre les adultes et dit :

– À la gadoue.

Et des regards accusateurs se tournèrent vers le pharmacien Sallam.

– Je me suis toujours occupé de vous tous, dit-il pour se justifier. Je vous donne au quotidien les preuves florissantes de l'exploitation de la science à laquelle je participe en tant que membre actif.

– Traître ! clamèrent mes compatriotes.

La couleur noire du pharmacien vira au gris. Il secoua sa tête chauve et ses lunettes roulèrent dans la poussière :

– Ah ça ! je ne peux le tolérer ! J'ai fait la guerre de 14, trois Allemands j'ai tué au corps à corps. Je ne peux le supporter.

Il s'agitait, battait des pieds, ses yeux sortaient de ses orbites et il hurlait :

– C'est du détournement d'opinion, d'appel à la rébellion, du coup bas aux services rendus à la patrie.

– Du calme, petit papa, dit la grosse épouse du pharmacien en surgissant brusquement à ses côtés. Pense à ton cœur.

– Mon cœur, dit le pharmacien en lui jetant un regard pas croyable. Qu'est-ce qu'il a, mon cœur ?

– Je te dis de te calmer.

– Ah, on ne me parle pas comme ça ! hurla le pharmacien.

Sa femme ne l'écouta pas. Elle l'attrapa par le pantalon et le traîna. Il tenta de se libérer de cette poigne de fer qui, en plus du pantalon, agrippait ses testicules.

Après mille exploits des doigts avec lesquels le docteur-pharmacien essaya de se libérer de l'emprise de la grosse, la rage l'habita et il se mit à proférer des injures que personne ne comprenait : « Ignare ! Couillon ! Microbe au coefficient trois ! » Puis, à la stupéfaction de tous, il gifla sa femme. Quelques hommes se précipitèrent à la rescousse mais la grosse les prit de vitesse. Elle empoigna l'entrejambe du pharmacien. Il cria et sans lui donner le temps de réagir, elle le souleva sur ses épaules et l'envoya valser dans la poussière. Il resta quelques secondes étourdi. Ensuite, il ouvrit la bouche et murmura : « La chaleur d'une femme c'est une source de vie. C'est la même chose que dans les flaques d'eau, il suffit que le soleil donne, pour que les microbes prolifèrent et que les virus s'en donnent à cœur joie. Et puis les vieux, les fleurs, les bonjour-bonsoir, pourquoi sont-ils toujours à la recherche d'un rayon de soleil, hein ? » Seule sa honte lui répondit. Il reprit ses esprits, pointa un doigt vengeur : « Je vous ai rendu bien des services ! » *Ouououh !* se moqua l'assistance. Entre cris et vociférations, il ajouta : « J'ai soigné six mille trois cent cinquante-huit cas de vérole grâce à mon permanganate ; dix-huit mille neuf cent vingt-six malariens me doivent la vie grâce à mon extraordinaire racine de quinquina ; j'ai calmé les brûlures de dix mille huit cents ovaires ménopausés ; quatre-vingt-sept mille cas de gonocoques et je ne vous compte pas les broutilles : les rougeoles, les varicelles, les varioles, les ascaris, les oxyures à qui j'ai fait voir des vertes et des pas mûres grâce à mon génie génétique. Vous me devez la vie ! »

– On s'en cire les sans-confiance ! cria quelqu'un dans la foule.

Le pharmacien ramassa ses lunettes, hurla comme un chien blessé, s'enfuit dans sa pharmacie qu'il ne quitta plus. La foule était si babafiée par l'exploit de l'épouse du pharmacien que chacun la regarda, médusé. Elle fit virevolter ses grosses fesses comme si de rien n'était, se tourna vers papa et dit :

– Tu ferais mieux d'aller t'occuper de ta femme.

Papa en resta évaporé comme fumée, et, bien avant

qu'il pût sortir de son enchantement, un homme fendit la foule, tenant d'une main son pantalon trop large à la ceinture. Dans sa précipitation, il donna un coup de coude au ventre d'une femme enceinte, renversa un môme. Son visage était si noir qu'il luisait et trois rides profondes barraient son front. Il se tint au beau milieu de la scène, sortit un vieux magnétophone rouillé, rafistolé à l'aide de fil de fer et de vieux tissus de pagne. Son micro devant ses grosses lèvres, il s'exprima en ces termes :

– Que personne ne bouge ! Ordre de Ndongué, journaliste-news de New-Bell !

– Trop tard, dit papa. Les retardataires ont toujours tort.

– C'est la faute du sommeil. Il m'a pris profondément et, quand je me suis réveillé... bon, le reste vous le savez. Voilà pourquoi j'interpelle votre générosité pour me raconter dans le détail ce qui s'est réellement passé sans omettre une virgule.

– Le spectacle est terminé ! dit papa. Rentrez chez vous !

– C'est pour la postérité que je travaille, moi !

– Tu l'as ratée aujourd'hui, dit papa. Il y a des jours avec, des jours sans. Maintenant, que chacun rentre chez soi !

Certains suivirent la grosse épouse du pharmacien pour mieux digérer les détails de la naissance d'un mythe. D'autres s'en retournèrent dans des directions différentes en emportant avec eux des versions rosifiées et chlorifiées de la scène la plus exotique à laquelle ils aient jamais assisté. Quelques proches de ma famille emboîtèrent le pas à papa et pénétrèrent dans notre bicoque. Et moi dans tout ça, me demanderez-vous ? Cette soirée inaugura le début de ma célébrité. Je naquis comme naissent les mythes, avec des on-dit. On raconta qu'en réalité j'étais de sexe masculin et que, par un processus de transmutation des cellules, effectué par les mains savantes de monsieur le pharmacien sur la personne de ma maman, par procédé de ponctions multiples sur les ovaires et de transplantation, on m'aurait ôté toutes mes forces mâles au profit de madame la pharmacienne. Dès lors, tout le monde parla de la pharmacienne et de moi à voix basse. Cette légende, qui allait produire les pires fantasmes chez mes compatriotes, n'était qu'un mensonge.

Elle raconte l'histoire comme si elle s'en souvenait

2

Dans notre cabane, c'était l'obscurité. Bien sûr, la nuit était tombée pour de bon et les premières lampes s'étaient allumées dans Couscous. Les oiseaux du jour avaient enfoui leur tête sous leur aile et s'endormaient ; ceux de nuit partaient à la chasse.

Sans tenir compte des voisins qui le suivaient à la queue leu leu, papa traversa à pas de géant le sol en terre battue et tira sur l'énorme couverture militaire qui séparait le salon de la chambre.

Maman était allongée sur un couvre-lit aux couleurs vives. Ses cheveux s'éparpillaient comme des toiles d'araignée sur l'oreiller blanc. Épuisée par l'accouchement, elle était aussi pâle que ses propos toujours mielleux et son caractère de chatte. Dès qu'elle vit papa, elle se redressa et sourit mollement.

– T'es heureuse ? lui demanda papa, les deux mains sur les hanches, les jambes écartées. Pourquoi ne fais-tu pas des fils ?

Les yeux de papa louchaient et l'on n'aurait pas pu dire s'ils étaient moqueurs ou méchants. Maman ne répondit pas. Ses maigres mains blanches aux grosses veines bleues caressèrent le tissu de l'oreiller mais elle demeura lointaine.

– On ne peut rien tirer de toi, lança-t-il, très quant-à-soi.

Maman baissa la tête, parce que être humiliée dans ces conditions lui semblait justifié et sa dignité exigeait qu'elle acceptât ces remontrances sans broncher. Papa tapa trois fois les pieds comme pour se donner du rythme et retourna au salon où des Couscoussiers avaient allumé la lampe. On avait tiré dans un coin les trois chaises, la table, ainsi que les casseroles et les assiettes, si bien que le milieu de la pièce était vide. On y installa une natte. Les Couscoussiers prirent place sur les sièges. Papa se laissa tomber dans son fauteuil-cul-de-jatte. Il n'avait plus de pieds et on le faisait tenir avec de gros cailloux. Quelques rats traversèrent le salon en courant. Une phalène se mit à tournoyer autour de la lampe. Les yeux de papa rôdèrent dans la pièce, s'arrêtèrent sur la table de bois noir, avant d'accrocher la photo de famille fixée au mur : elle avait été prise le jour du troisième anniversaire de mariage de mes parents. Maman est assise sur un tabouret. Elle porte une djellaba blanche. Ses yeux sont creux, comme effacés, et papa a l'air d'un ouistiti déguisé dans son costume. Ils sourient mais leurs visages sont tendus comme ceux de la famille d'Angleterre qui vient de s'engueuler mais rigole pour le photographe.

Papa est très fier de cette photo. Quand il est allé la chercher, il l'a montrée à tout Couscous, souriant de toutes ses dents en or :

– J'ai l'air d'un prince de Monaco.

Papa frappa dans ses mains et maman fit son entrée, soutenue par deux femmes à l'allure de pachydermes. Ses seins gonflés de lait ballottaient dans une nuisette en polyester orange. Elles l'installèrent sur la natte et me posèrent sur son ventre. Papa respira profondément comme si la journée de travail avait été pénible. Il prononça quelques proverbes, leva une main, l'abaissa, et la maisonnée éclata en sanglots. Papa pleurait comme pleurent les hommes, avec modestie. Il laissait la morve dégouliner dans sa bouche. De temps à autre, il hurlait : « Pardon Seigneur pour mes fautes. J'ai trompé ma femme, j'ai cassé les pattes du poulet qui dévorait les graines, j'ai triché, j'ai... » C'était l'heure de la confession. Il avouait sa haine, sa gourmandise, sa désobéissance, « tu ne commettras pas l'adultère, tu ne tueras point, tu ne voleras point, tu aimeras ton Dieu ». Il passa en revue les dix commandements. Maman déchirait ses vêtements et se recroquevillait pour mieux hurler. À la fin, elle avait l'air d'une bateleuse de foire. Moi aussi, je pleurais : mes couches étaient trempées, je voulais le sein, mais personne ne m'écoutait. C'est ainsi que j'appris la faim.

Mes compatriotes, réunis par caste d'âge, de sexe et de religion, nous écoutaient pleurer, impressionnés. Sur l'avenue principale, le vendeur de soyas, entre deux morceaux de graisse de mouton et tripes de bœuf, qu'il coupait en les tordant entre ses doigts, levait son visage pruneau sous la lampe et s'exclamait : « C'est extraordinaire ce qu'ils savent pleurer chez les Bénérafa ! » On s'attardait pour vanter les qualités de nos pleurs. « Que c'est beau ! » dit une femme massive, en comprimant ses seins pour simuler une forte émotion. « Génial ! lança une autre devant la puissance de notre chagrin. Dieu ne peut que les écouter et leur donner un fils ! »

Monsieur Ndongué, le journaliste-news-couscoussier, attacha son pantalon trop grand avec des lianes. Il ramassa son magnétophone, le suspendit sur son dos. Il poussa un long soupir et s'en alla, torse nu, recueillir les réactions à travers Couscous. Il s'arrêta chez les vendeuses de quelque chose, accroupies au bord des trottoirs qui longeaient l'avenue principale :

– Que pensez-vous de la réaction des Bénérafa ?
– Un homme qu'aurait pas de fils, c'est comme un

arbre qui donne pas de fruits, dirent les vendeuses de beignets-haricots rouges.

– Elle est juste ! Vous savez vous-même que depuis la nuit des temps, la répartition inégalitaire des sexes..., rétorquèrent les marchandes de cigarettes.

– À qui voulez-vous qu'il lègue sa fortune ? répondirent unanimement les désœuvrés qui se tenaient là, dans la mi-obscurité, sans autre dessein que celui de laisser le temps passer.

Quand le journaliste-news eut assez de réactions, il revint chez nous, déroula son matériel et avança sa petite figure de lapin : « Criez plus fort ! » nous ordonna-t-il. Nous hurlâmes. Le magnétophone grinçait comme un vieil éléphant. De toute la nuit, même les souris ne fermèrent pas l'œil. On pouvait les voir jouer à la course-poursuite entre les marmites à trois pieds ou sur les tables, et de dessous les bancs nous parvenaient les bruits de leur déglutition. Seul le menuisier profita de cette nuit si riche en événements pour raboter des planches. Après tout... on ne sait jamais.

Par certains matins, le vent du large soufflait si bien que l'odeur des chocolats Chococam se coulait sans être perçue, entre les feuillages et les arbres, se diluait par-delà les toitures des maisons, affaiblie, et se perdait quelque part dans Douala-ville. Ces matins-là, Couscous se réveillait comme à l'aube d'une Pâque nouvelle. Ceux qui s'étaient amassés dès le troisième chant du coq devant notre demeure allaient assister à une transmutation sexuelle en direct. Ils en avaient déjà des visions : comment raconter le miracle à la presse nationale qui ne manquerait pas de s'intéresser à notre cas ? Quelle était la manière la plus fantasque de s'habiller pour être celui que le photographe du *Cameroun Tribune* remarquerait ? Des grosses mouches bleues secouaient le sommeil de leurs ailes. À l'intérieur de notre case, un lézard laiteux tomba du toit et atterrit sur ma tête.

– Chut ! cria soudain papa, les bras levés.

Nos cœurs bondirent et le silence se fit. Des moustiques piquèrent la figure de maman et elle n'essaya pas de les chasser.

– Le moment est arrivé de voir si le Seigneur a exaucé nos prières, dit-il.

On fit cercle autour de maman, cœur battant, yeux exorbités, pour assister au miracle de ma mutation sexuelle. Elle défit lentement la cordelette-ceinture de la couche-serviette qui enveloppait mes fesses. « Dépêche-toi ! » s'impatientait papa, les mains moites, tandis qu'un filet de sueur dégoulinait sur son menton et tombait sur les seins de maman. Elle tremblait tant qu'elle devint maladroite et rougit comme une adolescente. « Laisse-moi faire ! » dit papa. Il saisit mes deux pieds, les souleva et arracha la couche d'un mouvement. « Beurrrrk ! » brailla l'assistance devant mes petites fesses roses serties de crottes vert poireau. Tous les virent en même temps. On détourna les yeux :

– Alors ? demandèrent les Couscoussiers, sans oser regarder.

– *Nothing !* répondit papa.

– Comment ça, rien ? questionna de nouveau l'assistance.

– Rien ! ça veut dire ce que ça veut dire ! Vous êtes sourds ou quoi ?

– Dieu n'a pas exaucé nos prières ? demanda Ali, un Couscoussier, en secouant ses cheveux et en avançant ses lèvres en cul-de-poule. Peut-être bien que...

– Dis ta pensée, ordonna papa.

– Les annales de l'existence sont invisibles, dit-il.

– Tu parles pour ne rien dire.

– Les paradoxes de la vie sont insondables.

– Je ne veux plus t'entendre, dit papa.

– Je l'ai bien dit. Tu es tellement têtu que Dieu refuse de t'exaucer.

Papa se jeta sur lui en tonitruant. On le maîtrisa aussitôt. Le journaliste-news Ndongué s'approcha, fit clapper sa langue et demanda :

– Vous pouvez recommencer cette scène et vous insulter de la même façon que tout à l'heure ?

– T'es pas sérieux tout de même ? demanda papa.

– C'est-à-dire que mon appareil a eu des ratés au moment où... Avec votre permission, bien sûr. Mais je vous annonce que c'est pour la postérité.

Papa réfléchit une seconde :

– Ça ne sera pas du pareil au même.

– Mais si ! Mais si ! Qu'est-ce qui distingue le vrai du faux ? Nous vivons séduits par le présage d'un avenir radieux, avec le beau regard des hommes voués au malheur. Quelle charmante contradiction tragique ! Tu le dis toi-même, ton fils a été changé en fille. Moi je t'offre d'entrer dans l'Histoire ! Dans l'Histoire avec un H majuscule ! Bon, bon, si tu ne veux pas... Eh bien, tant pis pour toi.

Il fit mine de remballer ses affaires. Papa regarda le sol, puis le visage du journaliste, comme s'il y recherchait des vérités, et dit :

– Très bien, d'accord, s'il veut bien.

– Je suis pour le progrès, moi ! dit l'adversaire de papa.

Ils rejouèrent la scène, sauf que cette fois personne n'intervint. Ils s'empoignèrent. Les Couscoussiers les encourageaient « Vas-y Bénérafa ! Fous-lui-en une ! » Même les mômes noirauds grimpaient sur les arbres pour mieux apprécier le spectacle. Le vendeur des paris ouvrit sa caisse. « Deux contre un ! » criait-il. Le menuisier, tout en haletant devant le spectacle hurlait : « J'ai un cercueil d'avance, à prix d'ami. Un cercueil ! » Le journaliste-news braquait son micro, tantôt à gauche, tantôt à droite en tenant d'une main les bretelles de son pantalon, ne reprenant son souffle que pour ajouter au spectacle un commentaire radio, digne d'un reporter de talent : « Les deux adversaires se jettent des regards de chien. Premier round, une gauche de monsieur Bénérafa envoie son adversaire au tapis, 1, 2, 3, 4, 5 ! Un K.-O., cher ami. Mais, non ! Ali n'a pas dit son dernier mot... Eh oui ! il se relève... Il envoie un direct à monsieur Bénérafa qui chancelle et tombe à son tour. Extraordinaire ! les deux hommes sont à égalité, un partout ! »

Dans l'excitation générale, personne ne vit papa attraper un bambou, mais, soudain, on entendit un miaulement. Ce n'était pas un chat mais le hurlement de monsieur Ali qui venait de se faire crever un œil.

3

Les jours suivants, dès l'aube, les Couscoussiers envahissaient notre concession. « Où est ton mari ? » demandait-on à maman. « Sorti », répondait maman. « Il faut qu'il rembourse l'œil. » Sans lui demander son avis, ils s'affalaient sur les nattes et les bidons vides. Certains restaient debout autour de la pièce, les mains croisées sur leur poitrine. Ils attendaient, en caquetant : « Œil pour œil, dent pour dent, dit la Bible. » Le chef prenait place dans le fauteuil-cul-de-jatte de papa : « Quelle histoire ! » Maman prenait un coup de colère, le sang lui montait aux yeux : « Y a rien à juger, disait-elle. C'est un accident. Il ne voulait pas... » Le chef posait les pieds sur la table et disait : « Je statuerai par la suite, à la vue de tous éléments. » Maman haussait les épaules et s'en allait chercher l'eau au puits, cuisinait, lavait, m'allaitait ou mouillait de salive un fil avant de l'enfiler dans l'aiguille. De temps à autre, les créanciers disaient : « Il faut que ton mari rembourse l'œil, c'est dans l'ordre des choses. » Et ils ergotaient pendant des heures sur l'événement, clamaient que justice devait être rendue. Le chef hochait sa chéchia, sortait une noix de kola de sa djellaba et la mangeait tout seul. Ses lèvres se maculaient de rouge. Monsieur Ali venait lui aussi. Pour souligner notre culpabilité, il se contentait de s'asseoir, et mâchonnait des brins d'herbe en tapotant de temps à autre le bandeau blanc qui traversait son visage.

À l'instant où la nuit devenait si sombre que l'on ne distinguait plus les contours du ciel, ni les zones reculées de la forêt, maman refermait portes et fenêtres :

– Je crois bien qu'il est temps de rentrer chez vous, disait-elle en se tournant vers monsieur Ali. C'est déjà minuit, ajoutait-elle en lui présentant une calebasse de bière de maïs.

– Allons-nous-en, Ali, disait le chef.

– Dieu est mon justicier, disait Ali.

– Il faut partir, répétait le chef.

– Ne vous pressez pas, disait maman. Vous pouvez partir quand vous voulez. Je n'ai rien à craindre de gentlemen avec de l'éducation.

Les Couscoussiers s'en allaient en prévenant :

– Nous reviendrons demain.

Papa rentrait à la maison quand les Couscoussiers dormaient, les vêtements en lambeaux, le pantalon en tire-bouchon, couvert de boue. Maman ouvrait tout doucement :

– Ils sont partis, disait-elle.

– Ah, je le savais bien que les dieux me réservaient un châtiment ! (Il déclamait comme au théâtre, citant soudain saint Jean.) Voici venue l'heure d'expier. Jamais plus je ne verrai la lumière du soleil. Ah, voici la bête à dix cornes et sept têtes. Elle m'arrache les yeux. Et toutes les choses délicates et magnifiques sont perdues pour moi et je ne les verrai plus. Malgré la crainte de leur tourment, viens à moi, tendre épouse.

Et papa montrait ses pieds endoloris, où des chiques s'incrustaient copieusement, ses jambes boueuses, ses chairs lacérées. « Je suis resté dans les marécages toute la journée, ma femme épouse adorée. » Maman sortait de la pièce et apportait une bassine d'eau où marinaient des plantes et il y trempait ses pieds. « Que les hommes sont méchants ! » s'exclamait-elle. Maman ôtait les chiques à l'aide d'une aiguille chauffée à la braise. « Que la vie est dure ! » disait-elle. Maman désinfectait les blessures et se battait avec les brindilles dans ses cheveux : « Où sont partis nos rêves, mon époux ? » Puis elle se précipitait aux toilettes, mélangeait dans une bassine cuivrée l'eau froide et l'eau chaude, restait quelques minutes les yeux fixés sur le mur humide où de minuscules mille-pattes faisaient le gros dos, car un peu de nostalgie la prenait de face. « Dire que je souhaitais avoir des vraies toilettes ! » murmurait-elle, puis à voix haute : « Ton bain est prêt, mon époux ! »

Papa allait au bain, un pagne attaché sur ses hanches et une serviette sur les épaules. Il prenait maman par la taille et lui murmurait des sucres dans le dos : « Ils ne t'ont pas fait du mal, n'est-ce pas, ma femme adorée ? » L'épouse adorée roulait des hanches, souriait et rétorquait : « Non, mon époux. L'enfant se porte bien. » Papa se détachait d'elle : « Je ne veux pas entendre parler de celle-là ! »

Quand papa sortait de son bain, un plat de couscous et une soupe fumante l'attendait sur la table. Il mangeait avec voracité, rotait, laissait tomber ses bras avec la paix du voyageur enfin au foyer :

– Se planquer, c'est pire que l'abattage des bois, soupirait-il.

– Il n'y a plus de lait, mon époux.

Il fixait intensément les seins de maman :

– T'as plus de lait que nécessaire.

– Il n'y a plus de sucre.

– C'est pas grave vu que ça donne le diabète.

– Plus de farine non plus.

– Fais-toi prêter un peu d'argent par madame Kimoto.

– J'y songerai, mon époux. Mais il n'y a plus de quoi acheter de la viande.

– Je suis fatigué.

Papa s'allongeait sur une natte à même le sol, vanné. Maman montait sur son dos, les pieds nus, et faisait craquer ses vertèbres.

– Il n'y a plus de maïs pour faire le couscous.

– Inscris-toi à l'U.P.C., disait-il.

– Mon époux a sans doute raison. Mais si mon époux consentait à reprendre son travail à la scierie, ça serait sans doute mieux.

– Tu ne sais pas ce que tu dis. À moins que tu aies décidé d'avoir un mari aveugle. Cette horde de sauvages n'hésitera pas à me crever les yeux s'ils me chopent.

– Mon époux a sans doute raison.

– Ouais. J'ai toujours raison, mais pour le moment je suis fatigué.

Quelques minutes plus tard, sa bouche grande ouverte renvoyait l'air à intervalles réguliers. Maman s'allongeait à ses côtés. Quand elle se réveillait, papa était reparti depuis le premier chant des coqs.

Les jours suivants, dès l'aube, les Couscoussiers vinrent réclamer l'œil avec les mêmes mots, la même obstination. Un matin, ils s'aperçurent que le souvenir du drame s'effilochait de leur mémoire. Ils s'étaient tellement remué la cervelle avec des « comment coincer le Bénérafa ? » et des « comment le punir ? » et des « comment cela s'était passé ? » que tout avait fini par s'emmêler dans leur souvenir, à tel point qu'un matin, un homme dit :

– C'est avec une flèche que Bénérafa a crevé l'œil d'Ali.

– Mais non ! avec un fusil ! j'ai entendu *pan ! pan !* renchérit un autre, à la figure de singe.

– Il avait une lance ! dit une femme.

– Un gros bambou, cria une autre.

Il y eut une telle pagaille de Nègres surexcités que le journaliste-news intervint aussitôt et dit, en tapotant son magnétophone :

– J'ai la preuve irréfutable, incontestable, plus vraie que nature du déroulement exact de l'événement.

– On peut écouter ? supplia un môme.

– Bien sûr, bien sûr, dit-il. Mais c'est cinq francs par personne. J'ai investi, moi !

Le journaliste-news fit fortune, à la manière des Couscoussiers. Il eut de quoi s'acheter du beaufort tous les jours pendant un mois. On l'enviait tellement qu'on refusa de réécouter sa cassette.

À force, les Couscoussiers se créaient des nouvelles fraîches, plus stimulantes, plus astucieuses, pour ne pas s'assécher. L'information à la mode nous relatait que papa était un sorcier. Il aurait crevé l'œil de son adversaire lors d'un combat invisible. On soutenait cette version mordicus. Et pour plus de crédibilité, on décrivait papa en dragon avec des langues de feu grandes comme des montagnes. On racontait l'histoire aux enfants lors des veillées. Le matin, sur le chemin de l'école, les mômes jetaient des regards craintifs vers notre concession. Même le chef, chargé d'étudier le dossier, ne savait plus exactement ce à quoi il avait réellement assisté. On venait encore chez nous, mais on y parlait à voix basse en versant trois gouttes d'eau par terre pour satisfaire l'esprit de papa, entré dans la mythologie, capable d'être partout à la fois et de vous transformer en n'importe quoi d'horrible.

Trois semaines plus tard, la plupart de ceux qui venaient réclamer l'œil restèrent chez eux. Quand on leur demandait pourquoi, ils rétorquaient : « *That is not my problem, brother.* » Ils haussaient les épaules et continuaient leur chemin : « Chacun sa croix. » Seuls quelques irréductibles de la justice s'acharnaient encore, parmi lesquels on dénombrait : le chef décidé à rendre justice, sinon pour-qui-va-t-on-finir-par-me-prendre ? Monsieur Moustapha avec qui papa s'était engueulé autrefois pour une histoire de femme ; monsieur Ayissi, un soûlard qui trouvait ainsi un peu de compagnie pour tuer la journée ; le journaliste-news Ndongué qui tenait son scoop ; et enfin le menuisier, bien décidé à fourguer son cercueil. Dès lors, on circulait mieux dans la maison et je respirais.

Ce jour-là, une légère brise soufflait mais n'ébranlait rien, même pas l'herbe. Le soleil donnait si fort que l'ombre allongée des arbres ne pouvait le contenir. Les Couscoussiers qui s'accommodaient bien de l'oisiveté étaient affalés sous leur véranda, à royaumer. Les hommes fumaient en s'épouillant les testicules. Les femmes triaient la farine pour le repas du soir, avec des gestes lents. Chez madame la Tenancière, les filles se dégageaient des doigts des clients et imitaient les margouillats qui reposaient leurs grosses têtes rouges sur des pierres et méditaient. Chez nous, maman m'allaitait avec paresse, et les créanciers, qui ne savaient même plus pourquoi ils continuaient à envahir notre maison, mâchouillaient leurs brins d'herbe en silence. Tout ce peuple était plongé dans l'hébétude lorsque le menuisier, retroussant ses lèvres sur ses grandes dents blanches, se tourna vers Ali :

– Qu'est-ce que tu veux, exactement ?

– Moi ? demanda Ali en ouvrant grands les yeux.

– Je ne vois personne d'autre.

– Parler épuise, dit-il. Je dois économiser mes forces.

– Voilà qui est sage, dit le chef.

– Se taire et ne pas bouger épuise bien plus, dit le menuisier.

– Voilà qui est sage, dit le chef. Il faut agir.

Ils se levèrent. Le chef ramassa le fauteuil boiteux de papa, le posa sur sa tête et se tourna vers maman :

– Si ton mari veut reprendre ses affaires, il doit se soumettre à la justice !

Il sortit. Le menuisier entassa les casseroles et montra ses dents :

– C'est la loi.

Il suivit le chef. Monsieur Ali s'attaqua au lit conjugal :

– Œil pour œil, dent pour dent, dit-il.

Le journaliste-news décrocha la photo et la mit sous son bras. Ils s'en allèrent et revinrent ramasser les matelas, les bassines, les casseroles, même les vêtements. Ils suaient comme dix mille troupeaux d'hyènes. Leurs pieds s'enfonçaient dans la boue tant ils étaient chargés de bricoles :

– C'est la justice ! braillait le chef. Quiconque se comporte mal dans ma circonscription sait ce qui l'attend.

Entre deux chargements, le journaliste éclairait mes concitoyens sur l'instruction du dossier :

– Monsieur Bénérafa s'est soustrait à la Justice et la Justice va vers lui !

Les femmes qui allaient aux puits n'avaient plus rien à faire de leurs seaux d'eau et les posaient dans la poussière. Les doudous abandonnaient leur repos. Les mômes de l'école française chantaient « Un kilomètre à pied, ça use les souliers ». Maman ne bougeait pas. Elle avait réussi à sauver une robe à grosses fleurs jaunes et un chapeau avec un bouquet d'hortensias. Elle les revêtit et nous nous assîmes sous la véranda. C'était pour nous un réel changement, cette ambiance de paix. Nous restâmes de longues heures au soleil, à regarder des gros lézards verts donner la chasse à leurs petites femelles grises ; les grosses têtes des margouillats qui se jetaient sur des mouches et les avalaient sans s'étouffer ; des chats pelés qui poursuivaient des oiseaux ; des femmes qui revenaient du marché, leur bassine de marchandises sur la tête.

Quand papa revint cette nuit-là et vit la maison vide, il crut s'être perdu. Maman vint se frotter à lui. Quand ça lui parut suffisant, elle dit :

– Ils ont tout pris, mais c'est pas assez pour faire mon malheur.

Papa promena son regard autour de la pièce :

– Qu'est-ce qu'il te faudrait de plus, ma chère épouse adorée ?

Maman haussa les épaules, mais elle n'eut pas loisir de répondre, papa donna un coup de pied dans la porte et ressortit en braillant : « Bande de voleurs ! Tarés ! Mangeurs de cochon ! » Il hurlait si fort qu'on vit des lampes-tempête s'allumer une à une derrière les fenêtres et la nuit sembla plus noire. Des mômes se réveillèrent en pleurant. Des femmes tirèrent discrètement sur les rideaux et jetèrent un œil : « Qu'est-ce qui se passe ? » Des hommes, le pagne attaché aux hanches, sortirent devant leur porte, coupe-coupe en main, et crièrent : « Au voleur ! Au voleur ! » Un ancien combattant, en tenue de combat, mit son fusil long rifle ancien modèle en joue : « Où est le voleur ? Hein, où est le voleur ? Je vous jure que je lui fais la peau nette et propre ! »

Papa continuait à haranguer et maman se brisait la langue à le raisonner : « Calme-toi, mon époux. On peut tout recommencer, la vie n'est pas finie. » Papa ne l'écoutait pas et insultait tout le monde :

– Voyous ! Connards ! C'était un accident sans préméditation, bande de lâches ! Sortez immédiatement de vos cases pour qu'on s'explique d'homme à homme, face à face !

– Pour que tu nous crèves un œil ? demanda une voix dans l'obscurité.

– Non merci, ajouta quelqu'un d'autre.

Mes compatriotes retournèrent chez eux et les

lumières s'éteignirent. Seul le chef resta pour convaincre papa de la nécessité d'aller se coucher, sinon...

– Sinon quoi ? demanda papa.

Le chef prit peur. Il se mit à parler de ses efforts dans la construction d'une cité harmonieuse pour le bien de tous et de chacun.

– Ton comportement n'est pas constructif du tout, du tout, dit papa.

– Je suis le chef, répéta le chef.

– Un voleur, dit maman.

Papa la renvoya immédiatement à la maison. « Chaque chose a ses limites », avait-elle coutume de dire, et : « Il est bon de savoir où s'arrêter. » Elle rentra à la maison.

Papa et le chef discutaillèrent longtemps. Le chef lui parla de vertu, de probité, de vérité, d'amour et de « Nous ne sommes pas des indigènes », phrase qui évoquait l'enlaidissement éternel du Nègre. Il l'enveloppa, l'air de rien, de beaux mots sonores et pompeux, et conclut en ces termes :

– Nous jugerons l'affaire demain.

Avec votre permission, après-demain, dit papa. Il faut que je me prépare pour vous recevoir en bonne et due forme.

– Je l'avais dit, fit le chef. Bénérafa est un homme civilisé !

Papa remballa sa colère, ses cris et ses insultes. Il dormit cette nuit-là paré de brillantes sentences morales.

4

Le lendemain, les créanciers de l'œil rapportèrent nos affaires.

– C'était juste pour impressionner, dit le menuisier.

– On voulait juste que tu réagisses, dit le soûlard en remettant le fauteuil boiteux de papa en place.

– Merci, dit papa.

– Il faut combattre l'anarchie car elle est la conséquence directe de la corruption dans nos pays, dit le journaliste.

Là, papa eut un mouvement d'inexplicable hésitation.

– Mets les casseroles exactement là où tu les as prises, ordonna maman.

– Oh ! oh ! dit le journaliste-news.

Papa et le journaliste-news se regardèrent, sournois. Ils s'efforçaient de ne pas s'offenser mutuellement. Papa se tourna vers maman et dit :

– Sers donc un peu de bière de maïs au patriote.

Maman sourit, mais bientôt son sourire s'éteignit. Elle s'activa, renversa une chaise, des calebasses grouillèrent. Elle servit et se tint à l'écart autant qu'elle le pouvait. Les deux hommes trinquèrent au bonheur et au malheur, car les deux se confondaient dans leurs esprits.

Ensuite, toute la journée, papa courut emprunter de l'argent. C'était un spécialiste du genre, à qui les gens regrettent de donner leur argent, une fois qu'ils l'ont fait... Il se surpassa. Je l'imagine prenant l'air du plus malheureux de la terre, se tenant la tête, se frappant la poitrine : « Allah ! c'est le Jugement dernier. J'entends les trompettes angéliques qui annoncent la fin du monde. Je reçois des invités de marque chez moi et ils ne trouveront rien, pas même une bouteille de beaufort pour se désaltérer ! Ah, quelle honte ! quelle honte ! La misère nous ôte toute notre honorabilité ! » Et de cracher copieusement dans la poussière avant d'achever ses lamentations en ces termes : « Oh, mon frère, ma sœur, il faut venir au secours d'un homme dont la position sociale est menacée. Je ne demande pas beaucoup. Oublions le beaufort. Juste un petit cent francs pour un litre de vin de palme. Je te les rembourserai, sur l'honneur ! »

J'imagine les femmes disparaissant derrière les cases, soulevant leur pagne et sortant les économies qu'elles cachaient dans une cordelette autour de leurs reins ; les boîtes de Guigoz arrachées prestement sous le toit où tintaient des pièces de monnaie ; les dessus-de-lit, les matelas retournés. Même de la scierie où il portait des sacs de sciure et où il n'avait pas mis les pieds depuis trois semaines, il ramena deux cents francs ! Finalement, nous eûmes de quoi acheter un mouton, un casier de bière et quelques dames-jeannes de vin de palme. Papa était heureux, car pour lui, au-delà des problèmes, recevoir dans d'aussi bonnes conditions était un événement. « Je suis le disciple de Mahomet », dit-il cette nuit-là à ma mère. Il éclata de rire avant de continuer : « Allah n'oublie jamais ceux qui l'aiment. » Maman se montra irritable, elle se tourna vers le mur et dit : « Comment comptes-tu rembourser tout cet argent ? » Papa rétorqua : « Comme d'habitude, femme. Je me débrouillerai. Ne gâche pas mon plaisir. » Et il s'endormit.

Ce dimanche-là, il faisait aussi chaud que d'habitude et nos vêtements nous collaient à la peau. J'adhérais complètement au dos de maman où j'étais attachée. Les Couscoussiers chrétiens empruntaient le sentier qui menait à l'église, les hommes devant, vêtus de boubous bleus, avec une grosse bande rouge. Ils étaient déjà un peu ivres et s'acheminaient lentement, discutaillant fort, vers leur rédemption. Les femmes en kabas blancs avaient ramassé leurs milliers de tresses dans des fichus : c'est connu, Dieu déteste les cheveux. Elles chantaient des psaumes : « Tends l'oreille, Yahvé, réponds-moi, garde mon âme car je suis ton amie. » Les jeunes filles, en tulle arraché à des moustiquaires, tenaient dans leurs mains des fleurs de bougainvillier épuisées de chaleur.

Chez nous, on préparait la réception. Les femmes dépecèrent le mouton, écrasèrent la tomate et les arachides. Maman mit de l'eau sur le feu et, pendant qu'elle pilait le maïs, elle n'arrêtait pas de soupirer : « Les hommes n'ont pas leur tête en place ! Comment va-t-il rembourser tout cet argent ? » Une de mes compatriotes rétorqua : « Ce qui est bon ne se prête pas. Ce problème va être résolu comme à son habitude, c'est toi qui vas rembourser, ma très chère. » Et elle cracha dans la poussière. Maman la regarda. Elle n'avait pas de tristesse dans les yeux, mais de l'indifférence. Elles préparèrent du couscous de maïs, du plantain, ainsi que vingt-cinq litres de sauce. On alluma un feu dans la cour. On fit braiser le mouton et l'odeur des feuilles brûlées était intense.

Vers trois heures, maman se lava et mit sa précieuse robe à grosses fleurs jaunes. Papa revêtit un grand boubou bleu avec des broderies pareilles à de l'or. Vers quatre heures, les premiers Couscoussiers arrivèrent et se mirent en deux colonnes, depuis l'avenue principale, jusqu'à notre demeure, laissant un passage au milieu pour l'arrivée du chef. Vers quatre heures et demie, le chef s'amena, à pas pesants. Il leva une main pour saluer la foule sous les applaudissements. Il était escorté à droite par le plaignant, et à gauche par le greffier, un Nègre arabisé avec trois cheveux sur la tête et dont les costumes trop larges piégeaient tous les vents. Le chef prit place dans le fauteuil boiteux de papa, le greffier à sa droite et monsieur Ali à sa gauche. Mes compatriotes s'achalandaient où ils pouvaient, dans la maison, dans la cuisine, sous la véranda. Même la cour était noire de monde. Les visages semblaient plus vieux à force de transpirer. Les murs eux-mêmes craquaient. Le manguier gémissait. Le linge accroché aux fils tombait sale dans la poussière. Maman s'inquiétait : « Comment vais-je les nourrir tous ? » Aidée par les voisines, elle fit comme le Christ, multiplia le mouton en le coupant en petits carrés. Lorsqu'il fut prêt, elle mit la sauce fumante dans une bassine, des morceaux de viande ballottaient dans la seconde et le couscous de maïs dans la troisième. Le tout fut transporté au salon, où les dignitaires couscoussiers commençaient à saliver et à s'impatienter. Monsieur Ali se leva brusquement et cria :

– Avant la nourriture terrestre, la nourriture spirituelle. Je veux mon œil !

La foule mécontente grogna. Il y eut quelques raclements de pieds. Le chef, contraint de satisfaire les désirs, se leva péniblement, et déclara :

– La cour !

Tout le monde se leva. Il entonna : « Allons enfants de la patrii-i-eu, le jour de gloire est arrivé. » Mes compatriotes chantèrent à sa suite, très faux, d'une voix lasse. Après la première phrase, ils continuèrent par des bruits de gorge sonores. Ils complétaient à leur manière les paroles de *La Marseillaise* qu'ils ignoraient.

– Repos ! cria le chef.

Tout le monde se rassit. Avant que le chef ne reprenne la parole, papa mit un genou à terre pour lui rendre hommage. « Très bien, très bien », dit le chef. Il croqua une noix, la mâcha, retroussa les lèvres.

– Depuis combien de temps es-tu dans le quartier ?

– Depuis toujours, dit papa.

– As-tu déjà eu faim ?

– Pas vraiment, répondit papa.

– Peut-être froid ?

– C'est difficile, dit papa, pensant : « Il fait trop chaud dans ce pays, un peu de froid ne ferait pas de mal. »

– T'es-tu senti rejeté, malgré ta religion si différente des belles paroles consignées dans la Bible par notre Très Sainte Église catholique apostolique ?

– Pas tout à fait puisque je suis couscoussier reconnu légalement par la Constitution sur le droit à la citoyenneté.

– Agressé ?

– Non.

– Je l'avais bien dit : nul ne meurt réellement de faim chez nous. Personne n'a froid. On n'agresse personne dans les rues. La solidarité entre les peuples trouve sur cette terre sa plus juste expression.

Il parcourut des yeux l'assistance. Il se leva, souleva son boubou, et découvrit son ventre bedonnant : « On mange à sa faim ici », dit-il en le tapotant. Il ouvrit ses lèvres, montra ses dents : « Tout le monde est en bonne santé. » Il leva les pieds, nous fit voir ses chaussures noires à rayures blanches : « Personne n'a froid. » Tout le monde éclata de rire.

Il réclama le silence et dit :

– Donc... (grande inspiration-expiration), donc, excluant toute probabilité d'agression, pouvant induire une quelconque action d'autodéfense (très grande expiration) ou d'instinct de survie, je te déclare (très grande pause et regard circulaire sur l'assistance, puis élévation brusque du ton et débit rapide :) COUPABLE pour coups et blessures avec préméditation, non-assistance à personne en danger. Accusé, as-tu quelque chose à dire pour ta défense ?

– Ce n'était qu'un accident.

– C'est bien ta main qui a pris ce bambou ?

– Oui.

– Et tu as crevé intentionnellement l'œil de notre frère Ali ?

– Accidentellement.

– Tu aimes bien Ali ?

– Comme tout le monde.

– Et tu crois en Dieu ?

– Naturellement.

– Mesdames, messieurs, chers compatriotes et ancêtres vivants et morts, vous avez la preuve éclatante de la culpabilité de Bénérafa. Dieu a dit : « Tu ne tueras point. » Il croit en Dieu et crève un œil à son frère. Je le déclare coupable à cent pour cent, sans circonstances atténuantes.

– *One minute*, dit le journaliste-news Ndongué en sortant son attirail. On pourrait réécouter la bande et voir si...

– On s'en fout, de ta bande ! cria l'assistance.

– Dans toute justice, il convient de juger équitablement...

– On a faim ! hurla quelqu'un.

– Il a bien le droit de s'expliquer, dit maman. Après tout, c'est de sa faute. Sans son magnétophone, il y aurait pas eu drame.

– Quelles sont ces méthodes qui consistent à jeter le doute sur les témoins de l'accusation ici présents ? demanda le chef, très en colère.

Ses lèvres s'avançaient comme celles d'un chimpanzé furieux. Ses sourcils broussailleux se rejoignaient. Il se leva, mit les deux mains sur ses hanches et jaugea papa avant de continuer, offusqué :

– Quels sont ces procédés qui consistent à salir les gens en insinuant qu'après tout cette affaire serait de la responsabilité non de l'accusé mais d'un simple témoin oculaire ?

– La méthode des voyous, dit l'assistance.

Le chef jeta un regard ironique à maman, s'alluma une cigarette et dit :

– La voix du peuple a parlé. Je suis démocrate, moi, et à ce titre je te condamne, Bénérafa, à dix mille francs d'amende, dont les termes de remboursement seront consignés par le greffier du tribunal administratif.

– Mais... où vais-je trouver cet argent, chef ?

– Chaque chose en son temps. Aussi, je déclare les festivités ouvertes.

Les boissons furent distribuées à la foule dans des gobelets en ferraille. La bassine de viande passa devant les mains avides. On s'empressait de se servir, car le nombre de personnes présentes dépassait toutes les prévisions et on se servait de minuscules parts. L'atmosphère devenait de plus en plus houleuse. À l'inverse du miracle de la multiplication en Galilée, les mets disparaissaient avant de parvenir aux derniers invités. Éméché, le chef décréta une série de lois contradictoires. Une femme se plaignit qu'elle n'avait eu du mouton que son odeur et que sa faim s'en trouvait avivée. Et comme le festin s'avérait en dessous des espérances, maman frappa ses paumes l'une contre l'autre pour distraire les invités. Elle chantait et les invités broyaient les os, puis recrachaient les fragments dans la poussière. Pourtant, à la fin, on fit cercle autour de maman. On dansa en rond. Et comme la quantité de vin était supérieure à celle de la nourriture, les yeux louchaient d'ivresse. À la fin, on se serait cru à un mariage. Les gens dansaient. Leurs corps se contorsionnaient. Les femmes poussaient des youyous et se lançaient dans des *tenk-akouk*. Un homme habillé en jujukalaba, avec des échasses aux pieds, entraîna papa devant le chef et ordonna : « Agenouille-toi, Bénérafa ! Agenouille-toi et remercie Dieu de t'avoir donné un saint chef. Remercie tes ancêtres d'avoir un chef si généreux et si compréhensif. Remercie-le ! » Et il poussa papa à affronter le chef. L'œil vivant de monsieur Ali exultait. Maman, qui suivait la scène, se laissait aller à des pensées dangereuses pour son équilibre mental : « Ils viennent manger notre nourriture, ensuite ils nous condamnent, enfin il faut leur dire merci, quel monde ! » Accrochée à son dos, j'avais l'impression que si elle se laissait aller sur cette voie, elle éprouverait bientôt l'envie irrésistible de hurler *sales hypocrites*, de les battre tous avant de les mettre à la

43

porte. Elle ne fit rien, non par affection ni respect mais parce qu'elle n'avait pas de raisons suffisantes pour les insulter. Papa remit un genou à terre, déjà prêt à tout accepter. Le chef rota généreusement et dit : « Inutile de me remercier ! Rien d'étonnant au fait qu'un chef subvienne aux besoins de ses sujets. C'est le devoir. Impossible de rester insensible quand il vous appelle. »

Vers cinq heures du matin, l'orage éclata et la plupart de mes compatriotes rentrèrent chez eux. Ceux qui craignaient l'orage restèrent. La pluie cognait sur la tôle ondulée et s'infiltrait par les fissures du toit. Maman mit des casseroles partout où l'eau dégoulinait. La pluie donnait si fort sur la toiture qu'elle rendait toute conversation inaudible et chacun dormit où il put, recroquevillé à même le sol ou sur les chaises, les bras ballants, la bouche ouverte. Maman passait entre les sommeilleurs et ramassait un couteau, une fourchette, une cuillère, des bouteilles vides, des plats, cassés ou non, qu'elle empilait dans une bassine. De temps à autre, elle bâillait, s'étirait, posait une main sur son dos : « Ah ! que je suis fatiguée ! » À la fin, il y avait un tel amoncellement de bassines dans la pièce qu'elles rendirent tout déplacement impossible. Papa était assis à même le sol, les jambes ramenées sous son menton et marmonnait sans cesse : « Dix mille francs, où vais-je trouver cet argent ? » Brusquement, il se leva, enjamba comme il put les casseroles et les bouteilles. Il vint dans la chambre, me regarda férocement et cria : « C'est de ta faute ! Si t'avais pas eu l'idée de naître fille, j'aurais crevé l'œil à personne. » Je gardais un silence renfrogné, je n'étais qu'un bébé. Il me regarda encore méchamment avant de cracher : « Bouche fermée, cœur rempli d'orgueil. » Puis il s'écroula sur le lit, tout habillé. « C'est de ta faute ! » Et il s'endormit.

Cette phrase allait rythmer nos relations. « C'est de ta faute ! » quand j'adoptais, selon lui, un comportement qui me rendrait inapte aux véritables tâches féminines.

« C'est de ta faute ! » quand il se querellait avec maman.
« C'est de ta faute ! » tout simplement quand la vie faisait mal à papa.

5

Ces indications sur les circonstances de ma naissance et des événements qui en découlèrent donnent
l'ambiance générale de notre cité. Ailleurs, les gouver-
nements vous soutiennent dans la vie et même dans la
mort. Des « précis » sur l'éducation des enfants, la
sexualité, la santé, les MST et autres sont généreusement distribués aux citoyens. Chez nous, tout cela se
faisait au petit bonheur et dans le désordre, ce qui rendait la vie passionnante. Notre population franche, sym-
pathique, quelque peu naïve, a toujours suscité le plus
grand intérêt pour les touristes, du moins pour ceux
d'entre eux qui osaient quitter Douala-ville pour s'aventurer à New-Bell.

J'ai été élevée à la façon des Couscoussiers. À quatre
ans, maman m'apprit l'art des forces telluriques, une
stratégie pour l'emporter dans les discussions, gagner le
respect des autres et dominer ses désirs. « Ferme les
yeux et inspire-expire », m'ordonna ma mère, le jour où
je pleurai devant un étalage de bonbons roses, jaunes
et verts. Puis, de retour dans son coin-cuisine, maman
me dit : « La chèvre broute là où elle est attachée, mais
ne tire pas sur sa corde pour brouter plus loin, car elle
risque de s'étrangler. » La semaine suivante, j'inspirai et
j'expirai devant les jolies pierres à sucer. Ses achats terminés, maman cueillit quelques bonbons et paya
l'addition.

C'est à peu près à ce moment-là que papa m'envoya à l'école coranique du quartier. Il n'était pas convaincu, comme certains Couscoussiers, que « les enfants instruits d'aujourd'hui feront les familles aisées de demain » mais, déjà à cette époque, beaucoup d'hommes préféraient des femmes qui savaient lire et écrire. Cet intérêt n'était pas d'ordre matériel – puisque les femmes n'occupaient pas de hautes fonctions administratives – mais il correspondait à un critère d'élévation sociale. Si vous passez un jour à Douala, dans la vraie ville, de la route vous apercevrez une grosse Noire qui chante : « Maître Corbeau sur une branche perché, tenait dans son bec un fromage. » Ce n'est pas Jessye Norman, mais Madame l'épouse de Monsieur le Président de quelque chose, Directeur de ceci, Adjoint-truc-machin qui récite des vers pour redorer les blasons de son époux lors des réceptions.

L'école des filles-coranisées était une vieille bâtisse qui n'avait rien à envier à l'école publique de confession chrétienne située sur la place publique : un bâtiment unique, sans porte ni fenêtres, une toiture de tôle fracassée ; des murs blancs couverts de chiures de mouches et de plantes sauvages qui y grimpaillaient. Pendant les longues périodes de la saison sèche, dès neuf heures, la réverbération du soleil nous empêchait de voir les inscriptions de la maîtresse sur le tableau noir. Assises à même le sol, tablettes sur nos genoux, nous copiions sur l'ardoise du voisin. Il n'était pas rare de trouver des syllabes en forme de serpent ; des voyelles à bosses de chameau ; des phrases qui n'avaient aucun sens, à moins qu'elles n'aient ressemblé à un croisement du canard et du chien. Maîtresse d'école était une Couscoussière-arabisée avec des cheveux de nourrisson et des petites palmes cinglantes. Elle ne possédait qu'un livre : le Coran. Elle nous chantait des versets et nous les répétions à sa suite. Nous ne comprenions rien à leur signification et comme les sentences étaient vite épuisées, l'enseignement se résuma rapidement à une répétition de formules toutes faites comme : « Tu honoreras ton père et ta mère. »

Cependant, Maîtresse d'école s'obstinait à chanter ces versets et imaginait sans trêve des combinaisons possibles qui finissaient par nous ennuyer. Au fil des mois et des années, nous en revenions à la formulation initiale, en recopiant les mêmes versets qui se vidaient de leur sens. Nous les répétions et les écrivions machinalement, pour donner un sens à nos vies difficiles avec des phrases mortes.

Je me sentais bien dans ce monde. J'y avais le privilège, comme toutes mes camarades, de penser que notre vie n'était pas tracée, et cela nous permettait de laisser aller l'imagination. Je fis la connaissance d'Amila de Pontifuis, une Négresse-islamisée de Couscous. Nous avions le même âge et partagions les mêmes douces rêveries. Amila de Pontifuis était très grande, très timide. Ses pieds étaient trop grands ; trop grandes ses mains ; ses cheveux trop crépus, et plus pouilleuse que la plupart d'entre nous. Mais, plus tard, sa poitrine fut plus débordante. Ses parents étaient morts dans un accident de train, à moins qu'ils n'aient été tués par des sorciers avides et jaloux. Je ne m'en souviens plus, le temps a lissé ma mémoire. Ce dont je suis certaine, c'est qu'elle était élevée par sa tante, colporteuse de vin de palme. Amila de Pontifuis avait mille prétextes pour venir jouer avec moi. En réalité, elle venait chez nous pour manger. Chaque fois qu'elle s'amenait, je m'asseyais à côté d'elle et l'observais. Elle nous épiait aussi. Elle parlait peu, mais ses lèvres remuaient quelquefois, juste pour le nécessaire. Elle demeurait silencieuse et attentive, étudiant tout ce que nous faisions et disions, avec une intensité qui me mettait mal à l'aise. Mon père pensait qu'elle était à plaindre et ne se privait pas de le dire pour que j'apprécie la chance d'être vêtue et nourrie convenablement. Je n'en étais pas si certaine mais, un jour, Amila de Pontifuis me demanda :

– Est-ce que je peux rester dormir avec toi, Saïda ?

– Ta tante va se fâcher.

Elle s'assit sur ma natte et m'observa de ses yeux creux. Ses vêtements crasseux tombaient entre ses cuisses amaigries.

– Ma tante se fout de savoir où je suis et ce que je fais, dit-elle brusquement.

Je restai silencieuse. J'analysai l'étendue de ma chance d'avoir toujours quelqu'un pour me réconforter lorsque je faisais des mauvais rêves.

– Mais un jour, je me marierai, dit-elle. J'aurai des enfants, une belle maison, des domestiques et je mangerai du fromage avec de la salade et des pommes de France.

À voir sa figure si éclairée de bonheur, j'éclatai de rire : « Tu m'inviteras ? » demandai-je. Elle prit une mine toute sérieuse et dit : « Bien sûr ! Pour qui me prends-tu, à la fin ? » Je haussai les épaules : « En ce qui me concerne, tu viendras vivre chez moi. » On se voyait mariées à des chefs d'entreprise, exportateurs du bien-être social, grands consuls de la République du Cameroun à Paris. Nous avions un avant-goût de l'Europe : un vendredi sur quatre, des missionnaires français nous distribuaient du lait.

Les distributeurs de lait étaient blancs, d'origine française, car ils inspiraient crainte et courbettes à Maîtresse. La veille de leur arrivée, il n'y avait pas cours. Nous lavions notre classe. Nous essuyions nos bancs et le tableau noir. Bien avant l'heure, Maîtresse nous libérait en disant : « Les enfants, demain nous aurons une journée spéciale. Des Français nous rendent visite et vont distribuer du lait, aliment nécessaire à votre épanouissement et à votre croissance car il contient des vitamines, des protides et des glucides. Vous allez rentrer chez vous, laver vos vêtements, sans oublier votre bouche, le nez et les oreilles ! Sans oublier les pieds, la tête et les mains. » Elle observait quelques minutes de silence, soupirait avant de continuer : « Me suis-je bien fait comprendre ? — Oui, madame », répondions-nous. Et nous nous éparpillions avec la frénésie de n'importe quelle classe.

Amila et moi, retournions lentement chez nous. Là où la route se séparait, nous nous disions au revoir. J'en profitais pour m'arrêter chez Bitam, la grosse épouse du pharmacien. Mes compatriotes ne l'aimaient pas. On l'accusait de m'avoir ôté mes forces mâles. On racontait que madame Bitam était une sorcière qui tuait les enfants. On disait que certains patients du docteur mouraient parce qu'elle dévorait leurs médicaments à leur place. Moi, je l'aimais parce qu'elle me donnait des gâteaux, mais aussi parce qu'il y avait chez le pharmacien de la Nivaquine, des aspirines, des pansements pour cors du docteur Scholl, des forceps, d'énormes balances, des seringues hypodermiques, des ferrailles rouillées reliées entre elles par d'énormes tuyaux qui débitaient des décoctions, des bocaux remplis de plantes médicinales, des vipères qui vous observaient de leurs yeux verts, des grosses souris grises qui s'auto-poursuivaient dans des cages en bois blanc, des fœtus humains qui marinaient dans des liquides où ils tournoyaient lentement. Il y avait aussi des livres sur la médecine, des revues comme je n'en avais vu nulle part ailleurs et qui lui permettaient de remplir des pages d'annotations.

Le pharmacien était ingénu et ingénieux. Tapi dans son laboratoire, il n'hésitait pas à utiliser les Couscoussiers comme sujets d'expériences. Pourquoi en effet expérimenter des médicaments sur des animaux, ces thalamus primitifs, alors qu'il avait à portée de la main des humains dotés de la parole, et qui se reproduisaient sans répit ? Le pharmacien découvrait sans cesse quelque chose. Un ovule à base de cactus pour guérir de la stérilité ; des feuilles de palmier mélangées à l'huile de palme pour la bronchite ; des vers de terre broyés, additionnés aux champignons moisis, pour le traitement du cancer. Quand certains d'entre nous mouraient malgré le pouvoir hyperefficace de ses décoctions, monsieur le pharmacien disait : « C'est la vie ! » Il passait ses mains sur son crâne chauve : « C'est la vie ! La médecine a fait ce qu'elle pouvait. Le hasard décide du reste. » Et il s'enfermait dans son laboratoire.

Quand monsieur le pharmacien me voyait, son regard errait tour à tour sur l'immobilité oppressante des objets qui l'environnaient, puis il tournait sa tête-coco vers moi :

– Ça va, ma petite Saïda ?

– Ça va, monsieur, et vous, monsieur ?

– Très bien, ma petite Saïda. J'avance dans mes recherches.

Il me souriait et m'expliquait que, bientôt, il recevrait des lauriers des mains du roi géant qui est là-bas, en Suède. La Suède, j'ignorais où c'était, mais j'étais polie : « Par la grâce de Dieu, monsieur, disais-je. – Dieu n'existe pas en matière de recherche, ma petite Saïda. Ce qui compte, c'est le travail. » Il me faisait étalage des comptes rendus de ses observations, toutes concluantes. Je ne comprenais rien à ses termes médicaux. Je regardais de biais madame la pharmacienne, assise sur une natte, dans toute sa glorieuse lipodystrophie, entourée de romans dont on pouvait aisément passer de la page dix à la page cinquante.

– Laisse cette enfant tranquille, disait-elle.

– Oh, ma femme, vraie côte née de la vraie côte, je suis sûr que je recevrai la coupe de la réussite ! Et tu y boiras de tes lèvres scintillantes de merveilles.

– Et je t'accompagnerai en Suède.

– Nous prendrons l'avion en première classe, *my first lady*.

– C'est ça ! Tu ferais mieux de débarrasser ma cuisine de tes horreurs.

– J'en suis sûr, ma chérie. N'eussent été les envieux et les jaloux, je l'aurais déjà. Mais avec ma nouvelle découverte sur le cancer...

Sans lui laisser le temps d'achever sa phrase, la pharmacienne m'entraînait dans la cuisine obscure, toute tapissée de photos d'hommes découpées çà et là, dans *Nous Deux* et *Marie-France*. Sous les casseroles accrochées au mur, ou stationnaient des bataillons de mouches, on voyait des cheveux noir corbeau, des épaules d'acier, des mentons carrés, des regards au couteau, tout dans l'excès qu'on attribue à la férocité masculine. Je regardais ces photos, impressionnée, mais aussi toute retournée et je pensais : « Qu'ils sont beaux ! C'est un mari comme celui-là que j'aimerais. » Sans prendre garde à mes états d'âme, Bitam me servait des gâteaux : « À ton âge, on a besoin de manger pour grandir. » Je les dévorais pour mon plaisir et sous le regard attendri de la pharmacienne parce qu'elle n'avait pas d'enfants. Ensuite, elle me racontait des histoires qu'elle avait lues dans ses livres. Toutes les vieilleries sentimentales des *Caroline Chérie* et des *Marquise des anges*, elle les débitait, en oubliait une partie, les relisait pour mon propre et somptueux plaisir. Quand elle achevait, dans la pénombre orangée des volets, ses mains tremblaient : « Quand je vois ce que je suis devenue, comparée à ce que j'étais... » Elle hochait la tête et crachait. Je ne lui demandais pas ce qu'elle était. J'avais du mal à l'imaginer autrement que grosse épouse de son pharmacien. Je la remerciais et rentrais à la maison.

– Où as-tu été ? demandait maman.

– À l'école.

– Hum... Hum..., disait maman. J'ai vu passer tes camarades depuis longtemps.

51

– Je n'avais pas fini de nettoyer. Il y a distribution de lait demain.

Maman, vaincue par mes mensonges, était obligée de me croire. Je lavais ma robe rouge à fleurs, la plus belle et qui n'était pas déchirée, sauf aux aisselles parce qu'elle était usée. Je la séchais au coin du feu. Ensuite, je regardais maman préparer le couscous pour le repas du soir.

Le lendemain, dès l'aube, Maîtresse d'école nous mettait en rang deux par deux et passait la troupe en revue : « Boutonne-toi, imbécile ! Tête droite ! Balancez les mains ! Tournez les fesses, une deux ! Une deux ! Halte ! Repos... »

Nous restions trois heures au soleil à attendre l'arrivée du camion français d'approvisionnement. Nous en avions des fourmillements dans les jambes. Nous transpirions et les colonies de poux se promenaient dans nos cheveux et sur nos nuques. À la fin, nous étions si fatigués que nous nous laissions tomber dans l'herbe. Nous attrapions nos parasites pour les tuer entre nos dents, dans un léger bruit, avant de les recracher dans la poussière. Maîtresse d'école nous désapprouvait : « Bandes de pouilleux ! grognait-elle. Ah ! je perds mon temps avec vous, pardi, putain de merde ! Et les règles de la propreté, qu'est-ce que vous en faites ? » Ce n'étaient que des règles, pas la réalité, alors on ne disait rien. Maîtresse d'école jetait ses yeux en brousse, préférant garder ses forces pour consulter trente-six fois l'horloge à son poignet, se mordre cent cinquante fois les lèvres pour leur donner une couleur rose santé.

Vers onze heures, on entendait des vrombissements et des cris. C'était le camion. Il naviguait pépère, il crachotait, grinçait. Maîtresse d'école frappait dans ses mains et criait : « En rang ! » On se relevait, moisis de chaleur. Des jeunes Couscoussiers non scolarisés suivaient l'automobile et criaient des : « Vive la France ! » et des « Vive Jésus ! » Père François, un Blanc huileux qui avait trimé cent sept ans sous les tropiques pour civiliser les Nègres, sortait ses mains poilues par la vitre et faisait de grands saluts : « Très bien les enfants ! Bravo les enfants ! Vous êtes de braves citoyens ! »

Dès que père François posait ses sandales à lanières marron dans la poussière et bien avant qu'il ait dit mot, Maîtresse d'école levait sa chicote et l'abaissait : « Au clair de la lune, mon ami Pierrot. » Nous chantions en agitant nos minuscules drapeaux tricolores tandis que des curieux, toujours les mêmes, s'attroupaient au portail. On achevait en harmonie discordante sous les applaudissements du public. Père François sortait un mouchoir blanc de sa poche, se mouchait bruyamment :

– Putain de merde de rhume ! disait-il. En attraper sous quarante degrés à l'ombre ! Pays de putain de diable !

Les Couscoussiers le regardaient, penauds, envieux sans doute de le voir parler si bien, se plaindre si joliment. Père François redressait ses épaules et continuait :

– Madame, permettez-moi de vous féliciter pour l'excellent travail que vous faites dans votre école, au nom de Jésus-Christ Notre-Seigneur et du gouvernement français. Par votre action vous contribuez de façon sensible au rapprochement des peuples par la culture et à une coexistence pacifique des religions...

La suite était de la même farine. Maîtresse d'école dilatait au maximum sa carrure imposante :

– Je ne fais que mon métier, disait-elle. (Et d'ajouter avec une fausse modestie :) Vous n'allez pas faire de moi une héroïne parce que mon obligation consiste à apprendre aux enfants que deux et deux font quatre !

Un gros Nègre distribuait le lait, sous l'œil vigilant de père François. Il faut comprendre : même la générosité

chrétienne a ses limites. De temps à autre, père François attrapait une môme par le collet et lui tirait fortement les oreilles :

– C'est interdit de se servir deux fois ! C'est du vol !

Puis il décochait à la malheureuse un coup de pied
en plein dans les fesses :

– Voilà qui t'apprendra à respecter les commandements de Notre-Seigneur Jésus-Christ !

Nous buvions notre quart de litre de lait à la hâte, en
renversions la moitié sur nos vêtements tant nous
avions soif. Il ne nous restait qu'à exprimer à père François notre gratitude et à chanter : « Faut-il nous quitter
sans espoir, sans espoir de retour... » Père François
remontait dans son camion, ému, et adressait des :
« Continuez dans cette voie, madame, et encore félicitations ! – Comptez sur moi, mon père », disait Maîtresse. Et elle tenait parole à la manière couscoussière :
dès que père François avait le dos tourné nous chantions à nouveau nos versets coraniques.

Cette scène, comme toutes les autres de nos vies,
contenait une part d'irréalité, mais quand l'irréalité
s'impose au quotidien, il faut bien en tenir compte.

6

Sous les tropiques, les pensées fondent plus vite qu'un
morceau de chocolat au soleil. Elles s'éclipsent, rapides
comme nos crépuscules. Et plus on veut se souvenir du
passé, moins on y arrive. La chaleur, les urgences de
l'existence, comme manger, dormir sans se faire traquer
par une colonie de moustiques ou manger des légumes
verts en évitant les parasites, voilà les coupables ! Néanmoins, je ne me trompe pas quand j'affirme que c'est

vers l'âge de huit ans que je m'aperçus que papa changeait. Personne ne s'en doutait encore, parce que cela avait commencé à l'intérieur. Au fur et à mesure que le greffier du tribunal Couscoussier, bardé de tampons encreurs et de paperasses diverses, consignait le remboursement de l'œil, naissait en papa une espèce de trémoussement qui déplaçait les notions essentielles qui avaient jusque-là régi notre vie, pour revenir vers le village et la religion.

Cela débuta un soir. Revenu du travail épuisé, papa se laissa tomber sur son fauteuil : « Quel monde ! J'ai travaillé toute la journée et tout ça pour rembourser l'œil, tu trouves cela normal ? » Maman accourut, s'agenouilla et lui ôta ses bottes : « T'es sortie aujourd'hui ? » demanda-t-il à maman. « J'étais au marché. La vie devient si chère ! » Papa tourna la tête et cracha dans la poussière : « Tu es rentrée immédiatement, j'espère. Traîner par les rues engendre des problèmes. » Maman lui apporta une bassine d'eau pour laver ses mains couvertes de sciure et de poussière : « Cette terre va à sa perte, je préfère que ma famille se tienne loin de ce tourbillon dévastateur. »

Il s'interrompit.

Ses yeux qui se baissaient, la petite flétrissure de ses lèvres, puis un long soupir qui passait par son nez, avec le bruit d'une lampe mouchée – tout cela indiquait qu'il en avait fini, du moins pour l'instant.

– C'est bientôt l'indépendance, dit maman. Et le gouvernement a des projets.

– Quels projets ? Faut qu'il me donne l'argent pour rembourser l'œil.

Maman haussa les épaules et disparut à la cuisine. Nous nous étions habituées à ces lamentations perpétuelles : « Où vais-je trouver cent francs ce mois-ci ? » Quelques minutes plus tard, elle amena une viande sauce ngombo avec du couscous et des haricots rouges. Papa mangea, vorace et absorbé. Quand il eut fini, il ne restait plus grand-chose dans le plat et je le partageai avec maman. Je n'aimais pas trop manger les restes, mais maman semblait considérer que cela allait de soi.

Papa ôta des morceaux de viande d'entre ses dents et dit :

– Je continue à croire que, sans ce journaliste de merde, je n'en serais pas là. C'est son besoin de tout enregistrer qui m'a démoli !

– Si Dieu ne l'avait pas voulu…, se hasarda maman.

– Est-ce que c'est Dieu qui veut que les hommes démolissent les arbres ? Est-ce Dieu qui permet aux femmes d'aujourd'hui de ne pas respecter leurs époux ?

Il s'en prit à la mode des jupes, à ces filles qui montrent leurs cuisses et donnent leurs cheveux au vent, aux femmes qui regardent les hommes dans les yeux, refusent leurs propositions de mariage, aux gosses qui ne savent pas encore se moucher mais répondent aux adultes avec hargne et suffisance, aux politiques, aux fonctionnaires, aux corrupteurs et surtout à la future République camerounaise indépendante.

– J'aurais bien des plaintes à déposer au commissariat, si on prenait la peine de m'écouter, acheva-t-il.

En plein minuit, papa se réveilla en poussant des cris monstres qui ameutèrent la maisonnée :

– Je ne veux pas aller en prison ! Je ne veux pas !

Il ouvrit des yeux hagards, secoué de soubresauts.

– Rendors-toi, mon époux, lui susurra maman.

Il se laissa retomber sur ses oreillers :

– La vie est si dure que, quelquefois, j'ai envie de me pendre.

Maman soupira :

– T'as pas intérêt. Le gouvernement a dit que bientôt il nous apporterait de l'électricité.

– Quand ?

– Comment veux-tu que je le sache ?

– T'as ta carte du parti ?

– Oui.

– Tout ça c'est des attrape-cons, soupira papa.

Il observa quelques instants de silence, se grattouilla le menton, puis :

– Peut-être qu'ils vont finir par te donner l'argent, après tout, ils l'ont promis.

– Si tu permets que je baise avec eux, peut-être.

– Tu penses que Kimoto baise avec eux ? Ils lui fichent la paix depuis quelque temps.

– C'est la rumeur. C'est une femme si légère !

– Et toi ?

– Tu connais la réponse. Ce pays va à sa perte.

– Quelle idée t'as eue de me donner une fille ! C'est des problèmes, tu sais ?

– Arrête de te plaindre tout le temps, peut-être qu'alors, le Seigneur consentira à nous donner un fils.

Ensuite, j'entendis leur lit craquer et le matelas montait et descendait, montait et descendait. Ils s'endormirent. Le cri de papa envahissait mon sommeil, mes rêves et mes silences. J'entendais les grillons et un chat poussa un miaulement étrange quelque part dans le quartier.

Papa ne traînailla plus dans l'avenue principale de Couscous pour prendre un peu d'air et il ne stationna plus devant le sex-shop de madame Kimoto, comme le faisaient nos compatriotes, jamais las de voir les filles valser idiotement sur des faux airs de french cancan.

Il faisait si chaud, cet après-midi-là, qu'on avait l'impression d'avoir un mouchoir mouillé plaqué sur la bouche. Mes camarades et moi avions décidé de jouer à pousse-qui-vise. Nous tracions huit cases avec des bâtons dans la poussière. Le jeu consistait à lancer une pierre blanche dans la première case et, sur une jambe, à la pousser de case en case. J'étais dans la quatrième case quand papa m'attrapa par les oreilles si fort que je poussai un hurlement. D'un geste, il m'envoya valser au sol.

– T'as pas honte ? gronda-t-il. Montrer ton derrière par les rues quand il y a tant de choses à faire à la maison ?

À l'époque, mes seules tâches consistaient à laver la vaisselle, à aller au puits et à en ramener l'eau pour la cuisine et le bain de papa. J'avais accompli mes devoirs et je ne comprenais pas pourquoi il était furieux.

– Pour qui va-t-on me prendre si tu te comportes ainsi ?

Il me saisit par le col de ma robe et me traîna en glapissant : « C'est une honte ! Une honte ! » Mes compatriotes sortirent de leurs cases pour nous regarder : « Qu'est-ce qui se passe ? » Papa ajouta du scandale au scandale : « Elle me déshonore. Vous vous rendez compte ? Une fille qui se promène dans les rues et montre ses fesses... » Nous passâmes devant le restaurant de madame Kimoto. Les filles reposaient sur des nattes et leur patronne trônait au milieu de ces beautés usées. Dès qu'elle vit papa, elle battit des cils, posa son éventail sur ses seins et sourit :

– *Hello, boy*, tu viens prendre un verre ?

– Non merci, dit papa sans me lâcher.

– Je t'offre la tournée, dit-elle.

– Ensuite, tu me feras payer dix tournées, rétorqua papa.

Madame Kimoto éclata de rire :

– Les aff', c'est les aff', mon cher. Il faut savoir perdre pour... (Elle écarta ses bras dodus puis les ramena sous son ventre, geste qui signifiait « amasser », avant d'ajouter :) Mais, il y a pas de ça entre nous.

– La mort peut frapper en pleine jeunesse, dit papa. Je n'ai pas de temps à perdre !

Dans la cour, maman pilait du maïs pour sa bière. Dès qu'elle nous vit, elle se précipita :

– Qu'est-ce qui se passe ? Oh, ma pauvre petite !

– C'est à toi que je pose la question, dit papa. Qu'est-ce qui se passe ? Tu laisses traîner la petite dans les rues. Je devrais te fouetter pour cette négligence.

– <u>Mais jouer à son âge, c'est sain</u> ! protesta maman.

– C'est de la catastrophe, cette époque ! Laisser un enfant jouer dans la boue, surtout une fille, en compagnie de... de...

Maman se ratatina sous l'assaut verbal. Papa transpirait comme dix athlètes. Maman me prit la main et juste avant que nous ne franchissions le seuil de notre maison, papa lança :

– <u>Je t'interdis dorénavant de confectionner de la bière</u> !

Maman stoppa net, la nuque raide parce qu'elle subodorait déjà le pire.

– <u>Et comment va-t-on nourrir la famille ? Avec ton salaire peut-être ?</u>

– Et pourquoi pas ? demanda papa, plus fier du tout.

Maman éclata de rire :

– Vraiment ? Jusqu'à ce jour, il n'y a que les politiciens pour bien nourrir leurs familles. Et pour être politicien, il faut avoir une double langue, tricher à se tromper de mère, voler et piller la population sans vergogne. (Elle se tut un moment avant d'ajouter :) Bénérafa (et elle l'appelait rarement Bénérafa), Bénérafa, tu es fou ? As-tu fumé du chanvre ? Sûrement, sinon tu ne dirais pas de telles insanités !

– <u>Le Coran interdit l'alcool</u>, insista papa. Ne l'oublie pas.

Maman se comporta comme un enfant de deux ans. Elle courut à la cuisine, attisa le feu avec une telle violence que de la cendre s'éparpilla sur la marmite où bouillait le pépé-soupe.

– Ah, les hommes, dit-elle. Il m'interdit de vendre de la bière, où va-t-on trouver l'argent pour vivre décemment ?

Comme d'habitude, elle trouva la solution : elle confectionna des beignets de maïs qu'elle colporta de case en case, dans des bassines en Inox.

7

Les nouvelles modes, les changements, nous les vivions de manière naturelle. Que le chrétien s'amène à l'église avec des cauris, que le musulman refuse de manger du porc tout en dévorant des morceaux de jambon calamiteux, cela nous paraissait normal. Les modifications qui s'opéraient autour de nous, de manière brutale, semblaient correspondre à ce que nous cherchions à Couscous, car l'espoir de devenir riche et puissant ne coûte rien. Dès lors, il était difficile de les considérer comme anormales. Lorsque nous vîmes des tracteurs saccager la forêt à quelques pas de Couscous, rendre la terre plus plate que la paume de la main, notre regard se tourna vers les avantages que nous apportait le déboisage de notre quartier : nous volâmes du bois pour renforcer nos habitations.

Mais le changement de papa laissa mes compatriotes pantois. C'était un miracle qui méritait qu'on s'interroge. Papa ne buvait plus. Il ne fréquentait plus madame Kimoto. Il semblait naviguer sur des sommets, ce qui désespérait mes compatriotes, à tel point qu'ils formèrent un bataillon de près de cinquante âmes et prirent d'assaut notre maison pour voir ça de leurs propres yeux.

C'était un vendredi. Le soleil avait donné comme d'habitude, avec son humidité moite, touffue, écrasante. La fadasserie de Chococam nous prenait les narines, aussi difficile à respirer, mais c'était normal. Vers six heures, les yeux des mômes étaient liquides et les adultes sentaient le rance. Papa était assis dans son fauteuil-cul-de-jatte, accablé. C'est alors qu'on frappa à la porte et j'allai ouvrir. Il y avait là le chef, le menuisier, le journaliste-news Ndongué. Leurs yeux étaient ardents et charbonneux.

– Ton père ? demanda le chef.

Et sans attendre ma réponse, il trifouilla dans son grand boubou bleu et sortit une noix de cola qu'il mordit.

– Papa ne veut pas voir des mécréants, dis-je.

– Tel père, telle fille, dit le chef. Ça n'annonce rien qui vaille.

– Qu'est-ce qui se passe ? demanda papa sans se déplacer.

– Le chef veut te voir, papa, criai-je.

– Si c'est pour des bonnes nouvelles, je suis là. Si c'est pour des mauvaises, repassez, dit papa.

Dès que les hommes entrèrent, papa leva des yeux nébuleux et dit d'une voix très lointaine :

– Je n'ai fait d'histoires à personne !

– Là, là ! dit le chef en secouant son grand boubou. Entre voisins et compatriotes, y a pas d'histoire qui dure plus de trois jours. Voilà pourquoi nous sommes là.

– Ouais, dit le menuisier. Je refuserai jamais de te vendre un cercueil à prix d'ami malgré tout. On sait très bien que ce n'était qu'un accident, n'est-ce pas, les gars ?

– Tais-toi, dit le chef. C'est à moi de parler.

Il se racla le gosier avant de continuer :

– On te voit plus nulle part depuis quelque temps. Par conséquent, nous sommes venus en voisins, comme il se doit, prendre de tes nouvelles.

– Comme vous pouvez le constater, dit papa, je vais bien.

– J'en suis heureux, dit le chef. Et pour te prouver tout mon bonheur de te voir en aussi bon état, nous t'invitons à venir trinquer avec nous.

– Non merci, dit papa. Je dois me lever tôt demain.

– Ah, quel brave citoyen ! dit le chef. J'apprécie toute la sollicitude que tu mets dans la construction de notre si belle cité. Eh bien, Bénérafa, tu te décides ?

– À quoi ?

– À venir prendre un verre, pardi !

– J'y réfléchis, j'y réfléchis, dit-il.

– Dépêche-toi, dit le chef. Y a pas que ça à faire de la sainte journée ! La vie est si courte !

– Justement, dit papa. J'en ai marre de vieillir. (Tout en pensant : « Le temps passe et je n'ai toujours rien. »)

– T'inquiète pas de vieillir, dit le menuisier, je m'occuperai de toi. Je te confectionnerai un cercueil à prix d'ami.

– J'enregistrerai les événements le jour de ta mort, comme ça tu seras éternel, dit le journaliste-news.

– Non merci, dit papa et ses yeux étaient comme des lames.

– Allez, fais pas ton enfant, dit le menuisier. Viens trinquer avec nous.

– Oh, non ! dit papa. Je vieillis.

– Toi, vieillir ? Qu'est-ce qui te fait vieillir, Bénérafa ? demandèrent en chœur les Couscoussiers.

– Ouvrez les yeux et regardez le monde, vous allez comprendre ce que je veux dire.

Papa avait l'avantage de pouvoir à son gré contredire voluptueusement les bienfaits de la civilisation. « Au village, il y a toujours de quoi manger », ou : « Au village, il y a des gens qui connaissent des plantes pour se soigner », ou : « Au village ceci, cela. » Mes compatriotes opinaient du chef, non par conviction, mais par logique. Pour eux, le passé était quelque chose à oublier, même s'il apparaissait de temps à autre nécessaire d'en parler par snobisme pour montrer que nous avions des origines, le tout avec grandiloquence et intonations nostalgiques. Néanmoins, les paroles de papa étaient si pleines d'intelligence qu'en l'écoutant on ne pouvait manquer d'en admirer le bien-fondé.

– M'est avis que tu devrais te mettre curé, proposa le chef.

– Imam ! dit papa. Et c'est toi que je convertirais le premier.

– Je suis un bon chrétien, moi ! s'offusqua le chef. Je m'occupe très bien de mes sujets avec un sens de la justice digne de Salomon.

– Rendons à César ce qui est à César, approuvèrent mes compatriotes.

– Excuse, dit papa. Mais je ne veux pas sortir.

Mes compatriotes s'en allèrent avec la dose de déception nécessaire qui justifiait qu'on se soûlât chez madame Kimoto et que l'on dépensât des maigres salaires en beaufort, en baise, pour contracter des maladies.

Dès qu'ils eurent le dos tourné, papa éclata de rire et l'on y devinait la féroce intransigeance du sectaire face à un monde qui n'était plus le sien.

8

À quatorze ans, je savais cuisiner. Je cassais le bois pour le feu que j'attisais jusqu'à ce que les flammes bondissent. « Pas mieux que Saïda pour attiser le feu », disaient les femmes, lorsqu'elles me voyaient à quatre pattes, soufflant de tous mes poumons sur les braises. J'entendais au loin les cris des garçons de mon âge qui tapaient dans les ballons, un hurlement lorsqu'ils tombaient. Je ne prenais pas le temps de réfléchir à ces choses, car je pressentais que c'était dangereux pour mon équilibre. J'étais consciente que si je m'y penchais, je risquais de me retrouver dans un cul-de-sac. Je me plongeais tout entière dans les problèmes domestiques.

Je surveillais la soupe au feu. Je la tournais avec une grande cuillère en bois pour qu'elle n'attache pas. Maman aussi était très satisfaite de mon travail : « Tu es une vraie femme », me disait-elle. J'en étais heureuse, j'en oubliais les cris des garçons qui pouvaient se permettre de ne penser qu'à jouer.

Papa exprimait sa satisfaction de manière bien particulière. Assis dans son fauteuil-cul-de-jatte, il mangeait avec ses doigts la soupe où flottaient des morceaux de viande. Il léchait son plat, rotait et se laissait aller sur son fauteuil et son gros nez humait l'air : « Je suis le disciple de Mahomet ! » clamait-il. Il envoyait valser trois crachats : « La morale, la plus haute qui soit, est mon considérant. » À voir mon père si heureux, je me sentais utile.

Je n'avais pas conscience de l'exclusion et je ne pouvais prétendre demander autre chose à la nature que ce qu'elle semblait bien vouloir m'accorder. Je n'avais pas de fiancé, même si autour de moi les filles de mon âge commençaient à se marier. Je connaissais des choses sur l'amour. Comme on le faisait dans l'obscurité, à la hâte : je savais que c'était mal. Je savais, grâce à la grosse pharmacienne, que ce sentiment était doux, mais je savais également que le mécanisme amoureux pouvait se détraquer et conduire au suicide. Cette dernière pensée me permettrait durant de longues années de ne pas avoir trop de regrets et de faire passer ma frustration.

Quelquefois, assise sous un manguier, à l'heure où les chiens attendent des heures plus clémentes pour copuler, Amila de Pontifuis me cherchait des poux : « Des cheveux comme toi, personne n'en a », me disait-elle. Elle attrapait un poux qu'elle tuait entre ses dents : « Des cheveux comme toi, pas deux. J'aimerais toujours les coiffer. » Elle me confectionnait deux grosses nattes noires : « T'es comme une sœur pour moi, on se quittera jamais, n'est-ce pas ? » J'épiais les battements de mon propre cœur. Il y avait dans les gestes d'Amila de Pontifuis quelque chose d'inquiétant. D'une voix hachée, nous nous racontions nos petites histoires, des causeries idiotes, jusqu'au moment où il était temps de regagner nos cuisines. Tandis que je coupais les oignons, écrasais la tomate pour la sauce, maman, écroulée sur une natte, me prodiguait des conseils : « Il ne faut pas regarder les hommes dans les rues, c'est moche. » Je mettais les poissons à frire : « Il est conseillé d'attendre le mariage pour s'adonner à certains plaisirs. » Je mettais l'eau sur le feu pour le couscous : « Dieu a prévu un époux pour chaque femme et, un jour, cela se passe comme Dieu l'a prévu. » Je touillais le couscous : « La virginité et la fidélité sont les plus beaux cadeaux qu'une femme puisse faire à son mari. » Je pouvais l'écouter avec intensité et poser des questions pertinentes. Il m'arrivait de ne pas lui prêter l'oreille, elle achevait invariablement : « Être une femme est un lourd fardeau, ma fille ! »

Maman jouait son rôle. Mais parler de fidélité à Couscous était évidemment pure folie ; les hommes et les femmes avaient connaissance de ces préceptes qui ne les empêchaient pas d'être infidèles. Quant au fardeau, je pensais qu'il n'existe aucun chargement dont on ne puisse se défaire. Je me trompais.

Le temps passa et Amila de Pontifuis changea. C'était l'année de nos quinze ans. Pendant deux semaines, elle ne vint plus à l'école. Je passais en vain devant sa maison, pour la voir. Il y avait toujours une foule chez elle. Des femmes du marché s'y arrêtaient. Elles se déchargeaient de leur bassine pour reposer leurs vertèbres ou pour se désaltérer. Elles parlaient des hommes politiques, racontaient qu'ils étaient tous des gangsters. Assomption, la tante d'Amila de Pontifuis, les écoutait blablater. Son petit corps desséché tressautait, comme piqué par mille abeilles : « Je préfère crever de faim plutôt que de voter pour ces voleurs ! » disait-elle. Puis elle disparaissait en faisant virevolter les pans de sa robe défraîchie aux fesses. Elle ramenait des calebasses de vin de palme où flottaient des mouches. Sa figure noisette s'éclairait, elle découvrait ses chicots mal alignés :

– Étanchez votre soif, mes sœurs ! Cela va vous donner la force pour botter le cul à ces salauds !

Les femmes buvaient, la remerciaient, se promettaient de prier pour sa prospérité et s'en allaient. Je n'osais pas trop m'approcher de l'habitation. J'avais un peu peur de sa tante car, comme disait papa, cette femme passait plus sa journée à lever la jambe qu'à vendre son vin. Et comme je ne voyais pas mon amie, je retournais à la maison, le cœur comme une montagne.

Un après-midi, j'eus plus de chance.

Le soleil donnait à travers les feuillages. Les bruits de la journée s'éteignaient. Seules les odeurs rappelaient la vie de Couscous. Une fille était accroupie devant la maison d'Amila de Pontifuis et se gavait d'un pain chargé. Je ne la connaissais pas. C'était Amila, mais elle n'avait plus la même allure. Elle avait forci. Sa peau vitaminée avec des crèmes était devenue beaucoup plus lisse, brillante, et plus claire aussi. Elle n'avait plus de poux et ses cheveux pommadés et soigneusement peignés n'étaient plus un rouleau de friches emmêlées. Je vois toujours ce chapeau jaune qu'elle tenait sur ses genoux, orné d'un bouquet d'hortensias, ses socquettes blanches et sa robe de vichy rose.

– C'est pas jour de fête aujourd'hui, lui dis-je.

– Une femme doit prendre soin d'elle, me répondit-elle.

Je portais une robe blanche avec des taches d'huile grosses comme trois pièces de cent francs. Mes pieds sales s'incrustaient dans des sans-confiance rouges. La transpiration m'imbibait le dos et le ventre, dégoulinait entre mes cuisses.

– Qu'est-ce que t'as ? questionnai-je devant ce changement brusque.

– La vie a des plaisirs, me dit-elle.

Je me demandais quel type de plaisirs elle pouvait bien éprouver. Était-ce plus jouissif que l'extase d'attraper un pou et de le tuer sous les dents ?

– Je t'ai toujours dit que j'allais manger de la nourriture française. Tu t'en souviens ? Le moment approche.

– Tu m'inquiètes, lui dis-je. Ta tante devrait...

– Ma tante croit que pour moi le moment est venu de voler de mes propres ailes.

Elle éclata de rire, écarta les bras comme si elle allait prendre son envol.

– J'irai en France, ma chère !

– Ça m'étonnerait.

– On parie ?

Je n'avais pas envie de me livrer à ce genre de stupidités mais plutôt de lui demander où elle avait trouvé tant d'argent pour s'acheter de tels vêtements. Elle me devança :

– Il faut savoir se débrouiller.

À l'écouter, cela me faisait drôle, mais il y avait également un autre changement, terrible, que je relevai par la suite et qui me coupa le souffle : elle ne parlait qu'en français.

Quand nous nous séparâmes, je pourrissais de chaleur, de jalousie et de honte. Je dérivai sans trop savoir comment à travers les ruelles de Couscous. Les toits de tôle s'étalaient à mes yeux, chamarrés comme une broderie faite sur l'air. Les hommes et les choses n'étaient que fumée. De temps à autre, je soulevais le col de ma robe, y soufflais pour me faire un peu d'air. Sans m'en rendre compte, j'arrivai chez le pharmacien.

Monsieur le docteur dormait sur un lit pliant, sous sa véranda, un livre ouvert sur son ventre. Madame la pharmacienne était assise sur une natte. Elle avait déjà mangé et digérait dans l'hébétude des longues siestes new-belliennes. Dès qu'elle me vit, elle s'exclama :

– T'en fais une tête, Saïda ! T'as vu un fantôme ?

– C'est tout comme !

Je lui expliquai tout, d'autant qu'à la maison je n'avais pas le droit de me plaindre. Mes parents n'auraient pas compris que je manque d'enthousiasme et d'espérance face aux sacrifices qu'ils consentaient pour me nourrir, me loger et m'envoyer à l'école.

– Il n'y a pas de quoi se faire du mauvais sang, me dit madame la pharmacienne. Un jour...

– J'y crois pas.

– Je t'ai déjà parlé de Roméo et Juliette ?

– Oui.

– C'est une belle histoire, n'est-ce pas ?

– Ça dépend. Ça n'a duré qu'une nuit !

– Vaut mieux une nuit d'amour et d'éternité, ma fille, que de supporter toute une vie un homme qu'on n'aime pas, dit-elle en jetant un regard appuyé sur son époux.

Le pharmacien ouvrit aussitôt les yeux.

– C'est de ta faute, si t'es pas ma Juliette tous les jours, dit-il d'une voix endormie.

– Qu'est-ce que tu veux dire, espèce de salaud ?

Elle se leva et se pencha au-dessus de sa tête.

– Rien de mal, chérie amour perle de mon cœur. Je soulignais tout simplement qu'il y a des femmes si paresseuses qu'on entre en elles comme dans de l'eau.

– Espèce de...

– Du calme, mon amour. La paresse fait partie de ta sensualité.

Il lui rappela qu'au début de leur union, elle était si paresseuse qu'elle restait des jours entiers dans son lit et jusque tard le soir. C'est là qu'ils mangeaient et dormaient.

– Malgré cela, t'as été incapable de me faire un enfant, dit-elle.

– Pas moi, chérie amour, mais le destin.

Gênée, je me levai brusquement en voyant la tournure que prenait leur conversation.

– Reste encore un peu, suggéra la pharmacienne.

– Non, merci.

– Reviens. Tu sais que la porte t'est toujours ouverte.

– Merci bien, mais je t'avertis, je crois toujours pas à l'amour.

– On peut croire qu'on est incroyant, dit-elle. Mais il suffit de se promener dans les jardins et de regarder le ciel pour comprendre.

– Peut-être bien. Mais les jardins où tu peux te promener, ici, il y en a pas, et le ciel est toujours bas.

En sortant, je l'entendis néanmoins lancer à son époux :

– Il y a des choses qu'il convient de ne pas dire devant une enfant.

La suite, je l'ignore, car j'étais déjà dans la cour.

Le soir était venu avec sa brutalité caractéristique. J'entendais les voix des hommes qui revenaient du travail. Je les reconnus avec leurs torches allumées dans les mains. C'étaient des cheminots. L'un d'eux dit : « Un homme, c'est encore plus fragile qu'une femme à la ménopause. » Puis je le vis se diriger chez madame Kimoto. Les premiers vendeurs du soir déballaient leurs brandeloques. Des maîtresses à petits cadeaux étaient stationnées et provoquaient leur chance en exhibant leurs cuisses de dindes dans leurs pagnes multicolores. Dès qu'un homme s'approchait, elles hurlaient : « *Hello, boy !* » Elles battaient des cils : « *Good evening, boy !* » Elles proposaient : « *Can I help you, brother ?* » Des filles, décidées à se dénicher un époux, s'extasiaient aux appels des pougnassons qui leur donnaient cent balles, convaincues que derrière ces névrosés pressés de baiser se cachaient des maris. Des mamans appelaient leurs enfants. Des insectes grésillaient. Des lucioles à œil jaune frétillaient sur des feuillages. Des cuisines s'échappaient des odeurs de kwem, poulet-sauce arachide ou poisson-frites.

Je me sentais mal, envahie de ma propre incapacité sociale. J'avais conscience de m'avancer de plus en plus loin dans la vie et de m'apercevoir de mon inadaptation cruciale. Je m'arrêtai devant notre concession, me donnai une contenance avant d'entrer pour ne pas avoir l'air vouée aux angoisses.

Le soir, à table, papa demanda ce que j'avais fait. Maman lui dit que j'étais restée à la maison toute la journée jusqu'au coucher du soleil : « Très bien », dit-il simplement. Je ne fis pas d'objection, vous pensez bien.

9

Les semaines suivantes, je vis Amila de Pontifuis, de loin en loin. Elle ne s'adressait plus à moi qu'en français, et quand je ne comprenais pas, elle parlait en foufouldé, hésitante, cherchant ses mots avec un accent étrange. Je fis part de mes inquiétudes à maman, mais elle m'assura que parler en français était le premier pas vers un avenir meilleur. Seul papa gardait ses appréhensions en voyant la métamorphose de mon amie.

– À quoi ça sert ? demandait-il à maman. Si ta fille en faisait autant, tu ne pourrais plus lui parler.

– C'est pas pour moi que je désire qu'elle parle correctement le français, protestait maman. C'est pour son bien.

– Peut-être, disait papa. Les nouveaux vêtements d'Amila de Pontifuis ne sentent pas l'argent du vin de palme. Il y a quelque chose de pas clair là-dedans.

– Ça ne fait rien, disait maman.

– Oh, que si ! insistait papa.

Maman allait dans le coin-cuisine et méditait.

70

C'est à la même époque qu'Amila de Pontifuis m'étonna. C'était au début de la saison des pluies. Partout, s'épanouissaient des bougainvilliers roses ou blancs, des jacarandas, des hibiscus jaunes. Des palmiers se balançaient sous le souffle d'un vent tiède. Des manguiers offraient à la cueillette d'immenses fruits.

Assise sur un banc dans la cour, je surveillais la cuisson du pépé-soupe lorsque Amila de Pontifuis s'amena. Dans le clair-obscur, je ne la voyais pas : « Je pressens que la vie va nous séparer », me dit-elle, alors que je me penchais vers le feu, un tison à la main. Je me relevai en faisant craquer ma colonne vertébrale. Elle portait un bermuda blanc qui lui faisait des bourrelets à l'entre-jambe, une blouse rouge sans manches et de jolies sandales à lanières blanches. Je regardais Amila, mal à l'aise. « Je vais peut-être quitter Couscous, me dit-elle. Si Dieu le veut. » Mes yeux s'agrandirent. Le soleil s'éclipsa quelques secondes avant d'illuminer à nouveau les étendues de Couscous. Elle prit une mine affectée, et je me demandai à qui elle destinait ces simagrées. Je ne l'invitai pas à s'asseoir. J'exécrai soudain les croûtes de poils sous son bras. Elle dandina d'un pied sur l'autre, et dit :

– Je vais tenter ma chance ailleurs. J'aurai des vraies robes de France, des chaussures d'Italie et des sacs d'Espagne. C'est merveilleux, n'est-ce pas ?

– Non, dis-je d'un ton catégorique.

– T'es jalouse de ma réussite ?

– Tout a changé entre nous, dis-je en ignorant sa question. Nous sommes différentes, maintenant.

Elle me regarda et ses yeux étaient tristes. Elle recula, pivota sur elle-même et s'enfuit.

Après le repas j'allai me coucher, mais je ne dormis pas. Amila de Pontifuis hantait mes pensées et je n'arrivais pas à m'expliquer sa métamorphose. Je compris néanmoins que les espaces qui séparaient les êtres et les choses étaient peuplés d'esprits qui nous déplaçaient, comme des marionnettes.

Dès le lendemain, la nouvelle éclata comme un orage. « Amila de Pontifuis a un fiancé. De la haute société garantie d'origine, riche avec voitures, impôts et tout le reste !... »

Il pleuvait. Une pluie si battante que les Couscoussiers mettaient des bassines partout où la tôle ondulée gouttait. L'information éclata en classe et nous secoua en même temps que le bâtiment de l'école se désagrégeait sous l'assaut de la pluie. Je sortis en courant. Des vers de terre flottaient sur l'eau et des vendeurs avaient recouvert leurs marchandises de plastiques. J'avais enlevé mes sans-confiance pour ne pas les perdre et les cailloux irritaient la plante de mes pieds. Le vent cinglait ma figure. Devant la case d'Amila de Pontifuis stationnait une voiture noire. Par la fenêtre, je vis de dos un homme en costume jaune à rayures noires et une femme au visage maquillé. Je n'osais ni m'approcher ni partir et je restai là. Autour de moi, des gens couraient ; certains se réfugiaient sous l'auvent des maisons proches ; un chien beige me renifla et continua sa route. L'eau débordait des seaux des latrines. Je m'apprêtais à repartir quand quelqu'un m'appela par mon nom. C'était Amila de Pontifuis. Elle pencha la tête par la fenêtre :

– Mais qu'est-ce que tu fabriques sous la pluie ? me demanda-t-elle. Tu vas finir par attraper la crève !

Je franchis le seuil mais me tins dans l'entrée car mes vêtements dégoulinaient. Mes cheveux collaient à mes tempes et j'aurais pu les tordre comme une serviette. Thomas, le fiancé d'Amila de Pontifuis, était l'homme le plus laid que j'avais jamais rencontré. Son visage était rond comme une saucisse ; son menton lourd et fuyant ; l'acné truffait sa peau grêlée ; ses yeux jaunes souffraient d'un léger strabisme et il les cachait derrière d'énormes lunettes. Bien qu'il n'eût que quarante ans, comme je l'apprendrais plus tard, on lui en donnait dix de plus. Il avait autant d'enfants de ses précédentes maîtresses à petits cadeaux qu'un trèfle. Il était assis sur un canapé à côté d'Amila, ses petits pieds serrés l'un contre l'autre. Il éblouissait, avec ses bagues de diamant à chaque doigt, ses grosses chaînes en or qui retombaient sur sa poitrine velue. Il transpirait beaucoup, malgré la pluie. Amila de Pontifuis le regardait comme on regarde les vedettes, avec frénésie, et s'empressait : « Veux-tu un verre, chéri ? » Elle glissait ses mains sur ses hanches : « As-tu faim ? » Sans lui répondre, il se pencha en avant et s'exclama :

– Mais c'est notre charmante Saïda ! Amila m'a tant parlé de toi ! Sers-lui donc à boire, ma chérie.

Avant que j'aie pu réagir, la tante d'Amila de Pontifuis écarta les rideaux de sa chambre, passa sa vieille figure et dit :

– Ben, Saïda ne faisait que passer, n'est-ce pas, ma chérie ?

L'intérieur de la maison avait changé. Un tapis de laine rouge s'étalait comme un colosse sur le sol de terre battue. De gros fauteuils en plastique jaune écartaient leurs bras dodus, prêts à remettre d'aplomb un boxeur qui venait de prendre un K.-O. Une immense armoire en Formica faisait son indigestion de porcelaine de Limoges et de verres de cristal sur lesquels se baladaient des escargots. Dans un coin, une pendule murmurait tic *le temps passe*, tac *la mort vous attend*, et mes yeux ne la quittèrent plus. Tout sentait la richesse et j'en grelottais. Amila de Pontifuis ne m'était d'aucun secours et je voyais qu'elle me regardait méchamment, qu'encore un peu, elle ricanerait. Elle se moquait de ma misère et se vengeait de mes réflexions de la veille. Je ne tenais pas beaucoup de place, pourtant j'aurais voulu rapetisser, demander pardon à quelqu'un, à tout le monde, d'être dans un état aussi piteux.

– C'est rien, c'est rien, réussis-je à dire. Je ne faisais que passer.

– Tu veux vraiment pas boire quelque chose ? proposa Thomas.

– Non merci, dis-je.

Ces folles dépenses m'éblouissaient, mais je me disais qu'elles réclamaient expiation, comme une faute commise envers Dieu, celle de la chair au même titre que celle de l'avarice ! Voilà pourquoi je restais debout, n'osant trop m'approcher, mais surtout je sentais chez la tante d'Amila de Pontifuis, qui montait la garde devant sa chambre, une espèce d'inquiétude, comme si j'allais me transformer en extraterrestre et faire disparaître ses richesses.

Je m'en allai. Dehors, il pleuvait toujours, mais je ne m'en préoccupais pas. Je me demandais si Amila de Pontifuis aimait son fiancé comme les amoureux dans les livres de la pharmacienne. Malgré l'orage, je m'adossai à un arbre et des souvenirs m'agressèrent. Je repensai à ces après-midi où nous nous cherchions des poux : « Des cheveux comme Saïda, pas deux ! » et des : « Nous ne nous quitterons jamais, n'est-ce pas ? » Était-ce cela la mort ? Un amas de souvenirs ?

Quand je rentrai à la maison, maman ne sut jamais si c'était la pluie qui barbouillait mon visage ou des larmes.

Les jours suivants, tout Couscous parlait des fiançailles d'Amila de Pontifuis. On faisait cercle, en fonction de ce qu'on était : des sans-cœur, des joyeux, des soucieux, même les vieillards remontaient l'horloge de leurs vieux os pour caqueter. C'était une surprise véritable que d'entendre les Couscoussiers commenter l'événement.

– Le fiancé d'Amila est un voleur authentifié, clamait madame Kimoto en s'éventant lentement avec un bout de sa robe. Je l'ai bien connu, moi, dans sa jeunesse, quand il volait au marché.

Certains prétendaient qu'il possédait tant et tant d'argent qu'il pouvait acheter tout Paris et même New York. D'autres, plus modestes, affirmaient que le mariage se ferait dans un avion télécommandé depuis la France, et où les confettis tomberaient du ciel.

– Le scoop du siècle ! lançait Ndongué, le journaliste-news.

– C'est pas à moi que des comme ça commanderaient un cercueil, même à prix d'ami, renchérissait le menuisier, nostalgique.

Chacun y allait de sa propre version et de son propre regard, mais tous étaient d'accord : Amila de Pontifuis avait une chance exceptionnelle. On admirait sa propreté, ses vêtements. On s'émerveillait de ses manières. On louangeait ses guêpières ! C'était quelque chose qui donnait la chair de poule et les filles de Couscous en souffraient. « T'arrives pas à la cheville de la Amila de Pontifuis », leur disaient les hommes, pour ajouter un peu de mépris au mépris. « Même Amila de Pontifuis, toute grande dame qu'elle est, respecte sa tante », lançaient les parents lorsqu'ils estimaient que leurs rejetons ne manifestaient pas une politesse assez ardente. On guettait le couple lorsqu'il passait bras dessus, bras dessous, dans des vêtements d'Europe mis au goût du pays, très blancs et trop propres, leurs chapeaux en paille, jaunes ou rouges, ou à petits pois blancs. On leur faisait des signes car des relations comme celles-là étaient bonnes à travailler. Moi aussi, j'essayais de m'approcher encore de mon amie, mais elle me traitait en sous-produit. Sans s'arrêter, elle se retournait, souriait comme si j'avais de l'importance et lançait très condescendante : « Ça va, Saïda ? »

Justement, tout allait de travers. À la maison, la réussite monumentale d'Amila me sautait dans les tympans comme des coups de marteau. Maman la citait en exemple à longueur de journée, et c'était insupportable. Elle tournoyait dans la cuisine et son vieux corps rempli de soucis se fracassait sur les vieux meubles : « T'as vu les vêtements d'Amila ? » ou : « Paraît que le fiancé d'Amila lui a acheté une voiture. » Chaque mot que maman prononçait ébranlait mes nerfs et chaque phrase explosait dans mes oreilles. Je fuyais ces réflexions comme je pouvais. Quelquefois, j'allais me réfugier sous le manguier. Je fermais à peine les yeux que des bruits de pas m'extrayaient de mon repos. Maman était devant moi, droite comme la Justice : « À force de dormir, la vraie vie comme celle d'Amila de Pontifuis te passe sous le nez, ma fille ! » Elle se laissait tomber devant moi : « Ô Seigneur ! gémissait-elle au bord de l'évanouissement. Qu'ai-je fait pour mériter ça ? »

Les margouillats l'écoutaient car, peu à peu, j'appris l'art de ne plus réagir aux méchancetés. Amila de Pontifuis devenait célèbre et moi je m'enfonçais dans la crasse.

Le jour de son mariage, je ne quittai pas la maison. Maman s'affala sur une natte. Elle semblait éprouver quelques difficultés à porter ses petites chairs ramollies par l'âge sous les coudes et les bras. Elle ne voulait plus bouger, elle ne voulait plus qu'on la touche. Sur un geste, je lui apportais à manger, sur un autre, je lui amenais de l'eau. Il nous venait des bruits du tam-tam et des *hou-hou* des Couscoussiers qui dansaient, mangeaient et buvaient à la santé des mariés. « Ça va continuer longtemps, ce tintamarre ? » gémissait-elle. Papa mangeait dans un silence morbide. Il alluma une cigarette et fixa le plafond où des petits lézards blancs jouaient à se courser. Soudain, il dit d'une voix profonde :

– La lumière peut provenir d'autre chose que du soleil.

– Ce qui signifie ? demanda distraitement maman. C'est pas dans ton rôle de donner raison à Saïda. On croit bien faire, on se tue au boulot et qu'est-ce qu'on récolte ?

– Tu sais bien, femme, que je n'ai jamais donné raison à cette enfant depuis le jour de sa naissance. Mais, si cet homme était réellement un voleur ?

Maman sourit. Elle se leva et ensemble nous priâmes Dieu de nous préserver de ce que peut être la moche incohérence de la vie.

Le soir même, Amila de Pontifuis quitta Couscous. Je ne la pleurai pas. Il y avait trop longtemps que je l'avais perdue.

10

J'allais avoir vingt ans. J'avais de temps à autre des nouvelles d'Amila de Pontifuis. Je la croisai une fois ou deux, par hasard. Elle était délicatement parfumée, habillée de riche, accompagnée d'une flopée de domestiques noires qui portaient son sac ou tenaient son ombrelle. J'étais étonnée qu'elle se souvienne de moi. Elle me serrait la main et me posait la même question idiote : « Ça va, Saïda ? »

Ma peine s'était estompée. Amila de Pontifuis avait disparu de ma vie. Ce n'est que bien plus tard, quand j'appris sa mort, que je me remémorai combien je l'aimais, à la pleurer, à regretter amèrement sa disparition, à souhaiter qu'elle soit de nouveau dans mon dos à me chercher des poux, car quand elle s'était mariée, je ne pouvais plus lui dire : « Je t'aime », convaincue que je la détestais.

Au fil des années, les chemins s'élargissaient, les ruelles devenaient des rues goudronnées ; des maisons poussaient et se superposaient ; le marécage autrefois recouvert de broussailles s'était clairsemé ; les terrains vagues où jouaient les enfants s'emplissaient de monticules de sable et se sillonnaient de fondations ; les bruits d'engins qui creusaient, coupaient les arbres ou drainaient le marigot vous réveillaient dès l'aube ; les panneaux de publicité s'accrochaient aux arbres et « Omo » vous trouvait dans votre case ; les poteaux électriques surgissaient de la terre ; Couscous se métamorphosait et moi je continuais ma route comme si tout demeurait intact. Si, durant cette période, vous aviez eu le loisir de traverser notre ville-bidon, de croiser un groupe de Couscoussières masquées de linge blanc ou noir, vous les auriez entendues jacasser et rire derrière leurs masques : elles se moquaient de moi, Saïda Bénérafa, vieille fille entre les vieilles, Éternelle Vierge des vierges, Fatma, mère de Dieu si vous voulez. Ma tignasse cascadait sur mon cou, et mon sexe se rétrécissait, et ma vie s'effritait. « Des cheveux comme Saïda, personne n'en a. » J'aurais donné ces cheveux pour quelques mots d'amour, une demande en mariage, un rendez-vous ou ces autres broutilles qui donnent aux femmes l'allure rose géante. J'étais le : « Non, merci, sans façon ! » Si bien qu'à force, les nouvelles générations de filles refusèrent de m'intégrer : « Trop vieille ! » disaient les moins méchantes. « Elle a le mauvais œil ! » criaient les autres.

De ces méchancetés, c'est le mercredi matin que je souffrais le plus. Ce jour-là, tout Couscous-islamisé prenait serviette de bain, savon, éponge, avec un tremblement d'oiselet, une inquiétude de femme enceinte, un frémissement d'amoureuse et se dirigeait d'un même pas au hammam. Pour me tenir à l'écart de la jeunesse rayonnante, les femmes âgées me prenaient en bi-sandwich dans un silence actif. Une devant, une derrière, une à gauche, une à droite. J'étais si encerclée, si totalement isolée que je ne pouvais pas parler aux autres jeunes filles. Il faut comprendre : elles avaient peur que je porte malchance à leur progéniture. Elles bavardaient, l'air de rien. De temps à autre, elles faisaient semblant de s'intéresser à moi et leurs bouches s'arrondissaient : « T'inquiète pas, ton tour viendra. » Elles m'encourageaient : « Sois pas pressée, chaque chose arrive en son temps. » Elles me racontaient des histoires de femmes oubliées dont chacune aurait pu être la mienne. J'avais de l'espoir.

Je peux dire pour ma décharge qu'à sept miles autour de Couscous, les hommes de trente à cinquante ans étaient tous plusieurs fois mariés ; les jeunes étaient ce qu'ils sont aujourd'hui, trop jeunes pour apprécier ces démons qu'on prête au corps des femmes mûres, « formes pleines » ou « épanouies » qui spontanément semblent convenir ; quant aux vieux, si vieux qu'ils étaient, vous pensez bien qu'à la longue, à force de voir que je n'étais toujours pas mariée, ils avaient fini par se méfier.

Sur le Wouri, ce mercredi-là, des pirogues gisaient sur la grève. Des bateaux de pêche avec une longue étrave voguaient au loin. Des crabes écumaient au fond de leurs trous dans le sable et des écrevisses gigotaient hors de leur refuge sur la frange d'algues et de graviers. Je cheminais aux côtés d'Aïssatou, une jeune Négresse-arabisée avec un teint rose, des jambes longues, des cheveux acajou, des dents très blanches. Elle débordait de santé et j'étais si admirative que j'essayais de lui prendre la main, tant cette main blanche me paraissait douce et

tendre. Elle se dégagea brusquement en faisant cliqueter ses bijoux et se cambra comme six chevaux :

– Malchance ! Je t'interdis de me toucher ! Je te
l'interdis, tu m'entends ?

Je me sentis fondre comme une bougie au contact
d'un feu de brousse. Toutes les Couscoussières culs-
bénits et compagnie se retournèrent et me regardèrent,
les yeux comme des épées. Elles utilisaient un code
entre elles que je n'arrivais pas à déchiffrer. Je dis : « Et
alors ? Je suis pas une peste tout de même ! » Cette fois,
elles regardèrent à travers moi comme si j'étais invisible. J'eus le sentiment d'avoir échoué dans la vie avant
même d'avoir essayé d'y réussir. J'avais l'impression de
n'appartenir à rien qui vaille. Je baissai les yeux et continuai à remonter la file. Je marchais entre les ruelles et,
là où le chemin grimpait en amont, je m'arrêtais pour
leur laisser le temps de s'éloigner. Je regardais autour
de moi, mais je n'arrivais pas à discerner les silhouettes,
si elles étaient nègres-arabisées ou pas, si je connaissais
les gens ou pas. C'est alors que quelqu'un me toucha les
épaules. Je me retournai et reconnus madame la pharmacienne. Elle avait pris un coup de vieux, s'était un
peu rouillée et racornie du visage mais ses chairs étaient
aussi abondantes.

– Qu'est-ce que t'as, mon petit ? Tu ne vas pas au bain
avec les autres ?

– J'en ai marre d'être parmi des gens qui me lancent
des « Ça va, Saïda ? » et qui me prennent à la rigolade.

– Qu'est-ce que tu racontes, ma petite ? Tu te mets
dans des états pareils pour ces...

Elle n'acheva pas sa phrase, regarda le ciel et ajouta :

– T'es une fille bien. Regarde le ciel, même les oiseaux
sont là, rien que pour t'admirer.

– Le problème, c'est que je me sens pas assez bien ni
assez forte pour être avec elles.

– Mais t'es intelligente, Saïda ! Je t'ai appris des
poèmes, n'est-ce pas ?

– Pour ce que ça me rapporte !

– Montre-leur au moins que tu sais. La racaille demande qu'on l'éblouisse.

Lorsque nous nous séparâmes, j'avais le courage remonté d'un cran pour affronter ces langues de vipères. Le désir de vengeance me portait et mon corps cessa de se courber sous la honte. J'accélérai le pas pour les rejoindre.

Le hammam était un bâtiment construit sous la colonisation allemande. Ses murs autrefois blancs laissaient voir de grosses traces de moisissures vertes. Des carcasses de vieilles voitures, presque démontées, reposaient dans la cour. Madame Eningué, une grosse Négresse de couleur érable, dirigeait le bain d'une poigne de maîtresse. Elle était assise sous la véranda, jambes écartées, et tenait sur ses cuisses une casserole en étain. « Bonjour, madame Eningué », crièrent les femmes. Elle ne répondit pas, comme à son habitude, fit un geste du pouce et indiqua sa casserole : « Pas de crédit. »

Ses yeux sombres scrutaient les pièces d'argent et s'illuminaient au fur et à mesure qu'elles atterrissaient dans la marmite : « Les bons comptes font les bons amis », dit-elle, puis, toutes mains, tout sourire, elle se leva et ouvrit la porte du hammam d'un coup de pied : « Soyez les bienvenues ! »

Je m'engouffrai dans le hamman, où la vapeur d'eau chaude nous sortait des bulles des lèvres comme des poissons. Des femmes chantaient, assises à même le ciment, une serviette attachée sur leurs hanches. Certaines s'entrelavaient les cheveux ou se frottaient le dos. D'autres encore racontaient des histoires fausses sur leurs maris, car ils semblaient tous extrêmement gentils et attentionnés. Personne ne faisait attention à moi. Personne ne me disait : « Viens t'asseoir avec nous, Saïda. » Et l'une des choses les plus difficiles à dire aux gens c'est : « Aimez-moi ! » Une fois déshabillée, mes vêtements accrochés aux clous, une fois assurée que

La complicité des femmes

mes mots pourraient rendre ces femmes bonnes et gentilles, j'écartai les bras et déclamai :

> J'entends mon bien-aimé.
> Voici qu'il arrive,
> Sautant les montagnes,
> Bondissant sur les collines
> Mon bien-aimé est semblable à une gazelle,
> à un jeune faon.

Quand je me tus, j'entendis les respirations s'accélérer. Les femmes me regardaient. L'une d'elles, petite et menue, le visage triangulaire, de grands yeux sombres, s'approcha de moi, un sourire lumineux sur les lèvres :

– Ah, la petite cachottière, dit-elle. Tu nous avais pas informées de tes fiançailles !

Déjà les autres se levaient, elles m'entouraient. Entre les ballets des seins et des fesses nus, je humais des effluves de lit, de parfums et de sexes : « C'est qui ? » demandaient-elles. « Comment s'appelle-t-il ? » « Qu'est-ce qu'il te dit le soir ? » Je me sentais faiblir des jambes. Mon sang se glaçait, puis je me sentais chaude. Je rougissais des oreilles et des joues. Je ne voulais pas leur raconter des mensonges, ni parler de mes peurs, de mes angoisses, je voulais juste les épater, pour qu'elles m'aiment :

– Il est en France, dis-je.

Il y eut des « Ho ! » et des « Ça alors ! ». Les bouches s'ouvraient, les lèvres restaient écartées d'ébahissement et je vis sur les visages une expression de gentillesse que je n'y avais jamais rencontrée. J'étais heureuse de les trouver moins méchantes qu'elles ne le paraissaient. Il y eut des va-et-vient de figures noir caca, jaune citron, caramel chocolat, mais toutes pareillement émues. J'étais devenue un instant comme les autres, à penser que j'avais moi aussi un avenir. Je me dis que si c'était cela le prix à payer, un petit mensonge et quelques vers surgis Dieu seul savait d'où, ce n'était pas cher pour damer le pion aux Couscoussières et courir plus vite qu'une médisance. Voilà pourquoi je continuai :

> *Sur ma couche, la nuit, j'ai cherché*
> *celui que mon cœur aime.*
> *Je l'ai cherché et ne l'ai point trouvé !*
> *Je me lèverai donc, et parcourrai la ville.*
> *Dans les rues et sur les places,*
> *Je chercherai celui que mon cœur aime.*
> *... Je l'ai cherché et ne l'ai point trouvé !*

Il y eut des applaudissements. Des larmes furtives, difficiles à voir si on n'était pas très près. La vapeur d'eau continuait à perler. J'avais débité des mensonges, mais je m'en fichais.

Les jours suivants, mes concitoyennes continuèrent à m'admirer. L'histoire du fiancé d'Europe méritait qu'elles ergotent, qu'elles se suçotent les dents ou même qu'elles en aient le souffle coupé. Elles allongeaient leur cou : « À quand le mariage, Saïda ? » demandaient-elles. Elles secouaient leurs têtes, frémissantes de jalousie : « Le mariage aura lieu ici ou là-bas ? » Je demeurais évasive, comme absente. Elles prenaient leurs serviettes par un bout et découvraient leurs jambes poilues toutes mouillées : « Il t'a encore écrit ? » Je répondais que oui. C'est bien plus tard que je compris que ces poèmes, dont je n'ai jamais saisi le sens réel, faisaient revivre leurs prétentions d'hier, quand elles pensaient encore pouvoir se marier avec des princes, présidents et autres directeurs d'entreprise. À la longue, ces Couscoussières, la corde au cou, livrées corps et âme, résignées et encore heureuses qu'on les laisse respirer au rythme des ayatollahs, me firent pitié. Allez savoir pourquoi !

11

Malgré ces succès, le caractère désagréable de mes mensonges me sautait à la gorge. Les femmes attendaient de nouveaux poèmes. Je ne pouvais décemment les décevoir : elles auraient retourné leur déception contre moi. J'étais prisonnière des vers, et, comme mon répertoire était réduit, très vite m'apparut la nécessité d'en inventer. Le plus simple parut de sauter des phrases : « Sur ma couche la nuit, je l'ai cherché mon bien-aimé » ou : « Voici qu'il bondissait dans les montagnes mon bien-aimé que j'attends. »

Pendant plusieurs semaines, tout se passa avec le minimum de risques et le maximum de plaisir. Ce qui ne m'empêchait nullement de m'inquiéter sur la suite des événements. Madame la pharmacienne me félicitait : « Ah, les mots ! la puissance des mots ! » Ma mère m'interrogeait :

– C'est quoi cette histoire de fiancé, ma fille ?

– Des histoires qui me courent dans la cervelle, répondais-je.

Maman secouait sa chevelure. Elle avait trop trimé pour qu'un jeu, n'importe lequel, en vaille la chandelle.

Un début d'après-midi, à la maison, maman préparait des bâtons de manioc. Elle étalait la pâte dans des feuilles vertes. Son expression neutre était celle de quelqu'un qui avait accompli son destin. Je regardais une grosse mouche à tête de citron bourdonner. Une femme passa, entourée d'une ribambelle d'enfants à têtes de chocolat. Un vieillard décrépit, qui n'avait plus que sa calvitie et sa mémoire, nous fit un signe de la main. Je me dis que ce n'était pas la vie qui passait mais les hommes.

Sans prendre le temps de la réflexion, je sortis dans le soleil. Maman en délaissa ses bâtons de manioc : « Où vas-tu ? » me demanda-t-elle. Je me retournai et rétorquai : « Me balader. » Elle plissa le front : « T'as rien de mieux à faire ? » Je haussai les épaules. « Reviens ici ! » Je fermai les yeux. Je l'entendis néanmoins dire que j'étais une fille dépourvue d'entrailles, de sensibilité et qui lui pompait sa vie.

Je marchais sans tenir compte de l'endroit où me portaient mes pas. Je cheminais comme si quelque chose m'avait frappée. C'était la vie. Je sentais les effluves de sa désapprobation flotter autour de moi. Je marchais dans un silence compact qui donnait à mes yeux un pouvoir que j'ignorais posséder. Lire l'angoisse sur l'échine d'un chien. Distinguer la couleur des yeux d'un fœtus couché dans l'utérus maternel sous trois tonnes de pagnes.

C'est ainsi que je me retrouvai au bord du marécage que les hommes s'acharnaient à rendre aussi plat que la paume de la main. J'enlevai mes sans-confiance, relevai ma robe sur mes cuisses et laissai mes pieds pendre dans l'eau. J'arrachai des brindilles que je jetai dans le marigot et les regardai tournoyer. Une vipère vint me montrer sa tête, je la chassai. Un porc-épic s'amena et je pensai qu'il y avait bien longtemps que je n'en avais mangé un à l'étouffée.

J'entendais au loin des hommes du chantier rire, plaisanter, chanter et pisser. J'étais bien car un brin de brise m'apaisait. Soudain, quelqu'un m'appela doucement. Je me retournai. C'était Effarouché, un gros garçon de Couscous avec une tache immense comme une pièce de cent francs sur le front. Il se tenait là, comme par hasard, les mains dans sa salopette rouge, son nez écrasé tout frémissant d'excitation. Il me montra ses grandes dents et demanda :

– Alors, Vierge des vierges, on glandouille ?

J'aurais dû l'envoyer paître ou l'attraper par le bas de son pantalon pour le faire tomber dans le marécage, mais il n'y avait pas de méchanceté dans sa voix ni dans son visage. Ses paupières se plissèrent :

– Toujours personne pour t'épouser, ma fille ?

– Comme tu dis.

– Et ça te manque, la baise ?

Je ne répondis pas. Il regarda mes pieds mouillés, s'assit à mes côtés : « Que j'ai chaud ! » Il se mit torse nu et l'un de ses coudes effleura mes épaules. Avant que j'aie pu réagir, il se pencha et ses grandes mains prirent mes seins. Je ne bougeai pas. Il me déshabilla. Ma robe tomba sur les fougères couchées le long des rives comme des bras. Il m'attira contre lui, d'un mouvement sec et m'embrassa. Alors que je me sentais envahie par une délicieuse légèreté, une partie de mon cerveau s'élargit, je posai mes mains sur ses épaules et le repoussai. Nous nous regardâmes, étonnés et effrayés :

– On est pas mariés, dis-je.

– À quelle époque vis-tu, ma pauvre ? demanda-t-il, moqueur. Toutes les filles... Bon très bien... Ça n'a jamais tué personne, tu sais... C'est comme...

Tandis qu'il cherchait ses mots, j'eus le temps de rassembler des griefs contre lui, de réunir des arguments. Il s'était accommodé d'une fille de madame Kimoto, il avait passé six mois à copuler avec elle, et qu'en avait-il tiré comme récompense ? Trois chaudes-pisses, pas vrai ?

– C'est de l'histoire ancienne, se défendit-il.

Sans rien répondre, je ramassai mes vêtements, m'habillai et m'éloignai de la berge. Il me suivit du regard, sans se plaindre, sans être vraiment contrarié. Je fis plusieurs kilomètres à pied dans la broussaille, sans prendre garde aux ronces qui m'arrachaient des morceaux de peau. Le désir, je l'avais éprouvé, mais il m'aurait fallu un mot qui éclaire, un autre avis que celui de mes parents, pour faire admettre à mon cerveau avide ces sensations sans lesquelles il était impossible de vivre. Je savais au fond de mon cœur que ces caresses ajouteraient à ma vie, mais j'en avais peur.

Une fois à la maison, je m'assis et pleurai. Papa disait

qu'en respectant le Coran, j'étais en contact direct avec les dieux, que j'étais naturelle, proche de la terre, pareille au bon gâteau de maïs fait maison. Je me demandais ce que les dieux avaient dans la tête. Alors, je pleurai comme j'en avais envie et goûtai l'eau salée qui dégoulinait le long de mes joues du bout de la langue. J'espérais qu'une main autour de mes épaules m'empêcherait de me désintégrer. Papa et maman étaient dans leur chambre et ils ne surent jamais que j'avais pleuré.

Les jours suivants, je revis Effarouché, de pas très près, toujours à converser, à rire avec d'autres hommes, à faire claquer les bretelles de son pantalon sur son ventre. Il me faisait des signes.

Un soir, comme je m'apprêtais à rentrer, il me suivit. « J'ai à te parler », dit-il. Je pressai le pas. Au moment où je dépassais un gros manguier pesant de fruits encore verts, il m'attrapa par le bras, me tira contre le tronc de l'arbre et colla ses lèvres épaisses sur ma bouche. « Je t'aime », susurra-t-il. Je me sentis femme. « Je t'aime », répéta-t-il. Le désir me fit frissonner. C'est alors que j'entendis rire dans mon dos. Six paires d'yeux nous observaient : « Alors, le gars, on se paie du bon temps ? » demanda le vendeur de cercueils. « Je pensais qu'elle était vierge ! » dit le journaliste-news. « Ah, le monde, le monde ! » s'exclama le chef en mordant à pleines dents une noix de kola. Il mâcha avant de continuer : « Au moins, Bénérafa ne viendra plus nous casser les pieds avec la virginité de sa fille ! »

J'aurais pu hurler, mais dans ce petit coin sombre, ma voix n'aurait pas eu assez de force. J'avais trop de honte pour faire des démonstrations d'innocence. C'est alors que papa surgit comme dix zébus furieux. Et, sans demander aucune explication, il me cravata et se mit à me frapper. « Salope ! Putain ! Fille de pute ! » Il me battait comme natte. Le chef riait, les mains croisées sur son énorme ventre. Le journaliste-news essayait d'enregistrer l'événement. Effarouché tenta de s'interposer mais papa l'en dissuada d'un geste de la main : « Fiche le camp ! Je m'occuperai de toi plus tard. » Il s'écarta et regarda papa comme si l'homme devant lui s'était transformé en une vipère, un lion ou n'importe quoi d'autre mais dangereux :

– J'ai rien à voir avec tout ceci, dit-il en reculant.

– Tu as déviré sa fille, dit le chef, et tu dois réparer ton offense.

Papa continuait de me tabasser. Je me protégeais des deux mains sur la tête. Quand ses paumes lui firent mal, il s'arrêta, essuya les gouttes de sueur qui perlaient à son front et demanda :

– Où est-il ?

J'avais mal au dos.

– Qui ? interrogea le chef.

J'avais mal aux joues et des traces rouges zébraient ma peau.

– Ce fils de pute ! Il est obligé de l'épouser, maintenant qu'il l'a déshonorée.

Je comprenais difficilement.

– Il est rentré chez lui, dit le chef

Papa me traîna par les cheveux : « Je t'amène chez ton violeur. » Ma robe était déchirée. J'avais perdu mes sans-confiance. Les doigts de papa tordaient mes cheveux. Les Couscoussiers sortaient de leurs cases pour nous regarder : « Qu'est-ce qui se passe ? » demandait-on. « C'est Saïda, elle couche avec Effarouché. » Bientôt tout Couscous était derrière nous. Des enfants tapaient dans des marmites trouées, tout ça en baguenaude. Des Couscoussières à l'annonce de la nouvelle mettaient leurs mains sur leur bouche et poussaient des « *hou-hou !* » horrifiés, puis agitaient leurs foulards en guise de désapprobation : « Et son fiancé d'Europe ? Qu'est-ce qu'il va dire ? » Les Couscoussiers qui se soûlaient chez la patricienne abandonnèrent quelques instants leurs chopes de bière : « Quel scandale ! » Dans la procession, maman gémissait comme une femme qui mettait bas. Madame Kimoto courut après papa en criant : « Laisse la petite tranquille ! » Elle en perdait ses nattes et ses pagnes : « C'est déjà une femme. Elle mérite pas ça ! » Papa s'arrêta net, si furieux que je crus qu'il allait l'attraper par le cou et la jeter sur un tas d'ordures comme je l'avais vu faire un jour à un poulet qui picorait notre mil. Mais non ! Le temps d'accuser le coup, de renifler l'air pour se remettre de ses émotions, il lança : « Toi, t'as de leçons à donner à personne ! » Madame Kimoto sursauta. Elle racla quelques instants son gosier et dit : « N'empêche que si j'avais pas été là, t'aurais jamais su où placer ton bangala convenablement. » Papa en vit mille chandelles. Elle ne lui laissa pas le temps de riposter qu'elle assena : « Parfaitement, mon cher, sans des femmes de mon espèce, il y aurait divorce tous les jours. Je suis d'utilité publique déclarée, moi ! » Papa resta sans voix, ses yeux sortaient de leurs orbites et luisaient comme des feux follets. J'étais trop épuisée pour rire. « Ce sont des secrets d'État », dit le chef. Et son crachat rougeâtre s'écrasa dans la poussière. Ses mains tremblèrent et il bégaya : « Personne ne doit les divulguer sous peine d'une amende ! »

Madame Kimoto s'approcha du chef en se ventilant avec un bout de son pagne :

– J'ai rien dit qui puisse compromettre quiconque, que je sache !

Le chef froissa ses lèvres et son nez.

– Tes paroles étaient pleines de sous-entendus, voilà le danger.

– Personne ne sait pour toi, insista-t-elle. Je les connais, moi, tes entourloupes.

Les Couscoussières très intéressées demandèrent : « Qu'est-ce qu'il a fait, le chef ? » Elles sautillaient autour de madame Kimoto : « Il t'a fait quelque chose ? » Elles lui touchaient les épaules : « Du mal, hein ? Dis-nous. Nous sommes tes amies, n'est-ce pas ? » C'était très drôle les marques d'affection qu'elles lui témoignaient. Les filles de madame Kimoto riaient en voyant leurs mimiques et imitaient leurs attouchements. Comme la grosse patricienne se taisait, les Couscoussières menacèrent : « Tout ce que le soleil a vu, les hommes finissent par le savoir. »

Le chef, avec la prudence absolue des gens de son espèce, balaya ces paroles d'un geste de sa main boudinée comme s'il s'agissait de petite monnaie. Il leva un doigt et dit, tel un commandant de brigade :

– En route !

Nous reprîmes notre chemin entre les sentiers et les cahutes fermées pour se protéger de la chaleur. Je vivais mon enfer. J'avais l'impression d'être une jument qu'on amenait pour la saillie. La sueur collait à mes joues et le soleil m'agressait les yeux. Au-delà des insultes que je récoltais, il m'arrivait d'entendre des encouragements de celles qui comme moi avaient souffert, et j'en tremblais de gratitude secrète. J'étais tellement sonnée, dépossédée de moi-même que c'est un miracle si je me souviens encore aujourd'hui de ces événements.

D'abord, on ne voyait pas la cabane. Elle était enfouie au milieu de deux tonnes d'ordures entre deux okoumés géants. Sous la véranda, une vieille femme vêtue d'un pagne aux couleurs passées était accroupie à même le sol et épluchait des ignames. Elle tenait une pipe entre ses gencives. Dès qu'elle nous vit, elle fut prise de tremblements. Sa pipe roula dans la poussière.

– Que..., commença-t-elle.

Ses yeux se posèrent sur moi. Elle considéra l'espace d'un moment mes joues tuméfiées et mes yeux chavirés d'angoisse, puis tourna son attention vers le chef :

– Je vous garantis que mon fils est incapable de faire ça, dit-elle avec fermeté.

– Les fils font bien des choses que les mères ignorent, dit une femme dans la foule.

– Je porte plainte pour diffamation, le chef en est témoin, dit la vieille dame.

– Ah oui ? demanda le chef, goguenard. En attendant, on te laisse ta belle-fille.

D'un geste brusque, la vieille se leva, s'approcha de moi, m'inspecta de pied en cap et dit :

– Tu sais faire la cuisine au moins ?

– Non, dis-je.

Papa me gifla.

– Nettoyer une maison ?

– Non.

Nouvelle gifle de papa.

– Faire la vaisselle ?

– Non.

– De toute façon, dit papa, là n'est pas le problème. Ton fils a déshonoré ma fille. Il n'y a pas d'autre solution que de la garder chez vous.

– Nous sommes témoins, dirent en chœur le chef, le menuisier et le journaliste-news.

– Mesdames et messieurs, crachouilla la vieille dame, ici nous sommes femmes, femmes qui accouchons, femmes qui prenons soin de nos maris et de nos enfants, femmes soumises. Qu'est-ce qu'une femme qui ne sait pas cuisiner ?

– Rien du tout ! clama la foule.

– Une minute ! cria maman qui était restée silencieuse dans la foule. J'élève ma fille avec intensité.

Elle s'avança à grandes enjambées vers moi.

– Ouvre la bouche, m'ordonna-t-elle. Regardez, elle a toutes ses dents, ses deux pieds, ses deux seins, ses deux mains. Sans compter qu'elle était vierge jusqu'à ce jour, blanche comme les colombes, innocente comme Mahomet, pure comme le Christ. Que faut-il de plus ?

– Rien ! cria la foule.

– Réparation ! dit maman.

C'est alors que surgit le pharmacien :

– Qu'est-ce que ces microbes, ces virus d'hydroxydes, ces allégations d'anthropophages ?

Papa baissa la tête. Le chef fouilla la poussière de ses pieds.

– Ceci est d'ordre communal, c'est-à-dire de mon ressort, dit le chef.

– Et médical, très cher, dit le pharmacien. N'oubliez pas qu'en cas de problèmes et en dernier recours, c'est moi qui interviens. D'abord, qu'est-ce qui vous prouve qu'il a vraiment touché Saïda ?

– On les a pris en flagrant délit de débauche sur la voie publique, dit le chef. Incitation à la prostitution et... et...

– Détournement de mineure, acheva le journaliste.

Le pharmacien se racla trois fois et longuement la gorge :

– Donc, ils étaient en train de... de...

Il introduisit son majeur dans sa bouche, fit un mouvement clapotant de la langue et demanda :

– C'est ça ?

– Pas tout à fait, mais...

– Ça se vérifie, vous savez ? dit le pharmacien.

– Et comment ?

D'un mouvement du chef, le pharmacien me demanda de le suivre. Les Couscoussières firent mine de nous suivre, mais un geste de la main du docteur les en dissuada. Mes dents claquaient, mes genoux s'entrecognaient. Nous pénétrâmes dans la cahute. Elle était sombre et meublée sommairement. Deux nattes disposées côte à côte servaient de lit. Sur une étagère où s'empilaient des casseroles, des chiffons, des assiettes, trois poules naines dormaient. Au fond de la pièce, des bâtons de manioc cuisaient dans une marmite à trois pieds.

Le pharmacien me demanda de m'allonger. Ce que je fis et calai mes pieds bien en terre. Je tremblais de tous mes membres. Il se pencha, souleva ma robe, ausculta mon ventre. Il le malaxa de haut en bas, d'abord doucement, puis de plus en plus fortement à mesure que ses mains descendaient, le tout avec les gestes précis du mâle – ou du médecin, je ne saurais le dire. Il en transpirait, se faisait suinter le cou et me débitait des bêtises, les mêmes qu'on dit toujours, en pareilles circonstances : « Quand le temps change, j'ai mal au dos et aux articulations. Des rhumatismes, tu comprends ? Ah, quand j'étais jeune ! J'ai été un beau jeune homme ! Ah, tu m'aurais vu, Saïda ! »

Je me demandais quelles espèces d'astuces j'aurais pu utiliser pour le séduire si je l'avais rencontré à l'époque où il avait toutes ses forces, ses muscles et sa séduction. Puis, à un moment, il redressa sa maigre silhouette, sourit et dit : « Bon, c'est fini ! »

Je me relevai et laissai tomber les plis de ma robe. Je ne savais rien de ses conclusions. Il serait toujours temps d'envisager la suite.

Dehors, les Nègres attendaient. Ils se dandinaient, roucoulaient et commentaient l'événement dans un bruit de castagnettes. J'avais des coups violents dans le thorax et mon cœur cafouillait. Je ne voulais plus penser, je n'avais plus d'existence, du moins le croyais-je. Ma vie tenait entre les paumes du pharmacien. Les Couscoussiers firent cercle autour de lui, on aurait pu entendre les battements d'ailes d'une mouche. Le pharmacien ajusta ses binocles :

– Chères compatriotesses (silence). Très chers compatriotes, très chères amies et fidèles (très long silence). Depuis trente ans que j'exerce parmi vous, répandant dans vos foyers la semence de mes recherches, les plus hautaines et enveloppées des plus complexes théories...

– À l'essentiel ! cria quelqu'un dans la foule.

– On s'en tape, nous, des théories, dit un autre. On veut des faits....

– J'y arrive, j'y arrive, dit le pharmacien. Les événements les plus savoureux sont ceux qui se font attendre, n'est-ce pas ?

– Ouais, dit le chef Mais à ce rythme, on va se fatiguer avant que t'aies commencé.

– Je disais donc qu'étant donné les résultats de mes recherches en physique, en chimie et en biologie, après études comparatives de mes travaux et lesdites conclusions, appliquées à la personne ici présente dénommée, habitant...

– Tout le monde connaît Saïda, dit quelqu'un.

– C'est de la perte de temps sensible et manifeste, dit le journaliste-news.

– Bande de tarés ! hurla le pharmacien. Vous ne comprendrez jamais rien aux théories nouvelles, à la tellurie universelle, à la connaissance sidérale. Je perds un temps précieux avec vous et sur ce, je vous salue bien, messieurs, mesdames.

Il se fraya un chemin et s'en alla. La foule déçue s'excitait : « Faites quelque chose, chef ! » et : « Retenez-le, chef ! » Mais avant que le chef réagisse, le journaliste-news courut après le pharmacien : « Faut pas se mettre dans cet état pour si peu ! Un peu de *flair play*, très cher ! » Il s'agitait, suppliait : « Qu'allons-nous devenir sans vous ? » Il en perdait son froc, et se prenait les pieds dans les fils tarabiscotés de son magnétophone. Le chef se joignit au journaliste et des Couscoussiers, très chiens affamés sentant l'os leur échapper, se mirent aussi à supplier le pharmacien-docteur, à le dorloter, à l'encenser : « Vous êtes le plus grand génie que la terre ait jamais produit, depuis Vinci sans oublier de Gaulle président très français de sa République qui se glorifiait personnellement et à juste titre ! » dit le menuisier en lui attrapant les jambes. Une femme s'agenouilla, essuya les pieds du pharmacien avec ses cheveux, croisa ses mains comme en prière et le regarda, les yeux remplis d'adoration : « Comme Marie-Madeleine, la pécheresse, pardonnez-moi mes péchés, Sei-

gneur ! » Devant cet engouement universel, cette ferveur populaire, le pharmacien manda silence et dit :

– Nul n'est prophète chez lui !

Les Couscoussiers applaudirent.

Le pharmacien retrouva toute sa fougue et je le vis
grâce aux diverses expressions de son visage : l'œil qui
luisait, le nez qui pompait l'air à petits coups et ce
minuscule quelque chose aux coins des lèvres qui ressemblait à un sourire. Il revint sur ses pas, caressa la
tête de papa, et dès que chacun se fut installé à son aise,
il déclara comme parole d'évangile :

– Saïda est une bonne petite.

– Moi aussi, dit une fille de madame Kimoto en
remuant son ombrelle rouge. (Elle battit des paupières,
sourit au pharmacien et ajouta :) C'est toi qui me l'as
dit.

– Ce n'est pas la même chose, très chère amie ! Je
veux dire que Saïda est... Saïda est vierge.

Un grand silence suivit cette déclaration. Une femme
traversa la foule, fixa le pharmacien dans les yeux et cracha à ses pieds. On aurait dit le début d'une tragédie.
Une seconde fesse-coutumière s'amena devant lui, mit
ses mains sur ses hanches et dit : « À cette heure,
j'aurais déjà fini de piler mon maïs et tu m'as fait perdre
mon temps », et elle lui cracha au visage. D'autres
femmes vinrent à leur tour cracher avant de s'en aller,
telles des reines offensées. Des hommes levaient des
bras menaçants et l'insultaient. Il y eut des « Salaud ! »
et des « Connard ! » et des « Menteur ! ». Le journaliste-
news fendit la foule, se tint devant le pharmacien aussi
raide qu'il pouvait et dit : « Tu prends plaisir à faire
échouer les plus grands événements de notre cité,
avoue-le ? » Le chef conclut : « C'est parce qu'il est
jaloux de ma réussite. »

Devant cette vague d'agressivité, cette dégringolade
de sa cote de célébrité, le pharmacien leva la tête, très
princier, et s'en alla. C'est alors qu'Effarouché sortit de

derrière la case en se battant avec des brindilles sur ses vêtements et dans ses cheveux. Il montra toutes ses dents et dit : « Vous voyez bien, hein ? Je ne la connais même pas. » Personne ne lui prêta attention. Comme disait maman, un homme, c'est forcément un homme. Et Judas, Pierre, Jacques, Paul, Thomas et les autres apôtres en furent une triste illustration lors de l'arrestation de Jésus.

12

À Couscous, nous n'avions pas une idée précise de la politique et des hommes qui la pratiquaient. Ils étaient riches, donc menteurs. Nous les imaginions comme des voleurs, des corrupteurs, des arnaqueurs, des super-faussaires mais aussi comme des héros, et nous bâtissions nos vies comme nous le pouvions en les copiant. Nous vivions isolés et nous y tenions, à cause des impôts. Nous nous dépatouillions avec les débris de la civilisation, sans rien attendre de la nation à laquelle nous semblions appartenir. Certains soirs, quand les Couscoussiers en avaient assez du songo ou de ragoter, le chef tournait le bouton de son poste de radio. Les Couscoussiers faisaient cercle et, du lointain, des voix inconnues et fraternelles nous promettaient des merveilles : « Le gouvernement va goudronner les rues de Couscous – Une nouvelle école est en voie de création dans ladite zone – Le gouvernement s'inquiète de la situation de délabrement de Couscous et de ses environs. Une campagne de propreté va y être lancée et comptera environ mille experts en hygiène et des professionnels de la santé publique. » Si nous les écoutions avec grand intérêt, nous restions sceptiques.

À la fin juin, les matins se rafraîchirent. Des pluies tor-
rentielles lavèrent le ciel à gros bouillons et le laissèrent
bleu, étincelant. Un soleil fatigué illuminait la ville-
bidon et luisait doucement sur les toitures des cahutes.
Le soir, l'air devenait humide, poisseux. Un matin, vers
onze heures, après un petit déjeuner désagréable, je mis
maman au courant de mes troubles. J'en profitai, car
papa se tenait sous la véranda, torse nu. Il était
d'humeur massacrante. Le faux scandale avec Effarouché avait fait échouer l'histoire du fiancé d'Europe. Au
bain, les Couscoussières se moquaient de moi : « Fiançailles blanches », ricanaient-elles. Elles se détour-
naient, méprisantes : « Mariage sans alliance. » Elles ne
voulaient plus écouter mes poèmes. À peine leur parlais-
je qu'elles s'éloignaient, se regroupaient, chuchotaient
et éclataient de rire. Mes perspectives d'avenir ne semblaient pas brillantes, mais maman ne se décourageait
pas, elle avait des projets :

— Tu vois, ma fille, la modernité s'amène à grands pas.
Il faut changer les choses si on veut survivre. Entre
nous, colporter les beignets de porte à porte n'est pas la
solution. Ce qui ferait bien moderne, c'est d'ouvrir un
maquis à la maison, où les gens pourraient venir se
nourrir et se détendre. Ton père n'est pas au courant et
je veux que ceci reste entre nous, du moins pour
l'instant.

— C'est bien, maman, mais où vas-tu trouver tout cet
argent ?

— Je vais en emprunter.

— Personne n'a assez d'argent dans le coin.

— Je pourrais faire dans la politique.

— Papa va te tuer.

— Il est incapable de se défendre, alors, tuer quelqu'un,
pfuit ! quant à ton mariage, on pourrait toujours trouver
quelque chose.

Maman n'eut pas le temps de trouver quelque chose
qu'une grosse voix jaillit d'un haut-parleur et résonna

dans Couscous. Une voisine aux cheveux cotonneux passa en courant avec une grosse bassine : « C'est son Excellence Président à vie, hurlait-elle. Il a tenu sa promesse. Il a envoyé des gens pour nous nourrir. » Une deuxième femme jaillit, un pagne attaché de travers sur ses hanches, un seau bleu dans une main. Des gens couraient dans les deux sens. Des enfants abandonnés provisoirement par leurs parents pleuraient, accroupis à même le sol, le ventre ballonné. Ceux qui allaient vers l'avenue principale avec leurs récipients demandaient à ceux qui rentraient chez eux couverts de poussière de maïs : « Y en a encore ? » « Pas le temps, rétorquaient les seconds. Pas le temps », et ils se dépêchaient, déversaient chez eux les grains de maïs et repartaient à l'assaut avec plus de fougue. Je pris un seau, mais papa m'ordonna de le déposer : « Nous sommes pauvres, dit-il, mais nous ne sommes pas des mendiants. » Il releva la tête, croisa les bras sur sa poitrine velue et ajouta avec mépris : « Tout ce qu'ils veulent, c'est qu'on vote pour eux. » J'étais un peu déçue, mais il nous autorisa néanmoins à aller voir le spectacle.

Un camion vert stationnait sur la place du quartier. Un petit Nègre, la cinquantaine, déjà un peu obèse, un peu ridé, légèrement grisonnant, vêtu d'un costume noir et d'une chemise blanche, était debout dans le camion. Il s'adressait à nous par la voix du haut-parleur : « Notre Excellence Président à vie vous transmet ses salutations les plus distinguées, chers compatriotes ! » La foule applaudissait. « Chers compatriotes, Son Excellence vous aime ! » Nouveaux crépitements. « Voilà pourquoi il vous envoie ce maïs pour que vous n'ayez plus jamais faim. » Applaudissements.

Le maïs était dans d'énormes barils rouillés. Deux Nègres avec des poils dans les oreilles et dans le nez le versaient dans un taitois argenté qu'ils distribuaient aux Couscoussiers. Mes compatriotes étaient à la queue leu leu comme une classe, le visage poudré de jaune, les yeux comme des singes guetteurs, avec leurs sacs, leurs seaux et leurs bassines, un peu agités, un peu inquiets de voir le contenu des barils diminuer. Ils applaudissaient le Nègre du haut-parleur, mais se tortillaient dans tous les sens, se bousculaient, s'emberlificotaient, se querellaient beaucoup, s'insultaient aussi. Six militaires en tenue de combat tentaient de maintenir l'ordre, matraques au poing : un coup sur les pieds de ceux qui se déplaçaient hors de la zone autorisée – Ouïe ! – ou tout simplement parce qu'ils s'ennuyaient.

Notre chef était debout à côté de l'homme au haut-parleur. De temps à autre, il levait les deux bras au ciel, et sa djellaba excessivement rose se gonflait comme un voilier : « Vive le Président à vie ! Vive la République ! » Les Couscoussiers, à ces visions d'une prospérité extravagante, reprenaient en chœur : « Vive le Président à vie ! Vive la République ! » Le Nègre au haut-parleur, avec le sourire du puissant, pareil à un prestidigitateur, donnait de temps à autre des coups de pied dans les barils pour qu'on puisse apprécier toute sa grandeur, puis sa voix amplifiée crachotait à mes oreilles : « Son Excellence vous apportera aussi de l'électricité, des voitures, des écoles. Le développement est en route ! »

À un moment, les deux distributeurs se penchèrent. Les veines de leur cou et les muscles de leurs bras saillirent. Ils ramassèrent un container et le secouèrent, puis ils regardèrent le Nègre au haut-parleur, désolés : « Y en a plus, patron. » Ils tapèrent leurs paumes l'une contre l'autre : « *Finished !* » Ils enlevèrent la poussière de leurs vêtements : « *Finished !* »

« Nous voulons du maïs ! » cria quelqu'un dans l'assistance. « Du maïs ! » reprit en chœur la foule. « Du calme, dit le Nègre au haut-parleur. On va repartir en chercher. Je vous garantis qu'il y en aura pour tout le monde. »

Les gens se précipitaient sur le camion. Ce n'était plus qu'un ballet coloré de seaux, de bassines, de sacs. Les instruments s'entrechoquaient, des femmes hurlaient. Les militaires donnaient des coups de pied et de matraque. Du sang gicla du nez d'un homme mais personne n'y prit garde. « Mes doigts ! mes doigts ! cria un enfant. Ils ont cassé mes doigts ! » Il y eut également des « Mon ventre, mon ventre ! » et des « Mon œil ! ». Le sang se mêlait au maïs et à la boue. C'était ça, le véritable visage de Couscous : un peu de nourriture, beaucoup de sang et énormément de boue. Dans la cohue, notre chef se retrouva à quatre pattes dans la poussière. Il jura, pesta contre le gouvernement : « Ils avaient qu'à nous laisser crever la faim ! Nous étions bien tranquilles, nous ! » Puis, il se leva et s'éloigna en faisant des gestes de menace. La foule arracha les vêtements de l'homme au haut-parleur qui se retrouva en caleçon dans la poussière. Des militaires vinrent à son secours. Le journaliste-news enregistrait la bagarre : « Événement violent à Couscous ! Les habitants se révoltent contre la dictature ! » Les militaires hissèrent l'homme au haut-parleur dans le camion ; il cria aussitôt au conducteur : « En route ! En route ! » Le moteur glapit, souffla et le camion démarra. Les Couscoussiers se lancèrent à sa suite, munis de gourdins ou de bâtons, et des morceaux de fer luisaient dans le soleil. Le journaliste-news poursuivit le camion tout en enregistrant les voix qui vociféraient contre le gouvernement et le parti : « Voleurs ! enculeurs ! bande de salauds ! » Je vis le pharmacien hocher son crâne savant : « Dire qu'il a fallu de la nourriture pour sortir ce peuple de sa léthargie ! » Puis il s'éloigna de la bagarre, très digne. Le menuisier contemplait les dégâts, plus désolé que la mort : « Personne n'a besoin d'un cercueil à prix d'ami ? » Et comme nul n'était mort, qu'il n'y avait seulement que des blessés, il resta à regarder, transpira beaucoup parce que lutter devenait imbécile. Le camion disparut à un tournant et lorsque nous n'entendîmes plus les vrombissements du moteur, la fièvre tomba. Des femmes se baissèrent et ramassèrent sur la boue les graines de maïs tombées durant la rixe et on voyait leurs seins effondrés dans leurs vêtements déchirés.

– Je ne m'inscrirai jamais à l'U.N.C., dit une femme, en ôtant quelques vers de terre de son maïs.

– Rentrons à la maison, dit maman. On a pas mal de choses à faire.

Toute la journée, les Couscoussiers parlèrent politique. Pour la première fois, j'entendis parler de Bida, un célèbre politicien qui voulait être président à la place de Son Excellence Président à vie. Mais comme il n'y avait qu'un siège de président, Notre Excellence Président à vie se débarrassa de son adversaire en toute légitimité : il lui creva les yeux. Les Couscoussiers se demandaient lequel des deux hommes aurait été le meilleur pour diriger notre si beau pays. Ils conclurent que les politiciens empoisonnaient les gens, racontèrent comment notre Président à vie mangeait le cœur des hommes pour se donner des pouvoirs occultes. On raconta même qu'il était capable en un clin d'œil de disparaître de son palais de Yaoundé pour réapparaître à Paris, sur les Champs-Élysées, grâce à des pouvoirs insoupçonnés.

Ce soir-là, après le repas, tandis que papa se battait avec les moustiques, nous entendîmes des pas précipités et des voix effrayées : « Les kakis ! les kakis ! »

Papa sortit de la case : « Qu'est-ce qui se passe ? » demanda-t-il à un voisin qui fermait précipitamment sa fenêtre. « Ils arrêtent les opposants au régime, dit-il en tremblant. Les militaires quadrillent le quartier. » Les lumières des cases environnantes s'éteignirent. Les noctambules rentrèrent chez eux en courant. Ils avaient si peur qu'ils se tamponnaient et s'entrechoquaient et on entendait : « Pardon ! » ou : « Laissez-moi passer. » Ou encore : « Va pas par là. Ils y sont. » Papa chassa une phalène de sa joue, rentra et ferma notre porte.

– Nous n'avons rien à craindre, dit maman.

Papa alluma une cigarette et se cacha derrière la fumée.

– T'entends ce que je te dis ? insista maman d'une voix aiguë. Nous ne nous sommes pas mêlés de leurs histoires.

– Je suis pas sourd, cria papa à son tour.

– Et alors ?

– Faut pas se fier aux réalités, dit papa. Ces gens-là sont capables de tout.

Papa avait raison. Toute la nuit, on entendit des hurlements et des vociférations. Une grosse nuit des tropiques en frayeur, martelée de gongs, coupaillée de cris. Des hommes se battaient comme des forcenés. Les canons faisaient un potin assourdissant, des ordres, des contrordres sillonnaient nos cases parmi les essaims de moustiques agressifs : « Attrapez-le ! » « Ne les laissez pas s'échapper ! » Des bruits de pieds nus vadrouillaient dans le quartier. Un homme pleurait quelque part ; une femme criait au secours ; des cafards sortaient d'un coin et s'élançaient en allées et venues bruissantes dans notre case apeurée.

Le lendemain, Couscous ressemblait à une cité après la tempête : cases en éventail, vitres brisées, matelas éventrés, chaises cassées. Plusieurs hommes avaient disparu parmi lesquels le journaliste-news. On ignorait où les militaires les avaient emmenés et on n'en parla plus, saisis par la peur. Seul le menuisier commenta : « Ils auraient au moins pu nous laisser le soin de les enterrer dignement ! » Seul l'écho de sa propre voix lui revint dans l'ébahissement général. Durant cette période, les bruits d'une dispute ou d'une assiette cassée nous semblaient suspects. Les mouches tournaient autour des flaques de sang et s'en régalaient. Les Couscoussiers réparèrent les dégâts et se révélèrent ingénieux. On cassa les barils vides, on en fabriqua des lampes-tempête, des baleines de parapluie ; on en utilisa aussi pour remplacer des morceaux de tôle ondulée et les vitres cassées. Des débris inutilisables, des enfants firent des cerceaux, des roues de bicyclette et des micros. Les femmes pilèrent le maïs. Couscous reprit son visage et son sourire habituels.

Mes parents se mirent en tête de me caser. C'était encore plus difficile que par le passé puisque beaucoup d'hommes dans la force de l'âge avaient disparu. Maman négocia avec des marieuses professionnelles. Tout échoua, allez savoir pourquoi, jusqu'au jour où... C'est ainsi que tout commença. Non, recommença.

13

Je ne connaissais pas mon promis mais maman avait décidé que je confectionnerais quelque chose qui fût digne de son amour. La soirée était déjà avancée. Des mille-pattes envahissaient la cour. La chaleur ralentissait la vie. Toute la journée, j'avais touillé, écrasé, pilé du ngombo, du maïs, des arachides. Les mouches ne cessaient de tourner autour des plats. À six heures du soir, j'allai me laver et revêtis une robe à petits pois roses, la seule qui ne fût pas déchirée. Je m'assis à même une casserole dans la cuisine, mes jambes luisaient de vaseline et mes cheveux brillantinés me collaient à la nuque. Je vis l'ombre de maman s'étirer dans le soleil par l'entrebâillement de la porte. Elle resta quelques instants sans bouger. Enfin, elle se dirigea vers un coin, souleva une pierre et en sortit une boîte de lait Guigoz. Elle se tourna vers moi avec un sourire de triomphe :

– Ce sont mes économies, dit-elle en faisant tinter les pièces.

Maman s'assit, renversa le contenu de la boîte sur son pagne. Elle fit dix tas, superposant les pièces dorées :

– C'est pour ton trousseau.

Il fallait de l'argent pour me trouver un mari et j'y crus.

Mon promis arriva à sept heures, accompagné de son oncle et d'un frère, coincés dans leurs habits de fête. Papa se précipita pour les recevoir : « Entrez, entrez donc... » Ils entrèrent d'une démarche rythmée, précédés par l'odeur lourde de leur parfum, en faisant tinter leurs breloques. L'oncle était habillé d'une grande djellaba bleue brodée d'or et d'une chéchia rouge sur son crâne chauve. Les deux frères, comme des jumeaux, portaient des imperméables gris, des costumes jaunes à gros carreaux noirs, des chemises blanches et des grandes bottes noires qui leur prenaient gaillardement les jambes. Ils se plantèrent au milieu de la pièce et l'inspectèrent comme pour estimer sa capacité à recevoir des hommes de leur importance. Je savais que nous étions pauvres, que nous n'avions pas de meubles en bois ciré, ni d'eau courante, mais à la façon dont ils regardaient notre maison, je compris que j'étais en deçà de la réalité. Les bancs sur lesquels nous nous asseyions étaient crasseux. La toile cirée rouge qui recouvrait la table était déchirée par endroits. Le sol de bouse que j'avais balayé était cabossé, des débris restaient enfoncés dans la terre. Nos invités semblaient chercher un endroit où se poser. Gêné par notre pauvreté, papa ravala sa fierté et alla emprunter des chaises chez les voisins. Quand il les ramena, il s'excusa : « C'est la vraie vie, ici. Comme à la campagne ! » J'ignorais lequel des deux frères serait chargé de me dévergonder. Maman s'empressa, craignant sans doute de les mécontenter : « Donnez votre pardessus, mes enfants. » Ils la regardèrent comme si elle était la dernière des *bushwomen*, éclatèrent de rire : « Non, merci. » Elle insista : « Mais il pleut pas ! » Elle haussa les épaules parce qu'elle ignorait alors qu'avoir un pardessus, même en plein soleil, était la dernière mode en Europe. « À votre guise », conclut-elle, découragée. Elle ramassa un chiffon et essuya les chaises. Les deux frères tapèrent l'une contre l'autre leurs bottes montantes et leurs genoux s'entrechoquèrent : « Après toi, mon cher Georges. – Toi d'abord, moi après, Joël. » Ils ramenèrent leurs pardessus entre leurs cuisses et s'assirent. Papa et l'oncle prirent place chacun au bout de la table. « Pas mal chez vous », dit l'oncle. C'étaient des politesses salsifis, carottes et navets. « On est pauvres, mais propres », dit papa. Maman courut chercher de l'eau pour qu'ils se lavent les mains. Elle leur servit d'abord des amuse-gueule, des gâteaux de maïs à la banane, du manioc frit et du plantain. Ils mangèrent comme mangent les gens de Douala-ville, du bout des doigts, ce qui ne les empêcha pas de tout engloutir comme trente-six dockers.

J'étais sagement assise sur un tabouret. Personne ne me regardait. J'avais l'impression d'être une vraie coquille à sottises, à ronger comme ça mes ongles, à tapoter mes cheveux pour pas bondir à leur table et me gaver avec eux. Ensuite, maman servit le plat de résistance, du couscous de maïs avec du bœuf. La discussion sur l'éventuel mariage avait des difficultés à démarrer. Nos invités parlaient politique. L'oncle était pour les Français qui avaient colonisé le pays. Entre deux bouchées : « C'était la belle époque ! disait-il. On allait avec le patron en excursion sur le mont Cameroun. Que c'était chouette ! » Les frères étaient des indépendantistes : « Nous sommes libres, capables de démontrer que nous appartenons au grand concert des nations », disait Georges. « De développer notre pays », renchérissait Joël. « Pour crever la dalle oui, disait l'oncle. Votre indépendance, c'est de la chiasse ! On était mieux avant. » Ils s'agitaient, secouaient la tête, leurs narines s'ouvraient et se refermaient comme des ventouses. Papa essaya à plusieurs reprises de ramener la conversation sur les fiançailles : « Maintenant que vous allez être de la famille... » Nos invités acquiesçaient mais ils louvoyaient : « On y vient, on y vient ! » Ils souriaient à papa, puis reparlaient politique. Ils hurlaient, convaincus que celui qui parlerait le plus fort remporterait le débat : « Le ciel est toujours gris depuis qu'il y a l'indépendance dans ce pays », disait l'oncle. Papa commençait à faire des grimaces. Il changeait sans cesse de côté. Il posait ses fesses à gauche, puis à droite, croisait ses jambes d'un côté puis de l'autre. Maman était angoissée. Sa bouche se froissait comme du papier ; les veines de ses mains saillaient tandis qu'elle présentait le plat ; sa voix chevrotait : « Mangez donc, mes fils. C'est pas moi qui l'ai préparé. C'est Saïda. C'est une excellente cuisinière. » Elle souriait et me regardait comme si j'étais une création parfaite : « Elle fera une excellente épouse et mère. » J'étais laconique, mais je m'efforçais d'avoir l'air d'une rose épanouie, d'un hortensia ou d'un bougainvillier, que sais-je encore ? Pour ce faire, j'entrouvrais paresseusement les lèvres, prenais des airs alanguis, la tête penchée sur l'épaule, le regard lointain, une mèche de cheveux enroulée entre mes doigts, comme le faisaient les filles de madame Kimoto, pour séduire un client difficile. Je la jouais très chrysalide qui attend son heure de gloire. Mais ces attitudes n'impressionnaient pas les deux frères, qui revenaient à d'autres considérations. Les frais engagés par mes parents étaient trop considérables et exigeaient qu'on rentabilise l'investissement. Maman le comprit et se débrouilla pour me marier définitivement :

— Nous vivons comme au village, dit maman. Nous avons élevé notre fille à l'ancienne mode.

— Tout dépend, dit Joël.

— De quoi ? demanda papa.

— On n'épouse pas une femme uniquement parce qu'elle sait cuisiner ou faire le ménage, dit Georges. Il y a les domestiques pour ça.

— Ce sont les deux choses les plus importantes, dit papa, en les regardant tour à tour, droit dans les yeux, les défiant de le contredire. Le reste on peut le trouver avec d'autres femmes.

– J'en connais, moi, des putes qui ensuite se révèlent d'excellentes mères et épouses, dit Georges.

– C'est possible... C'est possible..., répétait papa qui voyait ses efforts aller à vau-l'eau. (Il tempéra ses propos :) Vaut mieux se préserver du péché.

Georges fit un geste évasif de la main :

– Le péché, vous savez... ?

– Pourquoi manger un fruit gâté quand on peut se mettre sous les dents quelque chose de frais et de sain ? demanda papa.

– Je suis d'accord avec vous, dit l'oncle. Mais, il y a un autre problème : l'argent.

– Saïda a tout son trousseau ! cria maman, très en colère. Nous sommes pauvres, mais nous avons l'essentiel ! Pas une dette, rien. D'abord qu'est-ce que l'argent ?

– « Sans l'argent, la vie est impossible », dit Georges, reprenant à son compte le refrain d'une célèbre chanson de l'époque. (Il sortit une photographie avant d'ajouter :) C'est ma cousine Aziza, de Paris. C'était une pute du port. Elle vit maintenant à Paris sur les Champs-Élysées et nous envoie régulièrement de l'argent...

Aux yeux écarquillés de papa, je sus que la fille de la photo était belle, vêtue de taffetas cramoisi et de velours de Gênes. Néanmoins, papa reprit son sang-froid :

– Mais vous nous prenez pour qui, à la fin ? Saïda a été longtemps à l'école.

– Mon frère, dit l'oncle, n'écoute pas ces enfants et pardonne leur indélicatesse, comme nous pardonnons aussi à ceux qui nous ont offensés.

Papa se tourna vers moi, enragé :

– Viens, ma petite, viens leur montrer que nous ne sommes pas des sauvages.

Je tremblais, car grande était ma responsabilité. J'aurais eu besoin de l'élixir fortifiant du docteur Scholl pour me remonter le courage. Je savais que tout dépendait de ma capacité à séduire.

Je m'avançai au milieu de la pièce. Mon œil accrocha la photo de la cousine de Paris. Elle devait avoir trente-cinq ans. Elle souriait, une main levée, sous la tour Eiffel. À ses joues rondes, on imaginait qu'elle se nourrissait de vitamines riches en protides, en fer et calcium de nitrate carbonisé. Ses lèvres peintes montraient que cette fille crachait dans des mouchoirs blancs et appelait Allah par son prénom, mais je n'eus pas le temps de développer mes pensées que papa dit d'une voix melliflue : « On t'écoute, ma chérie. »

C'était la première fois qu'il m'appelait « ma chérie » et j'en eus le souffle coupé. Je voulais croire que ce n'était qu'un début, que dorénavant papa me dirait d'autres mots d'amour. Portée par le désir de devenir quelque chose que papa approuverait et de demeurer à jamais ce qu'il souhaitait, j'entrouvris mes lèvres et déclamai :

> J'entends mon bien-aimé
> Voici qu'il arrive
> Sautant sur les montagnes
> Bondissant sur les collines
> Mon bien-aimé est semblable à une gazelle
> À un jeune faon.

Quand je me tus, me dandinant d'un pied sur l'autre, l'assistance était béate d'admiration. Ils étaient tous assis, l'air étonné. Je compris qu'il m'était impossible de redevenir Saïda la vieille fille, morte ou vivante. J'étais changée. J'étais quelque chose, je ne sais pas quoi, mais quelque chose. Les deux frères plissaient leurs yeux, puis ensemble : « Qui l'eût cru ! » Tout doucement, comme dans un songe, j'entendis leurs excellentes paroles, depuis les « quelle délicatesse » au « fameux ! extraordinaire ! » et jusqu'au : « Tu seras gâté, Georges », et j'en déduisis que Georges était mon promis. « Je vous avais prévenus », dit papa avec importance. Il pencha pompeusement son maigre cou au-dessus de la table : « Je ne vous vends pas n'importe quoi, moi ! » Il se leva et m'embrassa : « Bravo, ma fille ! » Maman posa ses doigts doux et rassurants sur ma nuque : « T'es une bonne petite », dit-elle, et c'était aussi délicieux que piler le manioc dans le clair-obscur de la cuisine. Enthousiaste, papa brisa une noix en plusieurs morceaux qu'il distribua : « De la première qualité extra, garantie ! » Et son visage était plus merveilleux que par le passé, lorsqu'il se mettait dans des colères monstres. Maman souriait parce que l'avenir m'appartenait.

C'est alors que la porte s'ouvrit brusquement. Madame Balla, une Couscoussière aussi maigre que quelqu'un qui ne se nourrit que de mouches, surgit et cria : « Au secours ! » Ses pagnes dégringolèrent de sa poitrine, elle les remonta d'une main : « Au secours ! » De nature, c'était une femme hystérique, dépressive, inquiète, mais là, Seigneur ! « Au secours ! » Ses pagnes retombaient tant elle était sincère : « Au secours ! » Elle secouait sa tête de gauche à droite et vice versa. Ses yeux terrifiés luisaient : « Au secours ! » Et, sans laisser à papa le temps de réagir, elle bondit vers lui et le tira par le bras : « Venez, venez vite ! » C'était la malédiction définitive. La magnifique soirée échouait. Papa voulait faire celui qui n'entendait pas. Pour gagner du temps, il entoura le cou de madame Balla de son bras droit : « Calme-toi, ma chérie... D'abord qu'est-ce qui se passe ? » Mais madame Balla était possédée : « C'est mon mari ! Venez vite sinon il va crever à la seconde près ! »

Papa ramassa la lampe-tempête et dit : « Excusez-moi, messieurs, j'en ai pour trois secondes zéro minute. » Maman sortit de sa brutale dépression et dit : « On t'accompagne... »

Nous suivîmes madame Balla, papa devant avec sa

lampe pour éclairer notre route tandis qu'à ses côtés madame Balla se lançait dans un flot d'explications incompréhensibles. Dehors, un hibou accroché à une branche nous montra ses yeux jaunes. Des lucioles voletaient de branche en branche. Nous contournâmes notre case, prîmes un sentier séparé par des branchages. Nos vêtements crissaient dans les feuillages. Maman racontait des petites histoires pour distraire nos invités, des balivernes, tant elle était embarrassée : « Ce serait moi la première à m'en vouloir si je ne lui portais pas secours, vous comprenez ? » Les invités faisaient la gueule, ça ne se voyait pas, mais ça s'entendait à l'intonation de leurs voix mornes : « Bien sûr qu'il faut s'entraider. » Ils soupiraient et la spontanéité de maman refroidissait : « Bien sûr qu'il faut toujours porter secours. » J'étais sonnée. Le destin me détestait et j'estimais que ce n'était pas le moment de me raconter des sornettes.

Comme la plupart des maisons de Couscous, la cahute de monsieur Balla n'avait qu'une pièce. Un reste de kwem pourrissait sur une assiette et des mouches s'y frottaient les pattes. Une chienne jaune, avec des côtes comme des bambous, montra les dents, me renifla les jambes et s'en alla.

Monsieur Balla était couché sur un lit de bambou. Aux traits osseux de son visage, à son expression effacée, à la lividité de sa peau, on pouvait parier à dix contre un qu'il était mort. Deux mômes aux ventres ballonnés le veillaient, accroupis sur une natte. Dès que l'aîné nous vit, il se leva et gémit : « J'ai mal au ventre, maman. » Ses menottes saisirent ses pagnes : « J'ai la diarrhée, maman. » La morve dégoulina de son nez, ses yeux larmoyèrent. « Tu ne vas pas t'y mettre, toi aussi », gronda madame Balla, excédée. Elle fit craquer ses doigts biscornus : « Attends que ton père guérisse avant de tomber malade. »

L'enfant ouvrit la bouche et, le temps que tous

réagissent, il vomit. L'oncle de Georges s'écarta, regarda l'horloge à son poignet, rajusta sa chéchia et dit : « Oh, qu'il se fait tard ! » Il recula lentement vers la porte : « Excusez-moi de ne pouvoir rester avec vous, mais une dure journée m'attend. » Georges et Joël firent trois pas en arrière, botte à botte : « Nous verrons tout cela une prochaine fois. »

Papa s'élança vers eux, le regard vertueux et formula la question essentielle : « Qu'en est-il du mariage ? » Mais déjà ils franchissaient le seuil de la cabane, comme des crabes de sable lorsqu'un doigt d'homme s'approche. « On verra cela une prochaine fois ! » L'obscurité les avala. Papa essuya la sueur sur son visage en même temps que sa déception et bougonna :

– Je vais chercher le docteur.

Nous restâmes seules. Madame Balla emporta l'enfant derrière la case et le lava. Il revint tout grelottant, totalement abattu, et se coucha. Elle versa du sable sur les vomissures et les ramassa. Monsieur Balla avait les yeux fermés et sa poitrine exhalait un immense râle. Je n'avais jamais vu un moribond, aussi j'éprouvais quelques difficultés à garder ma tête sur mes épaules et mes jambes rattachées à mes hanches, face à cette vie qui partait.

– Qu'est-ce qu'ils ont mangé ? demanda maman.

– Que des bonnes choses, dit madame Balla.

– Hum ! hum ! dit maman. Y a des choses que même un estomac comme le nôtre ne peut pas supporter.

Madame Balla fit deux pas en avant, passa devant l'étagère où dormaient les poules, prit sa tête entre ses mains et gémit :

– Ô Seigneur ! Comment peux-tu penser que j'aie empoisonné mon pauvre mari et mon propre fils !

– Je n'ai pas...

– Si ! Tu l'as sous-entendu. Et tout le monde va dire la même chose s'ils mouraient ! Ô Seigneur, que T'ai-je fait ? Quand T'ai-je offensé ?

Elle se mit à sangloter. Maman, déconcertée, s'efforçait d'atténuer cette grande souffrance : « Je n'ai rien dit de la sorte, ma sœur. » Elle lui prenait l'épaule : « Tout le monde connaît ton dévouement à ta si gentille famille. » Madame Balla ne l'écoutait pas et chaque parole de maman la faisait gémir plus fort, à tel point que les mômes se mirent à pleurer par contamination en se grattant le corps, des orteils aux cheveux. Je commençais à avoir chaud et à avoir des démangeaisons. Je voulais bien penser à autre chose, par exemple à l'amour, que je rirais, j'aimerais, je baiserais, mais la scène autour de moi me coupait les appétits de couleurs. Monsieur Balla ouvrit les yeux et nous regarda horrifié : « Mais je suis pas encore mort ! » Puis il dut voir vert, car il retomba sur son matelas. Je fus soulagée de voir la silhouette de papa s'encadrer dans la porte, suivi du docteur-pharmacien :

– On s'en va. Le docteur est là.

Nous rentrâmes à la maison, entre les tribus des peuples coasseurs, les lucioles et le chant des chouettes. À l'autre bout de Couscous, un chien gémit lugubrement, une mère berçait machinalement son bébé. À la maison, je m'aperçus que nos invités, dans leur précipitation, avaient oublié la photo de la cousine Aziza. Je la ramassai et la cachai sous ma robe. La tête me travaillait horriblement : allais-je me marier oui ou non ? J'aurais voulu que mes parents commentent la rencontre avec mon promis. Mais non ! Papa passa en bouderie le reste de la soirée. Maman surgit de la cuisine, furieuse, et des ombres effrayantes se dessinèrent sur sa bouche : « Tu vaux rien, rien ! Rien que manger, et dormir, manger et dormir ! » Je me recroquevillai dans un coin.

14

Monsieur Balla mourut à l'aube. Nous le pleurâmes très modestement, car dès le lendemain, et cela pendant quatre longues semaines, tout Couscous entra dans la maladie. On ne parlait pas d'épidémie à l'époque, mais d'empoisonnement. Très rapidement, mes concitoyens l'appelèrent sassa-modé, c'est-à-dire le chie-vomit. Des colporteuses déposaient leurs bassines de beignets, vomissaient en criant qu'on leur coupait les intestins avec une paire de ciseaux ; dans toutes les concessions, hommes et femmes faisaient la queue devant les latrines et criaient que c'était de la faute au maïs de son Président-à-vie ; des enfants s'accroupissaient où ça leur prenait et lâchaient une flopée et des hoquets ; des vieillards assis sur des nattes sous la véranda se cassaient en deux, mains sur le ventre, pris d'horribles crampes. Couscous se liquéfiait par les deux voies du corps. On se mourait comme des insectes et l'atmosphère était déchirée par les cris des familles éplorées et des enfants. Monsieur le docteur-pharmacien courait de bicoque en bicoque, son attaché-case sous le bras, pour administrer des breuvages et des décoctions. Il se lançait contre la maladie comme dans une vraie bagarre. Ses recherches trouvaient un terrain d'expérimentation. Il remplissait les gens de tisane, de décoctions épanouies au soleil, de feuilles de mangue et autres abominations pas très consommables. Quand on l'interrogeait sur la nature exacte de la maladie, il enfonçait son chapeau et expliquait : « C'est du choléra asiatique. » Il retroussait les lèvres : « Espérons que ce n'est que de la cholérine. » Il essuyait la sueur de son front : « Ou du cholériforme ». Puis, il nous parlait du bacille virgule, du vibrion cholérique, du choléra morbus, termes qui n'avaient pour nous aucune réalité, mais cela ne nous empêchait pas de conclure : « C'est que du sassa-modé, dis donc ! » Et pour démontrer que nous avions des connaissances, on fit courir le bruit qu'en réalité le sassa-modé était provoqué par un gros ver qui attaquait nos intestins pendant le sommeil. On racontait qu'il était capable des mutations les plus extravagantes, surtout la nuit. Il pouvait alors se transformer en une petite mouche, presque invisible, pénétrait dans la bouche du malheureux dormeur, s'installait dans ses intestins, ressortait l'air de rien et reprenait ses dimensions normales. On disait qu'il était corrosif et vicelard, qu'il s'attaquait à tout le monde, sans distinction de race ni d'origine, de sexe ni d'âge. Certains prétendaient l'avoir vu dans les marécages. D'autres l'avaient aperçu sous les tas d'ordures. On le décrivait. *Il* était long comme trois vipères, gros comme six éléphants, vert comme les feuillages dans lesquels *il* pouvait se camoufler à sa guise. Nous crûmes sans la moindre hésitation ces ragots comme nous donnions foi à tout ce qui pouvait faire naître l'espoir, donner un peu de répit à nos intestins lacérés.

Les guérisseurs de Couscous se mirent à traquer la bête, depuis les jeteurs de cauris, aux féticheurs, jusqu'aux sorciers vaudous. On s'en allait à coups de gris-gris, des pièges tendus dans la cambrousse pour attaquer la mère-productrice de la bête. On vidait les puits, pour voir si jamais... C'était le grand événement. Les rivières furent drainées. On attrapa quelques poissons qui n'étaient pas sur leurs gardes, des serpents passèrent à trépas, des crocodiles crevèrent.

On allait chasser la bête, par groupes ou individuellement, et nos visages s'amaigrissaient. Nos jambes flagadallaient, on s'entrechoquait les genoux dans un véritable ballet d'aveugles. On mettait nos mains dans les ronces, on soulevait les pierres, on grimpait aux arbres :

– Venez ! je viens de la voir.
– Où ?
– Là. Cachée là sous les feuillages !

114

– Où ?

– Là, je vous dis. Vous êtes aveugles ou quoi ?

– Je vois rien, putain de Dieu !

– Mais puisque je vous le dis, bande de tarés !

– T'as peut-être rêvé !

– Mais pas du tout ! Elle a filé, voilà tout !

– Mais comment ça, elle a filé ?

– J'en sais rien, moi ! Disparue, flut ! flut ! C'est pas de ma faute tout de même !

– Mais tu l'as bien vue ?

– Quelque chose comme ça, ouais. Sans doute.

– Tu l'as vue ou pas ?

– Allez savoir si je l'ai vue. Elle a filé, un point c'est tout !

– Comment, bon Dieu, peut-elle filer si tu l'as même pas vue ?

– Qu'elle aille se faire voir, merde de Dieu ! Elle commence à me gonfler celle-là !

On devenait fous. Les Couscoussiers continuaient à mourir par centaines. On n'arrivait même plus à pleurer, la force nous manquait et puis on dansait : *sassa modé sassa mo pororo, sassa modé sassa modé mama, sassa modé sassa mo pororo.* Monsieur le menuisier n'en pouvait plus de raboter, de couper, de clouer. Il fabriquait des « cercueils à prix d'ami » de manière si brutale qu'il en était déconfit. Il allait s'en plaindre partout, épouvanté : « Un cadavre par jour me suffit largement ! » Il montrait ses mains crevassées : « Même les esclaves américains sont pas aussi esclavagisés ! C'est de la crevaison avec préméditation. » Au bout de deux semaines, il renonça à la fabrique des cercueils : « Ça porte malheur », disait-il aux familles éplorées. Il crachait dans la poussière avant d'ajouter : « Vous comprenez, un cercueil c'est comme une maison. Et les morts sont contents de mourir parce qu'ils auront une maison. S'ils savent qu'ils n'auront pas de maison, ils mourront pas ! » Il réussit ainsi à décourager l'épouse la plus aimante, la mère la plus accablée, le mari le plus doux – dont les sentiments les incitaient à exiger une sépulture décente pour leur défunt.

Durant cette période, les prédicateurs de la Nouvelle Église africaine se mirent de la partie. C'était toujours en fin d'après-midi, quand les chiens épuisés de chaleur recherchaient la fraîcheur à l'ombre des corossoliers, que Dieu parlait et que nos angoisses s'apaisaient. Le prédicateur était un Nègre-noir de Couscous avec une moustache en forme d'équerre. Il était gros et très poussif. Ses yeux semblaient vous regarder de travers. Ses lèvres protégeaient de petites dents blanches. Il s'amenait, portant un drapeau aux couleurs des indépendances, comme un ancien combattant. Une grosse croix oscillait sur son ventre et, des tréfonds de sa grande robe blanche, grimpaient des *clinclin*, de la monnaie sans doute. À moins que ce ne fussent les pas du Christ. Des hommes et des femmes en boubous verts, rouges, jaunes, l'accompagnaient, marchant à pas de guerre, et leurs chaussures résonnaient dans la boue, et leurs mains claquaient l'une contre l'autre pour donner le rythme. Le prédicateur se mettait debout sur une estrade, plantait son drapeau dans la poussière et une marée d'applaudissements ouvrait le prêche :

– Mes frères, vous avez péché et vous êtes punis !

– Je reconnais devant Dieu et mes frères que j'ai péché, reprenait la foule en chœur.

Le prêcheur observait de longues minutes de silence. Puis il levait les bras au ciel, à tel point que les veines de son cou saillaient, et que ses bagues d'argent luisaient dans le soleil : « Oui, vous avez vraiment péché, mes frères ! » La foule électrifiée reprenait : « C'est pourquoi je demande à tous les anges et ainsi qu'à tous mes frères de prier pour moi notre Dieu. » Les femmes agitaient des rameaux et poussaient des youyous à la gloire de Sa Très Sainte Trinité, aux trois clous et à la Très Sainte Vierge Noire de Ouagadougou. Le prêcheur prenait une inspiration, secouait la tête et hurlait, à bout de souffle :

– Repentez-vous, mes frères, afin que Dieu vous accorde miséricorde !

– Oui, j'ai vraiment péché, reprenait l'assistance.

Et ses doigts bagués désignaient les pécheurs, au hasard : « Toi t'es un pécheur, et toi et toi ! » Ceux qu'il désignait s'agenouillaient et pleuraient : « Pardonnez-moi, Seigneur ! » Et le métal de ses bijoux éblouissait.

– New-Bell est un lieu de débauche, de meurtre, de sodomie et de perdition où l'homme se laisse engloutir dans les spirales du Malin, au service de ses instincts les plus bestiaux. Et comme l'a déjà démontré Sa Sainte Trinité, il envoya le déluge détruire une cité comme...

– On ne sait pas ! criait l'assistance.

– C'est pas grave, disait le prêcheur, marquant d'un mouvement de la main le peu d'importance qu'il attachait aux événements historiques. Il reprenait son souffle, ses yeux sortaient de leurs orbites, il levait ses bijoux :

– Et le feu comme...

– Sodome et Gomorrhe ! hurlait l'assistance.

– Le fléau comme...

– On ne sait pas...

– Peu importe, mes frères ! Vous êtes des maudits, des impropres, des saletés, des larves. Aujourd'hui, il faut que vous acceptiez, humblement et dans la joie, de payer vos dettes envers le Très-Haut !

Et quand il annonçait : « C'est fini, bande de pécheurs. Rentrez chez vous et vivez désormais dans la gloire de Dieu ! », nous applaudissions ses insultes de toutes nos forces car c'était réconfortant de trouver une origine à nos maux, durant cette période de maladie et de mort.

Ensuite, des hommes se mettaient par petits groupes, encore remplis de la lumière nouvelle : « La grâce du Seigneur soit avec vous », disaient-ils en guise de bonjour. Et la réponse était du même genre : « Et avec votre esprit ! » Puis ils commentaient le prêche, encore pleins de gratitude : « J'ai vu l'ange Gabriel », disait quelqu'un. « La Vierge Marie m'est apparue durant la sentence », disait quelqu'un d'autre. « Le Christ m'a dit de ne pas m'inquiéter », affirmaient certains. À les écouter, tous avaient été en contact avec l'Éternel, et ils avaient tous des messages de promptes guérisons, à condition de sacrifier un veau, une vache ou trois œufs. Tout le monde croyait tout le monde. Puis on se séparait : « La grâce du Seigneur soit avec nous. » Ceux qui en avaient encore la force allaient s'encanailler, s'embordéliser ou s'ensoûler chez madame Kimoto, qui les aidait à faire semblant d'être heureux. Les femmes retournaient, dos cassé, à leurs besognes.

Le docteur-pharmacien regardait tout cela depuis sa véranda, et les derniers rayons de soleil jouaient à sauve qui peut entre les feuillages. Il croisait ses petites jambes et esquissait quelque chose qui ressemblait à un sourire : « Quel pays ! » La grosse madame la pharmacienne caressait les bouts de ses orteils potelés et renchérissait : « Comme dit le chef, rien de perdu sur cette terre. Et c'est extraordinaire. »

Un jour, pourtant, le pharmacien s'enhardit. Peut-être parce qu'il en avait assez de nous voir accepter la fatalité avec joie. Il surgit en plein prêche, traversa la foule en renversant au passage des Couscoussiers agenouillés : « Mais qu'est-ce qu'il a ? » demandaient les fidèles, éberlués. Sans répondre, le pharmacien s'avança vers l'estrade et s'arrêta devant le prêcheur. De rage, ses binocles bougeaient sur son nez. Il leva son bâton menaçant :

– Arrêtez ça tout de suite. Vous êtes déjà assez bêtes ! Ça suffit ! Ça suffit !

Puis il se mit à rosser la foule pour la disperser en hurlant que nous étions stupides de croire que la maladie était affaire de Dieu. Sa voix retentissait dans Couscous comme les vociférations des morts de sassa-modé.

Le visage du prédicateur vira au gris. Ses yeux s'agrandirent. Une femme, grosse de sept mois, reçut un coup de coude dans le ventre et sanglota : « Mon bébé ! » Des femmes tombaient les unes sur les autres. Les pieds s'entre-écrasaient. Le prédicateur sortit brutalement de son hallucination et cria : « Armageddon ! Cet homme, c'est Armageddon ! » Ses mains tremblèrent, ses yeux devinrent sanguinaires : « Caïn ! Lucifer ! Nebude ! » Et ses paupières se fermèrent. Ses traits s'horrifièrent sans discontinuer jusqu'à ce que six hommes plaquent le pharmacien au sol. Le prêcheur arrangea sa soutane et reprit sa superbe. Il se pencha vers le pharmacien, puis, nez à nez, il lui demanda : « Pourquoi as-tu fait ça ? » Le pharmacien éclata de rire. Le prédicateur, les mains crispées, brandit sa croix sous les yeux du pharmacien :

– Sors de ce corps, démon !

– Vous n'y croyez pas vous-même à votre Dieu, dit le pharmacien.

Le prédicateur se releva, se tourna vers la foule et dit :

– C'est le Tout-Puissant qui a envoyé la maladie parmi nous ! (Et, sans jeter un regard au pharmacien, il pointa son doigt dans sa direction.) Je vous défie de me démontrer le contraire.

Le pharmacien resta un moment pensif et demanda :

– Où sont mes lunettes ? Je ne vois rien sans mes lunettes.

Sans un mot, un homme les ramassa dans la poussière et les lui accrocha au nez. Il y eut un moment de silence et le pharmacien dit :

– Dieu n'existe pas. J'en aurai la preuve bientôt.

– Quand ?

– Quand la transfiguration des masses se produira. Quand l'ouvrier mènera une vie juste et équilibrée.

– Comment expliquez-vous qu'un enfant se fasse écraser par un train ?

– C'est le hasard, dit le pharmacien.

– C'est Dieu ! Il donne la vie, l'enlève quand bon lui semble et nous octroie la force de supporter nos malheurs sans être emportés par la souffrance comme un fétu de paille.

– C'est le hasard qui donne la vie, dit le pharmacien-docteur. Et la médecine est là pour soigner nos maladies.

– Tu es possédé !

Le pharmacien éclata d'un rire contagieux que la foule attrapa. Les Couscoussiers se balançaient d'avant en arrière, la tête renversée un million de fois jusqu'à ce que, épuisés, ils reposent leurs côtes sur l'épaule du voisin. Le pharmacien se retrouva libre. Il mit de l'ordre dans ses vêtements et dit :

– J'ai déjà averti le gouvernement de l'épidémie. Il interviendra dans les plus brefs délais.

– On attend toujours, dit quelqu'un dans la foule.

– Il vient ici que pour nous empoisonner, dit quelqu'un d'autre.

– D'ailleurs personne ne viendra, affirma une femme.

Elle se trompait. Dès le lendemain midi, nous entendîmes un cri : « On parle de nous à la radio ! » Et la voix venait de la place publique, elle s'approchait, me prenait les tympans, mettait de l'excitation là où il n'y en avait pas : « Nous sommes à la radio ! On parle de nous ! » C'était de la folie. Quand j'arrivai chez le chef, plus de quatre cents Couscoussiers se bousculaient autour de son minuscule poste. On se frayait un chemin pour être au premier rang : « Laissez-moi passer. » Des enfants se faufilaient entre les jambes des adultes. On se querellait : « Viens pas me chercher des histoires. J'étais là avant. » On se penchait les uns sur les autres pour écouter les informations. Un homme tira sa femme par les pagnes et dit : « Tu n'as pas encore préparé mon repas ! » L'épouse riposta : « Je ne suis pas ta domestique, moi ! » Il la gifla, la repoussa dans la foule et prit sa place. Ceux qui se trouvaient voûtés aux premiers rangs se tournaient de temps à autre vers ceux qui étaient dans leur dos : « On parle de notre maladie ! » D'autres s'énervaient : « Chut, on écoute ! » On s'entre-grondait : « Tais-toi ! » À force de Tais-toi-arrête-boucle-la-chut, l'essentiel du message passa au-dessus de nos têtes : « Qu'est-ce qu'ils racontent ? demanda quelqu'un. Avez-vous compris quelque chose ? » La foule haussa les épaules, impuissante. Un Couscoussier, intellectuel de son état qui comprenait tout à demi-mot, rajusta le col de sa chemise blanche sur son cou d'autruche :

– Je peux vous éclairer, chers compatriotes, dit-il.

On fit cercle autour de lui. À pleine voix, il nous expliqua :

– La maladie est due à d'incroyables mutations et transgressions portées à l'homme dans son milieu naturel par une dissociation et l'éclatement des diverses cellules provoquant une démultiplication des germes pathogènes.

– C'est tout ? demanda un vieillard.

L'intellectuel croisa les doigts :

– C'est clair, non ? Il nous jeta un regard de mépris et s'en alla. Mais, néanmoins, à la fin du message gouvernemental, une chanson était dédiée à notre courage, à notre dignité dans la maladie, à notre bonne citoyenneté, et tout ça pour nous maintenir en obéissance :

> *Choléra, choléra*
> *a loupé les vaccinés*
> *Oyé éééé cholé-choléra*
> *Ami-ami, appelez Jésus*
> *Dans la cité-oooo*
> *Il faut être propre propre propre,*
> *Il faut être propre tous les jours !*

À la fin, mes concitoyens étaient si concentrés qu'ils éprouvèrent quelques difficultés à revenir à la réalité, à savoir qu'à deux pas de là hommes et femmes continuaient à faire la queue devant les latrines. Ils en demeuraient étourdis et paresseux. Une grosse fesse-coutumière tordit son achalandage arrière et se mit à danser. Patatrac, d'autres s'y joignirent. Elles se démenaient, leurs seins bondissaient dans leur corsage. Les hommes regardaient le spectacle en se disant que les femmes avaient de quoi couper la gorge au malheur. Ils en étaient si éblouis et si fascinés qu'ils ne bougèrent plus.

Durant les jours qui suivirent, Couscous se réunit devant le minuscule poste de radio : « Vous allez finir par me l'user, se plaignait le chef. Ne la mettez pas si fort, vous allez me casser les sons ! » Il s'approchait de son poste : « Reculez ! » et son grand boubou collait à ses chairs, se godaillait au col dans l'effort. Il tournait le bouton à gauche toute, plus de son : « Par votre faute, elle ne marche plus ! » Il s'énervait : « C'est pas la Croix-Rouge, ici ! » Et ses petits doigts tournaient le bouton à droite et les voix éraillées nous parvenaient. « Feriez mieux d'acheter le vôtre, de poste », disait-il. Il remuait ses cheveux : « Je ne veux plus vous voir. Rentrez chez vous ! »

Personne ne bougeait. À la fin, le chef était si épuisé, qu'il se laissait tomber sur son rocking-chair, croisait ses petites jambes : « Merde, merde, ils vont finir par me casser mon engin. »

Mais le chef se trompait. On lui rendait sa machine à entendre des sons dans les dix minutes, puisque la seule chose qui nous intéressait, c'était la chanson. Nous n'avions plus que cet air dans la bouche. Le choléra vibraphonait la cadence des pilons, berçait la mollesse des peaux des bébés, rythmait le lavage des linges, rôdait au milieu des marchandes du marché, caracolait dans les jeux d'enfants, se promenait lors des fêtes traditionnelles et servait de musique d'ambiance dans les parties de jambes en l'air. Cette chanson était devenue l'extraordinaire douceur des nuits de souffrance. Et, durant cette période, elle fut sans doute la première que les nourrissons écoutèrent en venant au monde.

À la maison, plus que jamais, papa devint l'homme d'une doctrine, des prohibitions consciemment respectées, des plaisirs déterminés, des différences entre les hommes, des religions et des croyances, car selon lui, si personne chez nous n'était malade c'était grâce à Allah. Il détesta plus que jamais les changements, les accusant d'être à l'origine de nos malheurs, il tint à s'en écarter le plus possible. Au retour de son travail, éreinté, il s'allongeait sur une natte et tandis que maman lui massait le dos de la plante de ses pieds, il tirait des leçons du passé : « On ferait mieux de retourner au village », soupirait-il. Maman soupirait pour d'autres raisons : « Que va-t-on faire là-bas ? Plus un membre de notre famille n'est au village. Comment va-t-on y vivre ? » Et les vertèbres de papa craquaient plus fort sous la pression. « Ouïe ! Cultiver le champ, élever des animaux ! » Il souriait à son utopie. Ce qui ne l'empêcha pas de s'éloigner des solutions trouvées une fois pour toutes, il y alla jusqu'au bout, dans l'excès ou dans la rigueur : il nous imposa le port du voile pour nous protéger du choléra.

15

Un mois plus tard, les hommes ressemblaient à des bois morts, les femmes bruissaient sans parloter, les enfants ressemblaient à des vieillards et les vieillards eux-mêmes n'étaient que débris. D'ailleurs, vieux ou jeunes, c'était la même chose dans un pays écrasé sous trois tonnes de soleil et des milliards de moustiques besogneux qui ne demandaient qu'à vous sucer le dernier globule rouge, et où les seules distractions consistaient à se soûler ou à baiser, point à la ligne. On avait enterré ce qu'il y avait à enterrer ; et les chiens se coursaient encore pour copuler ; et le soleil était toujours là, entre les arbres, les futaies, sous les vérandas, à brûler tout ce qui bougeait ; on se déboutonnait encore éperdument ; on se mouvait lentement dans les rues comme des paresseux dans le soleil. Tous ces éléments constituaient des preuves irréfutables que le monde continuait à tourner dans le même sens. Nous écoutions toujours notre chanson à la radio, mais notre joie était atténuée par certaines rumeurs. On disait en haut lieu que nous étions responsables de l'épidémie, les véritables créateurs d'une pestilence antihygiénique, de germes pathologiques.

Sur les arbres, les oiseaux faisaient du potin. Des mômes vadrouillaient dans les taillis. Des Couscoussiers, qui voyaient l'épidémie disparaître peu à peu, se réunissaient le long de l'avenue Couscous et s'adonnaient à une castagnette de paroles. Chez madame Kimoto, un Couscoussier, petit de taille, boy chez un fonctionnaire, grand spécialiste du détournement des fonds publics, pénétra dans le bar, très agité, ôta sa casquette et dit :

– Hé ! gars, vous connaissez la nouvelle ?

Immédiatement, tout le bar fut comme pétrifié. Les filles oublièrent l'espace d'un moment leur misère euphorique. Les verres emplis de liqueurs diverses restèrent suspendus en l'air.

– Quelle nouvelle ? demanda madame Kimoto. J'ai plus d'informations que quiconque dans cette ville.

– Sers-moi une bière gratuite et tu verras qu'il te manque des rallonges, dit le Couscoussier colporteur des informations.

– Faudrait que ta nouvelle vaille le coup, sinon...,

menaça madame Kimoto en lui servant cette chose écumeuse et chaude.

Le Couscoussier but. Tous contemplaient sa pomme d'Adam qui montait et descendait de manière incohérente. Enfin, il posa à grand fracas son verre sur la table, puis se tourna vers la foule :

– Il paraît que..., commença-t-il.

– T'as fini de parler, oui ? s'énerva madame Kimoto.

– On n'a pas que ça à faire ! s'exclamèrent les soûlards.

Le Nègre s'appliqua à se rendre aussi audible que possible. Il chassa un chat qui lui faisait des guili-guili dans le gosier, fit des yeux le tour de la pièce :

– Paraît que c'est nous les responsables de l'épidémie !

Un « quoi ? » horrifié accueillit ses paroles. Puis ce fut la panique. Certains commandèrent des mélanges spéciaux d'apéritifs, avec vin de palme, beaufort et whisky pour se remettre de leur émotion. De grosses transpirations dégringolaient des fronts. Madame Kimoto s'essuya le visage du pan de sa robe en tulle, et découvrit ses cuisses dodues, bien molles à force d'avoir servi. Elle était si épatée qu'elle demeura bouche ouverte et on entrevoyait le bout de sa petite langue coquine. Les filles se mirent à brailler si fort que la nouvelle devint aussi gigantesque que la végétation tropicale et s'éparpilla avec rapidité : « Nous sommes accusés ! » Dix minutes plus tard, nous n'étions plus seulement accusés mais : « Le tribunal de grande instance de Douala, présidé par son Excellence Président à vie, nous condamne ! » Une heure après, nous apprenions : « Une liste officielle, établie par le Conseil de l'ordre du gouvernement, nous classifie par ordre alphabétique comme producteurs de virus ou artisans du choléra, possesseurs d'usines de reproduction chimique de la maladie. »

– On n'a rien fait, nous ! s'insurgeaient les Couscoussières. La politique, c'est affaire d'hommes.

– C'est vous qui avez cuisiné le maïs de la politique, accusaient les Couscoussiers.

Le plus intellectuel d'entre nous s'en allait partout tenter de rétablir la paix :

– Pas de division dans nos rangs, disait-il. Homme ou femme, personne n'est responsable !

À la réflexion, les Couscoussiers conclurent qu'il avait raison. Nous savions que nous étions des paludéens, des gonococciens, des jaunissens, que les morpions nous collaient aux poils, des poux nous bouffaient les cheveux, l'alcool nous corrodait le foie, mais ce choléra, nous ne savions pas d'où il sortait, nous n'en étions pas responsables. Nous croyions à notre innocence. Nous maîtrisions l'univers de Couscous, ses faits historiques importants, ses croisements possibles. On pouvait tout admettre, d'ailleurs, nous n'étions guère difficiles, nous l'avions prouvé jusque-là, à dire oui à tout, merci, très bien, mais accepter d'être les responsables de cette maladie qu'on ignorait d'Ève et d'Adam, c'était trop nous demander. On exigea donc une réunion extraordinaire pour régler dans les meilleurs délais cette nouvelle affaire, de si haute importance !

La réunion eut lieu vers six heures, parce qu'à cette heure-là le soleil ne nous grillait plus les rétines. Les couleurs tombaient en lambeaux et on y voyait plus clair. Couscous se pressa devant la case du chef, toutes catégories miteuses confondues. Les femmes, colorées de pagnes troués, s'adonnaient à une série de sommations : « Il faut qu'ils effacent nos noms de leurs listes ! » Elles agitaient leurs bracelets d'acier : « Sinon on leur lance un sort ! » Des hommes en boubou et cravate bigarrés, témoins du passé lointain de Couscous, et simple public étaient unis dans la même doléance. Mille bouches passionnées glouglougloutaient notre point de vue : « Nous connaissons la variole, *ça*, non ! » « Que nous ayons la chaude-pisse, oui ! mais tout *ça*, c'est de la calomnie ! » « Nous ne sommes pas des sauvages, nous, pour créer *ça* ! » Le *ça* exprimait notre mépris à l'égard du choléra, notre supériorité sur ce microbe. Au milieu de l'assistance, le chef assis sur son rocking-chair secoua ses graisses, et sa kola lui remonta nauséeuse :

– C'est de la diffamation, article 3 du code pénal !

– Bravo ! cria l'assistance.

– J'en référerai au Président de la République en personne, je vous le promets !

– Bravo !

– Il faut exiger un rectificatif dans le *Journal officiel*, dit un homme.

– Des excuses étatiques, rédigées et signées de la main de Son Excellence, proposa un autre.

Le pharmacien, qui depuis la scène du prédicateur intervenait peu dans nos assemblées, admit que nous n'étions pas directement responsables de l'épidémie, mais sa formulation laissait supposer que nous écopions d'une part dans l'affaire, ce qui mit mes concitoyens en rage :

– Ça veut dire quoi, pas « directement responsables » ? demanda quelqu'un dans l'assistance.

– Ça veut dire que, sans éducation, un peuple ne peut survivre, dit le pharmacien.

– Conneries ! vociféra une femme. Je suis bien vivante, pourtant j'ai pas été à l'école.

Et elle nous peignit le village où elle avait grandi, avec l'immensité de son paysage, son océan de rouge, de marbré jaune, des doukas géants et des flamboyants magnifiques. Elle se baissa, faisant ployer le bébé chargé sur son dos et nous montra ses cuisses : « Je suis pareille à du bon mil, dit-elle. Pas comme ces filles civilisées qui savent même pas piler le manioc. »

Et Couscous l'applaudit. Mes concitoyens s'agitèrent frénétiquement autour du pharmacien et l'attaquèrent de front :

– T'es qu'un vendu ! un lèche-cul ! hurlèrent-ils. On veut plus t'entendre.

– À votre guise, dit le pharmacien. À votre guise ! Mais la liberté d'un peuple passe par l'éducation ! L'éducation, je vous dis ! Rien que cela, tout pour ça ! Je vous l'affirme au nom de Dieu s'il existe, par Satan, si vous voulez, tous les philosophes l'ont fait comprendre au peuple français qui depuis ne jouit du plaisir de la merveilleuse nature que par l'éducation. De Zola à monsieur Victor Hugo que j'ai à maintes reprises consulté personnellement pour en vérifier le bien-fondé ; de Rimbaud à Sartre, de Diderot à Camus ! L'éducation, voilà la seule et unique vérité pour sauver le peuple, la terre et les animaux !

Il y eut un moment de silence impressionné. Les Couscoussiers semblaient heureux de ces mots qui leur faisaient miroiter un avenir grand comme trois collines. Une femme avec son bébé dans le dos avala trois fois sa salive et dit :

– Moi, les animaux je les mange. Et je trouve qu'il commence à en manquer sacrément dans le coin avec leur civilisation !

– Ouais, approuva un vieillard, et il fit craquer ses vertèbres. Quand je suis arrivé à Couscous, il y avait encore des bêtes. Pas moyen de poser un pied par terre sans qu'une vipère te le bouffe. Les singes jouaient dans nos cases. On avait qu'à leur foutre un coup de pilon sur le crâne et le repas était prêt. Et avec la civilisation, voyez vous-mêmes !

Les Couscoussiers haussèrent les épaules, hochèrent la tête et une grande fatigue tomba sur eux.

– Qu'est-ce qu'il faut faire, alors ? demanda une femme.

Un homme, à la tête comme une grosse fourmi noire, fendit la foule en brandissant son bras comme une matraque.

– Chers concitoyens, commença-t-il, j'ai d'importantes révélations à vous faire. (Il tira sur les bretelles rouges de son pantalon blanc.) Je connais New-Bell depuis ma naissance et même avant ma naissance. (Il se racla la gorge, cracha aux pieds du chef.) Je suis l'historien de cette ville. Je peux vous garantir que, bien avant la création des premiers États, New-Bell était déjà le nombril du monde, l'utérus de l'humanité, le berceau de toute civilisation...

Il fit l'éloge du Couscous d'antan, en parla avec tant de gentillesse, de sollicitude et d'amour que mes compatriotes lui trouvèrent des qualités. L'homme en profita pour lâcher :

– Ce sont les fonctionnaires de ce pays qui sont les responsables du choléra !

– Ouais ! approuva la foule.

– Ils font fuir nos animaux !

– Ouais !

– Ils détruisent nos maisons, en chassent les singes et les remplacent par les termites.

– Ouais !

– On va faire la révolution !

À ce mot, le chef se leva si brutalement que son rocking-chair partit à la renverse. Des enfants sursautèrent et les adultes restèrent sans bouger.

– Jamais cria-t-il à bout de souffle. Vous m'entendez, jamais de révolution ! Ah, ces sales bestioles !

Trois rats se coursaient entre ses jambes. Il agita ses pieds pour les écraser, mais les rats semaient déjà la panique chez les Couscoussiers debout aux derniers rangs. Le chef reprit son souffle et ajouta :

– On va attendre que le Gouvernement vienne nous accuser ouvertement d'être responsables de l'épidémie avant de l'attaquer !

J'entendis les rats grignoter le plancher, ensuite le plafond.

– Et notre requête pour diffamation auprès de Son Excellence ? demanda le beau parleur.

– C'est une autre histoire, dit le chef. Pas la peine de

sortir de sa cachette et montrer son artillerie à l'ennemi !

Ensuite tout le monde se mit à parler. Les conversations étaient si décousues qu'on ne savait plus par où les prendre. C'était une pagaille de Nègres surexcités. Une femme agitait son pagne jaune et disait sans cesse : « J'ai accouché de la nation nouvelle. Elle a des services à me rendre ! » Une Couscoussière avec un bébé sur la hanche, qui pleurait sans discontinuer, lui plaqua la main sur la bouche : « Unité, dignité, travail ! » criat-elle. Le plus intellectuel d'entre nous secouait frénétiquement ses cheveux comme pour se débarrasser de choses qui s'y étaient enfouies à son insu : « Le capitalisme empoisonne nos existences et l'intellectualisme embrigade nos pensées. » Le pharmacien essuya ses binocles avec un mouchoir blanc, les rajusta sur son nez. « Kennedy a dit : Ne vous demandez plus ce que la patrie peut faire pour vous, mais ce que vous pouvez faire pour elle. » Et les Nègres s'attaquèrent à l'ordre établi, au libéralisme, au conservatisme, à tous ces mots qui faisaient fureur chez nous et nous électrifiaient : « Le conservatisme nous met en boîte », dit le chef. Il se pencha en avant : « Ça veut dire conserves, boîtes de sardines ou de corned-beef, je vous jure ! » Le plus intellectuel d'entre nous coupa le chef : « Le conservatisme c'est le grand frère du libéralisme, qui veut dire liberté. J'en déduis donc qu'ils ont les mêmes gènes. » À la fin, on ne se retrouvait plus entre intellectualisme, fascisme, nazisme, mancheretrouisme et autres atrocités. L'ancien combattant fendit la foule, son long rifle ancien modèle sur l'épaule : « Mourons pour la patrie », criat-il. « Nous vous soignerons, dit madame Kimoto en s'éventant doucement. C'est le rôle des femmes pendant la guerre. Je l'ai vu dans un film. » L'ancien combattant nous parla des tranchées du Nord où il avait tué à bout portant deux Boches : « Je les ai tirés comme des lapins ! Je vais leur faire la peau, moi, à ces nazis ! » Le menuisier regretta de ne pas les avoir enterrés. « T'aurais servi à rien, dit l'ancien combattant. C'étaient des braves soldats qui ne demandaient qu'à mourir gratuitement ! »

Mourir pour rien nous impressionna tant que nous passâmes ainsi plusieurs heures à parler des guerres, à détester le gouvernement, jusqu'à ce que les moustiques se jettent sur nous et nous dépouillent de nos derniers globules sains. On consentit enfin à s'éparpiller tandis que notre révolution atterrissait au panier, comme toutes les révolutions.

16

Je n'avais pas revu mon Georges, mon promis. Je compris que je n'aurais pas de paillettes, pas de robe blanche avec des tulles autour, pas d'eau courante. Maman ne m'en parlait même plus, elle n'avait plus d'espoir. Ses yeux étaient tristes quand ils se posaient sur moi. Ils chantaient la déroute d'exister comme ça, sans amour, sans lumière véritable.

Papa m'en voulait. Il me devenait périlleux de croiser son chemin, ou de m'aventurer jusqu'au salon quand il se reposait. Il me giflait pour un oui ou pour un non : « Disparais de ma vue, vaurienne ! » Je baissais la tête, c'était le secret, baisser la tête. Toute seule dans la cuisine, je tramais un plan pour laver un jour mes humiliations. Quelquefois, je le guettais derrière la grosse couverture. À le voir frimer tranquillement ou dormir comme un margouillat, je regrettais qu'il n'y ait pas de stigmates sur les visages pour distinguer les bons des mauvais.

Les jours à Couscous s'écoulèrent, traversés de répits

et d'angoisses. Nous pensions quelquefois au gouvernement. L'épidémie se dissipait lentement. Nous n'en parlions plus et l'avions même oubliée, comme nos pensées, nos rêves qui s'en étaient allés pour ne plus revenir. Et lorsque les fonctionnaires de l'hygiène publique s'amenèrent nous étions redevenus inoffensifs.

C'était un matin, à l'heure où les moustiques, soûls de luminosité soudaine, nous accordaient quelque répit. Aux pas des portes, des enfants mangeaient des beignets aux haricots ; des femmes pilaient leur mil ; des coqs cyclistes se coursaient ; des poules secouaient le sommeil de leurs plumes ; les filles de madame Kimoto ramassaient leurs poudres, leurs rouges et réchauffaient leur beauté. J'étais à la maison, grattouillant le dos de maman où les moustiques avaient laissé des cloques, lorsque nous entendîmes des bruits de camion.

Justement, un camion venait par la route en soulevant des tonnes de poussière entre les sentiers boueux, crachotant, grinçant, suintant. Il s'arrêta pile à la place du village, devant des tonnes d'ordures :

– Qu'est-ce que c'est ? demanda madame Kimoto.

Des mômes abandonnèrent leur déjeuner aux mouches et se précipitèrent les premiers. Les adultes regardaient le camion avec curiosité, n'osant pas s'approcher.

– J'ai pas été averti d'une visite gouvernementale, moi ! s'indigna le chef en se précipitant dans sa cabane pour revêtir ses plus beaux habits.

Les enfants tournoyaient autour de l'auto et poussaient des sifflements d'admiration devant les grandes croix rouges. Mais lorsque quatre paires de grosses bottes en caoutchouc se posèrent dans la poussière et que nous vîmes trois Nègres et une Négresse habillés de blouses blanches, nous fîmes la seule chose à faire : rien – étonnés comme des ressuscités.

Les fonctionnaires reçurent cet accueil avec la digne suffisance des Nègres-blancs. Ils souriaient, nous faisaient des petits saluts de la main. Puis ils contemplèrent l'immensité de Couscous. Les Couscoussiers restaient bouche bée parce qu'ils n'avaient jamais vu ça, plantés comme des poteaux électriques le long des cahutes. Les dignitaires se mirent à parler entre eux dans un bruit de cacahuètes. Ils sortirent du camion des appareils spéciaux, sous nos regards ébahis. Des femmes se précipitèrent sur leur pilon ; certaines rappelèrent leur progéniture comme si un couvre-feu venait d'être décrété ; des cris restèrent accrochés aux gorges des nouveau-nés.

Sans un mot, les dignitaires traversèrent Couscous avec un air de supériorité. Le chef courut à leur suite. Son boubou rose à motifs dorés l'empêchait de s'avancer aussi rapidement que son gros cœur l'exigeait. Aussi attrapa-t-il les deux pans de son vêtement d'une main, découvrant ses pattes de mouche velue qui allaient s'entrecroisant dans des une-deux, une-deux poussifs. « Mon commandant ! Mon commandant ! » cria-t-il dès qu'il fut à quelques mètres d'eux. Les dignitaires s'arrêtèrent. Notre chef, avec un sourire de lèche-cul, offrit ses doigts boudinés, heureux de les accueillir à Couscous au nom de tous les habitants et du gouvernement de sa République.

– Docteur Little, dit un des dignitaires. Je suis diplômé de hautes études de médecine de Marseille, assistant à l'hôpital d'Abidjan, professeur à l'école d'infirmières de Douala.

C'était un bonhomme frêle, avec la peau noire pruneau. Il montra ses gencives, se tourna vers la Négresse toute dodue avec vingt tresses qui s'incurvaient sur ses épaules comme des bras, et s'exprima en ces termes :

– Et voici mon assistante, madame Kouambi, spécialiste des maladies inconnues.

– Très enchanté et flatté, dit le chef.

Il s'inclina vers la femme, lui fit un baisemain si retentissant que je croisai mes mains sur ma poitrine pour ne pas éclater de rire.

Puis le chef remarqua un autre personnage, un homme, vêtu lui aussi d'une blouse. Son visage n'était qu'orgueil, sa peau si noire qu'elle en était bleue, son nez plat ; ses lèvres épaisses entrouvertes laissaient voir des dents éclatantes. Il n'était pas beau, mais il avait une séduction secrète, peut-être à cause des cils très longs, très épais qui jetaient sur sa face une mystérieuse ombre marbrée ? Le chef salua l'inconnu du bonnet et sans plus prendre garde à lui, il se tourna vers le docteur Little :

– Gazolo, chef de quartier depuis trente ans, reconnu expressément d'utilité publique et sanitaire par Son Excellence Président en personne. Demandez et vous serez servi !

– Merci, dit le docteur Little. Je ne manquerai pas de faire appel à vos services si besoin est. Mais le devoir nous attend.

Ils plantèrent là le chef, avec ses interrogations dans l'œil. À grands pas, ils allèrent vers nos rivières et s'accroupirent. À l'aide des cuvettes, ils puisèrent un peu d'eau que le docteur Little analysa :

– Quelle pollution ! s'exclama le docteur Little, ahuri. Je me demande bien comment ils font pour survivre dans cette saleté. C'est à s'arracher les cheveux !

– C'est dans leur nature, dit la médecin-assistante. Les Nègres sont comme ça, ôtez-leur la saleté et ils crèvent.

– Vous ne pensez pas ce que vous dites, dit le troisième docteur sans nom, celui qui était si mystérieux que je décidai illico de le surnommer n° 3 !

– Que si ! Y a pas si longtemps, leurs grands-parents marchaient nus comme des vers de terre. Ils vivaient en tribus, se faisaient des guerres et se bouffaient entre eux.

– Dans ce cas, vous aussi, dit n° 3, vous êtes une Négresse !

– Une Black, très cher ! Ce n'est pas la même chose.

Et elle répéta : « Une Black ! » Ils continuèrent leur besogne. Ils faisaient des commentaires vagues, prétentieux et incertains, ce qui ajouta à notre curiosité. Des enfants, un peu plus rassurés, s'approchèrent d'eux, montrèrent le docteur Little du doigt et braillèrent : « C'est le président des médecins réunis ! » Ils l'interrogèrent en rigolant : « N'est-ce pas que vous êtes le président des médecins réunis ? » Ils rêvaient : « Moi aussi je serai médecin-chef de l'hôpital. » Les fonctionnaires de la Santé publique ne les écoutaient pas, ils n'étaient pas stupides, car ils savaient que plus de la moitié des mômes crèveraient avant leurs cinq ans, et que ceux qui en réchapperaient on les retrouverait difformes, avec des difficultés à tenir sur leurs jambes, le foie mangé par la cirrhose, l'esprit embrumé, totalement retournés aux étoiles vagues.

Les Couscoussières les regardaient opérer de loin, sans commentaire. La médecin-assistante caressa la tête d'un gamin et dit : « Ça va, mon petit ? » Nous en déduisîmes qu'ils nous aimaient bien, ce qui encouragea les adultes à s'approcher un peu plus près du groupe.

Moi, je ne regardais que n° 3. Sa blouse blanche aux trois boutons ouverts laissait voir une poitrine velue ; sa petite chaîne en or sautait au moindre mouvement ; ses doigts longs et fins, ses lèvres promettaient des douceurs plus tendres que n'importe quel sucre à sucer. Il vous regardait à travers ses longs cils et on avait le vertige.

Toute la journée, ils cherchèrent des choses dans nos rivières, dans nos marigots, dans nos ruisseaux, transpirant, suant de toutes leurs recherches. Le pharmacien-docteur vint leur proposer ses services : « Non, merci », rétorquèrent-ils sans le regarder. Le pharmacien s'éloigna :

– Ah, ironie des ironies ! s'exclama-t-il. Refuser mes

services à moi, docteur et pharmacien, c'est le comble de l'ironie !

Les Couscoussiers souriaient à l'écouter. Aux pas des portes, des vieillards écroulés sous les vérandas n'en pensaient pas moins. Le docteur-pharmacien était si désespéré que je m'approchai de lui :

– Bonjour, docteur !

Il mit quelques instants à me reconnaître.

– C'est toi, Saïda ?

Je hochai la tête.

– Oh, ma petite, ces gens n'y comprennent rien. Je t'assure qu'ils m'enverront tous le jour où j'aurai mon prix Nobel expressément offert par Son Excellentissime le roi de Suède ! Je te le jure, Saïda.

– Vous n'avez pas besoin de jurer, docteur.

– Tu me crois sur parole, ma petite ?

J'acquiesçais. Je ne savais plus ce à quoi je croyais, mais comme disait toujours maman, l'être humain est une marée d'incohérence absurde, de vanité progressiste et de brame exquis. Dès qu'il trouve meilleur que vous, il se retourne comme une crêpe et vous colle la farine au visage.

– Vous vous êtes sacrifié pour tout le monde ici, docteur !

– Je ne demande pas de remerciements, Saïda. Je n'ai fait que mon devoir en respectant strictement le serment d'Hippocrate !

Nous marchâmes encore quelques instants, silencieux. Je pensais qu'un jour je quitterais cette terre, que je fuirais cette existence drôle et pourrie, cette vie de trique et de noce, de trime et de sucre, de boss et de miradors infernaux.

Au moment de nous séparer, il me serra la main, et des larmes perlaient à ses yeux, le soleil éblouissait ses lunettes et un morceau d'ombre lui barrait le front :

– L'homme est ingrat.

Je répondis :

– À la gloire de Dieu.

Je le vis s'éloigner entre les manguiers et les corossoliers qui étendaient leurs branches à l'est, infiniment. Je n'avais pas ouvert mon cœur au pharmacien-docteur, car jamais l'on ne devrait exprimer le fond de sa pensée. Si j'avais été sincère, je lui aurais dit tout le mal que je pensais du comportement des Couscoussiers ; je lui aurais donné en exemple l'attitude de papa à mon égard. Un jour, alors que j'avais mes règles, je lui avais servi son repas, il avait repoussé son assiette d'un geste de dégoût et avait crié : « Tu veux m'empoisonner ? » J'avais ramassé l'assiette et m'étais enfuie dans la cuisine parce que j'aimais Dieu et croyais ce que papa me disait.

À la maison, maman pilait le maïs pour ses beignets et les rayons de soleil jouaient sur sa figure. Dès qu'elle me vit, elle arrêta net son geste. Un chien hurla à la mort. Une femme de la concession cria après son mari : « Il n'y a pas assez d'argent pour acheter de la viande, je ne vais tout de même pas aller voler ! » Et maman dit :

– Qu'est-ce que tu fous là ? Dès qu'il se passe quelque chose d'intéressant, tu viens te cacher entre mes jupes.

Je ne comprenais pas et restai devant elle dans l'attitude d'un enfant pris la main dans le pot de confiture.

– T'as pas vu qu'il y a là un jeune homme intelligent, beau et riche, comme il faut ! Faudrait rapidement que tu te trouves un mari !

Cette nuit-là, j'eus du mal à m'endormir. La lune jouait derrière la couverture et j'avais les yeux ouverts, je pensais à n° 3. Je revoyais l'arrivée du convoi et j'étais fascinée. Comment les femmes faisaient-elles pour se faire aimer des hommes alors que Dieu les détestait ? Je repensais à mon amie Amila de Pontifuis. Elle était quelque part dans la ville à manger, baiser, dormir et se reproduire, et je ne l'avais pas revue. Jamais je n'aurais sa chance. Mais était-ce réellement une chance que *se marier* ? Je le croyais parce que papa et maman l'affirmaient, Dieu l'exigeait et je l'aimais. Je me retournais et dans ma cervelle galopa n° 3, n° 3, n° 3, jusqu'à ce que je me touche, là, vous savez, avec mes doigts. Vous comprenez, je n'avais jamais rien fait de pareil. Maman me surprit. Elle me frappa si fort que j'en perdis la mémoire. « Personne ne doit toucher à ça, dit-elle, sauf ton époux, est-ce clair ? » Elle ajouta encore que si je recommençais, elle me briserait les mains. Elle était sérieuse. Je le voyais dans ses yeux noirs. « Oui », dis-je, heureuse de m'en tirer à si bon compte car papa ronflait.

Dès le lendemain, et les jours suivants, les fonctionnaires de la Santé publique s'amenèrent dès l'aube et s'adonnèrent à leurs recherches. Je me savonnais énormément. Je m'essuyais et revêtais ma plus belle robe. Je chaussais des sandales à lanières. J'enroulais mes cheveux mouillés dans des bigoudis jaunes, rouges et bleus parce que c'était la mode. J'allais aux points d'eau où les médecins besognaient.

Quand j'arrivais, plusieurs filles de Couscous avaient eu la même idée que moi. Il y avait là Josanna, Sanctifuis, Maria-Magdalena et bien d'autres dont j'ai oublié les noms. Elles stationnaient là, rien que pour regarder n° 3. Elles exhalaient leur parfum bon marché et elles crachotaient leur désir par rots divers : « Qu'il est beau ! » disaient-elles. Josanna s'éventait : « Magnifique ! Je lui donne tout, rien que parce qu'il vient de la haute ! » Elles agitaient frénétiquement leurs fesses, gloussaient en collégiennes quand n° 3 se tournait vers nous : « T'as vu, il m'a souri. » Elles se fâchaient « C'est pas toi qu'il regardait, c'est moi ! » Chacune défendait son futur époux potentiel comme elle pouvait, surtout

Josanna. Tout cela dégénéra en crêpage de chignon, entre Josanna et Sanctifuis, avec des coups de poing de boxeurs. N° 3 s'en souciait comme de la pluie. Il intervint, très nonchalant : « Du calme, les filles ! C'est mal de se battre. » Elles continuèrent à s'en envoyer plein la figure rien que pour attirer l'attention de n° 3, parce que sa beauté, ses vêtements, son rang social, tout exigeait qu'on doive s'arracher la peau.

N° 3, épuisé, rejoignit son équipe. Les filles reprirent leur position en rangs serrés. Quand les fonctionnaires de la Santé arrêtèrent leurs recherches pendant deux heures, abrutis de soleil, d'humidité et de microbes, à dévorer des pains chargés sous l'ombre d'un doukoumé géant, les filles suivirent n° 3 pour le manger des yeux. Madame l'assistante-médecin rit sous cape et dit : « Bon appétit, les filles ! »

Moi aussi, j'étais du groupe. J'aurais voulu que n° 3 me regarde ; j'aurais voulu le toucher pour apprécier la consistance de sa peau ; j'aurais voulu qu'il me parle et sentir son haleine d'homme important. Mais l'agressivité des filles m'en dissuada et je restai sur le carreau, les bras ballants, parce qu'il n'y avait rien à faire que regarder.

Pourtant, les jours suivants, il arrivait que les fonctionnaires de la Santé nous parlent. Pas aux filles venues les voir travailler particulièrement, mais à tout Couscous. Ils le faisaient avec douceur. Ils discouraient sur la vie, mais les mots qui tombaient de leurs bouches nous faisaient comprendre que nous n'étions pas du même monde, qu'eux pouvaient vivre, aimer, danser, qu'ils avaient des plans pour l'avenir, et que nous, malgré nos deux jambes et nos deux mains, nous étions condamnés à crever dans la boue avec nos syphilis blennorragiques, nos fièvres jaunes cholériques et nos paludismes priapiques. C'était clair, à voir les précautions qu'ils prenaient pour toucher nos affaires. Ils gantaient triplement leurs mains avant de les plonger dans l'eau qu'ils étudiaient. Les mômes malades, ils les auscultaient avec des règles, n'osant les toucher. Ils refusaient gentiment les plats que quelques Couscoussières préparèrent pour leur propre et somptueux honneur : « Non merci », répondaient-ils. Madame Kimoto vint les inviter à boire un coup dans son bar, rutilante d'or et de diams, les seins pigeonnant dans un soutien cerise, toute tigresse en soie : « Pas le temps ! » rétorquèrent-ils. Le chef monta sur ses ergots et les affronta. Très verbeux, il commença par leur narrer ses remarquables aventures savoureuses. Il s'étendit sur des petits détails, ses chutes, ses rebondissements, ses extases : « Pour connaître la suite de mes aventures, vous êtes tous conviés chez moi ce soir ! » Ils regardèrent leur montre : « Pas le temps ! » Notre chef s'en alla dignement cacher sa déception sur son rocking-chair.

Pourtant, les fonctionnaires s'extasiaient devant les microbes qu'ils découvraient à Couscous, tous d'espèces rares ou qu'ils croyaient disparues : « C'est du *treponema pallidum*, vous vous en rendez compte, docteur ? » Le docteur étudiait le zigoto sans bile en toute impunité, et en toute innocence : « Vous avez raison, très cher... Faut l'envoyer au laboratoire pour étude. »

Les Couscoussiers trouvaient des satisfactions à ces découvertes. On s'en gargarisait : « Ils ont découvert de nouveaux microbes qu'ils connaissaient pas. » On faisait signe à ceux qui se soûlaient et s'encanaillaient chez madame Kimoto. « Nouvelles découvertes ! » On faisait cercle autour des fonctionnaires de la Santé publique pour admirer la trouvaille : « Que c'est joli ! oh, magnifique ! » Plus tard, entre deux bouchées de manioc, on en reparlait comme si ces vermines nous dotaient d'un prestige méconnaissable, mais troublant : « Ils ont découvert une espèce de microbe », clamaient les hommes. Ils se suçotaient les lèvres parce que la nouvelle permettait de bander doucement et de baver un peu plus. Parce que les femmes étaient si impressionnées qu'elles en restaient le souffle court entre leurs lèvres ouvertes.

La vérité vraie, c'est que personne d'entre nous ne connaissait ce qu'ils appelaient *tréponèmes* ou *diopsèmes*. Ils secouaient leurs cuvettes, on voyait bien l'eau boueuse, des brindilles qui se balançaient et des têtards gros comme mon orteil. À travers ces eaux, on imaginait des laboratoires avec des machines où virus et microbes, en chair et en os, se baladaient et se reproduisaient grandeur nature.

Ces découvertes nous démontraient que Couscous recelait des trésors de toutes sortes, encore inexplorés mais réels. Il suffisait d'attendre patiemment, de supporter pendant quelque temps encore l'extraordinaire laideur qui nous entourait pour qu'un jour ces merveilles apparaissent à nos yeux avides.

« Cours d'hygiène obligatoires à Couscous ! Tout le monde est prié d'y assister sous peine de prison ! » C'était le chef, spécialement réquisitionné par les fonctionnaires de la Santé publique. Il passait de ruelle en ruelle vociférer la nouvelle par la voix d'un tonneau vide troué de part en part : « Cours d'hygiène obligatoires à Couscous ! Vous êtes tous priés d'y assister sous peine de prison ! » Il était tout à fait sérieux, puisqu'il transpirait abondamment et disait : « Je répète : cours... »

Cela se passa une semaine jour pour jour après l'arrivée des fonctionnaires de la Santé publique. Ils se servaient de leurs ultimes et chevrotantes énergies pour nous donner des cours d'hygiène. C'était inscrit dans le programme dûment établi par la préfecture, applicable à tous et à chacun comme toutes les lois de la République.

Nous en tremblâmes tant que, le lendemain, Couscous s'entassa devant l'école coranique. « C'est pour notre bien », disaient les Couscoussiers pour se convaincre de la nécessité de participer aux cours. Nous pénétrâmes en rangs séparés dans la classe. Madame la médecin-assistante, sur ses hautes tiges, promena un regard sérieux sur la classe, fit virevolter les pans de sa jupe orange à gros plis, tapa sa règle sur la table et dit d'une voix caverneuse :

– Leçon d'hygiène, premier chapitre. Je dois me laver les mains avant de manger.

– *Je dois me laver les mains avant de manger*, cria l'assistance tandis que de grosses chenilles montaient à l'assaut de nos jambes et que des vieillards ôtaient de la plante de leurs pieds les classiques chiques-puces.

Elle retapa la table de sa grosse règle :

– Leçon d'hygiène, deuxième chapitre : Je ne dois boire que de l'eau bouillie !

– *Je ne dois boire que de l'eau bouillie*, répétâmes-nous.

Des mille-pattes accrochés au plafond se laissaient tomber mollement sur nos têtes. Nous les chassions d'un geste lent.

À la fin, ils nous vaccinèrent et nous remirent un morceau de carton bleu qui était comme une condamnation.

– Votez pour le Président, dirent-ils.

Je ne sais qui eut l'idée le premier, mais elle s'éparpilla et tout Couscous obtempéra. Nous allâmes aux latrines, comme l'exigeait la procédure de vote sous pli caché. Nous déposâmes sur les bulletins des morceaux de crotte, les repliâmes et les déposâmes dans l'urne. Lors du dépouillement des bulletins de vote, les fonctionnaires chargés de la démocratie n'arrêtaient pas de s'exclamer : « Oh merde ! Une voix de plus pour le Président à vie ! » Celui-ci gagna les élections avec cent dix-huit pour cent des voix.

Les fonctionnaires de la Santé publique quittèrent Couscous, très fiers d'eux. Normal, ils nous avaient légué bien des frissons, surtout n° 3. Nous les allégorisâmes trois jours, luttâmes des semaines avec les énormes cloques qu'ils nous avaient laissées sur le bras. Et même si, quelques mois plus tard, trois enfants naquirent de père inconnu, même si certains d'entre nous soupçonnèrent n° 3 d'être à l'origine de ces naissances, et même si certains en avaient la preuve, nous les oubliâmes avec cet empressement qui nous caractérisait. On en avait assez d'apprendre des choses qui pouvaient mettre en péril notre équilibre !

17

Plus de quinze ans s'écoulèrent après ces événements, et papa mourut, discret comme une puce. « C'est son cœur », dit le docteur-pharmacien appelé à la rescousse. « Rien que ça ? » s'étonnèrent les Couscoussiers.

Oui, ce n'était que ça, un cœur, un seul organe comme un grain de maïs dans un sac, qui pourrissait toute la viande, qui laissait le reste s'effilocher dans l'air comme un souvenir.

Quatre Couscoussiers portaient papa sur une planche. Le docteur-pharmacien clopinait silencieux. Le soleil brillait sur la ville que la pluie venait d'abandonner. Maman, toute vêtue de bleu marine pour la circonstance, gémissait derrière son voile. Des vautours planaient dans le ciel et leurs ailes noires jouaient au parapluie. Je marchais à côté de maman. Madame Kimoto se ventilait d'une main et se plaignait : « Quand le temps change, j'ai toujours mal aux jambes. J'ai trop travaillé debout toute ma vie. » Elle s'arrêtait de temps à autre, soulevait son kaba noir, massait ses pieds où godaillait un bas noir, là, à la cheville. J'avançais, lentement, en reniflant pour échapper aux ragoteurs couscoussiers qui, voyant que je ne pleurais pas, auraient tapé leurs mains l'une contre l'autre : « Quelle fille égoïste ! Elle pleure même pas son père ! » Je n'avais pas le courage de pleurer. J'étais triste, mais mes relations avec papa ne me permettaient pas de verser des larmes sincères. Notre procession passa devant la case du chef de quartier et il nous fit de vagues gestes d'encouragement. Debout sous leurs vérandas, des Couscoussiers nous regardaient et murmuraient, scandalisés : « C'était un homme si juste, si bon, si discret ! » Le menuisier avançait et disait sans cesse : « Mon pauvre ami ! Je n'ai pas pu lui confectionner un cercueil ! Ah, j'ai plus la force. »

C'est vrai que nous avions tous beaucoup vieilli. L'indépendance avait fait du bien aux hommes et femmes de Douala-ville ; pour les Couscoussiers, elle ne signifiait rien.

J'allais avoir trente, quarante ans ou plus, je n'en sais rien, l'âge n'avait aucune importance. Je bataillais avec mes cheveux grisonnants, les masquais dans des fichus noirs, rouges ou jaunes. Maman aussi s'était racornie, et ses espoirs déçus figuraient en rides autour de ses lèvres et de ses yeux : il suffisait de les compter pour dénombrer ses déceptions.

Nous enterrâmes papa au cimetière de Couscous. Ce n'était pas un lieu isolé comme le sont souvent les cimetières. Des maisons avaient poussé autour des caveaux. Des femmes vendaient des beignets aux haricots, des madjenkas, des plantains, entre les sillons qui séparaient deux tombeaux, et elles y reposaient leurs vertèbres quand elles n'en pouvaient plus de haleter.

La tombe où l'on déposa papa était remplie d'eau, de brindilles et de vers de terre, la panoplie nécessaire à une riche putréfaction. J'avais mal au crâne, la sueur dégoulinait sur mes joues, maman aussi brillait d'humidité. L'imam récita un bénédicité d'adieu. Il ramassa une motte de terre couleur de sang et la jeta dans le caveau. Tout le monde fit de même en reniflant. Quand vint le tour du pharmacien-docteur, il se signa, ce qui me surprit parce qu'il ne croyait pas en Dieu. Puis je l'entendis réciter un *Pater noster* repris aussitôt par les Couscoussiers. Maman éclata en sanglots. Moi aussi, par automatisme.

Nous rentrâmes à la maison. Je soutenais maman qui pleurait. J'aurais voulu interroger le docteur-pharmacien sur les modifications de son comportement. Mais je fus contrainte d'attendre les neuf jours de deuil réglementaires. Des femmes de la concession venaient nous consoler. Elles nous apportaient des gâteaux de maïs, des soupes de poisson, du ndolé et des maffés. Elles restaient des nuits entières avec nous, à préparer du thé, à grignoter des cacahuètes, à pleurer papa ou à jacasser. Le dixième jour, je pus enfin voir le docteur-pharmacien, fortuitement, alors que j'allais au puits :

– Puis-je vous parler une minute, docteur ? Seul à seul. C'est très important.

– Ça ne peut pas attendre ?

– Non, dis-je.

Il me prit le bras et m'entraîna à l'ombre d'un manguier auquel il s'adossa.

– Qu'est-ce qui t'arrive, Saïda ?

– C'est à vous que je pose la question, docteur. Vous avez prié au cimetière. Tout le monde vous a vu prier.

– Je sais.

– Et alors ?

– Je vieillis, Saïda. J'ai passé trop de temps à travailler la médecine, à lire *le Capital* de Marx, à attendre la révolution des masses industrielles et mon prix Nobel. Il ne s'est rien passé.

– Je ne vois vraiment pas pourquoi cette constatation modifie votre comportement.

– Oui, c'est vrai. Mais il faut comprendre ceci, ma petite. Vu dans une perspective historique, l'individu n'a pas une grande importance.

– Le Coran dit la même chose. Et la Bible aussi.

– Tu as vu des gens mourir, n'est-ce pas ?

– Oui.

– Ils avaient peur de mourir ?

– Tout le monde a peur de mourir.

– Pourquoi, selon toi ?

– Je ne sais pas, moi !

– Je vais te l'expliquer. C'est pas la mort qui fait peur, mais l'idée que finalement notre existence n'a eu aucun sens.

– Est-ce la vérité ?

– Oui. Mais ce qui se passe, c'est qu'à la fin on s'aperçoit qu'on n'a servi à rien et on se dit que peut-être au paradis... Alors, on se met à croire en Dieu parce que rien ne prouve qu'il n'existe pas. Ils ont raison, les curés. Ça permet d'avoir une espèce de sérénité devant nos échecs.

Un essaim de minuscules mouches noires se mit à voleter autour de nous. Il sortit sa pipe, frappa le fourneau pour le vider, le remplit en tassant le tabac avec l'ongle sale de son index. Après quoi, sa pipe entre les dents, il dit :

– Ma femme est malade.

– C'est grave ?

– On finit tous par mourir.

Puis il s'en alla, avec son vice d'intellectuel qui consistait à toujours trouver une explication logique aux banalités. Je restai adossée au manguier. Un enfant éternua quelque part. Un homme et une femme passèrent. La femme se retourna, les yeux lourds de colère : « Qui regardais-tu ? » L'homme la serra contre lui : « Personne, ma chérie. »

Dès lors, maman et moi n'avions plus d'autre occupation que notre propre plaisir. Elle parlait encore d'ouvrir un maquis où les Couscoussiers viendraient s'alimenter et se désaltérer. Mais ce projet avait pris des rides comme nos souvenirs. On ne savait comment gaspiller toutes les heures de liberté qui nous tombaient dessus magiquement. On partait encore par les routes vendre nos beignets de maïs. Ensuite, pour tuer les heures, nous cancanions : « T'as vu la fille machin, elle est enceinte de l'Esprit-Saint », ou : « Paraît que la femme du pharmacien n'en a plus pour longtemps. L'autre jour, elle est tombée. Trois jours qu'elle n'avait pas mangé. » Après avoir fait le tour des soucis des autres, de leurs maladresses, de leurs malheurs, on parlait de notre jeunesse, des gens qu'on avait connus, de nos gentillesses. Maman avait reconstruit papa. Elle le dépeignait en héros. J'appris qu'ils s'étaient rencontrés par hasard et qu'il l'avait enlevée dans son automobile. Je regardais la sueur glisser sur les rides de maman. Elle dit qu'un jour, alors qu'elle se faisait attaquer par trois bandits, il avait surgi brusquement, avait terrassé les malfaiteurs et lui avait sauvé la vie ! Je ne lui regardais que le blanc des yeux, parce que les mensonges de maman étaient inoffensifs : c'était de la pure défense contre l'atroce souffrance. D'ailleurs, maman les mettait dans un passé si lointain qu'ils devenaient précieux, envoûtants presque. Je l'écoutais attentivement, comme si ma vie en dépendait. D'une façon ou d'une autre, j'étais avec maman dans ce combat contre l'odieux passé. Nous restions des journées entières, accroupies dans la cuisine, autour du foyer, à bercer nos craintes, nos espoirs, nos secrets, à nous réfugier dans nos mensonges.

La vie était si paisible depuis la mort de papa qu'il m'arrivait de me lever la nuit dans un tel état d'exaspération que je marchais de long en large dans la maison, en pensant à mon destin sordide. J'avais gardé la photo d'Aziza, la cousine de Georges, mon ex-promis. Je la regardais avec de doux frissons, mes yeux se rétrécissaient à mesure que mon imagination s'enflammait et me transportait. J'entrevoyais Paris et je reprenais espoir.

Une nuit, je me levai et arpentai notre case. L'obscurité était dense. L'extérieur n'était que croassements, reptations, ululements de tout ce qui bouge et glace l'échine. Derrière la maison, chiens et porcs affamés cherchaient inlassablement dans les poubelles les moindres arêtes de poisson ou les os qui avaient résisté à la mastication humaine. Je me sentais seule et désarmée. Je me laissai tomber dans le fauteuil boiteux de papa. Je tentais en vain de faire des projets d'avenir, de visualiser une réalité future, en strass ou en paillettes, je n'y arrivais pas. J'avais trop de souffrances à comptabiliser, de rancunes à combler. Des phalènes attirées par la lampe s'y cassaient les ailes. Des moustiques bourdonnaient et me piquaient les jambes. Ils fonçaient par vagues sur mes cuisses. Demain, je serais couverte de cloques, mais je m'en fichais. À quoi bon se battre ? Je moisirais à Couscous, sans mari, sans enfants. J'en étais arrivée à un tel point de désespoir que même la photo de la cousine Aziza ne me fit pas sortir l'enthousiasme.

La silhouette de maman s'encadra dans la porte. Elle portait un fichu noir sur la tête, un pagne aux couleurs imprécises, entre le jaune clair et le vert foncé, où la figure noire du Président à vie ressortait comme un bonheur, juste là, sur les deux petits monts de son cul. Elle remonta ses vêtements sur ses genoux comme font les Couscoussières lorsqu'elles se battent :

– Tu veux me quitter, n'est-ce-pas ? me demanda-t-elle, agressive.

J'en restai étourdie. Elle cracha copieusement et leva joyeusement ses deux bras en criant :

– Liberté ! Liberté !

Elle bondit vers moi, m'obligea à me lever et à la regarder dans les yeux :

– Liberté, ma fille ! Démocratie ! Plus de contraintes ! Plus de mari pour t'imposer en gros tout ce qu'il veut.

Je me demandai si maman avait fumé du chanvre, si

elle ne devenait pas du coup dangereuse, voilà pourquoi je tremblais des orteils jusqu'à la pointe des cheveux. Maman se trémoussait dans une transe.

– Maintenant, fit-elle, tu peux dire ce que tu veux, ce que tu penses, y aura plus personne pour te l'interdire.

Elle exultait, sautait de droite à gauche, ses cheveux gris et ses jambes étiques se convulsaient tandis que dans la nuit un chien hurlait.

– Liberté ! Réjouis-toi, ma fille, dit maman. Je t'offre ta liberté. Va, va où tu veux !

Elle courut, échevelée, vers sa chambre, renversa au passage une casserole, souleva le matelas et en sortit des billets de banque qu'elle me mit d'autorité dans les mains :

– Pars cette nuit, si tu veux. Et laisse-moi mourir dans ma crasse.

– Mais...

– Ne discute pas ! J'ai très bien vu que tu voulais te tirer. Alors, fous le camp.

– Je ne veux aller nulle part.

– Saïda, t'es qu'une ratée ! dit-elle, furieuse. Une lâche ! Une profiteuse !

– C'est pas vrai !

– Que si ! Tout ce que tu veux, Saïda, c'est rester entre mes jambes et me sucer la vie jusqu'au bout, comme ton père, comme mon père avant lui. Je veux vivre pour mon plaisir ce qui me reste de vie.

Je regardai attentivement maman tandis qu'elle m'injuriait, et j'éprouvais quelque plaisir, que dis-je, de la joie, à l'entendre me dire ses quatre vérités. À mesure qu'elle parlait, je découvrais que le destin faisait bien les choses, qu'à force d'être restée clouée à la maison, j'avais fini par envahir sa vie, par la ronger depuis les racines. Maman et moi, je m'en aperçus, nous étions devenues un vieux couple. Plus de seize mille quatre cent vingt-cinq nuits passées ensemble, de quoi faire peur. Je restai de longues minutes sans bouger devant maman, à repenser à ce que nous avions vécu. D'ailleurs, il ne me venait que des choses répugnantes, des choléras, des colères, des gifles ; tout le passé dégageait une odeur d'avocats pourris.

Je ramassai l'argent, l'enfouis dans mon corsage comme un billet doux. Avant de disparaître dans la chambre, maman se tourna vers moi :

– Maintenant que c'est décidé, je vais pouvoir mourir sur mes deux oreilles.

Ce n'est que bien plus tard, trop tard, alors qu'elle était morte depuis longtemps, que j'ai saisi l'immensité de son sacrifice.

Quelques semaines plus tard, j'étais prête pour le départ et c'était un événement. J'étais habillée d'un pull-over rouge, d'un manteau gris, m'entraînant déjà à grelotter dans le froid, mais il faisait quarante degrés à Douala. Je partais pour l'Europe, chez la cousine Aziza qui ne me connaissait pas et qui m'hébergerait obligatoirement, par solidarité africaine. Tout Couscous s'était attroupaillé devant notre case, pustuleux et chantant, chacun traînant son petit nuage de poussière qu'il secouait en cadence. Le soleil donnait entre les arbres et sur les toits. Hommes, femmes, enfants, dans leurs plus beaux habits, venaient me rendre hommage. Il y avait du monde dans la maison, sous la véranda et sur le toit : « Qui l'eût cru ! gémissaient les Couscoussières envieuses. Paraît qu'en Europe on mange que des conserves frigorifiées, des aliments fabriqués et des viandes avariées. » Les hommes me regardaient, plus malheureux que la mort : « Tu veux pas te marier avant de partir ? me suggéra un homme, le regard ardent comme un loup. Je t'épouse, même sans trousseau. » Mais je vis à ses yeux que c'était la France qu'il voulait épouser. Effarouché, qui m'évitait depuis le scandale, mit ses mains dans les poches déformées de son panta-

lon : « Personne peut plus l'épouser. Elle est trop important
tante pour nous. » La mère d'Effarouché leva sa canne
et le frappa en criant : « T'avais qu'à le faire quand on
te le demandait, pauvre idiot ! T'aurais aujourd'hui une
vraie Blanche ! » Les Couscoussiers éclatèrent de rire.
Des mômes grimpaient aux arbres pour mieux admirer
de quoi avait l'air une Européenne : « Je l'ai vue,
criaient-ils. Même la couleur de sa peau a changé ! » Le
pharmacien-docteur, assis dans le fauteuil de papa,
comptabilisait les souvenirs que les Couscoussiers
m'apportaient et les consignait sur un morceau de
papier :

– Un sac d'arachides, dit madame Kimoto en jetant
son colis aux pieds du pharmacien.

Elle vint prendre place à mes côtés, avant d'ajouter :

– Saïda, dès que tu seras en France, pense à m'expé-
dier une robe de chez Cacharel.

– Elle le fera, dit maman.

– Pistaches, dit le menuisier.

Il se tourna vers moi :

– Ce qu'il me faudrait, c'est une machine de rabotage
automatique du bois, je serais le plus heureux des
hommes.

– Tu la recevras dans les plus brefs délais, dit maman.

– Trois tubercules de manioc, dit le chef. Moi, tout ce
que je veux, c'est le képi du général de Gaulle.

Il cassa une noix de kola, se laissa tomber sur une
chaise et la mangea.

– Pas de problème, chef, dit maman.

On m'apporta également des « Gâteaux de poisson »
et des « Poulets frits » ! À chaque nouveau paquet, la
foule frémissait. Mes donateurs demandaient en
contrepartie des gadgets rocambolesques, des trucs
qu'on ne sait pas et d'autres qui n'ont pas de nom. Je
promettais de leur envoyer des frigidaires, des télé-
commandes, des voitures, des vêtements de chez Dior,

des parfums de chez Cerruti, des montres Guy Laroche. Les Couscoussiers qui désiraient des choses particulières comme « une veste-trois-quarts-long-trois-quarts-court-avec-manchettes-dorées-et-taille- souple-frappée-de-trois-étoiles-au-cœur » s'inscrivaient sur une troisième liste minutieusement tenue par le pharmacien-docteur.

Je me levai, il était temps de partir.

– Elle s'en va ! cria quelqu'un dans la foule.

On applaudit. La lumière du soleil me grisait. À cet instant, je connus la faveur populaire.

– Tu ne nous oublies pas, hein ? demanda madame Kimoto.

– Tu vas nous écrire ? demanda le pharmacien.

Je promis. Quelques Couscoussiers tinrent à m'accompagner jusqu'au port. Nous partîmes en file ouistitieuse, par groupes surexcités, vers ces lieux où les navires le long des quais, avec leurs noms étranges comme *La Frégate des anges*, se dressaient raides à vous faire peur. De temps à autre, je parlais de mon voyage aux Couscoussiers. J'avais un mot gentil pour chacun, des sourires pour tous, à la brouette. J'éprouvais le besoin de laisser dans les mémoires une traînée d'adorables souvenirs. Les Couscoussiers en avaient les larmes aux yeux. Maman pleurait dans un mouchoir crasseux et, entre deux hoquets, répétait : « N'oublie pas de m'envoyer l'argent que je t'ai prêté ! » Le pharmacien reniflait discrètement. Une cloche sonna. Il était temps d'embarquer. Le pharmacien courut vers moi et me tendit un papier :

– Qu'est-ce que c'est ?

– Ton certificat de virginité valable dix ans, dit-il. Les femmes vierges sont rares en Europe, et ce qui est rare est cher. Prends-en le plus grand soin.

– Merci, dis-je en l'enfouissant dans ma petite valise rouge.

Maman dit :

– N'oublie pas de m'envoyer l'argent de mon lait que tu as bu depuis ta naissance.

– Crains rien, maman.

Un sifflet déchira l'air. Sur le quai, les Couscoussiers levaient les bras et criaient : « Vive Saïda ! Vive Paris ! » J'entendis aussi : « Adieu, Saïda ! »

DEUXIÈME PARTIE

UN ÉTÉ TROP PLUVIEUX

1

– Je n'ai rien fait ! criai-je en posant instinctivement mes deux mains sur ma tête pour me protéger.

– Justement, répondit Aziza, en mettant ses bras sur la porte comme pour m'interdire l'accès de son appartement.

– On part en voyage ? demandai-je en découvrant ma valise rouge sur le palier.

– Exact, répliqua Aziza. C'est toi qui pars.

Je me baissai, ouvris ma valise et fouillai dans le trousseau que je m'étais constitué depuis mon arrivée en France, il y avait deux ans. En plus de la robe en tulle brodé que je réservais pour l'occasion, il y avait trois nuisettes en polyester, six slips en dentelle, trois châles en soie ornés d'oiseaux de paradis.

– Alors ? demanda Aziza en scrutant tout particulièrement un petit paquet enveloppé dans un papier-cadeau posé délicatement sur les châles.

Sans prendre garde à l'intérêt que le paquet-cadeau suscitait, je rêvassais longuement devant mon trousseau :

– Donne le paquet, ordonna Aziza.

– Attends.

J'entrepris d'ouvrir le paquet en prenant soin de ne pas déchirer le papier glacé tout luisant.

– C'est ça, dis-je en donnant à ma cousine une feuille blanche.

– Qu'est-ce que c'est ? demanda Aziza, intriguée.

– Mon certificat de virginité valable dix ans, dis-je sans cacher ma fierté. C'est le médecin qui l'a donné.

– Si ça continue, je me tue dans quinze secondes, hurla Aziza. Deux ans que tu vis chez moi, t'as pas sorti le moindre centime de ta poche pour participer aux frais. Jamais t'as pensé à me faire le moindre cadeau. Même pas merci tu m'as dit ! Pour qui te prends-tu ? Où tu te crois ?

– Ma cousine...

– Il n'y a pas de ma cousine qui tienne ce soir. Je ne veux plus que tu foutes les pieds chez moi, vu ?

– Réfléchis bien, ma cousine.

– C'est tout réfléchi ! J'en ai marre, moi, de te nourrir !

La grosse cousine Aziza était embijoutée excessivement. Son gros corps de mollusque était entortillé dans une robe de chambre rose bonbon tout en dentelle. Ses grands pieds étaient hissés dans des chaussures à talons compensés, dernière trouvaille de chez Tati. Elle était outrageusement maquillée. Depuis que je vivais sous son toit, que je m'occupais de son ménage, des enfants et de la cuisine, elle avait non seulement des ongles plus longs, donc plus sexy, mais économisait sur le vernis, le coton et le dissolvant. J'avais conscience de mon importance, voilà pourquoi je dis encore :

– La nuit porte conseil, ma cousine. Mettons que si demain... Bon, d'ailleurs tu ne peux pas mettre à la porte, en pleine nuit, une fille vierge, n'est-ce pas ?

– Je m'en fous, de ta virginité ! hurla-t-elle.

– Qu'est-ce qui se passe ? demanda la voix d'Allam, mari d'Aziza, un Marocain, garçon à tout faire dans une compagnie d'import-export, grand collectionneur de photos d'indigènes à poil.

– T'inquiète pas, petit papa, dit Aziza. Je règle certains contentieux.

Puis elle se tourna vers moi :

– Sans rancune.

Elle claqua la porte.

Je descendis et vis la lune étreindre l'horizon. Il était dix heures du soir et les passants se faisaient rares. Nous étions fin septembre. Il faisait froid. Les arbres laissaient choir leurs feuilles que le vent emportait avec des ordures. Je traversai des rues vides où les lumières étouffées détachaient à peine les façades. On voyait peu de voitures. Des hommes solitaires, rapides, renfrognés, le chapeau rabattu sur les yeux, m'évitaient avec soin. Les policiers de garde s'en allaient dormir dans les recoins des commissariats où les appels de femmes violées ne pouvaient plus les atteindre. Au coin de la rue Julien-Lacroix, une gavroche blonde, chaussée de bottes dorées extravagantes, se vendait. Je pris la rue de Ménilmontant, passai devant des immeubles qui sentaient toutes sortes d'odeurs, en regardant continuellement derrière moi car je craignais une agression. Un vendeur sénégalais, vêtu d'un grand boubou, sortit brusquement de l'ombre avec sa caisse à marchandises : « Un moment, madame, un moment, madame. » Il secoua ses richesses : « S'il vous plaît, madame. » Il me barra la route : « Pour votre douce princesse », dit-il en me présentant des bracelets en cuivre, des lunettes phosphorescentes, des montres sphéroïdales et lumineuses : « Ça vient directement de l'Afrique. Prends. Je te fais un prix. – Non, merci », dis-je. Il resta les bras ballants comme après un long effort. J'ignorais où mes pas me conduisaient car ça faisait deux ans que je vivais à Paris aux pertes et profits de la cousine Aziza, à boire du thé à la menthe, à manger des haricots verts, du rosbif au cumin, et voilà qu'elle me fichait à la porte. Il y avait de quoi rendre dingue la femme la plus équilibrée. J'aurais voulu arrêter n'importe qui, lui parler, gratter à une porte, au hasard, mais les portes étaient closes. Ah ! personne, personne, même pas un brin d'herbe auquel m'accrocher. Vous me direz qu'il y avait des moments à Couscous où j'avais connu la solitude, mais celle que je découvrais à Paris, cet isolement dans la masse parisienne, était à vous éclater l'entendement.

Debout, en plein vent, je m'examinai : des mains aux ongles fendillés par les travaux ménagers ; des mollets décharnés ; la peau des jambes violacée par le froid. « La vie sera-t-elle toujours ainsi ? me demandai-je. Toujours ainsi, courbée sous le poids des contraintes sous un ciel assombri ? » Je fus prise par la tentation de faire demi-tour, d'aller dormir sur le palier. Mais dormir sur le palier avec le risque majeur d'affronter la cousine Aziza était pire suicide que dormir à la belle étoile. Mes chairs seraient frigorifiées, mon cœur, lui, serait pétrifié. Découragée, je continuai ma route, car il m'était impossible de rester immobile dans le vent glacial.

Rue Ramponneau, pas loin du poste de police, une télévision bourdonnait des informations. Sous un gros réverbère, un clochard buvait du rouge et se réchauffait les pieds près d'un feu de papier. Au début ce n'était qu'une petite forme qui à cette distance n'était pas plus grosse qu'un poing. À mesure que je m'approchais de lui, je distinguais ses cheveux grisonnants collés à ses tempes, sa chemise à carreaux, noirs et blancs. Quand je fus à son niveau, il m'interpella :

– Hep, la belle, on vadrouille ?

Je serrai ma valise dans mes mains et marchai à allure égale. Il se leva et me suivit en traînant des pieds sans aucune élégance.

– Je m'appelle Marcel Pignon Marcel, dit-il.

C'était la première fois qu'un clochard m'adressait la parole. Curieusement, ce fut sa stature qui m'apaisa. Il était si gigantesque qu'on eût cru que son corps l'encombrait ; ses yeux vitreux étaient semblables à ceux d'un rhinocéros empaillé ; son nez bifurquait sur la droite comme s'il se mouchait toujours d'un côté ; son pantalon violet, trop long, godaillait aux chevilles. Il me parut très raisonnable et je m'apprêtais même à lui tendre la main, quand je me souvins que ce n'était qu'un clochard.

– Heureuse de faire votre connaissance, monsieur, dis-je.

– Tiens, dit-il en m'offrant sa bouteille, bois un coup.

– Non, merci. Sans façon.

– Un café alors ?

– Non, merci.

Le froid devenait ma seconde peau et des bandes de brouillard s'échappaient de mes lèvres. Dans la rue des Couronnes, quelques SDF dormaient enveloppés dans des couvertures. Un ruban de son jaillit brusquement derrière une porte close, s'élança au-dessus des immeubles, et la rue vibra des vociférations terribles d'une femme : « Sors de chez moi ! Je ne veux plus te voir. » Une voiture de police, phares éteints, s'avança vers nous à la façon ouatée des chats, dans un faible ronronnement. Les flics nous détaillèrent puis continuèrent leur patrouillage.

– Comment tu t'appelles, toi ?

Je ne répondis pas, tant j'étais étonnée qu'il osât me poser cette question banale, comme l'aurait fait un homme dans une situation normale. À travers les brumes, je le vis tripoter dans ses poches, en sortir une cigarette. Une allumette craqua et fit rougeoyer sa face :

– Je n'ai pas toujours été clochard, tu sais ? J'étais ouvrier dans une fabrique de lunettes et de montres. Je suis licencié économique.

– Félicitations, monsieur, dis-je sans rien comprendre.

– La vie des clochards a ses avantages. Y a pas à se faire chier avec des impôts, des loyers, des taxes d'habitation pour nourrir l'État. Je suis très bien vu dans la profession. Je pourrais me marier avec une clocharde. Nous ferions la manche et passerions le restant de nos jours peinards.

– Félicitations, monsieur.

– Comment tu t'appelles ?

Je ne répondis rien, car je n'avais pas grand-chose à lui dire et sa sympathie me semblait sans importance.

– T'es une fille étrange, dit-il. Mais je t'aime bien. Tu peux occuper le trottoir en face du mien. Personne viendra te déranger.

Sa sollicitude me toucha. Des larmes papillotèrent à mes yeux et la terre s'éboula sous mes pieds. Je laissai tomber ma valise et pris mon visage entre mes mains. Si je meurs là, que restera-t-il de moi, qui avertira maman ? Marcel Pignon Marcel posa ses mains sur mes épaules :

– C'est si grave ? demanda-t-il.

– Oui, monsieur.

– Allons, voyons, dit Marcel Pignon Marcel d'un ton encourageant. Qu'est-ce qu'il y a ? Ton mari te bat ? Tu l'as trompé, tu as peur qu'il te gronde ? Allons, raconte-moi tout !

– Pourquoi ?

– Pourquoi ? répéta Marcel Pignon Marcel, déconcerté.

– Oui, dis-je. Pourquoi aurais-je donc confiance en vous ?

– Primo : parce que je suis un homme bien ; secundo : parce que je supporte pas de voir quelqu'un dans la crade ; tertio : parce que tu veux parler et qu'à voir ta gueule tu ne prendras pas le café que je te propose tant que t'auras pas sorti tout ce que t'as sur le cœur.

– Ma cousine m'a mise à la porte, dis-je.

– Ah, l'égoïsme occidental ! dit-il, grandiloquent.

– Chez moi, nous sommes pauvres, mais personne ne couche dehors.

Il ramassa ma petite valise et se mit à marcher. Je le suivis en reniflant.

– C'est vrai, quoi ! dis-je. Paris me navre à toujours balancer comme ça entre la richesse et la pauvreté. Chez moi...

Et je me sentis une espèce de patriotisme écœurant. Je ne compris pas pourquoi, mais nos cases délabrées, nos choléras s'étaient dilués et avaient fait place à une ville en lumière, en bonheur et en extase. J'animais Couscous de drapeaux multicolores, le parais de trésors et d'honorabilité. Je ne me rendais même pas compte de la stupidité de mon raisonnement. C'était peut-être l'âge qui me poussait à mentir. À moins que ce ne fût l'immonde déchéance où je me trouvais qui me rendît si niaise.

– Ma femme m'a mis à la porte, dit-il. Et j'en suis pas mort !

– Vous avez finalement de la chance, monsieur, dis-je. Moi, j'en connais qui exigent des fortunes pour divorcer. Elle aurait même pu vous réclamer jusqu'à votre caleçon !

Il se tourna et me regarda comme si j'avais bu trois cents bières. Il me sembla si sincèrement blessé que je posai ma main sur son bras : « Pardonnez-moi. Je n'aurais pas dû parler ainsi. Je suis désolée. »

Je me penchai, ramassai ma valise et m'éloignai lorsqu'il me rappela :

– Et ce café ? demanda-t-il. Accepte-le si tu veux que je te pardonne.

Le bar où m'entraîna Marcel était situé dans une ébauche d'immeuble, entre deux cheminées inégales. Sa façade n'avait jamais été repeinte et de grosses plaques de peinture tombaient mortes. Ses portes et ses fenêtres étaient murées. Je me demandais comment nous allions

y pénétrer lorsque je vis Marcel Pignon Marcel se courber et s'y faufiler par un trou. Je ne bougeais pas.

– Qu'est-ce que t'attends ? me demanda-t-il.

– Je vais quand même pas m'abaisser à entrer
là-dedans.

– Fais pas l'enfant, dit-il. Dépêche-toi avant qu'on te
voie.

– Non, merci. J'ai pas envie de me faire égorger, moi.

– À ta guise, mademoiselle.

Déjà je ne voyais plus que les semelles blanches de ses
chaussures. Je restai sans bouger quelques instants,
puis, prise de peur à l'idée de me retrouver seule, je l'y
suivis.

L'entrée était sale. Sur le sol s'amoncelaient de vieux
journaux, des bouteilles vides et des mégots. L'humidité
des murs dégageait une odeur rance à laquelle se
mêlaient des senteurs de cuisine. Des bougies fichées
dans des boîtes de conserve éclairaient les escaliers
d'une pauvre lumière. Je me demandais qui pouvait y
vivre, lorsque je vis descendre successivement un grand
Noir en boubou, une Négresse entourée de quatre
gosses et qui criait : « Dépêche-toi, Simba, je suis pressée », puis un triste couple d'Arabes.

Nous montâmes au troisième. Chemin faisant, je
ramassai des papiers qui traînaient le long des escaliers
et les empilai à l'étage suivant.

– Qu'est-ce que tu fabriques ? me demanda Marcel.

– J'essaye de nous éviter un accident. Si une bougie
tombait...

– T'inquiète pas, ma belle. T'as jamais été aussi en
sécurité.

– C'est ce qu'on dit, puis on se retrouve la gorge tran-
chée, les intestins à l'air.

Nous arrivâmes devant une porte en ferraille que
Marcel poussa. L'appartement était un trois-pièces,
tapissé de vieilles cartes postales, de calendriers antédiluviens et la lumière des bougies posées n'importe où

coulait sur les murs et rejaillissait, terne, dans la salle. Il me fallut quelques secondes pour m'adapter et je finis par distinguer chaque visage avec netteté. Dans une pièce, quatre personnes jouaient au poker assises en vis-à-vis. Elles n'arrêtaient pas de s'engueuler, leurs mégots accrochés aux lèvres : « T'avais pas l'as. D'où tu l'as sorti cet as, hein ? – Tu me traites de tricheur, c'est ça ? » Ils parlaient si fort que j'eus un étourdissement. De la chambre voisine, on entendait des gémissements : « Vas-y, à fond ! » puis : « Oh, chéri ! Que c'est bon ! » Dans la salle principale, autour d'une grande table en bois couverte de toile cirée, des putains, des camés et des clochards buvaient. Un travesti aux cheveux longs, aux ongles et lèvres peints montait la garde derrière un secrétaire et remplissait les verres. Une blonde décolorée pianotait sur une vieille calculatrice et ramassait la monnaie. Ces deux-là se chuchotaient des choses, et leurs murmures formaient comme une basse aux conversations qui s'entrecroisaient au-dessus de leurs têtes. La fumée des cigarettes, les vêtements sales, la grippe partagée en quintes de toux n'empêchaient pas néanmoins ces gens de rire.

– Hé ! Marcel !

Je penchai la tête. Une femme nous faisait des gestes. Ses mains couleur mie de pain sortaient de ses pulls superposés, décorés de strass et de coquillages nacrés. Ses cheveux noirs, ramassés en chignon, flottillaient sur sa nuque. Dès que nous fûmes à son niveau, elle se jeta sur Marcel Pignon Marcel :

– Y a longtemps qu'on t'a pas vu, mon vieux ! dit-elle en l'embrassant sur les deux joues. (Puis, sans me jeter un regard, elle l'entraîna.) Regardez qui est là ! s'exclama-t-elle en poussant Marcel devant un groupe de trois personnes attablées autour d'une bouteille.

Il y avait là une blonde au dos imposant qui souriait aux déclarations d'un maigrichon ; on percevait chez elle un mélange de splendeur et de décadence. À leurs côtés, un bonhomme à l'allure d'infirme nous regardait à travers ses lunettes fumées :

– Ah, le cachottier ! dit l'homme. Marcel, tu nous avais bien caché ta gonzesse !

– Ce n'est pas..., commença Marcel Pignon Marcel.

Ils ne l'écoutèrent pas. La femme au dos imposant cessa de rire. Ils se mirent à observer mes vêtements avec méfiance, mes pieds aussi, puis manifestèrent un triste plaisir :

– T'excuse pas, je te comprends, mon vieux, dit l'un d'eux. J'aime la bonne chair moi aussi !

Il se tourna vers moi, me serra la main :

– Je m'appelle Étienne et voilà Jojo ma compagne, Jean-Pierre et...

– Moi c'est Ginette, dit celle qui nous avait accueillis, tout sourire comme si elle n'en revenait pas d'avoir déniché Marcel Pignon Marcel.

Nous prîmes place. Je commandai un Coca-Cola et Marcel Pignon Marcel un gros rouge qu'il vida cul sec. Il en commanda un deuxième et un troisième qui le mit au diapason. Jean-Pierre ne quittait pas des yeux les épaules de Ginette. Les petites mains d'Étienne étaient posées sur les cuisses de Jojo.

– Ça fait longtemps que tu n'as pas de piaule ? me demanda Ginette à travers un nuage de fumée.

– Quelques heures. Mais j'espère trouver au plus vite un travail nourrie-logée.

– Pour quoi faire ? Cette société est fichue ! Pourquoi pensez-vous qu'on ait voté socialiste ? Parce que voyez-vous, ma colombe, personne n'a plus rien, sauf les riches. Alors, les pauvres essayent de mettre leurs bouts de misère ensemble pour survivre. Il s'agit de créer des entreprises d'État, dirigées par des truands, des comités d'entreprise étatiques, gérés par des bandits de grand chemin. Je trouve cela drôle. Allez, riez donc !

Les amis se mirent à rire. Marcel Pignon Marcel fit même entendre un glapissement : « Ma femme est en acier, elle ne craint pas le froid, ni le temps, ni la moisissure... », entonna-t-il. Ginette riait à pleines dents, en marquant du pied la mesure.

– Nous nous payons du bon temps entre nous, dit Jojo. Nous sommes aussi innocents que des enfants. Nos rires sont clairs comme les leurs. Nous blaguons mais n'effrayons personne. Nous ne faisons rien de défendu et tout se passe bien dans l'équipe. Pensez-vous pouvoir partager nos vies ? On vous écoute.

– On vous écoute, répéta Ginette.

– Je n'en sais rien.

Torturée par le regard des clochards, je baissai la tête et ajoutai :

– C'est une grande décision. Cela mérite réflexion.

Un gros silence s'installa. Quitter Couscous et me retrouver clocharde en France ? Je n'étais pas là pour retrouver Couscous version parisienne, à crier hourra aux capsules de bière, à avaler du vin au goulot, à coucher sur des tas de saletés, à avoir à longueur de temps le crâne brûlé par le soleil ou les cheveux emmêlés par le vent, grelottante dans des manteaux déchirés. J'avais recherché la liberté mais pas sous cette forme.

Après cette réflexion, je me fis vite aux clochards, à leurs airs inquiets, à leur parler zézayant. De temps à autre, Marcel Pignon Marcel me saisissait la main et me souriait de toutes ses forces : « Ça va ? Tu veux quelque chose d'autre ? – Non, merci. » Puis il se tournait vers ses amis. Je ne comprenais pas pourquoi les ethnologues perdaient leur temps à étudier les tribus bantous ou les pygmées dans de lointaines contrées à puits diarrhéiques, à bilharzioses prospères, puisque les clochards, eux aussi, constituaient une tribu. Leur existence suffisait largement à un essai de ce que pourrait être la vie le jour où, après un grand krach boursier, l'humanité devrait s'installer aux Champs-Élysées et subsister des poubelles, des ordures et des aumônes.

Les clochards ne m'adressèrent plus la parole, je m'en

moquais car j'étais en guerre pour ma survie et je n'étais pas disposée à la futilité. Ils continuèrent à parler : la ville, le moment, l'endroit, leurs plaisirs, leurs vies de parasites assumées avec bonne conscience et leur rejet des dogmes, il n'en sortait rien.

Quand enfin nous quittâmes ce club, le jour effleurait les immeubles grisâtres et une corneille s'éveillait dans un arbre et expliquait le jour à venir. Des pigeons criaient sur les trottoirs et les honnêtes citoyens partaient au travail, pleins de fierté ou d'humilité, grossiers ou empreints de grâce. Hormis la couleur légèrement verdâtre du visage de Marcel Pignon Marcel, personne n'aurait pu imaginer qu'il venait d'ingurgiter une telle quantité de vin.

– T'es fâchée ? me demanda Marcel. T'as rien dit de la soirée et quand je te parle, tu me réponds pas... Mes amis t'ont appréciée. Si tu veux... Eh bien... Tu seras la bienvenue sur le trottoir d'en face.

– Je dois trouver un travail nourrie-logée, répondis-je, sans hésitation.

– Tu es courageuse, car le travail il n'y en a plus en France.

Et, comme je restais silencieuse, il se crut obligé de se racler la gorge :

– Qu'est-ce que tu vas devenir ?

– J'en sais rien, dis-je en le regardant avec tant de sérieux et d'inquiétude qu'à ma grande surprise il dit :

– Allons voir mon ami Michel. C'est lui qui tient le café du carrefour. Je fais des fois quelques petits travaux chez lui. Il sait tout ce qui se passe dans le quartier. Il pourrait peut-être t'aider.

Nous entrâmes dans un café-tabac signalé par l'enseigne rouge traditionnelle. À cette heure matinale, il était aux trois quarts vide. La salle était à peine éclairée. Un Nègre avec des locks très Bob Marley s'escrimait devant un flipper et la tension faisait saillir ses muscles noueux. Trois vieillards silencieux jetaient un sort à d'énormes croissants accompagnés de chocolat au lait. Quatre tables plus loin, un jeune homme offrait un verre à un poète célèbre qui avait déjà écrit sept comédies que personne ne connaissait. Tout au fond, une vieille femme vêtue de noir et un homme qui ressemblait à une belette engraissée se regardaient avec intensité en écoutant une rengaine crachée par le juke-box. Le patron, un monsieur gros avec d'énormes lunettes cerclées de noir, presque chauve, se tenait dans la pénombre. Dès qu'il nous vit, il nous accueillit dignement :

– Alors Marcel ? On glandouille ?

– Sers-moi deux cafés serrés, Michel. J'ai le gosier à sec.

– Toi ? Et t'en es pas encore mort ?

– Cesse de me les casser, Michel, et sers-moi un café.

Nous prîmes place à une table. Je me sentais un peu perdue. Cette ambiance glauque, ces vieux couples, ce Nègre aux cheveux crottés, la fatigue d'une nuit d'insomnie me troublaient le regard et les idées. Je bus et le café rendit mes pensées plus claires. Je me sentis mieux car il appartenait à Marcel Pignon Marcel de me défendre.

Monsieur Michel s'assit en face de nous, les lèvres serrées. Une horloge émit sept coups et j'entendis le sursaut de l'aiguille avançant d'une minute. Les yeux baissés, je me taisais car j'avais peur de manifester par un geste ou un mot que je n'avais pas mes papiers en règle. Monsieur Michel alluma une cigarette, en aspira une bouffée, puis demanda à Marcel Pignon Marcel :

– Depuis combien de temps nous connaissons-nous, Marcel ?

– Je sais pas moi ! Peut-être bien dix, peut-être bien quinze ans, mon ami.

– Trente-huit ans, mon cher ! Trente-huit ans, sept mois et treize jours, aujourd'hui.

Et il se mit à essuyer machinalement la table avec ses doigts avant d'ajouter :

– T'as de la chance, Marcel Pignon Marcel, de ne pas te soucier du temps qui passe ! La station debout, les pieds qui gonflent, le sang qui s'épaissit. Parfois, quand j'ai envie de faire passer un peu le temps, je fais trois fois le tour de la salle à vive allure. Ou bien je casse un verre, le temps de tout nettoyer et je gagne sept minutes.

Un grand silence s'ensuivit. Des traînées d'humidité séchaient sur la baie vitrée et, dehors, une femme courait après son foulard que le vent emportait.

– Dis-moi, Michel-toi-qui-sais-tout, commença Marcel. Tu connais pas quelqu'un par hasard qui aurait besoin d'une bonniche nourrie-logée ?

– Arrête de dire que je sais tout. La police va penser que je connais l'adresse de tous les dealers du coin. Je veux pas de problèmes, moi !

– C'est sérieux, répliqua Marcel.

– Eh, mon cher, tu veux te recycler ? C'est finalement une bonne chose. Mais je me demande bien qui va t'accepter sur sa moquette.

– Ah, que non ! Moi je ne me salis pas les mains et je perds pas mon temps. C'est pour cette jolie demoiselle.

– Oh, que c'est dommage ! Que c'est dommage ! Elle pourrait bien trouver autre chose, la mignonne, avec la figure qu'elle a !

À l'extérieur, la lumière prit de l'ampleur. La vieille dame du fond passa ses doigts sur les cheveux du monsieur et je l'entendis dire : « Il ne faut pas désespérer, Janny. Nous allons nous marier et personne ne pourra nous en empêcher. » Au même moment, des jeunes scouts, en short et cravatés de rayures vertes et rouges, passèrent en chantant à pleins poumons : « On est les meilleurs, on va gagner ! » Monsieur Michel cria à leur intention : « Bravo les mômes ! », puis il pivota vers moi et prit mon visage entre ses gros doigts. Il me scruta et ses yeux pétillaient comme ceux d'un gosse sur le point de faire une bêtise :

– T'as bien réfléchi, ma mignonne ? Tu pourrais faire autre chose, tu sais ?

Ses doigts me faisaient mal. Mais par ailleurs, je voulais profiter de son aide. Il me lâcha et au même moment retentit à mes oreilles la voix d'un marchand de légumes : « Trois avocats dix francs ! » Le vieux couple continuait à se regarder avec intensité et le juke-box continuait à gémir la même chanson. Marcel Pignon Marcel ramassa un journal et se mit à lire. J'entendais de temps à autre le bruit du papier froissé lorsqu'il tournait la page.

– Alors ? demanda monsieur Michel. Que savez-vous faire ?

– Le ménage, dis-je. J'ai deux familles honorables que je tiens propres toute la sainte journée : madame Journaux, la pharmacienne, et monsieur Jean Jurami, ancien officier de l'armée de terre.

– Je vois...

– Mes patrons sont très contents de moi, monsieur. Pas plus tard qu'hier, pendant que je nettoyais sa maison, monsieur Jurami m'a dit tout bas : « Vierge Rossignol parmi les grenouilles, je te cherche, ô inconnue de la nuit. Où est donc l'élue de mon cœur ? »

– C'est à lui que tu dois t'adresser, ma mignonne, s'exclama monsieur Michel. S'il te dit des choses comme ça, c'est parce qu'il veut t'avoir dans son lit. Profites-en !

J'étais si scandalisée que j'eus l'impression qu'un crapaud vivant venait de pénétrer dans ma bouche :

– Mais monsieur, je suis une jeune fille, moi !

– Qu'elle est bonne celle-là... Blague à part...

Marcel Pignon Marcel feuilletait son journal et me surveillait d'un regard possessif. Il me semblait que, déjà, il avait des droits sur moi, et que l'attention portée à un autre lui déplaisait :

– Je m'en vais, dit-il soudain en jetant son journal sur le comptoir.

– Attends, dit Michel. On n'a pas fini.

– Rien qu'un instant, dis-je.

Marcel se rassit, n'en finissant pas de se lever et de se rasseoir. Monsieur Michel répéta plusieurs fois ce que je lui avais dit par rapport à mes capacités profession-nelles en me demandant : « C'est bien ça, hein ? – Oui. » Quand il parut satisfait, il m'inscrivit une adresse sur un papier.

– Merci ! Vous m'avez sauvé la vie.

– Attends de voir si t'es embauchée, dit monsieur Michel, en débarrassant la table. Ensuite seulement, je ne refuserai pas une bouteille de champagne.

– Merci à vous aussi, Marcel, dis-je, sincèrement émue.

– De rien, répliqua Marcel Pignon Marcel.

– Dans ce cas, dis-je, à bientôt.

– Prends soin de toi.

Une fois dans le soleil, je me retournai. Marcel Pignon Marcel était immobile, le visage écartelé et crispé par un sourire. Il me fit signe qu'il m'embrassait. Je crus même l'entendre murmurer : « Je t'aime. » Puis je le vis tituber vers le couloir des toilettes.

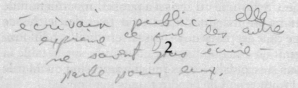

Ma nouvelle patronne était une Négresse-princesse-et-dignitaire. Elle s'appelait Ngaremba, Sénégalaise de la région de Casamance. Elle était chrétienne-animiste et, comme ces deux mots l'indiquaient, elle pratiquait un christianisme de rituel et non fondamental. Elle avait un corps mince, mais on voyait à ses joues rondes, aux replis de son cou qu'avec l'âge son postérieur deviendrait aussi immense que le mont Cameroun. Ses yeux étaient aussi noirs que ceux creusés dans les dés à jouer et tout homme que son regard pénétrait s'enferrait au cœur. Ses cheveux cactus subissaient régulièrement la magie palpitante des défrisants « Capi Relax » et de « Skin Success » fort. Après des brillantes études secondaires, elle s'était installée comme écrivain public au service de la communauté immigrée de Belleville, car à Belleville, un Nègre pouvait se faire sa place. Aussi demandait-elle cinq choses à la vie :

1) Gagner de l'argent, beaucoup d'argent, car, croyait-elle, l'argent permet d'échapper à l'humiliation.

2) Ne pas payer les impôts.

3) Éduquer convenablement sa fille Loulouze, sept ans, qu'elle venait de confier aux mains expertes en psychologie de Marie-Louise, la nouvelle maîtresse d'école.

4) Obtenir quelques faveurs, filer doux et se rendre agréable aux grands de ce monde.

Elle ignorait la nature exacte de la cinquième chose, du moins, elle ne l'exprimait pas clairement et ce n'est que bien plus tard que je compris que c'était le développement de l'Afrique. Elle avait créé une association où des intellectuels africains se réunissaient une fois par semaine pour trouver des solutions aux malheurs de l'Afrique. Son métier d'écrivain public lui permettait de gagner sa vie, mais pas assez pour tirer des lettres de change sur des banques suisses, et sa fille Loulouze mangeait en crachouillant sa nourriture sur la table et achevait ses phrases presque toujours par : « Merde alors ! »

De l'extérieur, l'immeuble où vivait Ngaremba ressemblait à un énorme caveau, avec ses murs en carrelage jaune et gris, ses baies vitrées sans balcon et ses plantes vertes aux fenêtres. Quand j'y pénétrai, la ronde concierge était accoudée à la fenêtre, face à l'entrée. Elle tirait sur sa pipe au rythme de la gymnastique à la télévision. Elle avait des petits yeux marron capables de tout voir, jusqu'au plus secret de vos tripes : « Eh, vous ! Où allez-vous ? » « L'immeuble est interdit aux colporteurs et représentants de commerce. » « Vous, là, sortez d'ici. » « Eh, madame Machin, je vous ai déjà demandé de ne pas déposer vos poubelles devant la porte. Si ça continue, j'en référerai à l'agence. Ah, que des saletés ! »

Dès qu'elle me vit, elle me toisa d'un air sévère. Les commissures de ses lèvres charnues et violacées tremblèrent comme si elle allait éructer le mot « dehors ! ». Je pris les devants, m'approchai rapidement et la saluai avec un sourire peu convaincant :

– Bonjour, madame, je vais chez l'écrivain.

– Elle est sortie et je ne peux pas vous laisser monter. Attendez là.

Au même moment, Ngaremba entrait en secouant les sept reflets de son manteau. Ses immenses bijoux en ferraille argentée, chaîne forçat et collier chou, dégringolaient sur son ventre. Elle avançait lentement, un pas, un autre pas – chaussée de cuissardes rouges. Son manteau bruissait autour de ses chevilles. Elle était heureuse, je le voyais à son sourire où la lumière de l'entrée dessinait un arc-en-ciel lunaire sur ses dents. La concierge l'interpella aussitôt :

– Vous êtes peut-être la fille d'un notable Nègre-éleveur-propriétaire-de-mine-grand-pourfendeur-d'éléphants, mais ici, c'est moi qui commande !

– Que vous ai-je encore fait ? demanda Ngaremba.

– Écoutez-moi bien, mademoiselle. Les locataires peuvent faire ce qu'ils veulent dans la limite de la légalité. Votre appartement ne peut pas héberger plus de deux personnes. Si vous souhaitez accueillir un locataire supplémentaire, vous devez signaler sa présence à l'agence qui en statuera.

– Mais je n'héberge personne, moi !

– J'ai peut-être rêvé ? Et qui c'est celle-là ? dit-elle en

me montrant du doigt. Ne seriez-vous pas en train de mijoter quelque chose de malhonnête par hasard ?

Ngaremba toisait la gardienne des pieds jusqu'à la pointe des cheveux. Elle retroussa ses lèvres et lui jeta avec mépris :

– N'oubliez pas que mon loyer vous paye !

Puis, sans plus faire attention à la concierge qui criait aux bougnoules, elle se tourna vers moi avec juste assez de colère pour me décourager :

– Qui es-tu, toi ? Qui t'envoie ? Comment tu t'appelles ?

– C'est monsieur Michel. Il a dit que vous cherchez une nourrie-logée et...

– J'avais juste besoin d'une femme pour prendre la petite à l'école.

– Je m'appelle Saïda, dis-je.

– Je ne te connais pas...

Elle ramassa ses courses et descendit l'escalier qui conduisait à l'ascenseur. Je regardais à gauche et à droite, sans savoir quoi faire :

– Laissez-moi vous aider, suppliai-je. Je vous déchargerai de toutes les responsabilités qui pèsent lourdement sur vos petites épaules.

Elle se tourna vers moi et ses yeux lançaient des étincelles, je crus qu'elle allait m'insulter. Mais non ! Elle me regarda et éclata de rire :

– J'ai déjà entendu ça. Mon ex-mari m'a épousée pour m'aider et, en fait d'aide, j'ai nettoyé sa maison jusqu'à épuisement.

À cet instant, l'ascenseur s'ouvrit. Un homme trapu dans son bleu de travail en sortit. Il sifflotait, les mains dans les poches zippées de son pantalon, et ses cheveux noirs voletaient autour de son cou comme des pique-mil.

– Bonjour ! dit-il à Ngaremba. Qu'est-ce que vous complotez ?

C'était son voisin de palier, monsieur Momo, un quadragénaire qui passait son temps à tourner l'aventure aux femmes seules de l'immeuble. Il était facteur et témoignait sa sollicitude envers Ngaremba en prenant soin d'apposer sur ses lettres recommandées l'inscription : « N'habite plus à cette adresse. » Et, comme la Négresse s'apprêtait à lui faire part de ses griefs, la veuve voluptueuse du troisième passa avec un éventail dans la main. Le facteur l'appela comme à son habitude : « Bonjour, madame ! » Elle leur lança un regard entendu et se faufila entre eux. Il courut après elle, lui prit le bras : « Excusez-moi, mais de la poudre a dû tomber. » Il lui caressa les hanches en faisant mine de l'épousseter, puis, se tournant vers Ngaremba : « À bientôt ! »

Mal à l'aise, Ngaremba monta dans l'ascenseur et je la suivis :

– Je vous ferais gagner du temps.

– Justement, je n'en ai pas à perdre.

Sacré bon Dieu de bon Dieu ! Je poussai un long gémissement en entrant dans l'appartement de la Négresse. Imaginez une petite pièce, tapissée de peaux de zèbre, de haut en bas ; des portraits d'ancêtres avec leurs gueules jaunes vous accueillaient à l'entrée ; des plantes et des plantes, pas un arbre d'Europe, rien que de l'exotique, des cocotiers miniatures, des baobabs, des manguiers, des bananiers, des plantains, des corosso-liers, des palmiers tenaient à l'aise dans des pots de fleurs à fesses marron ou jaunes, et tout ça portait des sous-titres scientifiques sur de minuscules écriteaux : *Monocotylédones, Malvacées, Térébinthacées, bananas*, et passons... Dans un coin, des fauteuils doublés de satin. Rien qu'à les voir, on devinait que ceux qui s'y asseyaient avaient une position sociale analogue à celle de la maîtresse de maison. Je n'osais fixer ma vue sur aucun détail bien que ma curiosité me poussât à le faire, par peur d'étaler ma misérable condition. Mais j'avais de l'éducation et je sentais que l'honneur d'une maîtresse de maison exige du visiteur qu'il fasse l'éloge de son habitation.

– C'est joli, dis-je devant une moquette imitation léopard.

– Je l'ai fait venir directement de Chine, dit effrontément Ngaremba. Et sans vouloir me vanter, je la trouve belle.

Dans la cuisine, elle rangea ses courses puis lava les tomates, les aubergines, coupa les légumes en petits morceaux. Chaque semaine, elle préparait un gros plat de ratatouille, le rangeait dans le frigo et le réchauffait avant les repas.

Ma vérité était comme sont les vérités : simple. Je voulais ce poste et pour cela j'étais prête à ramper, à supplier. Qu'elle me frappe, m'escroque, je voulais manger, dormir au chaud, je ne demandais qu'un toit et un peu de nourriture – plus eût exigé que je pense davantage à ma vie, à maman, à Couscous, à tout ce passé quelque peu squelettique.

« Je fais très bien la ratatouille », dis-je, tandis que la maîtresse des lieux faisait revenir les légumes. « Même que ma cousine Aziza ne voulait pas me laisser partir, à cause de mes qualités culinaires. Je sais aussi préparer le couscous. Vous voulez que je vous montre ? » Ngaremba s'agitait : des plats salés à laver, trouver le détergent sous l'évier, en verser trois gouttes pour la vaisselle. « Quand votre mari aura goûté mon couscous tête de mouton, il vous trompera plus. » La bouteille de détergent resta en l'air dans ses mains. Elle se tourna brusquement vers moi :

– Non, merci. Côté mariage, j'ai déjà donné.

– Une femme non mariée, ça ne se fait pas.

– Et toi, tu es mariée ?

– Moi ? C'est pas pareil. Je suis une jeune fille, moi !

– À ton âge ? demanda la Négresse, et ses yeux disaient : « Va te faire un lifting ! »

– Je suis une jeune fille, je vous jure. J'ai même mon

certificat de virginité pour dix ans. Pas de souci à vous faire avant cette date.

Ngaremba éclata de rire :

– Ne me dis pas que t'es jamais allée avec un homme !

– Où ? demandai-je.

Elle se plia en deux, les mains sur son ventre, et rit à cœur ouvert, on avait envie de lui tenir les côtes. Je me souvins des drames de Couscous qui s'achevaient toujours par ces mêmes éclats de rire grossiers. Je venais de découvrir quelque chose qui était là, comme une évidence : pour niquer un Nègre, il faut le faire rire. J'en profitai pour prendre sa place devant l'évier. Je commençai à faire la vaisselle, c'est-à-dire à gagner du terrain. Quand son rire s'éteignit, j'avais achevé de laver les caisses-popotes et je me trouvais devant le foyer.

– Allez vous reposer, dis-je. Vous devez être fatiguée. (Puis pour moi-même : « Il faut que je pense souvent à la faire rire. »)

– Mais...

– Je la fais mieux que personne, je vous ai dit. Vous gagnerez du temps et peut-être qu'avec un peu de chance, vous vous trouverez un mari.

– Je n'en ai pas besoin, protesta Ngaremba.

– Faudrait y penser, madame ! À votre âge, avec un enfant sur les bras, ne faites pas trop la difficile.

– Mais je n'ai que trente ans, moi !

– On a l'âge de nos expériences, madame.

– Ah oui ?

– Très exactement. À trente ans, votre corps a déjà servi et moi mon corps n'a jamais servi, par conséquent, vous êtes plus vieille.

Ngaremba sortit quelques minutes, j'entendais une machine cliqueter. Quand Ngaremba revint dans la cuisine, je me battais avec des casseroles sous l'évier, j'ouvrais les armoires :

– Où sont les fourchettes et les couteaux ? demandai-je à Ngaremba.

– Là.

– Vous verrez que vous serez satisfaite.

Ngaremba ne répondit pas. Elle me regarda posément, puis jeta le regard en brousse. C'est alors que mes yeux accrochèrent une liste avec deux colonnes :

NGAREMBA	FRÉDÉRIC
Saucisses, yaourts, salade... 120 F	Restaurant... 285 F
Pain... 5 F	Essence... 150 F
Pressing, savon, serviettes... 175 F	Coca, vin... 40 F
Oranges... 10 F	Cinéma... 90 F
Brosses à dents... 37 F	
Mouchoirs, steaks... 45 F	

– Qu'est-ce que c'est ? demandai-je.

– Rien, des dépenses que nous partageons, Frédéric et moi.

– Votre copine ?

– Mon compagnon.

– Pourquoi faites-vous ça ?

Ce n'était pas de la provocation, mais qu'un homme et une femme partagent les frais de gestion d'une maison me donnait le blues à l'âme.

– Mettre en pratique l'égalité entre les sexes, nous aimer sans contrainte.

– C'est mesquin de tout comptabiliser comme ça. Je me demande si vous rééquilibrez aussi le reste.

Elle pivota sur ses talons et s'achemina vers sa chambre. Je ne voulais pas la blesser, et, plus que tout, je voulais être embauchée, voilà pourquoi je la suivis, à coulouardiser de crainte d'être compressée dès la première heure : « Pardonnez-moi, madame, je ne voulais pas vous vexer. » Elle ne se retourna pas.

Sa chambre était ronde et se subdivisait en deux sous-chambres séparées par des doubles rideaux de velours.

La première partie était son alcôve personnelle. Au milieu de la pièce, était installé un lit en cuivre recouvert d'un tissu de satin où voletaient des oiseaux arc-en-ciel. Des chaussures, rien que des chaussures, s'alignaient au pied du lit : des jaunes à petits cœurs blancs, des rouges à rayures dorées, des vertes brodées de noir, des roses framboisées, et j'en passe ! Au fond, une grande armoire en Formica s'écroulait sous le poids des taffetas et des vêtements d'Europe, rien que de l'Europe. De l'autre côté se cachaient ses bureaux, un réduit de deux mètres sur quatre où Ngaremba recevait ses clients. L'installation y était sommaire. Une table poussiéreuse occupait toute la largeur de la pièce. Derrière le bureau, un fauteuil présidentiel en Skaï noir et, en face, une chaise en bois beige ; une machine à écrire ; un coupe-papier, un téléphone et de la paperasse.

– En Afrique ce sont les hommes qui payent, commençai-je.

– Je suis une Africaine, dit-elle d'une voix blessée.

– Pas musulmane comme moi, dis-je. La charia dit que...

– Je m'en fous, de ta charia. Je suis maîtresse de mon esprit.

– Faut toujours faire attention à son âme, madame. Trop de personnes n'y croient plus.

– J'ai du travail, dit-elle.

Ngaremba prit place derrière son bureau et m'oublia. Je retournai, mal à l'aise, dans la cuisine.

Je ramassai la serpillière et le seau, et j'entrepris de nettoyer le salon, tout en surveillant la cuisson de la ratatouille. Pendant que mes doigts tâcheronnaient avec agilité la moquette, plusieurs questions me poursuivaient avec insistance : Va-t-elle m'embaucher ? Pourquoi, Seigneur, n'avais-je pas fermé ma bouche ? Si elle me jetait à la rue ce serait de ma faute. Un quart d'heure plus tard, on sonnait à la porte.

– Va ouvrir, me cria simplement Ngaremba. Ce sont mes clients.

Un grand Nègre à l'allure martiale et farouche se tenait devant moi et me regardait de ses petits yeux jaunes striés de veines rouges. Il portait une salopette à rayures jaunes. Sa peau noire, presque bleue, luisait. Une chaîne en plaqué or avec une grosse médaille représentant une tête de mort pendait à son cou. Deux femmes noires l'accompagnaient. La première, très maigre, portait une robe du soir mauve et un chapeau à voilette. La seconde était habillée comme une houri avec une ample jupe noire, des bottes dorées et un corsage à volant blanc. J'eus à peine le temps d'ouvrir ma gueule que celle-ci me sourit et demanda :

– Elle est là, madame Ngaremba ?

– J'étais là avant, dit la dame en robe du soir.

– Non, c'est moi, dit le Nègre. J'ai grimpé les escaliers plus vite que vous.

– Mettez-vous d'accord, dis-je. Moi, j'ai pas que ça à faire.

– Qu'est-ce qui se passe ? demanda Ngaremba sans venir voir.

– Ils arrivent pas à se mettre d'accord, madame.

– Du calme, mes amis, dit Ngaremba en se précipitant. Tout le monde va être servi.

– Nous étions là avant, dirent les deux Négresses.

– Ce n'est pas parce que nous sommes loin de nos pays que nous devons oublier nos si belles coutumes, dit Ngaremba. Sur ce, je déclare que les hommes doivent être servis avant les femmes, aussi, venez, cher ami.

Elle le précéda dans le couloir sombre. Je les suivis, ne sachant trop quoi faire dans cette circonstance si particulière. Ngaremba n'arrêtait pas de caqueter :

– Vous en envoyez des lettres, en ce moment ! Il y a à peine deux semaines que je vous ai écrit la dernière ! Que puis-je pour vous aujourd'hui ? Un C.V., une demande d'emploi, une déclaration d'amour ? Ah, j'ai un tel plaisir quand j'écris des lettres d'amour !

– En France, l'amour est mort avec la crise, madame, dit le Nègre en tirant la chaise devant le bureau.

– Parlez pas comme ça, très cher ! La passion ça vous tombe dessus sans crier gare, je vous assure. Un jour...

Elle battit des paupières.

– Ça se voit, dit le Nègre qui envoya un crachat valser sur le plancher.

Mademoiselle Ngaremba cacha une moue de profond dégoût.

– Je veux écrire une lettre à ma mère, dit le Nègre.

– Mais vous lui avez déjà écrit il y a deux semaines ! Vous ne voulez pas écrire à votre frère ou à votre femme ? Tenez, une belle lettre d'amour à votre femme, j'ai des exemples de lettres que vous pourriez lui adresser... Attendez.

Elle trifouilla dans ses affaires, sortit une feuille :

– Écoutez celle-là :

Ma très chère épouse adorée,
Je viens auprès de votre haute beauté divine, ô vous, senteur de mes senteurs, vraie déesse, née des vraies déesses, lumière née de la lumière avant tous les siècles, vous réitérer ma très profonde et très sincère émotion. Ô fée qui ensanglantez mes nuits de douces rêveries, sans vous ma vie est un puits de désolation sans fond et mon âme erre sans cesse dans les noires ténèbres à la recherche de votre blancheur incarnat...

Elle se tut, se souvenant brusquement qu'elle avait un Nègre devant elle, rectifia son tir avant de continuer :

– Négritude. Ô beauté, éternité, luxure ! Ô Déesse que le temps ne saurait vaincre. Ô lascive !...

– Stop ! hurla le Nègre.

Mademoiselle Ngaremba le regarda, surprise. Elle resta quelques instants muette, croisa ses mains sous son menton et dit :

– Bon, je vois qu'elle ne vous plaît pas, celle-ci. Mais il existe d'autres modèles...

– Stop ! hurla de nouveau le Nègre. (Et il répéta :) Stop ! stop !

– Du calme ! s'exclama Ngaremba, excédée. Contrôlez-vous !

À ces mots, d'énormes larmes jaillirent des yeux jaunes du Nègre et roulèrent sur ses joues.

– Mais... Mais... je ne voulais pas vous faire de peine, moi ! J'essayais de vous aider.

Le Nègre pleurait de plus belle. Mademoiselle Ngaremba extirpa son derrière du fauteuil présidentiel et ses bras entourèrent les épaules du Nègre. Elle lui caressa la tête, la pressa sur ses seins, lui faisant respirer tous les résidus des parfums, eaux de toilette dont elle s'aspergeait le corps depuis qu'elle vivait à Paris.

– Là, là, mon garçon, on se calme.

– Vous ne pouvez pas comprendre, madame. Ma femme me trompe. Ô Seigneur !

– Il y a plus grave, cher ami !

– Oh non ! vous ne pouvez pas comprendre.

Tout en reniflant, il expliqua que lui, Samba Diallo, descendant de nobles guerriers bambaras, édificateur de la science future qui embaumera l'Afrique du nord au sud, de l'est à l'ouest, avait quitté son Mali natal pour subvenir aux besoins toujours grandissants de sa chère et tendre épouse. Il avait mis sa vie en péril en acceptant le modeste poste de videur dans une boîte de nuit de quatrième zone, indigne du rang et de la classe qui sont naturellement dus à un homme de sa digne condition, au risque de ruiner sa réputation. Voilà que ladite épouse le trompait ignoblement au vu et au su de tous !

– Ce n'est peut-être que le fait de mauvaises langues, suggéra mademoiselle Ngaremba, sans trop y croire.

– Ah non ! madame. J'ai la preuve.

Et il extirpa de son portefeuille une photographie qu'il poussa devant elle.

– Qui est-ce ? demanda Ngaremba en contemplant le bébé potelé et souriant de la photo.

– C'est la preuve, madame. L'objet de ma déchéance ! Le conquistador de mon honneur ! Le décapiteur d'une vie d'homme inspirée par la défense de la famille, suivant les meilleures règles instituées depuis la nuit des temps, pour des siècles et des siècles, *amen* !

– Peut-être que c'est bien le vôtre !

– Ça fait six ans que je n'ai pas posé les yeux sur ma femme, madame. À moins d'un miracle...

– Il vous ressemble. C'est vrai, je vous jure ! Hein, n'est-ce pas, Saïda ? cria-t-elle, me prenant à témoin.

– Quoi ? demandai-je.

– L'enfant, dit-elle en me montrant la photo.

– Votre photocopie, mentis-je.

– C'est pourtant pas le mien, dit le Nègre.

– Qui sait, qui sait, suggéra mademoiselle Ngaremba qui en avait assez de tout ça. Et si on écrivait à votre mère ? Que dois-je lui dire ?

– C'est vous l'écrivain, madame. Je me remets à votre bon conseil.

C'était un moment critique, car comme elle me l'expliqua plus tard, mademoiselle Ngaremba ne se souvenait plus de ce qu'elle avait mis dans la dernière lettre. Elle ignorait si elle lui avait fait construire des ponts ou des ordinateurs, ou si elle avait transformé sa vie de videur de boîte de nuit en celle d'un haut fonctionnaire, avec rangée de voitures, gratte-ciel couleur fraise, compte en banque, Sicav et compagnie, ou si elle en avait fait un illustre étudiant en biologie possesseur d'un cerveau chétif mais bien rempli, d'où jailliront des pensées

182

insoupçonnées, les particules élémentaires sur la reproduction des cellules sidéennes.

Après mille et une réflexions, elle choisit de le nom-
mer sous-directeur de la Compagnie pétrolifère des
Alpes-Maritimes, ruisselant de diams, écroulé sous dix
mille tonnes d'or et d'argent. Quand elle lui lut la lettre,
les yeux du grand Bambara scintillaient en effet comme
des diamants :

– Mille mercis, madame, dit-il en lui donnant un
billet de cinquante francs.

– À votre disposition, monsieur.

Puis, comme si elle découvrait ma présence, sa voix
se fit dure :

– Allez assumer vos fonctions !

À petits pas, j'allai au salon assurer mes nouvelles
responsabilités de nourrie-logée, bonne à tout faire et
réceptionniste. Avec un sourire de circonstance, j'allais
ouvrir. D'un geste copié sur les attitudes des ladies de
série Z américaines, lorsqu'elles penchent la tête pour
saluer un invité : « Monsieur... », suivi immédiatement
de mouvements gracieux des mains : « Entrez, s'il vous
plaît... », j'introduisais le client dans le salon. Je lui pré-
sentais le fauteuil : « Asseyez-vous, je vous en prie. » Je
proposais un thé à la menthe, puis, d'une voix haut per-
chée et chantante lorsqu'une consultation s'achevait :
« À qui le tour ? Allez-y, s'il vous plaît. Madame va vous
recevoir. »

Toute une bonne partie de la journée, la Négresse-
princesse-et-dignitaire dactylographia des C.V. contre
une pièce de dix francs ; quinze francs les demandes
d'emploi. Les lettres d'amour étaient plus chères. Notre
écrivain public disait à qui voulait l'entendre que
« l'émotion est dangereuse et mérite que l'on prenne une
assurance tous risques ». Une lettre d'amour coûtait
cinquante francs à l'amoureuse. Mademoiselle Ngaremba avait à sa disposition deux douzaines de proto-
types différents, au choix du client. Il y avait la lettre de

déclaration d'amour remplie de flamme et de nuits insomniaques ; celle de la profondeur des sentiments : « N'oublie pas mon amour que tu n'es pas seul au monde, où que tu sois, je serai toujours auprès de toi sur ton joli cœur rose » ; celles de la jalousie se paraient subtilement de fracassants chantages au suicide avec des potées et des potées de barbituriques, d'imminentes défenestrations et pendaisons ; celles des ruptures étaient courtes et sobres, elles s'achevaient inexorablement par : « Nous n'étions pas faits l'un pour l'autre. Ne sois pas triste. Ton ami fidèle. »

Vers quatre heures, le salon d'attente n'était plus occupé que par une Négresse aux cheveux soigneusement décrêpés avec « Skin Success », à la peau blanchie à l'« Ultraclear ». En dix minutes, elle s'était poudré trois fois le nez, avait regardé six fois sa montre, trépignait comme si elle était en retard à un rendez-vous. J'en profitai pour me servir une platée de ratatouille et bus avec bruit un Coca-Cola. Puis, m'étant avisée que la Négresse-blanche ne s'ennuyait pas, je décidai de piquer un petit somme. C'est alors qu'on sonna.

Une petite fille métisse, d'environ sept ans, se tenait devant moi, dans ses mocassins de pacotille ornés de paillettes. Son kilt écossais était maintenu par des épingles de nourrice. Sa couleur cuivrée et ses cheveux bouclés témoignaient de l'accouplement ignoblement contre nature d'une Négresse avec un Blanc. Elle revenait de l'école française obligatoire, bien laïque, avec énormément d'égalité et beaucoup de fraternité. Ses yeux minuit rencontrèrent les miens, silex contre silex, et des étincelles fusèrent dans l'entrée :

– Toi c'est qui ? me demanda-t-elle. D'où tu viens ? Qu'est-ce que tu fais chez moi ? Où est madame maman ? Tu l'as pas tuée, j'espère. Qui est ton père, toi ? Qui est ta mère ?

– Je m'appelle Saïda et ta maman travaille.

– Ah, je vois. T'es une cliente, alors ? demanda Loulouze.

– Non.

– Une amie de madame maman ? Oh, non ! dit-elle en me détaillant.

– Pourquoi je ne serais pas une amie de ta maman ? demandai-je.

La gamine fit une moue et dit :

– T'es trop moche et cela se peut pas !

– Et toi, tu es noire.

– C'est pas vrai, grogna la fillette. Je suis métisse. Mon papa, il est tout blanc.

« Encore heureux qu'elle sache qui l'a engendrée », me dis-je. Puis à voix haute :

– Comment s'appelle ton papa ?

– D'abord je suis chez moi. C'est moi qui pose les questions, d'acc ? Qui t'a invitée ?

– Personne.

– Comment as-tu fait pour venir ?

– Je suis venue, c'est tout ! et je vais habiter ici.

– Ça alors ! s'exclama-t-elle. Et Frédéric ne t'a pas fichue dehors ?

– C'est qui, Frédéric ? demandai-je.

Et je me souvins de la liste dans la cuisine, trop tard !

– Si tu connais pas Frédéric, t'es pas une amie de madame maman.

Et tandis que nous nous parlions, je ne fis pas attention à l'avant-dernière cliente qui s'en allait et laissait la place toute chaude à la dernière cliente, la Négresse blanchisée à l'Ultraclear. Loulouze continuait à me harceler. Je tentai une retraite vers la cuisine, ce qui ne servit à rien sauf à exacerber son agressivité.

– T'as pas de mari ? demanda-t-elle.

– Non.

– Pas d'enfants ?

– Non. Je suis une jeune fille.

– Dans ce cas, dit-elle, je t'interdis de toucher à mes

185

affaires, de jouer avec mes poupées, de boire dans mes tasses Disney.

– T'inquiète.

– On dit ça, puis...

Ses yeux marron m'examinèrent attentivement, sans rien exprimer de définissable. L'espace d'un moment, j'eus l'impression d'être regardée pour moi-même. Sans doute est-ce pour cela et parce que je ne connaissais pas les usages du lieu que je me laissai mener en bateau. Quand elle en eut assez de me voir, elle hocha la tête d'un air tout à fait désolé et dit :

– Ma vieille, quelque chose tourne de travers dans ta vie.

Elle me fit signe de la suivre. Le soleil tombait et son éclat sur les choses faiblissait. Des appartements environnants, on entendait des bruits de voix et de casseroles. Loulouze jeta son cartable sur la moquette, s'assit dans un fauteuil et me demanda de prendre place en face d'elle. Je commençais à trouver la situation presque drôle.

– Raconte-moi tout, dit-elle. Quand une femme n'est pas mariée et n'a pas d'enfants, c'est parce que les messieurs lui font du mal ou quelque chose comme ça que j'ai vu à la télé.

– La vie n'est pas facile...

– À qui le dis-tu, ma chère ! fit la gamine en croisant ses petites jambes haut sur ses genoux. Madame maman ne veut pas que j'aille chez papa parce qu'il a refait sa vie en bonne et due forme, avec épouse et une petite sœur qu'ils m'ont donnée sans me demander mon autorisation.

– Il ne te manque pas trop ?

– Je m'en fous. Et toi, pourquoi t'es pas mariée ?

– C'est la vie.

L'enfant retroussa son petit nez :

– Tu ne serais pas pédé, par hasard ?

– C'est quoi pédé ? demandai-je.

186

La petite fille haussa les épaules.

– J'en sais rien, moi ! Mais avec les adultes, faut s'attendre à tout.

Au même moment, la dernière cliente sortit du bureau en reniflant. J'accourus pour la secourir, Loulouze à mes basques.

– Quelque chose ne va pas, madame ?

– Si... Si..., bégaya-t-elle. Vous ne pouvez pas savoir ! Madame Ngaremba est une fée. Elle sait mêler félicité, amour et douleur avec tant de grandeur !

– Alors, pourquoi pleurez-vous ?

– L'amour ! L'amour ! Ah que c'est bon, l'amour !

Et elle sortit. Je ne voyais aucun rapport entre des larmes et l'amour. Je me contentai de m'interroger : C'est bon comme quoi, l'amour ? C'est meilleur que quoi ? Le maffé ? Le Couscous sauce N'gombo ? Le maïs grillé ou bouilli et toutes les arachides dont je connaissais le bon goût ? J'étais toujours à me tanner de questions lorsque Loulouze poussa un soupir de connaisseuse :

– L'amour c'est comme la merde, quand ça vous prend, pas moyen de lui résister.

– Qui t'a appris ça ? demanda Ngaremba d'une voix scandalisée.

– C'est une chanson de l'école, répliqua Loulouze, imperturbable.

– C'est tout ce qu'on vous apprend à l'école ?

– Oh, non ! madame maman. Aujourd'hui, il y a eu une expérience.

– Ah oui ? Quelle expérience ?

– Pas nous, maman, mais mon copain Eugenio qui a fait une expérience. Il a piqué Marine avec un couteau pour voir si ça coupait.

La gamine continuait à hocher la tête, convaincue que personne ne la croyait.

– C'est vrai, madame maman. Tu peux demander à la

maîtresse. Quand le sang a coulé du bras de Marine, elle nous a dit que le sang c'est du liquide, l'eau aussi c'est du liquide.

3

On ne discuta pas des conditions de mon embauche, ni du travail que j'aurais à accomplir, ni même de mon salaire. Mais il fut implicitement normal, dès ce soir-là, que la gestion pratique des lieux m'incombe.

Tableau récapitulatif

Travail accompli	Nom et prénom	Conséquences	Observations
Réception des clients	Saïda Bénérafa	Bonne impression de la clientèle due à la présence d'une réceptionniste	Il conviendrait que la réceptionniste soit plus sobre dans ses vêtements
Travaux ménagers	Saïda Bénérafa	Propreté lieux	
Ravitaillement	Saïda Bénérafa	Accroissement du budget nourriture	Devrait plus varier les menus
Cuisine	Saïda Bénérafa	1) Bons repas, mais odeurs tenaces de la cuisine couscoussière 2) Grossissement intempestif de la population	Aurait intérêt à diminuer sensiblement l'utilisation des matières grasses – glucides et lipides

Soins de l'enfant	Saïda Bénérafa	– Deux bains quotidiens – Augmentation des charges générales de l'entreprise	Une modification vestimentaire de l'enfant liée au goût prononcé de Saïda pour les dorures
Baby-sitting	Saïda Bénérafa	Économie sur des frais de garde de l'enfant qui passent du tout à rien	Abus de la télé consommée jusqu'au-delà de minuit – Réveil difficile, fatigue – Modifications du vocabulaire de l'enfant copié sur les présentateurs
Promenade de Loulouze	Saïda Bénérafa	Gain de temps le mercredi, le samedi et le dimanche, devenus dès lors jours ouvrables	Fréquentation des milieux maghrébins de Belleville – Apprentissage de l'arabe

Dehors, le vent soufflait. Des pas heurtaient le pavé. Un enfant appelait quelque part : « Maman ! Maman ! » Dans l'appartement, rue de Tourtille, c'était la nuit. Une plage de douceur s'instaurait lentement. J'avais préparé un thé, servi dans une tasse Tati rose, ornée de femmes orientales. Quelle paix ! quelle douceur de voir Ngaremba assise dans son fauteuil accueillant, avec un assortiment de gâteaux sur un plateau, surtout pour une âme tourmentée comme la mienne ! Ses yeux violemment maquillés de bleu regardaient distraitement la télévision. Loulouze tenait la télécommande, elle ne cessait de pianoter, de changer et de modifier l'image. Selon la chaîne, mademoiselle Ngaremba hurlait :

– Change ça, Loulou, c'est violent.

– Moi, je veux regarder *Un flic dans la mafia*, dit Loulouze, bougonne.

– Change ça, je te dis. À quoi ça sert de mêler amour et violence et d'attiser les mauvais instincts ? me demanda-t-elle.

– J'en sais rien, moi ! dis-je, accroupie à même la moquette derrière ma patronne. Peut-être bien pour se défendre ?

– Sois pas stupide. Contre qui se défendrait-elle ?

Je haussai les épaules.

– Moi, la télévision, je l'aime pas. Ils disent que les musulmans sont tous des fanatiques qui se tuent entre frères. C'est pas seulement le propre des mahométans ! Caïn a bien tué Abel, n'est-ce pas ? Pouvez-vous me dire pourquoi ?

Ngaremba fronça les sourcils et me dévisagea. Elle devait se poser des questions du style : « D'où vient-elle ? » Ou encore : « Qui est son père ? Qui est sa mère ? » Mais surtout : « Comment vais-je la nourrir ? » Je la vis prendre un crayon et une feuille de papier, inscrire en murmurant :

– Un steak coûte douze francs que l'on multiplie par trente jours, ça fait trois cent soixante francs par mois.

– Tais-toi maman, cria Loulouze.

J'entendis un couple monter les escaliers : « C'est encore loin ? » demanda une voix féminine. « Septième étage », répondit une voix d'homme. Et il ajouta : « Cet ascenseur tombe en panne tous les deux jours. » Une voiture de police passa et ses sirènes résonnèrent. La Négresse était encore plongée dans ses calculs : « Admettons qu'elle boive un quart de litre de lait par jour, nécessaire pour l'apport en vitamines et en calcium, elle consommera un litre et demi de lait par semaine à quatre francs cinquante centimes, ce qui me reviendra à vingt-sept francs par mois. Si j'ajoute le reste, par supposition, elle me coûtera environ mille deux cent soixante-quinze francs et trois centimes ! Je ne peux pas. Je n'ai pas les moyens... »

« Quand on veut des services dignes de la reine de Saba, cela mérite qu'on s'arrache la peau jusqu'à la racine des poils », me dis-je, cynique, puis je me levai et allai dans la cuisine.

Une heure plus tard, ma voix traversa la cuisine, cogna les murs et retentit jusqu'au salon : « C'est prêt ! »

Quand Ngaremba et Loulouze entrèrent dans la pièce, j'avais posé des plats aux couleurs assorties sur la table. J'avais préparé une soupe fumante, une platée de riz, plusieurs types de viandes grillées ou bouillies dans une sauce tomate avec des champignons.

– Tout ça ! s'exclama la Négresse.

– Que c'est joli ! s'extasia Loulouze.

– Mais ruineux, dit Ngaremba.

Nous prîmes place. Aux yeux de Loulouze, je remarquai que quelque chose clochait. C'est vrai qu'il n'y avait que trois chaises dans cette cuisine et si j'habitais avec eux, où allais-je poser mes fesses ?

– Il faut acheter une chaise, dis-je, en piquant les dents de ma fourchette dans un morceau de viande.

– Pour quoi faire ? Nous ne sommes que trois.

– Quatre, maintenant, dit Loulouze. Saïda cuisine mieux que toi, madame maman. J'en ai marre, moi, de me gaver de steaks-frites.

– Je sais faire d'autres choses, dit Ngaremba.

– Quoi par exemple ? interrogea Loulouze.

– Écrire.

– Tout le monde sait écrire, dit Loulouze. Hein, Saïda, n'est-ce pas que tu sais écrire, toi aussi ?

– Eh non ! Je n'ai pas eu cette chance, ma fille.

– Tu peux apprendre. Je pourrais t'aider si tu veux.

– C'est trop tard ! Je suis trop vieille.

191

– Quand madame maman est en retard à un rendez-vous, elle dit : « Ce n'est jamais trop tard. L'important, c'est d'y être. » N'est-ce pas, madame maman ?

Ngaremba regarda sa fille et hocha la tête.

– Tu vas acheter une chaise, hein, madame maman ? insista Loulouze.

– Je n'ai pas d'argent. Je dois m'occuper de ton éducation toute seule. Ce n'est pas facile, ma fille.

– Raison de plus, madame maman. Si Saïda reste ici, tu ne seras plus obligée d'être mon papa et ma maman. On sera une vraie famille.

– Qu'est-ce que tu racontes ?

– Réfléchis, maman ! Saïda est meilleure maman que toi. Elle va me laisser éclabousser la salle de bains sans crier au scandale. Elle ne va pas me gronder si par mégarde je renversais ma limonade sur ta jolie moquette. Elle cuisine mieux que toi. Elle va être ma maman et toi, tu vas être mon papa. Dis oui, s'il te plaît, madame maman.

– Il y a Frédéric, dit la Négresse.

– C'est pas un vrai papa.

– Pourquoi tu dis cela ?

– Il ne me gronde même pas, alors !

– Je t'interdis de parler ainsi de Fred, d'accord ?

– T'es méchante, madame maman ! Méchante !

Après le repas, je couchai la fillette boudeuse et la dodolotai avec une histoire de bonne fée et de sang. Quand je revins au salon, Ngaremba ressemblait à la reine des abeilles. Elle avait revêtu un plaisant déshabillé polychrome représentant des abricots et des coquelicots. Elle regardait un film d'amour et l'acteur principal serrait dans ses bras une superbe Lolita de banlieue dont la peau sans boutons ni rougeurs parasitaires évoquait au téléspectateur l'éclat poli du marbre.

– Certaines ont vraiment de la chance, dit Ngaremba. J'ai pas de chance en amour.

Et, un œil fixé sur l'écran, elle m'expliqua :

Après son divorce d'avec Didier, le papa de Loulouze, des hommes étaient intervenus dans sa vie dans l'ordre suivant :

1) Thomas ou Tome, jeune plombier. Cette relation était sans issue : « Je suis une intellectuelle, moi ! » Elle refusa de lui répondre au téléphone.

2) Yannick, le milliardaire, grand traficoteur d'armes, l'avait séduite avec des qualités propres à un homme de pouvoir. Malheureusement, il avait besoin de remontants pour pannes sexuelles. « C'est primordial, le sexe, dans un couple, me dit-elle. C'est le fondement même de tout mariage. »

3) Alexandre lui fit croire qu'il avait eu le coup de foudre. Elle vécut les phases d'un amour en apparence réciproque. Six mois plus tard, il se réconciliait avec son ex-femme.

– Et Frédéric ? demandai-je.

– Lui, c'est autre chose. C'est comme prendre un long train de banlieue, tu comprends ? Je rêve de l'amour fou, délirant, avec sanglots, appels téléphoniques attendus jusqu'à l'aube, séparations, réconciliations, c'est ce qui me manque !

Je ne comprenais pas. Sur l'écran, la Lolita de banlieue se faisait violemment embrasser par l'acteur, puis il l'étranglait.

À la fin du film, des larmes coulaient le long de nos joues.

– Pourquoi ? Pourquoi l'a-t-il tuée ? demandai-je.

– Ce n'est qu'un film, Saïda.

– Il ne l'a pas tuée pour de vrai ?

– Mais non ! Ce n'est qu'une mise en scène. (La Négresse-princesse-et-dignitaire se comprima la poitrine et respira à fond.) Va donc nous préparer une tisane.

Silencieuses, nous restâmes dans la cuisine, à faire tournoyer nos cuillères dans nos tasses, à ingurgiter la boisson du bout des lèvres, à nous regarder de biais. La lumière du plafond faisait apparaître des traces de larmes sur nos joues. L'atmosphère pesait et je sus que le moment de la confession était arrivé. Le cœur contrit et bien que dépourvue de toute peine personnelle et sans véritable résolution d'avenir, si ce n'est celle d'habiter dans cette maison et de jouir gratuitement du loyer, de l'eau, de l'électricité et de la bonne nourriture, je relatai à la digne maîtresse des lieux les circonstances de ma venue chez elle, la jalousie et la méchanceté de la cousine Aziza. Bien sûr, j'évitai de parler de la nuit passée au gré des rues en compagnie de Marcel Pignon Marcel et de ses coreligionnaires. Je ne pensais qu'à trouver une protection, la chaleur d'un grand boubou qui, déployé dans un geste accueillant, se replierait sur moi avec les enveloppantes délicatesses d'une mère. La Négresse-princesse-et-dignitaire écoutait mon récit en regardant mes cheveux blonds aux racines noires, comme si une auréole d'or eût entouré ma tignasse en bataille. Elle étendit un bras, saisit avec douceur ma main, la contempla, tout admirative : « Ah, tes mains, Saïda ! Tes mains ! » Elle la caressa longuement. Elle calculait déjà les profits qu'elle pouvait en tirer : « Ah, tes mains, très chère ! tes si fortes mains ! » Elle prévoyait de me vêtir en réceptionniste. « Un tablier blanc pour recevoir mes clients, ça ferait chic », dit-elle. Les samedis, elle m'habillerait en soubrette, j'ignorais ce que c'était. Elle n'osa tout de même pas faire valoir – dans l'immédiat du moins – l'emprise qu'elle pouvait revendiquer sur mes mains. Je reniflai et dis d'une voix de petite fille :

– Je suis heureuse de vivre chez vous. Vous êtes si gentille !

– Et qui ne l'est pas, ma pauvre dame ! dit-elle en regardant mes mains.

– Dieu a dit : « Quand une porte se referme sur vous, ne vous inquiétez pas car une autre va s'ouvrir. »

– Quelle sagesse !

– Et il a raison. Ma cousine Aziza m'a mise à la porte, et...

– Je croyais que c'était toi qui étais partie.

– C'est tout comme. Son mari ne voulait pas que je m'en aille. Du couscous comme le mien, même sa mère n'en fait pas de meilleur ! Sans compter que la cousine Aziza n'est pas capable de nettoyer correctement une maison. Quand je suis arrivée chez eux, la maison puait, les enfants avaient de la morve jusque dans les jambes.

– Que vont-ils devenir sans toi ?

– Ça... Les pauvres... D'ailleurs, je m'en fous maintenant. J'ai Loulouze...

Mais je n'eus pas le temps d'achever ma phrase qu'on sonna à la porte. Ngaremba alla ouvrir. C'était Frédéric Feuchoux. Il était assez trapu, assez huileux. Ses yeux rouges indiquaient qu'il lampait jusqu'à plus soif. Il se tenait devant elle, potopoteux-flasqueux dans un jean délavé qui descendait bas sur ses fesses. Ils se jetèrent dans les bras l'un de l'autre. Ils s'embrassèrent comme dans les livres de la pharmacienne :

– Ça va, mon bébé ? demanda Frédéric.

– Tu m'aimes ?

– Oui, je t'aime.

Elle lui passa ses deux bras autour de la nuque, caressa ses cheveux, l'embrassa encore et exigea de nouveau :

– Tu m'aimeras toujours ?

Frédéric bâilla et rota à loisir : « Toujours, toujours, toujours », dit-il, tandis que leurs deux corps s'incubaient-succubaient. Je commençais à me sentir mal à côté de leurs effusions. Je n'osais pas bouger car j'ignorais quelle jambe déplacer en premier et dans quelle direction. Filer dans la chambre ou regarder la télévision ? « Puis-je vous être utile ? » demandai-je. Je ne pouvais faire autrement devant ce couple qui se faisait ton pied mon pied. J'attendais que ça leur passe. Ils se racontaient des choses tendres et plates. Comme personne ne me répondait, je dis plus fort : « Puis-je faire quelque chose ? » Le couple se sépara, saisi au dépourvu.

– Vous pouvez disposer, cria Ngaremba.

Je restai sans bouger.

– Qui est-ce ? demanda Frédéric.

– C'est Saïda. Elle va vivre avec nous. (Puis elle se tourna vers moi et répéta :) Vous pouvez disposer.

Quand je m'éloignai, je l'entendis ronronner :

– La pauvre ! Tu te rends compte qu'à son âge elle n'a pas de maison, pas d'enfants, même pas quelqu'un à qui penser ? Comment va-t-elle faire ? Que va-t-elle devenir ? L'Afrique est vraiment un continent maudit.

– T'inquiète pas pour l'Afrique, dit Frédéric.

– Mais comment faire ? Que faire ? J'ai déjà réfléchi à beaucoup de choses. J'ai créé un club d'intellectuels africains pour trouver des solutions aux misères de ma terre. Tout ce qu'ils savent faire, c'est boire, manger, danser et rire. C'est d'un triste !

– Vis ta vie, ma chérie, et oublie l'Afrique.

Je titubai le long du couloir obscur plein d'objets devenus désormais familiers et d'odeurs répandues par les portes entrebâillées où les muscs des clients, les relents de cuisine continuaient à peupler l'air de manière insistante.

Dans la chambre de Loulouze, je fis ma prière et récitai tout particulièrement le *la Ilâha illallâh – lahou mâ fissa-mâwâti wamâ fil'ard*, ce qui signifie qu' « il n'y a de divinité que Dieu – À lui, appartient ce qu'il y a dans les cieux et sur la terre ». Je voulais qu'il me pardonne d'avoir à vivre sous le même toit qu'une infidèle. C'était sa volonté, si je me trouvais dans cette situation. Ensuite, je jetai quelques coussins par terre et m'y allongeai. « Que c'est dur la vie ! » me dis-je. Je repensai aux événements de la journée, je revis Ngaremba avec ses yeux si tristes qu'on eût cru qu'elle portait tous les malheurs de l'Afrique, à se battre telle une forcenée pour gagner trois sous et à jouer à la reine de Saba. Quelle chiasse ! Je me rendis compte que je n'avais aucune amertume mais plutôt une sorte de contentement égoïste à me comparer à ma patronne. L'autre, quelle vie avait-elle ? Qui pourrait épouser une Négresse avec un enfant ? Frédéric ? Je chassai ce mollusque de mes suppositions.

Néanmoins, je ne pus fermer l'œil bien que j'eusse enfoui ma tête sous deux oreillers. Les bruits venant de la chambre de ma patronne m'en empêchaient : des hurlements semblables à ceux des bêtes, le grincement de son lit, mais surtout des *boum boum*, des *tap-tap*, des *floc-floc* qui se répétaient sans fin comme le couplet d'une chanson à la fois horrible et magnifique. Ma conscience de musulmane souhaitait qu'une serrure et une charnière puissent s'actionner sur leurs corps et étouffer tout ce raffut.

À l'aube, je plongeai dans un sommeil léger et angoissé. Mes muscles étaient tendus, proches de la crampe. Mes poings serraient les draps et je rêvais que c'était le cou de Ngaremba que je serrais ainsi pour étouffer ses gémissements. Quand le ciel et la terre se séparèrent, j'ouvris les yeux. La pièce était sombre, de la couleur d'une huile recuite. Des filets de vapeur montaient du radiateur le long du mur. Je me levai, fis ma prière et regardai par la fenêtre. Il pleuvait, pas une grosse pluie à la manière tropicale, mais une pluie fine, très hargneuse, de celles qui peuvent durer des jours, voire des semaines, et qui nous font penser que c'est normal, c'est Paris. Des hommes et des femmes marchaient vite, pour aller où ? Dans l'appartement d'en face, un juif en kippa priait, très concentré vers les anges. Dès qu'il me vit, il s'arrêta, me sourit, je détournai la tête. C'est alors que j'entendis des voix provenant de la chambre de ma patronne.

– Ma chérie, dit doucement la voix de Frédéric. Tu penses vraiment garder cette vieille Arabe chez toi ?

La Négresse ne comprenait pas. Je l'entendis bâiller bruyamment et demander : « Quelle heure est-il ? » Puis : « Je vais faire pipi. » C'est ainsi que se réveillait la Princesse : d'abord pipi, la chasse d'eau, après, on ouvre les yeux.

Quand elle revint dans la chambre, Frédéric était hors de lui.

– Mais qu'est-ce qui t'a pris ? C'était tranquille, ici... Maintenant, va savoir avec des... ! Avec quoi penses-tu la nourrir ?

– Ça te prend par où ? demanda-t-elle.

– Quoi ?

– Ta folie. T'es de gauche, oui ou non ?

– Aucun doute là-dessus, mais...

– Tais-toi, Frédéric ! Ici, nous appliquons le marxisme-léninisme. Et puis, n'oublie pas que l'hospitalité est un des principes de base de notre si belle civilisation africaine. T'oublies que t'es chez moi !

– Inutile de me le répéter, dit-il.

– Si tu veux vraiment vivre avec moi et que tout aille entre nous dans le meilleur des mondes, souviens-toi toujours de mon passé, de mon douloureux divorce et du traumatisme que j'ai subi. Quand un homme vous fiche dehors alors que vous n'avez pas un centime pour payer une chambre d'hôtel, on devient prudente.

– Mon bébé. Mon pauvre bébé !

Il y eut un long moment de silence. Je devinai que le bébé laissait choir sa tête sur les épaules de Frédéric. « J'ai fait du chemin depuis », dit-elle à nouveau. Bruit de succion et je devinai quand les lèvres de Frédéric se détachèrent des siennes. « Mon amour », dit Frédéric. Et c'était comme un roman, une écriture, une vie, et ça me hantait, et je sentais des chatouillis, là, vers le bas, comme lorsque madame la pharmacienne me faisait la lecture. « Il lui prit la nuque – il lui avait certainement pris la nuque – en se plaquant de tout son corps contre elle. "Je t'aime." Il frissonnait contre elle, vibrait de la tête aux pieds, se collait à nouveau contre elle. » Ça ne faisait pas de doute, ils devaient s'aimer puisque dans les romans de la pharmacienne, à Couscous, les couples s'aimaient toujours affreusement. Je l'enviais, mais brisai cette envie par le mépris.

Quand je revins à la réalité, un autre problème m'attendait : Frédéric ne semblait pas apprécier ma présence. Chez la cousine Aziza, j'avais appris à tolérer le mépris, et à accepter avec joie d'humiliants coups de pied au cul que m'expédiait le mari d'Aziza. Parce que je me croyais maligne et savais ramper pour arriver à mes fins et obtenir ce que je voulais. J'avais découvert où se trouvait la force, de quel côté il fallait se mettre pour réussir, parce qu'il y avait longtemps, bien longtemps, j'avais compris l'énorme danger que suppose un raidissement dans un heureux processus d'adaptation. Qu'ils me battent ! Qu'ils m'insultent ! Qu'ils gargotent, pendant ce temps, moi, je mange, je bois du thé à la menthe et je dors au chaud.

Loulouze se réveilla aussitôt en criant « Maman ! maman ! J'ai fait un mauvais rêve ». Je la consolai, la préparai pour l'école et confectionnai un petit déjeuner. Quelques minutes plus tard, Frédéric entra dans la cuisine. Il portait un caleçon à fleurs roses. On voyait ses poils roux sur ses petites jambes blanches :

– Que c'est bon tout ça ! s'exclama-t-il joyeusement en voyant les superbes bricks dorés accompagnés de café fumant.

Il tira une chaise et s'assit. Il portait à peine le café à ses lèvres lorsque Ngaremba apparut sur le seuil, dans la demi-obscurité. N'eût été la couleur polissonne de son déshabillé jaune, ses mains qui s'achevaient par des ongles rouges, elle aurait pu se fondre dans le noir. Elle resta quelques secondes, les deux mains sur la porte.

– Je suis épuisée, dit-elle.

– Qui ne l'est pas, madame maman ? dit Loulouze, en buvant son chocolat.

Elle laissa tomber ses bras, s'avança de sa démarche ample, embrassa Loulouze et s'installa sur l'évier, jambes croisées.

– Sers-moi un café, dit-elle.

– Faudrait d'abord vous purifier, madame. Le Coran dit qu'après...

À ces mots l'atmosphère se glaça. L'air s'emplit de lames qui aiguisèrent leur tranchant contre mon corps. Ngaremba me regarda, agressive. J'en tremblais tant que je faillis chanter : « Mohammed, dis aux mécréants qui adorent les idoles que tu as ta propre religion et que tu n'es pas disposé à adorer ce qu'ils adorent : des idoles qu'ils fabriquent de leurs mains. » La férocité de Ngaremba continuait à me harceler. Soudain, elle détourna le regard et j'observai le nuage de fumée qui le suivit. Ses yeux voletèrent et se reposèrent sur la figure de Frédéric. Je dis, feignant d'être offusquée :

– C'est pas mon genre, madame ! Mais seulement vous êtes si belle que j'imagine qu'aucun homme n'est indifférent à votre présence, alors, j'en déduis que... Eh ben... qu'il doit se passer des choses entre eux et vous.

Elle éclata de rire :

– Mais tu me parles comme un homme, Saïda !

– Tout le monde dit que t'es très belle, madame maman. L'autre jour, monsieur Momo a dit : Mademoiselle Ngaremba est rien de moins qu'une aphrodite, la déesse du désir qui fait vibrer la terre.

– Tais-toi, Loulouze, dit Ngaremba.

Mais cela se voyait, les paroles de sa fille la plongeaient dans une sphère de chaleur. Frédéric ôta ses lunettes et les essuya. Je sentais le mercure monter. Quelle femme n'aimerait pas être en robe de chambre dans sa cuisine et être traitée comme si elle était allongée sur le mont Olympe ? Pour le reste, c'était tant pis pour elle si elle ne faisait pas ses ablutions après un acte aussi dégradant que l'amour et qui exigeait qu'on se lave trois fois les pieds, le visage et les mains ! Un jour, je me rendrais même compte qu'elle mangeait à la même table que les hommes, riant avec eux, leur parlant alors qu'elle était souillée par ses règles. Je lui servis son café et me fis minuscule auprès du four, au cas où. Frédéric mangeait, vorace, comme trois champions, tout en vénérant du regard la Négresse-princesse-et-dignitaire.

– Quel agréable petit déjeuner ! dit-il. Tu devrais nous en préparer souvent.

– C'est pas moi, dit Ngaremba. C'est Saïda.

Son regard insoutenable se posa sur moi puis il se détourna. Je savais que, dans sa conception du monde, Ngaremba représentait le soleil dont Loulouze et lui étaient les satellites. Tout le reste, moi, la gardienne, monsieur Momo et même les immigrés de Belleville, qui traversions leurs orbites, n'étions rien, à peine plus que d'éphémères météores voués à se consumer. Dès qu'il eut achevé ses bricks, il se laissa aller sur la chaise, alluma une cigarette et dit :

– Je dois faire un article sur l'affaire Trucmuche. Il va en prendre plein les dents !

Il cigaretta une bouffée, la rejeta par le nez.

– Combien de temps encore tolérer le mensonge et la rapine ? demanda-t-il. Je vais mettre à la gadoue tous ceux que le peuple applaudit, admire, proclame, les ministres truqueurs, les hommes d'affaires mascaradeurs, les faux traîtres.

Rien qu'à en parler, il en salivait. L'idée de sa méchanceté le rendait croustillant. Ses cheveux blonds s'agitaient. D'enthousiasme, ses yeux grisaille comme ceux d'un chat sauvage remontaient vers les angles. À chacun son plaisir, ses couacs des soupirs, tous ces riens qui rendent souvent l'humanité méchante et conquérante.

Ma conclusion était simple : il pouvait tout massacrer, saccager les présidentiables, les ministrables, les boursicoteurs, les tonnerres-de-Dieu-d'enfer, tous ces sordides auxquels on peut rien ajouter de plus méprisable. Ce jour-là, à la fin du repas, il était si heureux que, malgré le mauvais temps, il se proposa d'emmener Loulouze à l'école avant de rejoindre les bureaux poussiéreux où il exerçait son métier de journaliste pour l'extraordinaire somme de sept mille six cents francs, net.

4

La Ngaremba que j'allais découvrir jouait à la princesse, bien sûr. Mais plus tard, je m'aperçus qu'elle croyait tenir sa vie solidement calée sous sa langue, et même le destin de l'Afrique et de ses hommes tout entier ! Qu'elle ne postillonnait pas son existence à gauche, à droite et de travers, en bouts et en fragments, du n'importe quoi, qui allait s'envoler et se perdre quelque part dans le ciel. Le premier mercredi de mon arrivée chez elle, elle reçut des intellectuels africains, comme tous les mercredis après-midi qui allaient suivre. On mit les fauteuils, les chaises et les tabourets en cercle pour que les pensées de l'auditoire puissent se concentrer dans une même direction. On installa une minuscule estrade au centre du salon. Je préparai un repas haut en couleur : du pépé-soupe très épicé, des beignets aux haricots, du ngondo bien blanc où surnageait la chair jaunâtre de poissons séchés, des gâteaux de cacahuètes aux raisins. De temps à autre, Ngaremba goûtait un plat du bout des lèvres et commentait : « Il faut saler un peu plus », ou encore : « Un peu moins de

poivre », ou encore : « Il faut faire cuire ça à feu doux. »
Puis elle repartait dans son bureau.

J'allai récupérer Loulouze au centre aéré. Le soir tombait, et les rues de Belleville s'embrasaient peu à peu au-dessus de nous ; de la cuisine, je vis s'enflammer l'un après l'autre les réverbères. Un groupe d'oiseaux vola au loin, en formation bien ordonnée, si minuscules et si proches les uns des autres, qu'ils me rappelèrent un banc de poissons. J'eus une brûlante nostalgie de la mer, le désir d'exposer mon corps à la brise et au soleil, de voir la paroi des forêts scintiller dans la lumière. Mais ces plaisirs m'étaient interdits.

Les intellectuels noirs s'amenèrent par lots, engoncés dans leurs costumes trois-pièces, leurs attachés-cases à la main. Ils portaient eux aussi le destin du continent sur leur dos, comme des escargots leur maison. On dénombrait plusieurs hommes d'une cinquantaine d'années, dont Souleymane, Cissé, Somona et bien d'autres sans intérêt. Tout ce que je peux dire, c'est qu'ils commençaient tous à être chauves, un peu obèses et qu'ils montrèrent leurs dents en me voyant : « C'est vous la femme de ménage ? » demandèrent-ils. Je ne regardai que leurs visages plats comme des galettes et leurs peaux noires, leurs cheveux laineux, leurs yeux noirs et leurs figures qui n'avaient pour seule couleur que la blancheur de la cornée. Je ne répondis rien et m'en désintéressai comme une reine offensée, même si je ne portais rien de plus recherché qu'une robe en jersey rouge et, par-dessus, un tablier de cuisine. Mon attitude face à leurs réflexions était une insulte rare et j'en ressentais un immense plaisir. Sans plus faire attention à moi, ils pénétrèrent dans l'appartement, le dos droit, et, sous les cheveux crépus, on voyait dégouliner l'économie, la science et les mathématiques. Ils étaient tous directeurs de quelque chose, promoteurs immobiliers, financiers, spéculateurs venus spécialement en Occident pour étudier les mécanismes et les secrets de la *capitalisme*

grande entreprise mondiale pour les appliquer à l'Afrique.

Ngaremba tourbillonnait dans la pièce, elle serrait les mains en guise de bienvenue, tapotait les épaules. Elle s'assit enfin dans un fauteuil et disposa ses bracelets. Les Nègres prirent place en s'assurant que les plis de leurs pantalons étaient placés au milieu de leurs genoux cagneux. Je leur servis des rafraîchissements, du Coca, du gin, des jus de fruits divers et du vin.

– Mais c'est du Johnnie Walker, dit Souleymane avec mépris. Je ne bois que du Chivas, moi !

– Moi aussi, dit Somona. Je ne bois que du Chivas.

– Je n'en ai pas, dit Ngaremba.

– Un peu d'armagnac alors ? demandèrent les Nègres.

– Non plus.

– T'as une domestique chez toi et t'as même pas de Chivas ? s'étonnèrent les Nègres.

– Je suis contre l'alcool, dit Ngaremba.

Après dix mouvements de moue-moue, « je vais quand même en prendre deux gouttes, mais uniquement pour te faire plaisir », ils se servirent. Dans mon coin, je voyais les pommes d'Adam monter et descendre. Puis, ils se resservirent en caquetant. Ngaremba les observait avec une expression mélancolique, les yeux plissés sous l'effet d'un trouble. Les Nègres continuèrent à boire pour rendre leurs gosiers suffisamment nets afin de parler de l'Afrique et l'élever jusqu'au royaume radieux de la civilisation. J'entendais leurs rires et leurs bavardages. De temps à autre, des doigts pianotaient sur une cartouche de cigarettes, la flamme d'un briquet s'élevait. On fumait, on buvait et on jacassait pas mal.

Deux heures plus tard, leurs yeux louchaient d'ivresse. Souleymane bondit sur ses pieds pour montrer à ses compatriotes combien il était maître de ses muscles. Ses mains trouvèrent les murs léopard et s'y appuyèrent.

– On peut commencer, dit-il.

– Mais Inengué n'est pas encore là, protestèrent les autres Nègres. Qui va dresser le procès-verbal ?

– Savez-vous où il se trouve ? demanda Souleymane.

– Il fonctionne à l'heure africaine, répondirent les autres en écho.

– Peut-être est-il dans son coma ? suggéra Ngaremba en gloussant.

Les autres Nègres éclatèrent de rire.

– Silence ! Silence ! cria Souleymane. Je ne vois rien de drôle à entrer trois jours tous les trois mois dans le coma. On devrait tous prier pour son âme.

– Tu ne vois rien de risible au fait qu'un homme prépare son nécessaire de toilette, prenne son pyjama, deux vêtements de rechange et s'amène à l'hôpital, gare sa voiture, aille dans le service de réanimation et crie aux infirmières : « Je vais entrer en coma ! » Et paf ! il tourne de l'œil pendant trois jours ? Qu'est-ce qu'il te faut, mon cher Souley, pour te faire rire ?

– Sa maladie dure depuis dix ans, fit Souleymane.

– Justement, dit Ngaremba. Personne ne décide de rentrer dans le coma pendant trois jours, quatre fois par an, s'il est normal.

– Il est comme l'Afrique, dit Souleymane. Et à ce propos, et suite au débat consécutif à notre réunion en date du sept octobre, j'ai jeté sur le papier les lignes qui vont suivre : L'Afrique se trouve dans une impasse. Elle est la grande perdante dans le grand marché universel où les boursicoteurs déterminent les prix des matières premières. Il conviendrait...

Et, en un miracle de ton, de tensions, de pauses, de silences et d'élans, il rappela comment nos ancêtres avaient commercé avec le Blanc, avaient succombé à des maladies et étaient devenus dépendants des produits européens, supérieurs aux nôtres. J'eus la gorge sèche et le cœur battant lorsqu'il démontra par quel processus absurde les femmes africaines s'étaient laissé tenter par le lait en poudre Guigoz au lieu du lait mater-

205

nel, si riche en vitamines et en protides. Comment nous avions abandonné nos si belles traditions de solidarité et de fraternité pour rentrer dans l'individualisme forcené propre à l'Occident. Il s'agitait et les manches de son costume trois-pièces bougeaient aussi comme les ailes d'un papillon ou d'une sauterelle dodue. Les autres Nègres l'écoutaient, bouche bée, leurs langues pointaient puis se retiraient comme celles de dizaines de crapauds aux aguets. Ngaremba notait. De temps à autre, elle l'interrompait : « Tu peux répéter ? » Souleymane marquait une grande pause, puis sa bouche s'ouvrait de nouveau. Pendant dix minutes, il parla de la nécessité de purifier nos esprits, de nous débarrasser des tares héritées d'autres civilisations. Un vent souffla et ouvrit brusquement la fenêtre. Les Nègres ne frissonnèrent pas. Moi, si, car je cheminais à travers des quoi, des comment, et je me demandais si on pouvait emballer nos esprits, nos vêtements, tout le confort auquel nous nous étions habitués, et les mettre à la poubelle. Pendant tout le discours, les rangs demeurèrent impeccables. Même Loulouze ne pipa mot. C'est alors qu'un autre Nègre pénétra brusquement dans le salon. L'intrus claqua dans ses mains et se convulsa de rire, les épaules secouées par l'hilarité. L'assemblée eut un mouvement de recul.

– Vous parlez Afrique et vous êtes plus vêtus que des princes de Monaco, dit-il. Nos ancêtres marchaient nus.

– Il est fou, me murmura Loulouze.

C'était un vieillard vigoureux, dont les joues creuses pouvaient faire croire qu'il n'avait jamais mangé nourriture terrestre. Ses yeux nocturnes pouvaient virer au bleu électrique dans ses moments de colère. Des éclairs de peinture rouges et noirs décoraient ses membres et des rayures verticales ocre et blanches traversaient son visage. Ses cheveux, qui n'avaient pas vu de peigne depuis sa naissance, pendaient en crottes sur sa nuque et des crocs de panthère y étaient accrochés.

206

– Vous êtes tous des vendus ! hurla-t-il. Vous avez perdu vos âmes ! Vous avez déçu les dieux ! Vous avez avalé la bave de Satan ! Vous avez perdu la magie parce que aujourd'hui vous en faites un mauvais usage. Que vous reste-t-il ?

Il abandonna la parole et se mit à faire des sauts brusques, des pas de caractère à travers le salon. Il mimait la danse des sorciers jujukalaba, poussait des ululements et levait les bras en cadence comme s'ils étaient des lances. Il citait les paraboles : « Pères, vos enfants sont possédés d'esprits mauvais. Bandez vos arcs ! Aiguisez vos épées ! Qu'ils transpercent leurs cœurs et extirpent le mal qui les ronge ! »

Loulouze marchait sur ses talons, imitant ses pas solennels, une expression étrange sur le visage, qu'on aurait pu qualifier de moqueuse.

– Assez ! Assez, Bissogo ! hurla Souleymane, en se bouchant les oreilles. Je suis un enfant de Dieu. Engendré et non pas créé de même nature que le Père et par Lui tout a été fait.

Et les Nègres se mirent à criailler. Cette fois, c'était un désordre diabolique qui demandait réellement l'intervention d'une main purificatrice. Pas ailleurs, mais dans cette maison. Peut-être alors l'Afrique deviendrait-elle le monde idéal dont ils rêvaient, un continent où on élèverait des poulets aux hormones pour nourrir le peuple affamé, où l'on creuserait des tunnels dans les montagnes pour faire circuler des trains, où les vallées se combleraient de merveilleuses petites cités luisantes d'électricité, mais où, par un phénomène magique, tout demeurerait comme au temps de nos ancêtres.

Il y avait un tel boucan que Ngaremba se leva brutalement, répandant les papiers au sol comme un incontrôlable feu de brousse. Elle se tint droite, comme fixée sur un socle de bois :

– Arrêtez ça de suite, ou j'appelle la police.

L'une de ses mains couvrait sa gorge palpitante tandis que l'autre tapotait délicatement sa lèvre inférieure. Les Nègres ramassèrent leurs attachés-cases, rajustèrent leur cravate avec force mouvements du cou et s'éclipsèrent en se congratulant respectivement avec des : « C'était extraordinaire » – « Magnifique » – « Tu as été au meilleur de ta forme, Souleymane ! »

Bissogo resta longtemps les yeux dans le vague, sans souffler mot, et je pressentais ce que pouvait être sa solitude intérieure, dans un monde où posséder les biens matériels était le signe de richesse de l'homme. Il secoua ses membres comme pour se débarrasser des idées saugrenues qui torturaient sa cervelle, passa devant moi et je sentis l'odeur méphitique de son pantalon :

– « Ceux qui me haïssent sans raison sont légion... »

– « À me rendre le mal pour le bien », continua Loulouze.

– « À me clouer au pilori quand je cherche le bien. »

– « Dieu les punira. Amen ! » conclut Loulouze.

Il s'en alla rêver de ces dieux dans sa chambre au foyer de la rue Bisson où il séjournait et préparait, depuis près de trente ans, son doctorat de théologie. Lorsque nous nous retrouvâmes seules, avec pour uniques bruits ceux qu'émettent les gens quand ils sont enfermés ensemble, froissements de tissus, toux, murmures, soupirs, je demandai à Loulouze :

– Comment connaissais-tu la suite des propos de ce monsieur ?

– Mais parce que chez les Nègres, on redit toujours les mêmes choses. Les réunions se passent toujours de la même façon, il n'en sort rien !

Ngaremba était abasourdie, mais trop en colère pour pleurer.

– Ce n'est pas si grave ! dit-elle. (Elle rit et enfonça ses orteils dans la moquette avant d'ajouter :) On ne peut pas descendre plus bas, n'est-ce pas ?

Je m'en foutais. Tout ce que je pouvais faire c'était une

prière pour que leurs esprits ne se perdent pas dans l'Himalaya en essayant de reconstruire l'Afrique.

Les jours suivants, je m'occupais de Loulouze et du ménage, je recevais les clients de Ngaremba avec un tablier comme celui des infirmières : « Allez-y », et je dirigeais la clientèle illettrée vers le bureau.

Une hâte belliqueuse me possédait, celle d'astiquer sans cesse : « Ça s'abîme vite, si on n'entretient pas », disais-je, navrée, comme s'il s'agissait de ma maison. Je nettoyais les fleurs en plastique avec frénésie dans une inconscience enthousiaste à faire rêver tous les patrons. J'étais une employée modèle, de celles dont on était fier. J'étais venue en France charbonner pour un logis, une assiette. Je les possédais et j'en étais heureuse jusqu'au dernier globule, guettée par l'épuisement. Je m'asseyais ensuite dans un fauteuil, un verre de thé à la main, et mémérais avec les Nègres dans la salle d'attente : « Ça va la santé, madame Zimbala, votre mari est-il revenu ? » Je m'enquérais de la vie de la tribu immigrée. Il ne sortait rien d'original dans les réponses, aucune idée nouvelle, rien que des obsessions figées, des angoisses et des pensées mille fois remâchées comme des croûtons de pain : « C'est qu'une putain, celle-là ! Il va vite s'en apercevoir !... » – « J'ai une grosse grippe, paraît que le virus cette année est bien vicieux ! » – « Ces Blancs finiront bien par me donner mes papiers », etc.

Je n'avais pas revu Marcel Pignon Marcel. Quelquefois, je pensais à lui. Il jouissait dans mes souvenirs d'une persistante popularité. Cette situation avait quelque chose d'équivoque. Je savais que notre monde s'était séparé dès l'instant où je l'avais quitté, que, d'ailleurs, nos os et la structure cellulaire de nos chairs étaient différents, sans compter qu'il pratiquait une autre religion ! Ces éléments m'empêchaient de me laisser aller à des sentiments voluptueux. J'étais en France pour offrir ma vie au travail, pas pour écouter des gnan-gnans absurdes brodés de poèmes érotiques.

Quelquefois, assise seule dans la cuisine, d'autres angoisses me venaient. Certes, j'étais nourrie et logée, mais Ngaremba ne songeait pas à me verser un salaire. Je pensais qu'il serait temps que je reprenne mon tra-vail chez mes anciens patrons, du moins chez madame Journaux et l'ex-adjudant, les plus généreux. Incons-ciemment, je savais que ce n'était pas le moment de pré-senter la chose à mon actuelle patronne. J'attendais le moment propice.

Un soir, alors que j'étais debout devant l'évier, à laver et à récurer des casseroles, Frédéric, les mains dans la ceinture de son pantalon, s'avança vers moi à pas feu-trés, très légers dans ses nouvelles bottes :

– Tu penses rester ici longtemps ? demanda-t-il.

Je le regardai comme regardent les bergers alle-mands, les yeux luisants, la langue pendante, prête à parler, mais il ne m'en laissa pas le temps :

– Nous ne sommes pas la soupe populaire, dit-il.

Je pris mon souffle car je voulais que mes mots se répercutent au fond de lui, qu'il gémisse sous le coup mortel que j'allais lui porter :

– Vous n'êtes pas chez vous, monsieur, dis-je, repre-nant à mon compte les paroles de Ngaremba.

– C'est ma femme !

– Vous en profitez, voilà tout !

– Je l'aime, moi !

– Vous en profitez, oui ! criai-je.

Il se mit à bafouiller, et, avant qu'il n'ordonne ses bégaiements, Loulouze fit son entrée en criant : « Je veux de la limonade, Saïda ! » Elle tira ma robe : « Je veux... » Frédéric s'en alla, ses épaules étroites légère-ment voûtées. Vu de dos, il avait perdu sa prestance. Il y avait même dans sa silhouette quelque chose de pathé-tique. J'étais assez fière de moi.

Je dois reconnaître que j'étais capable de rancune et je pouvais selon les situations me laisser consumer par l'affection ou par la haine. Les semaines suivantes, je lui fis sentir qu'il n'était pas chez lui. Je voulais le tenir par les nerfs. Dès qu'il était au téléphone, je branchais l'aspirateur et le passais pendant toute la durée de sa conversation. Il s'asseyait à peine pour boire un whisky, que je m'amenais avec mon chiffon : « Pardon, missié ! » disais-je. J'essuyais le fauteuil où il était assis, et passais le balai entre ses jambes : « Pardon, missié ! » Durant ces instants, je me sentais libre, légère, moralement j'entends. Et puis, j'avais l'impression de venger Ngaremba, car cet homme ne la méritait pas. Il n'était même pas foutu de lui offrir un petit cadeau, des fleurs, des bijoux de pacotille, que sais-je ? Je souhaitais qu'elle le laisse tomber, mais j'ignorais une chose qu'elle savait : elle ne l'aimait pas. Elle avait été attirée parce qu'il écrivait des articles, qu'il correspondait parfaitement à l'image du compagnon idéal à la manière occidentale : « On donne ce qu'on peut et on réclame rien. » Si elle avait pour lui quelques menues attentions, c'était uniquement pour faire amende honorable à son absence de sentiment. Mais tout ça, je ne le saurais que plus tard.

Noël approchait. Ce jour-là, des nuages flous glissaient dans le ciel, séparés par des espaces à peine plus clairs. Ils rejoignaient les toitures par endroits. À l'horizon, la nuit naissait et mangeait le ciel. Des clients attendaient leur tour. Il y avait dans la salle d'attente un petit Nègre, très soigné de sa personne, si minuscule qu'assis, ses pieds ne touchaient pas le sol. À ses côtés, une veuve – ses habits noirs encore pimpants indiquaient qu'elle venait d'hériter de son état. La veuve n'était pas triste et regardait le petit Nègre à travers sa voilette en battant des cils, si bien que ce qu'elle attendait sautait aux yeux. Dans un coin, se trouvaient trois vieilles putes de Belleville, qui avaient cru conquérir Paris, mais que Paris avait consumées comme paille. Elles avaient entre cinquante et soixante ans. La première, Aïssatou, était grosse et cachait ses cheveux cotonneux sous une perruque blonde. La seconde s'appelait Maniassi ; elle avait un visage olivâtre, une bouche trop petite pour la pulpe des lèvres. La troisième se prénommait Surrya ; c'était une femme longue comme un héron goliath, avec des gencives violettes faites pour le rire, mais le moment était trop grave pour qu'on en jouisse. Elles parlaient avec anxiété de leurs problèmes :

– Je vais rentrer en Afrique, dit Aïssatou.

– Pour y crever de faim ? demanda Surrya, ironique.

– Nous vieillissons, dit Maniassi. Il y a la crise partout et les clients se font rares.

Le Nègre soigné de sa personne tira sur les plis de son pantalon blanc et dit :

– Si vous vous étiez mariées comme nos mères au lieu de faire les putes, vous n'en seriez pas là.

– Nous serions mortes à faire des enfants et à cuisiner, dit Aïssatou.

– Je me suis mariée et vous pouvez constater par vous-mêmes que..., commença la veuve.

– Bravo ! crièrent les putes. Mais vous ne deviez pas l'aimer.

– On parle pas d'amour en mariage, dit la veuve en regardant intensément le petit Nègre et en frôlant comme par inadvertance ses cuisses. Côté sentiments, on voit ailleurs.

– Oh ! oh ! dit le petit Nègre en se recroquevillant à l'autre bout du canapé. Tant que les femmes se mettront en tête de faire ça hors du mariage, la société sera chancreuse.

Les femmes croisèrent les bras sur leur poitrine pour ne pas s'esclaffer franchement. J'étais désorientée car le Coran était précis à ce propos : « Les parties honteuses chez l'homme sont la partie comprise entre le nombril et le genou, et pour la femme, tout sauf son visage et ses mains. » J'étais si choquée par l'attitude de ces femmes, surtout en présence d'un homme, que j'aspirai l'air qui était au plus profond de mon diaphragme et vins à son secours.

– Quelle sagesse ! dis-je. Mon père pensait la même chose que vous. Et j'ai toujours respecté ses paroles. Je n'ai jamais été mariée et, par conséquent, je suis restée telle que je suis sortie du ventre de ma mère : vierge !

– Ça alors ! s'exclamèrent les Négresses.

C'est tout ce qu'on pouvait dire.

Et par quelque phénomène extraordinaire grandement développé dans les milieux d'immigrés, qui fait que le moindre événement est répété, grossi, disséqué, ma virginité fit le tour de Belleville sans que cela atteignît jamais les oreilles d'un Français d'origine. « Saïda est vierge ! » – « Non, c'est pas vrai ! » Téléphone arabe ? Trop lent pour la rapidité avec laquelle l'information circula. À moins qu'ils n'aient utilisé des pigeons, jeté des bouteilles à la mer, lancé des signaux de fumée, battu du tam-tam fang, ou simplement n'y aient pensé si fort que la nouvelle traversa l'air comme l'odeur d'un maffé brûlé, si bien qu'on en discuta un peu partout.

Dès le lendemain, la population immigrée de Belleville se dirigea vers les appartements de la Négresse-princesse-et-dignitaire. Et, bien sûr, on ne s'assembla pas pour y aller tous ensemble. On n'était pas en pleine jungle et les troupeaux faisaient peur aux autochtones. On prit la résolution de venir chez nous par petits groupes pour assurer la discrétion. Mais, bientôt, il y eut une queue de près de trois cents personnes, Nègres ou Arabes qui entraient et sortaient de l'immeuble. « Qu'est-ce qui se passe ? » demandaient les Français. Et ils se penchaient à leurs fenêtres. Certains stationnaient de l'autre côté de la rue, n'osant pas trop s'approcher. Ils étaient assez inquiets de voir une telle concentration d'immigrés. « Qu'est-ce qui se passe ? », question à laquelle, de temps à autre, une voix répondait : « Avec les bougnoules, allez savoir. » Et pour clore la discussion : « Mais eux, au moins, ils ont l'esprit de la famille. »

Dans le hall, la redoutable concierge, sa pipe entre les dents, s'époumonait dans sa loge :

– Où allez-vous ?

Puis elle se levait, barrait l'accès de l'immeuble de ses deux bras écartés : « Pour entrer, faudrait d'abord me passer dessus ! » criait-elle. Mais les Nègres n'avaient pas besoin de l'écraser. Ils se contentaient de dire d'une voix menaçante : « Hé ! la vieille, laisse-nous passer ! » Elle obtempérait, le cœur gros, et les suivait jusqu'à l'ascenseur :

– L'immeuble est interdit aux étrangers.

Les Nègres éclataient de rire. À force d'interdire l'accès, de faire le va-va entre la porte et l'ascenseur, la concierge s'épuisa. De guerre lasse, elle secoua sa grosse tête et fit un geste évasif de la main, qui voulait dire : « Allez vous faire foutre ! » Elle choisit de s'enfermer et de téléphoner à tous les locataires des environs : Les immigrés sont de sortie, couvre-feu déclaré. Barricadez portes et fenêtres. Enfermez le reste.

Des Nègres sonnaient au quatrième étage, porte 25 : « Oui ? » demandais-je. « On s'est trompés. » Ils redescendaient. Ils avaient vu ce qu'il y avait à voir : c'est-à-dire moi. J'en recevais d'autres plus curieux, qui venaient consulter sous prétexte de se construire des avenirs. Bientôt, le salon de Ngaremba se remplit de spécimens nègres, arabes et assimilés venus me voir de leurs propres yeux.

Ces nouveaux clients, hautement intéressés par la Couscoussière que j'étais, me regardaient l'air de dire : « C'est bien elle ? » puis ils regagnaient leurs fauteuils. De temps à autre, un client plus hardi que les autres s'approchait de moi, m'enveloppait d'une sympathie très débordante et lançait d'une voix basse, confidentielle alors que trop de monde savait :

Le client (supposition) : Ainsi vous...

Moi (surprise qu'il le sache, mais flattée) : Oui...

Le client (hypothèse invraisemblable) : Allons, vous n'allez pas me faire croire que...

Moi (scandalisée) : Oui, je vous le jure...

Le client (logique) : Vous devez quand même reconnaître que c'est incroyable...

Moi (chaudement méprisante) : Je sais, et alors ?

Le client (très humain) : J'essaye seulement de comprendre...

Moi : Je ne vous reproche rien, moi.

Le client (conséquences graves relatives à l'avenir) : Si vous vous obstinez à...

Moi (premier fléchissement) : Non, bien sûr, mais tant que je n'aurai pas trouvé un mari...

Le client (déductions rapides et imprévues) : Tant pis pour vous !

Brusquement, ils se désintéressaient de moi. Je m'en contrefichais, convaincue de les laisser dans leur existence consacrée aux enfers, où se trouvait également le royaume du mal et du péché, de la félonie et des condamnations méritées.

Cette nuit-là, l'humeur de Ngaremba fut tapageuse. Elle s'était vêtue d'un boubou bleu brodé d'or, enrubannée de fuchsia, baguée et collifiée excessivement. Même le verre de champagne luisait. Sa petite tête enturbannée s'inclinait un peu sur le côté. Très madame-salon, il était visible qu'à cet instant la littérature s'accumulait sous ses tempes. Un sourire coagulé figeait ses lèvres. C'était la grande femelle africaine dans la splendeur de sa gloire, dans la toute-puissance de sa domination. « J'en ai eu des clients aujourd'hui ! » s'exclamait-elle.

Et elle se félicitait de l'excellentissime journée. Ses gains s'élevaient à mille cent cinquante-deux francs, de quoi bientôt signer d'énormes paraphes sur des comptes suisses. C'est alors que Loulouze, assise à croupetons, dans un pyjama orange, se tourna vers moi :

– Félicitations, Saïda. Tu seras bientôt plus célèbre que la reine d'Angleterre.

– Eh oui, Loulouze. Eh oui !

– Célèbre ? demanda Ngaremba.

Je vis les yeux de la Négresse s'agrandir et les coins de ses lèvres frémir.

– Bien sûr, maman ! Tout Belleville est venu lui rendre visite aujourd'hui, et même que ma copine Sandra m'a dit comme ça : « Paraît que la Vierge Marie habite chez toi, c'est vrai ? »

Les coins des lèvres de la Négresse descendirent, cessant de frémir. La fixité de ses yeux se tempéra par la chute de l'arcade sourcilière. On eût cru qu'elle regardait directement au centre d'elle-même.

– Dis-moi, madame maman, est-ce que Saïda pourra s'occuper de moi quand elle sera plus célèbre que la reine d'Angleterre ?

– Pose-lui la question toi-même, dit Ngaremba.

– Parole d'honneur ! jurai-je.

Nous demeurâmes silencieuses et rêveuses. Entre nous, le temps s'écoula doucement. Nous entendîmes au loin, dans la nuit, des pneus crisser. Nous vîmes par la fenêtre entrouverte l'œil idiot de la lune scintiller sur les toits.

– J'ai un bon pied, dis-je. Dès que j'entre dans une maison, j'y apporte la richesse, le bonheur et la paix.

– Tu en as de la chance, dit la gamine. Moi, à l'école, tout le monde dit que je suis une pipelette.

– Je n'ai pas tant de chance que ça, ma fille. J'apporte le bonheur aux autres. Regarde toi-même : je n'ai pas de mari, pas d'enfant, pas de maison, alors...

– On ne peut pas tout avoir, Saïda. C'est madame maman qui l'a dit.

La madame maman écoutait ces échanges, sans rien dire. Je voyais qu'elle souffrait, mais j'avais mes propres souffrances. Elle s'était imaginé que ses clients étaient venus pour ses talents d'écrivain. Mais ils n'avaient été là que pour voir de leurs propres yeux à quoi ressemblait une vierge de cinquante ans. Ngaremba alluma une cigarette, tira avec avidité plusieurs bouffées et écrasa violemment son mégot dans un cendrier. Elle ferma les yeux, les rouvrit, nos regards se croisèrent. Je sus qu'il venait de naître entre nous quelque chose d'inexprimé, quelque chose qui rendait ma présence putride. Lèche-cul comme à mon habitude, j'éclatai de rire pour désamorcer sa jalousie :

– Vous êtes une femme fabuleuse, Ngaremba, dis-je. Vous vous rendez compte de votre importance parmi les immigrés ? Que deviendraient-ils sans vous ?

Son étonnement fut réel et elle ne put empêcher son contentement de jaillir, niais comme le sont toutes les vantardises :

– J'ai décidé de consacrer ma vie au bien-être de notre communauté, dit-elle sans ambages.

– Voilà qui marquera l'Histoire !

En matière de flatterie, je ne pouvais pas faire mieux. Ses yeux scintillèrent et les quelques doutes qu'elle avait pu nourrir sur ses qualités d'écrivain public s'évanouirent. Quand Frédéric rentra, l'atmosphère était au beau fixe, car Ngaremba était en pleine parlote sur ses éminentes qualités, ses projets pompeux, et je jouais à la perfection mon rôle de carpette. Ngaremba ne répondit pas à son : « Ça va, chérie ? » Elle ne se retourna même pas, trop occupée à écouter mes magnifiques commentaires et à se trémousser sur ses propres qualités.

Il jeta son cartable, ôta son manteau noir qu'il rangea sur le dossier du fauteuil, s'assit et attira la tête de la Négresse sur ses épaules.

– Qu'est-ce qui se passe ? demanda-t-il en me regardant comme s'il allait me découper.

– Tout va bien, missié, tout va bien, dis-je rapidement, soucieuse de prolonger la soirée sous de bons auspices.

– Moi, dit brusquement Loulouze, j'aimerais bien avoir un fils comme la Vierge, ça pose moins de problèmes. Il n'y a pas de divorce et les enfants ne sont pas pris en otage.

– Personne ne t'a prise en otage, Loulouze, dis-je.

– Si. Ma maman, elle dit qu'elle m'aime plus que mon papa, que je peux même plus observer de mes yeux pour voir s'il a grandi. Après tout, elle a peut-être raison. Les hommes sont la plus grande malchance du monde vu qu'ils font des guerres.

– T'as raison, Loulouze.

– Comment que tu le sais, vu que t'as jamais eu de mari ?

– Je le sais, c'est tout !

– Maman elle dit comme ça : il faut de l'expérience de la vie. T'as pas d'expérience, donc tu peux pas savoir et... À moins que tu sois douée pour *ça*.

– Saïda, coupa la Négresse. Peux-tu mettre la petite au lit ?

Elle se leva précipitamment, claqua un baiser sur le front bombé de sa fille et disparut dans sa chambre, suivie de Frédéric.

Le lendemain, ignorante des états d'âme de ma patronne, je fis mon travail avec une rapidité extraordinaire. À treize heures, heure de repos, je frappai à la porte du bureau de la Négresse-princesse-et-dignitaire :

– S'il vous plaît, pouvez-vous recevoir vous-même vos clients. J'ai une course urgente à faire.

Ngaremba me regarda comme si elle ne m'avait pas entendue.

– Vous m'étudiez ? demandai-je. Vous me faites peur. Les écrivains me font toujours peur. On dirait qu'ils peuvent savoir sur nous des choses que nous ignorons.

Ngaremba se laissa partir en arrière dans le fauteuil. Sa cigarette lui échappa, elle la poursuivit d'un geste maladroit, puis continua à me regarder.

– Il faut que je reprenne mon travail de femme de ménage chez mes autres patrons, dis-je.

– Et qui va accomplir tes tâches ici ? demanda-t-elle.

– Je vais travailler chez mes anciens patrons quatre heures par semaine, ce qui me permettra de gagner un peu d'argent de poche, dis-je.

– Très bien.

Quelques instants plus tard, je trottais rue de Tourtille, dans une robe de lainage rose, mon sac noir sous le bras. La municipalité avait accroché des guirlandes, pour égayer l'approche de Noël. Elles se balançaient doucement sous le vent, dans un air de fête. Les magasins avaient décoré leurs devantures de sapins et de boules. Des femmes et des enfants allaient et venaient, chargés de courses. Dans les rues, des immigrés levaient la main pour me saluer : « B'jour Saïda. » Il était quatre heures et demie. Des mamans ramenaient leurs enfants de l'école. Des autos suivies d'autres autos passaient, intéressées : « B'jour Saïda. » On entendait des klaxons : « B'jour Saïda ! » Des trompettes : « B'jour Saïda ! » Des gens passaient, suivis d'autres gens, comme s'ils n'avaient jamais ressenti l'énorme plaisir de se trouver sous le ciel, sous ces énormes nuages en apparence immobiles, qui se déplaçaient, se déformaient et s'éloignaient comme ils étaient venus.

– Bonjour, Saïda !

Cette voix, je la connaissais. C'est pourquoi je répondis : « Bonjour, Marcel Pignon Marcel », bien avant que sa silhouette ne se dessine dans mon champ de vision.

Marcel Pignon Marcel était comme je ne l'avais jamais vu, propre à faire peur. Rasé de frais, habillé de neuf de pied en cap avec une veste marron, un pantalon à pinces noir, des Adidas blanches.

– Ah, monsieur Marcel Pignon Marcel ! Vous avez gagné au Loto ou quoi ? demandai-je.

– Presque, dit-il en se tenant au garde-à-vous. Je viens de découvrir que la vie est passionnante. On va prendre un pot ?

Il devait consommer beaucoup d'ail ou manger trop vite. Je reculai et dis :

– Non, merci. Je suis pressée.

Il roucoula :

– Demain alors ?

– Peut-être, répondis-je en m'éloignant.

– J'ai trouvé du boulot ! cria-t-il.

– Vous me raconterez tout un autre jour, monsieur Marcel.

– Malheureuse de toi qui ne te laisses pas aller à l'extase, grogna Marcel.

Il me suivit. J'étais troublée, mais pensais que sa situation sociale, nettement inférieure à la mienne, était une barrière, nos croyances divergentes, une montagne infranchissable... Je marchais vite.

– J'ai trouvé un job ! dit-il. C'est pour toi que j'ai décidé de changer de vie. Je t'aime !

Puis, découragé, il se laissa tomber à même le sol, sans plus se soucier de ses vêtements.

Dans la rue, la vie continuait. Les voitures klaxonnaient. Boulevard de Belleville, deux hommes chargeaient des fauteuils dans un camion de déménagement, le cou rougi par l'effort. C'était la fin du marché et les commerçants rangeaient leurs marchandises. Quelques immigrés fouillaient dans les détritus, en sortaient des tomates, des aubergines, des carottes à moitié pourries qu'ils mettaient soigneusement dans leur cabas. À la bouche du métro, une gitane, main tendue,

220

était assise sur le trottoir, et deux gamins dormaient la tête sur ses genoux : « Une pièce pour mes enfants », gémissait-elle. Les gens l'enjambaient sans lui donner un sou.

J'arrivai chez madame Journaux, la pharmacienne. Madame Journaux était une grande juive au visage émacié, aux yeux gris, aux cheveux noirs coupés au carré. Ses ongles étaient jaunis par la consommation ininterrompue de gitanes. Ses seins pigeonnaient avantageusement dans des soutiens-gorge et des corsets lui prenaient gaillardement la taille. Elle dirigeait sa pharmacie comme une proxénète, d'ailleurs, pour deux cents francs de plus, les clients pouvaient se l'envoyer pendant deux bonnes heures en sus des médicaments. Elle espérait toujours de cette façon leur mettre le grappin dessus. Je l'admirais pour sa capacité de travail, et l'aimais pour sa prodigalité.

Côté cadeaux, justement, madame Journaux m'offrait gratuitement des consultations économiques, du permanganate pour le lavement ; du bicarbonate pour le nettoyage de mon dentier ; des yaourts aux étiquettes périmées ; des bananes en voie de devenir marron ; des pommes molles en cours de décomposition ; des restes de gigot cuit depuis trois semaines, somptueusement gardés dans le frigo ; des vêtements délavés ou trempés malencontreusement dans de la Javel. J'étais sa poubelle, du moins je le compris plus tard.

Quand j'arrivai, ce jour-là, madame Journaux mangeait du hachis Parmentier comme tous les jours à quatorze heures, dans sa boutique, ce qui lui évitait de perdre un client s'il s'en présentait. Elle leva la tête et me regarda comme une brebis galeuse.

— Voilà des semaines que tu n'es pas venue, dit-elle, la bouche pleine.

— J'ai juste trouvé une place nourrie-logée.

– Ah, oui ? Chez qui ?

– Une Négresse. Une femme sérieuse. Une femme qui a un métier. Un bon métier, car c'est bon, écrivain public, pas vrai ?

– Comment est-elle ?

– Comme vous. Pas trop vieille. Pas trop jeune. Bonne santé. Elle a tout pour elle, madame Journaux. Même des économies.

– Et la maison ? Comment est sa maison ? demanda madame Journaux en attaquant son fromage.

– Propre.

– Les W.-C. ?

– Ça peut aller, sauf qu'elle est souvent constipée et qu'elle n'est pas mariée.

– On fait comme on peut, Saïda. Les hommes à marier, il n'y en a plus de nos jours.

– Il y en a, madame Journaux. Il ne faut pas se décourager et se faire couiller pour rien, voilà le secret.

– J'ai décortiqué les petites annonces.

– Les mecs qui ont besoin d'annonces sont pas normaux, madame Journaux. C'est moi qui vous le dis.

– Tu as sans doute raison. L'autre soir, j'avais rendez-vous avec un type qui voulait se marier, mais tout ce qu'il voulait, c'était tirer son petit coup.

– Quel salaud !

C'est alors qu'un client entra et qu'elle se leva :

– Tous les mêmes, murmura-t-elle. Saïda, j'ai gardé de très bonnes choses pour toi là-haut. Après le ménage, tu pourras les emporter.

Je m'excusai et disparus dans l'appartement. Je lavai le lino, fis la vaisselle, passai l'aspirateur, rien d'anormal. Quand j'eus achevé mes tâches, je pris un sac-poubelle et y mis des provisions que madame Journaux avait pris soin de mettre de côté : trois pots de yaourt périmés depuis trois semaines, une carcasse de poulet vieille de six jours, une pauvre aubergine et trois tomates tristes. Je pensai que j'avais bien de la chance.

Quand je frappai à la porte de Jean Jurami, l'ex-adjudant, il était seize heures. Jean Jurami était un beau spécimen de la soixantaine passée. Il grisonnait de partout. Il avait des épaules de déménageur. Il portait un dentier bien adapté à sa mâchoire et des lunettes Varilux pour ne rien perdre des contours d'une femme. Des pulls à col roulé et des pantalons laineux lui tenaient chaud les longues journées d'hiver. Il avait souffert mille privations au front de l'Algérie. Il passait le plus clair de son temps à lire des romances et à voir des films où le héros sauvait la demoiselle prise en otage par des fous dangereux et pervers. Dès qu'on se voyait, une atmosphère chaude pesait sur le minuscule deux-pièces, mais je me refusais à aller dans ces considérations d'ordre sexuel. Je ne l'avais pas revu depuis la nuit où Aziza m'avait mise à la porte.

Ce jour-là, il me reçut froidement :

– Je croyais que vous ne veniez plus.

Et il me laissa à mes seaux, serpillières, lessiveuses, Ajax, chiffons et autres ustensiles conçus pour le bonheur des ménagères. Il ne s'assit pas dans son fauteuil à bascule d'où il pouvait contempler mon cou d'albâtre et la naissance de mes cuisses, comme à son habitude. Il alla se cloîtrer dans sa chambre et occupa les deux heures suivantes à lire, à dormir un peu, à se tirer des monotones réussites et à s'enfoncer dans des rêveries mélancoliques. Devant ce désespoir muet, je m'activai à la cuisine et, bientôt, mes petits pas pressés résonnèrent dans les couloirs. Je m'arrêtai devant la chambre :

– Un bon thé pour vous, monsieur l'adjudant ?

– Je n'ai besoin de rien, dit le sexagénaire, sans lever la tête de son jeu. À moins que...

– Oui, monsieur ?

– Je rêve de vos si tendres chairs, damoiselle ! À moins que la miséricorde touche vos si sombres

entrailles et les éclaire de mille tendresses, laissez-moi
seul !

Je haussai les épaules et fis demi-tour. « Tous les
mêmes, les mecs, me dis-je. Il joue les grands rôles,
comme si de monter sur ses grands chevaux, ça peut lui
servir à quelque chose. »

À dix-huit heures, j'achevai mon travail et c'est le
cœur léger que je repris la direction de Belleville. Il faisait nuit et une fine pluie battelait le trottoir. Des bandes
de brouillard blanchâtres flottaient au-dessus des
immeubles et sur les arbres. Malgré le mauvais temps,
les couples maquereau-prostituée prenaient position.
« J'ai de la chance », me répétais-je. C'est vrai que j'éco-
nomisais et n'éprouvais nul besoin de vendre mon corps
pour manger et dormir. J'étais à ce stade de ma réflexion
lorsque je vis, venant en direction opposée, une femme
pamplemoussée avec des demi-bottes dorées, qui claquaient à chaque pas. Un imperméable de strass bruissait autour de ses jambes. Je reconnus la bouche peinte
de rouge, la masse rougeoyante des cheveux hennifiés
de la cousine Aziza.

– Saïda !

– Aziza !

Nous éclatâmes de rire. Elle se jeta à mon cou et
m'embrassa. Nous nous écartâmes un peu l'une de
l'autre : en trois mois, Aziza n'avait pas changé. Sous
son imperméable de strass, elle portait une grande robe
emperlée, très longue, mais fendue sur chaque côté.

– Tu ne vois pas un changement ? demanda-t-elle,
mystérieuse. (Puis elle pointa un ongle très rouge sur
ses paupières :) J'ai mis des lentilles bleues. Ça fait des
yeux plus langoureux.

– T'es très belle.

Elle jeta un regard appuyé sur mes vêtements.

– T'as trouvé un fiancé ?

– J'ai trouvé un travail nourrie-logée. Comment vont
les enfants ?

– Très bien, ma cousine, très bien.

– Et ta santé ?

– Oh moi ! m'en parle pas. J'ai besoin de me mettre le ventre au soleil, ce qui me ferait le plus grand bien, comme me l'a dit le docteur, lui qui est le seul à savoir ce que j'ai. Toute la journée, le ventre à l'air, et aussi vrai que deux et deux font quatre, je serais débarrassée de mes coliques névrotiques. Pour moi, il n'y a pas de doute, ça ne peut être que de l'aérophagie, des renvois, quoi !

Puis, Aziza se répandit en sanglots. Je l'attirai tout contre moi et me mis en devoir de la consoler.

– Là, du calme, ma cousine, là, du calme... Faut pas pleurer, ma cousine...

– C'est le bonheur de te voir, ma cousine, dit Aziza. C'est la joie... C'est les bons souvenirs de l'époque où tu étais à la maison.

– J'en suis heureuse, ma cousine. Mais dis-moi, ton mari te bat ?

– Depuis ton départ ? Oui... Comme une natte. Mais tu sais, il ne le fait pas exprès. C'est de ma faute.

– Tu le trompes ?

– Non. Il est toujours à se plaindre des repas, des vêtements, de quelque chose, quoi !

– M'est avis qu'un homme qui bat une femme, c'est pas un homme.

– Parle pas comme ça, cousine. Tu sais bien qu'Allam est un homme comme il faut. Regarde mes enfants. Ils sont si beaux.

– C'est une chiffe molle, dis-je. Une chiffe molle avec des manières de vendeur de merguez.

– Il est juste un peu maigre, dit Aziza.

– À bien y réfléchir, je préférerais recevoir des volées d'un homme, un vrai, avec une moustache obscure, des bras puissants et qui me dominerait que de me faire fouetter par un efféminé assez puissant pour me faire mettre au monde ces petites merveilles que sont tes enfants.

Aziza pleura de plus belle. Je posai ma main sur sa nuque et attirai sa tête contre mon épaule. Quelques secondes de résistance et la grosse s'abandonna, secouée de sanglots. Je passai un bras autour de sa taille et l'entraînai au café *La Veilleuse*.

Ce café était situé à l'angle du boulevard et de la rue de Belleville. Au comptoir éclaboussé de bière, des clients noirs et blancs se coudoyaient, l'œil rouge, le verbe haut après quelques tournées. Des putains, habillées comme des dames, avec des robes de jersey longues jusqu'aux chevilles, tournoyaient autour d'eux comme des mouches autour d'un plat : « Viens donc me faire un bisou, mon chou ! » ou encore : « Ça te dirait, Thomas, si on allait au cinéma demain ? » Puis elles éclataient de rire, la tête penchée en arrière, découvrant la courbe de leur cou et la naissance de leurs seins. Des vieilles Bellevilloises buvaient du café, assises sur d'immenses banquettes en Skaï rouge. Dès que nous pénétrâmes, des gens se retournèrent pour nous regarder. Il y eut des gestes précipités pour nous laisser passer. Nous nous assîmes, les fesses d'Aziza débordaient, et ses yeux débordaient de larmes. Le garçon de café surgit aussitôt, d'un geste, il chassa des miettes sur la table et se redressa :

– Mesdames désirent ?...

Aziza s'essuya brusquement les yeux et dit :

– Un café, s'il vous plaît.

Dès que le garçon disparut avec sa commande, Aziza se pencha vers moi :

– Maintenant que t'es comme tu es, tu peux revenir à la maison et...

– Je suis comment ? demandai-je, méfiante.

– À moi, on ne la fait pas, ni toi, ni une autre. Dieu va peut-être se fâcher et je finirai sûrement en enfer. Mais on ne me la fait pas, ni toi, ni une autre. Elle n'est pas encore née la salope qui me la fera. T'es plus vierge, quoi !

De surprise, je me levai :

– Moi ? Moi ? Moi ? criai-je, d'une voix étrangement rauque. Je suis toujours comme le jour où je suis sortie du ventre de ma mère. Si tu veux, on peut aller chez le médecin.

Les consommateurs nous regardaient sans toutefois quitter leur place ni lâcher leur verre. Les putes levaient les yeux au ciel, excédées. Seule une femme toute vêtue de noir, avec des rides profondes aux coins de ses lèvres minces, interpella le garçon de café et demanda : « Qu'est-ce qui se passe ? » Le garçon haussa les épaules et bredouilla quelque chose.

– Mais, c'est pas ce que je voulais dire..., commença Aziza, très ennuyée. (Elle leva les deux mains dans un geste évasif et ajouta :) Et puis après tout, c'est normal qu'à ton âge une femme...

– Je ne suis pas une femme ! Je suis une jeune fille !

Déjà, je m'élançai vers une vieille Négresse accompagnée de son petit-fils qui buvait du chocolat. Dans ma furie, je bousculai un homme, renversai un verre : « Elle est folle, ma parole », dit la femme aux lèvres minces.

– Excusez-moi, madame, dis-je à la vieille Négresse...

– Oui ? demanda-t-elle, et ses petits yeux me scrutèrent attentivement.

– Est-ce que vous savez démontrer qu'une fille est encore vierge ?

La Négresse hocha son vieux crâne.

– Est-ce que vous pouvez... c'est-à-dire me suivre aux toilettes et prouver à ma cousine que... démontrer que je suis vierge ?

– Malchance, cria la Négresse, d'une voix d'oiseau. Malchance, répéta-t-elle.

Et elle se leva, prit l'enfant et sortit en courant presque.

Je restai un moment silencieuse. J'avais des vertiges.

J'entendais des murmures de désapprobation autour de moi : « Faut appeler la police. » Les lustres oscillaient. Tantôt une brusque lumière jaillissait et les ombres se tassaient dans un coin. Tantôt la silhouette massive d'Aziza m'apparaissait et disparaissait, alors, je ne lui voyais plus que le blanc des yeux.

Brusquement, je hurlai. Je criais comme un enfant. Dressée sur mes jambes, les bras tendus, je criais de toutes mes forces. Le garçon de café se précipita pour me mettre dehors :

– Laissez-la, dit Aziza. Elle est en plein apprentissage.

À cet instant Marcel Pignon Marcel surgit Dieu seul savait d'où. Il m'entoura de ses bras et, comme un page, m'offrit une rose :

– C'est pour toi, ma belle.

– Ah, je l'avais pressenti ! cria Aziza. T'es qu'une menteuse ! T'es plus vierge !

Le garçon de café, debout avec son plateau en équilibre dans une main, sourit :

– Heureusement qu'elle l'est plus !

Je lui fis un bras d'honneur et me tournai vers Marcel :

– Fallait pas vous donner cette peine, monsieur Marcel, dis-je, pleurant presque de gratitude. Il ne fallait pas...

– C'est un plaisir... Je pensais justement que... Bon... Comme... Disons que tu es plus libre le soir, on pourrait peut-être casser la croûte quand ça te conviendrait.

– C'est à voir, dis-je.

– Quand ?

– Qui sait ?

– Pourquoi pas demain ?

J'éclatai de rire. « C'est donc oui ? » demanda Marcel Pignon Marcel, et l'espoir pétillait dans ses pupilles. « Je n'ai pas dit ça... », fis-je en portant la rose à mon nez.

5

Pour Noël, Paris pataugeait dans la neige. On ne fêta pas la naissance du Christ : « C'est uniquement pour nous faire dépenser des sous », avait dit Ngaremba en se curant les dents, tandis que radios et télévisions chantaient la Nativité. Il n'y eut ni sapin ni dinde ni cadeaux. « Joyeux Noël, chérie », avait dit Frédéric en embrassant Ngaremba. Et ce fut tout. Je me demandais avec quelle sauce on mangeait la tendresse en France. Même à Couscous, les hommes offraient aux filles de madame Kimoto de somptueux bijoux pour leur anniversaire et lors des fêtes. Cette putasserie qui se déroulait sous mes yeux, ces « Je t'aime » et ces « Baiser, baiser » me mettaient le blues à l'âme. L'amour a besoin de petits présents pour se ravigoter, du moins le croyais-je. Mais comme personne ne me demandait mon avis, je la bouclais.

Quatre jours avant le nouvel an, Ngaremba, en robe rouge, sa tignasse brossée, maquillée comme si elle allait en boîte, s'assit sur le canapé, jambes croisées, une feuille et un crayon à la main.

– Qu'est-ce que tu fabriques, madame maman ? demanda Loulouze.

– On va fêter la nouvelle année.

– Chouette alors ! cria l'enfant en tapant dans ses mains. J'aurai des cadeaux.

– Doucement, dit Frédéric. On n'a pas d'argent.

– On pourrait organiser un dîner avec laquais en livrée, trois entrées au choix avec caviar, foie gras ou langoustine. Qu'en dis-tu, Saïda ?

– À votre guise, madame, dis-je.

La Négresse-princesse-et-dignitaire réfléchit quelques secondes et dit :

– C'est trop coûteux.

– Je n'osais pas te le dire, mon amour ! s'exclama Frédéric.

On ne s'attarda pas non plus sur le buffet avec canapés de saumon, biscuits salés, Apéricubes, saucisses chaudes et champagne, pour l'excellente raison que ce repas manquait non seulement d'originalité, mais également de décorum.

Brusquement, Ngaremba se leva en faisant virevolter les plis de sa robe. Elle regarda Frédéric de ses grands yeux alanguis, puis elle pivota lentement vers moi :

– Et si tu nous préparais un repas camerounais ? C'est bon marché et c'est nutritif.

Elle fouilla dans son portefeuille, en sortit un billet de cinq cents francs. Elle le caressa très longuement avant de me le donner. J'étais heureuse de cette marque de confiance. Ce geste me sortait de l'humiliation quotidienne et, pour un peu, je me serais mise à siffloter.

Le lendemain, j'allai faire des courses à Château-Rouge. Il neigeait, par rafales. Des mendiants au visage triste guettaient les passants comme des vautours. Dans les cafés, des Nègres s'enivraient et, une fois au beau milieu de la rue, s'engueulaient. Des putains faisaient les cent pas, bottinées de latex. Quand je m'engouffrai dans la rue piétonne où se trouvaient les débiteries des produits exotiques, un quadragénaire de race blanche, sûrement bon père de famille, s'approcha de moi et me saisit le bras.

– Tu me plais, ma chérie, dit-il. J'ai cent balles.

– Lâche-moi, cochon ! hurlai-je en le frappant avec mon sac noir.

Il recula prestement comme s'il se trouvait face à un cobra :

– Qu'est-ce qui te prend, fille de pute !

La foule, animée par une curiosité malsaine, se retourna pour nous regarder. Je me hâtai de disparaître dans la masse des gens. J'avais prévu au menu des beignets de crevettes sauce piment, du ndolé au poisson séché, du nfoufou ainsi que du plantain. Je me réjouissais déjà à l'idée des festivités, car l'espace de plusieurs heures, on allait être des amis, à chanter, danser et rire ensemble.

La veille du jour de l'an, et dès l'aube, on déplaça les meubles, on entassa les chaises sur les chaises, on souleva les tapis, on les secoua à la fenêtre, on retroussa les tentures. C'était le grand ménage et on déplaçait Loulouze en fonction des lieux qu'on voulait tenir propres :

– Va dans la cuisine, Loulouze ! Va dans ta chambre, Loulouze ! Va dans le salon, Loulouze ! Pousse-toi, Loulouze !

À la fin, Loulouze n'en pouvait plus de se lever, de s'asseoir ou de s'écarter. Je préparai le repas, y ajoutai même une sauce ngombo, des gâteaux au gingembre recouverts de noix de coco en poudre. La neige tombait et l'air était si froid qu'on aurait dit des feuilles de métal disposées en couches, comme des plaques à pâtisserie. Mais, dans la cuisine, l'atmosphère était chaude et odorante. Les fenêtres étaient recouvertes de buée comme si elles avaient été saupoudrées de sucre vanillé. Loulouze voulait goûter à tout et je lui donnais des petites pincées de ceci, des morcelettes de cela qu'à la fin ses lèvres devinrent aussi douces que du caramel. Vers dix-huit heures, je l'abandonnai, soucieuse de vérifier une dernière fois le salon. Quand je l'y retrouvai, elle sursauta, surprise, et se prit à rire, heureuse comme une poule qui couve :

– Faudrait avoir des invités tous les jours, dit-elle.

– Encore heureux qu'il n'y ait que moi pour entendre ça, dis-je. Ta maman ne serait pas très contente de dépenser autant d'argent.

Lorsque j'eus fini de nettoyer la cuisine et de la ranger, il était presque vingt heures. La neige avait cessé mais l'air était encore plus froid et plus traître car, en l'absence du vent, il semblait doux. On se bouscula pour pénétrer dans la salle de bains, mais Ngaremba, qui se croyait le centre de l'univers et l'origine de toute vie, y entra d'autorité :

– Vous n'avez personne à séduire, vous !

Elle ressortit plusieurs minutes plus tard, fond-de-teintée, plâtrée, fardée tant et plus. Elle s'était fait des cils d'odalisque et portait un volumineux chapeau avec un massif d'hortensias. Sa jupe rouge, fendue sur les côtés, laissait entrevoir des cuisses noisette du plus troublant effet ; son corsage mauve à motifs brodés et semé de perles lui prenait majestueusement la poitrine. Toute cette mise était parachevée par un minuscule parapluie arc-en-ciel, qui changeait en fonction de la lumière.

– Que t'es belle, madame maman ! s'exclama Loulouze.

Ngaremba sourit, avança la table dressée, ennoblie de fleurs et de bougies. Elle écarta les doubles rideaux et recula :

– C'est une tache, là ? me demanda-t-elle en me montrant quelque chose.

Je m'approchai et vérifiai :

– C'est qu'une ombre.

Elle aligna les bouteilles de liqueur par ordre de grandeur. Elle se repoudra quatre fois le nez. Elle essaya son immense chapeau, devant ou derrière, à gauche ou à droite ? Elle décida que sur le front et légèrement penché sur l'œil droit, il lui donnait l'air d'une oie blanche perverse.

– C'était mieux avant, lui suggérai-je.

Puis je l'aidai à placer son chapeau au sommet du crâne, avec la touffe des cheveux crépus tout autour.

Je m'enfermai dans la salle de bains avec Loulouze. J'ouvris les robinets. Je fis couler dans l'eau un bain moussant merveilleusement parfumé. Nous nous lavâmes en nous éclaboussant. On se faisait des chatouilles en riant et en se tordant comme des chatons.

J'étais heureuse et aussi loin que je m'en souvienne, je n'avais jamais ressenti un tel sentiment de légèreté. C'était mon jour. Chacun allait apprécier mes qualités culinaires. C'est alors que la voix horrifiée de Ngaremba heurta nos oreilles :

– Qui ?

J'eus peur et sautai en arrière, les yeux fixés sur Loulouze comme si le cri s'était échappé de ses lèvres.

– C'est madame maman, dit-elle.

– Quelqu'un a mangé le dessert, Seigneur ! dit Ngaremba. Que vais-je donner à mes invités ?

– Mais qu'est-ce que...

Je sortis de la salle de bains, enveloppée dans un drap blanc. Ngaremba était debout sur ses hautalonnés, devant la porte ouverte du frigidaire. Frédéric se tenait derrière elle, vêtu d'un complet bleu, de gants de suède et de chaussures noires à rayures blanches.

– C'est pas possible, madame.... J'ai tout mis là-dedans. Personne n'a pu...

Loulouze renifla doucement :

– C'est pas de chance, madame maman, dit-elle, désolée.

– Qui ? répéta Ngaremba.

– Vous n'allez pas tout de même me soupçonner ? demandai-je, outrée.

– Personne ne t'accuse, dit Frédéric, les mains dans les poches. Mais le dessert n'a pas disparu tout seul !

– Bon Dieu, soupira Ngaremba. Bon Dieu de merde, répéta-t-elle.

– Je ne suis pas une voleuse. Je n'ai jamais rien volé de ma vie.

Furieuse, j'allai dans la chambre. Je sortis mes affaires de ma valise. Toutes mes richesses s'emberlificotaient, mes châles, ma robe blanche pour l'occasion, même mes économies. Je revins à la cuisine et entendis Frédéric dire :

– On peut pas faire confiance à une musulmane, même si elle est camerounaise.

Dès qu'il me vit, il piqua un soleil et regarda la pointe de ses chaussures.

– Vous pouvez appeler tous mes patrons, dis-je. Ils vous confirmeront que je ne suis pas une voleuse !

– Je ne t'accuse pas, Saïda, dit Ngaremba. Je sais bien que c'est pas toi.

Et pour ramener un peu de paix là où il n'y avait que soupçon, rancœur et début de haine, elle me dit que des phénomènes semblables s'étaient déjà produits au Sénégal. Que des esprits affamés dévalisaient le grenier en une nuit.

– Qu'est-ce qu'il ne faut pas entendre, dit Frédéric.

C'est alors que Loulouze disparut dans sa chambre et revint au salon habillée d'un ensemble safari sable, de lunettes d'expédition et pourvue d'une grosse valise qu'elle tentait de pousser.

– Qu'est-ce que tu fais ? demanda Ngaremba.

Loulouze se fit sourde aux paroles de sa maman, elle me doigta et me dit :

– Puisque tu t'en vas, je pars avec toi, Saïda. Alors, on y va ?

Soudain, nos yeux s'étrécirent. Nos joues se gonflèrent dans l'effort que nous faisions pour réprimer l'envie de rire. Ngaremba prit une inspiration et dit :

– Après tout, ce n'est pas si grave. Saïda, tu nous serviras une tisane après le repas. Aujourd'hui, il faut manger léger. C'est conseillé par tous les diététiciens diplômés.

Puis, comme si elle avait oublié quelque chose, elle se tourna vers sa fille :

– Dis, Loulouze, n'est-ce pas toi que j'ai vue manger le dessert tout à l'heure ?

L'enfant ne tomba pas dans le piège.

– Manger, moi ? s'écria-t-elle après s'être composé une grimace indignée.

234

Elle secoua ses tresses et ça faisait comme autant de doigts qui disaient « non ! non ! ». Elle mit ses mains sur ses hanches.

– On me traite comme une esclave. Aucune petite fille au monde n'est aussi maltraitée que moi.

– Mais..., commença la Dignitaire.

Loulouze l'interrompit aussitôt :

– J'en parlerai à Marie-Louise, ma maîtresse, qui en parlera à l'assistante sociale qui s'occupe des enfants battus.

– Mais, je ne t'ai jamais battue, moi, protesta Ngaremba.

– C'est tout comme, dit l'enfant. Je n'ai fait que me servir et tu m'accuses de vol !

Elle secouait ses menottes menaçantes. Elle passa en revue divers aspects de sa vie d'enfant martyre. Elle rappela à sa maman les délits de lèse-enfance, la séparation d'avec son père, et d'autres infractions que la pauvre madame maman découvrait, ahurie. Ce fut un beau réquisitoire. Comme tous les bons orateurs, Loulouze était sincère, croyait à ses accusations. Elle se montra aussi ingénieuse qu'un procureur de la République. Elle disposa son argumentation de manière à en éliminer ce qui pouvait desservir sa cause. Toute cette mauvaise foi, en parfaite bonne foi.

– Mais où va-t-elle chercher tout ça ? demanda Ngaremba.

– J'en sais rien, moi ! dis-je. Les enfants de la France, allez savoir !

– Moi, à son jeune âge...

– Moi, à son âge..., repris-je.

Ngaremba poussa un gros soupir et trouva des mots de parents qui savent que livrer une bataille contre un enfant est perdu d'avance :

– Va te coucher, Loulouze ! Sinon t'es privée de télé pendant dix jours ! Elle tient de moi, me chuchota la

Négresse, très fière d'avoir donné naissance à tant d'intelligence.

– Je m'en doutais, madame, répliquai-je, sardonique.

Vers vingt et une heures, on entendit klaxonner.

– Ce sont mes invités, dit Ngaremba.

Elle se leva et, dans l'excitation d'aller ouvrir, sa jupe s'entrouvrit, laissant voir un pan de sa chair noisette, du plus affriolant effet. Frédéric la rejoignit et tenta de la prendre dans ses bras : « Mon bébé », dit-il, mais le bébé se détachait : « T'es fou ou quoi ? Tu vas abîmer mon maquillage ! »

Je me penchai par la fenêtre. Des Nègres et des Arabes empilés à cinq ou six dans trois grosses Mercedes débarquaient dans un énorme bouquet de bonne humeur. Bientôt, on entendit le clic-clac de leurs chaussures. Ils montèrent.

– Bienvenue, mesdames et messieurs ! criait Ngaremba. *Welcome*, disait-elle.

Ils ôtaient leurs gants, leurs chapeaux, leurs manteaux.

– Range-les dans ma chambre, ordonnait la patronne. « *Wilkommen* », criait Ngaremba en se jetant sur le cou de Jean, de Josiane ou de Paul. « Bienvenue ! » Puis ils pénétraient dans le salon.

– Que c'est beau chez toi ! s'exclamaient-ils.

– Asseyez-vous, disait Ngaremba.

Puis ses faux ongles bombés et laqués de rouge leur indiquaient tantôt les sièges des gigantesques fauteuils, tantôt les bras et les dossiers de ces mêmes fauteuils. Les vapeurs bleutées des encens alourdissaient l'air.

Deux Blanches – Angie et Joanne –, toutes deux très blondes, vêtues par Alaïa, coiffées d'un amour de petit bibi spécialement choisi pour l'occasion, restaient béates devant le décor :

– C'est vraiment l'Afrique ici, s'extasièrent-elles.

236

– On lutte contre la nostalgie comme on peut, dit Ngaremba en admirant ses plantes en plastique.

Parmi les invités de Ngaremba, on dénombrait trois Négresses en manteaux de renard bleuté et loup blanc, qui avaient refusé de s'en débarrasser ; six Nègres vêtus de costumes marron, de chapeaux assortis rabattus sur leurs yeux ; deux Arabes solitaires et enturbannés ; six couples d'Africains habillés de gala dont les figures rondes émergeaient de leurs vêtements noirs, les faisant ressembler à quelque divinité africaine ; et enfin, les deux stars de la soirée, deux putains métisses, vêtues de collants de caoutchouc, qui scintillaient dans leurs pierreries synthétiques. Dès que les autres femmes les virent, elles baissèrent les yeux et ne cessèrent de chasser d'imaginaires poussières de leurs vêtements. Ngaremba se tourna vers ses invités :

– C'est d'un grand chic de mélanger les classes, dit-elle. C'est la démocratie !

C'était tellement démocratique que les deux Arabes célibataires surent immédiatement d'où venaient les deux métisses. Ils s'avancèrent vers elles et prirent leurs fesses à pleines mains, comme pour apprécier la nature non évanescente du produit.

– Venez donc vous asseoir, mesdemoiselles, dirent-ils en chœur.

Dès qu'elles s'assirent, l'un d'eux découvrit ses dents en or et dit :

– J'apprécie la compagnie de femmes ravissantes. Moi, c'est Mohamet, et voilà mon ami et frère Nacer. Et vous ?

Les yeux des deux mahométans luisaient et leurs mains se promenaient avides sur les jambes et sur les cuisses des métisses. Elles plaquaient leurs mains sur leur jupe, tiraient sur les ourlets pour les rallonger :

– Moi, c'est Baby Négra et ma copine, Pretty Woman.

– J'aime les femmes couleur de banane mûre, dit

Mohamet. Mais le drame, c'est que ça coûte cher. Il faut assurer.

L'effet de ces mots fut magique. Elles abandonnèrent leurs cuisses aux regards exaltés des célibataires.

Tout le monde se mit à gazouiller dans toutes les directions avec des voix qui se distinguaient entre elles par leur sonorité plus que par leur contenu.

« Que vous êtes belle, ma chère ! » ou : « Votre robe est géniale » – « T'es superbe, mon cher ! » Et tout à l'avenant : Génial-superbe-extraordinaire-fabuleux. Ils se sentaient fiers d'eux, conscients de leurs beaux habits et de leur richesse, amoureux de la vie, rhétoriqueurs en diable, inventeurs d'un nouveau genre de métaphores, dégustateurs de l'histoire, héritiers de la négri-barbarie-moribonde, chargés d'un siècle d'idéalisme européen.

Je commençai mon service et passai devant eux avec mon plateau couvert de boissons. Ngaremba volait de groupe en groupe : « Ça va, Jean ? » demandait-elle en remuant ses admirables mains à la hauteur des visages. « Je vois que tu ne bois rien, Antoine. Veux-tu un verre de Chivas ? J'en ai un très bon. » Puis elle se tournait vers moi, les mains aux hanches :

– Mais qu'est-ce que tu fais ?

– J'arrive, madame, répondais-je en me débarrassant à coups d'épaule, de coude ou de genou des gens qui encombraient mon passage. J'arrive...

On n'entendait pas Frédéric. À peine commençait-il à parler, qu'on l'interrompait aussitôt : « Au fait, Ngaremba... »

Deux heures plus tard, on mangeait. Ngaremba distribuait les portions :

– Tu veux encore un peu de couscous ? Un peu de sauce ?

Les deux Blanches, Angie et Joanne, mangeaient, voraces, désireuses de se faire accepter par les immigrés :

– Excellent ! dit Joanne. Excellent !

– Délicieux, dit Angie. Qu'est-ce que c'est ?

– Du crocodile, dit joyeusement Ngaremba.

Angie repoussa discrètement son assiette. Joanne se leva, et demanda :

– Où sont les toilettes ?

Ngaremba, d'un geste, lui montra la direction. Joanne titubait comme une femme soûle.

– Qu'est-ce qu'elle a ? demanda quelqu'un dans l'assistance.

– C'est le choc culturel, gloussa Ngaremba.

Les conversations reprirent. Après le repas, on but du café, du thé ou des tisanes. Je n'arrêtais pas d'aller et de venir, de traverser cette frondaison humaine. Ces femmes-prostituées, ces femmes-intellectuelles, ces femmes-oisives me paraissaient parfaites. « Qu'elles sont belles, gémissais-je. Qu'elles sont intelligentes ! Et quelle liberté ! »

Épuisée, j'allai m'accroupir dans l'entrée. Je dus m'avouer que la soirée était en dessous de mes espérances. Personne n'avait demandé le nom du grand chef. Je m'étais donné tout ce mal pour de la poussière. Ce monde où les gestes et même les mots se paraient de beauté suivant une gamme qui m'était totalement inconnue n'acceptait en son sein que certains êtres doués de qualités déterminées. Je ne les possédais pas. Jamais je ne pourrais leur ressembler. Jamais je n'aurais la beauté de ces femmes, jamais je n'aurais leur aisance ! Pourquoi ? À cause de ma morale et de ma foi.

– Que faites-vous toute seule ?

Je levai la tête et croisai le regard de Mohamet. Je n'eus pas le temps de répondre qu'aussitôt Baby Négra s'approcha de nous en balançant doucement ses rondeurs :

– Vous m'abandonnez, mon cher ? demanda-t-elle, et le diamant qu'elle portait au médius brilla dans la lumière.

– Mais non, dit Mohamet, en lui embrassant les joues.

(Puis, se tournant vers moi, il écarta les bras comme s'il allait prendre son envol et dit :) *Inch Allah !*

Il lui prit la main et se fraya un chemin parmi les invités.

J'allai à la cuisine. Des sacs d'ordures s'amoncelaient. Des verres et des assiettes sales s'empilaient dans l'évier. Frédéric dormait dans un coin, sur une chaise. J'étais trop fatiguée et surtout trop démoralisée pour faire la vaisselle. Je décidai d'aller me coucher.

J'ôtai mon tablier, dérangeai délicatement le lit. Loulouze dormait à plat, sur le dos, les bras largement écartés. « Au moins toi, tu m'aimes », me dis-je en contemplant le visage angélique de la petite fille. Loulouze ouvrit les yeux :

– T'es vraiment comme moi, toi !

– Ce qui veut dire... ?

– Ben, ils t'ont chassée de la soirée, j'imagine !

– C'est pas vrai.

– Moi, je te dis que tu te sentiras mieux quand tu sauras lire et écrire en français.

– Qu'est-ce que cela m'apportera de plus ? demandai-je.

– C'est comme découvrir un autre monde, voyager. Maman le disait toujours et moi je croyais pas, mais pas du tout, du tout ! Maintenant que j'ai lu un livre, je sais qu'elle a raison.

– Qu'est-ce qu'il dit, ce livre ?

– C'est l'histoire d'un petit prince. Veux-tu que je te le lise ?

Fière comme le zélote du chef, Loulouze commença sa lecture. À la fin du premier chapitre, des larmes dégoulinaient sur mes joues :

– Que c'est beau ! dis-je.

– Ça sera meilleur quand tu le liras toute seule. Je dis pas que c'est facile, mais c'est décisif, comme de trouver un mari.

– Comment vais-je faire, ma fille ?

– Il faut un amoureux qui t'embrasse sur ta bouche.

– J'en ai pas.

– Il faut chercher.

– Je vais quand même pas me laisser violer !

– Comme tu veux, Saïda.

Elle poussa un bâillement et s'endormit.

Je restai quelques moments pensive. Au salon, je les entendais crier : « Bonne année ! » Être une femme, ça signifiait quoi ? Que sentait la peau d'un homme ? Est-ce que les hommes qui n'ont pas de douche chez eux puent des pieds ? Comment sont les cheveux d'un homme au toucher ? Malgré tout, je croyais si fermement en l'intervention du Seigneur dans les affaires du monde, que je me demandais quel commandement j'avais pu transgresser pour être punie de la sorte. Aucun ne me venait à l'esprit. Je conclus pour me revigorer que mes souffrances actuelles n'étaient que les prémices d'heureux événements à venir, une mise à l'épreuve de ma foi. Je me consolais aussi à l'idée que, de par le monde, des gens connaissaient des situations beaucoup plus critiques, bien que je ne pusse, en dehors de Couscous, imaginer quels gens ni quels types de souffrances.

6

Il faisait un sale temps ce dimanche, à ne pas sortir. À Belleville, la neige sale des trottoirs donnait aux visages un reflet métallique. Des gens passaient emmitouflés dans des gros manteaux aux couleurs incertaines, avec des bonnets, des cache-nez et même des gants en fausse laine. Sur le boulevard, les magasins ouvraient leurs portes sur des marchandises clinquantes aux allures de prospérité.

Loulouze et moi déjeunions, nos yeux enfoncés dans nos bols, et le soleil hivernal tombait en lambeaux sur la table. La cloche de l'église Notre-Dame-de-Lorette carillonna, semonçant les retardataires qu'on voyait se hâter sur les trottoirs. Le silence tomba. Une femme cria après son fils : « Cours pas, Thomas. Tu vas tomber », et je me sentis mal car je compris que vivre sans papiers, sans véritable domicile, sans mari, sans enfants équivalait à ne pas avoir d'existence. Je me pris à regretter l'agitation maladive de Couscous, maman, papa et ses cris, le pharmacien et les insanités de madame Kimoto. Je serrai les dents pour ne pas pleurer.

– Certaines ont de la chance, gémis-je. Elles ont un foyer, un mari et des enfants.

– Eh oui ! Saïda, dit Loulouze. Il y en a qui ont vraiment de la chance. Tu te rends compte que ma copine Marine a des vrais rouges à lèvres rouges et moi, j'en ai pas !

– *Inch Allah*, dis-je...

Ngaremba pénétra dans la cuisine dans un déshabillé satin bois de rose. Elle s'assit, les jambes légèrement écartées, non sans avoir lancé un joyeux salut à la ronde.

– Vous en faites une tête ! dit-elle. Qu'est-ce qui se passe ?

Elle tendit avidement la main vers la miche de pain et l'engloutit avec l'intensité d'une nuit d'insomnie.

– Ça creuse, paraît-il ! dis-je.

L'intonation de ma voix était caressante, mais l'aigreur et le rictus aux coins de mes lèvres n'échappèrent pas à la Négresse.

– Quoi ? demanda Ngaremba.

Je regardai Loulouze et on l'envoya illico se brosser les dents. Une haine passionnée m'exaltait et je m'engageais avec délectation dans ce sentiment, qui montrait

242

d'un doigt moqueur les excroissances hideuses de l'existence de ma patronne et exhibait ses glorieux soucis de femme haut placée.

– L'amour, dis-je, vicieusement. Et le mariage c'est pour quand ?

La Négresse me regarda, surprise, et ses paupières battirent très vite.

– Moi, je ne donnerais jamais l'occasion à un homme de m'humilier de cette façon, dis-je en commençant à débarrasser. D'abord le mariage, ensuite on avise.

– Nous avons le temps, dit Ngaremba. Je n'ai que trente ans !

– Raison de plus.

– Mais qu'est-ce que tu crois ? Que t'es meilleure que moi ? Que ta virginité te rend supérieure à moi ?

Elle repoussa sa tasse sans avoir achevé son thé. J'ouvris l'eau et commençai la vaisselle :

– Je ne voulais pas vous vexer.

– En plus, t'es hypocrite !

Elle sortit en claquant la porte.

« Au moins, me dis-je, la situation entre nous n'est plus équivoque. » Je l'admirais et la méprisais. Elle n'en avait pas de preuve mais en était consciente. Elle ne me demandait qu'une chose : que je respecte sa personne de loin et la serve d'en bas.

Certains jours, elle ne pouvait néanmoins s'empêcher de m'attaquer de front :

– Les hommes, de nos jours, n'ont plus rien à faire de la virginité, disait-elle.

Elle se ruait au salon, farfouillait dans ses documents, feuilletait les journaux, parcourait les légendes, puis sa voix résonnait contre le mur comme un tremblement : « J'ai trouvé ! » criait-elle, et elle se précipitait dans la cuisine comme un soldat, agitait un magazine sous mon nez :

– Regarde cette femme, c'est une actrice. Elle en est

à son huitième mariage. Tu vois bien que vierge ou pas vierge, ça ne change rien à la situation.

Je regardais les photos de ces femmes, sereine comme un firmament. Je pivotais légèrement sur moi-même et mes yeux se tournaient vers le ciel, cherchant quelque chose, Dieu ou les étoiles, à moins que ce ne fût l'influence lunaire qui régit nos humeurs :

– Le Coran dit que la dépravation est un péché, disais-je.

– Je suis une dépravée, selon toi ?

– C'est pas moi qui le dis, c'est le Coran.

Ces paroles tourmentaient Ngaremba, la raccordaient aux petites misères de son existence, ces choses si minuscules qui nous font saigner comme des astres morts. L'avenir l'angoissait. Elle prenait ses cheveux crê-pelés entre ses mains, battait des pieds, ses yeux sortaient de leurs orbites et hurlait : « *Shit ! shit !* » à tel point que la grosse concierge montait et sonnait avec insistance :

– Qu'est-ce que c'est que ce bordel ? Ici c'est l'immeuble d'honnêtes citoyens ! Pas de... de...

Ngaremba s'enflammait :

– Vous, occupez-vous de vos fesses !

– Ceci n'est pas un bordel ! Je vais appeler la police !

– Va te faire baiser, grenouille ragoteuse, vociférait la Négresse.

– Oh ! Oh ! mugissait la concierge, en devenant pivoine.

J'avais l'impression qu'on venait de lui coller des ventouses. Je bloquais alors ma respiration pour ne pas éclater de rire.

– Faut pas faire de bruit dans l'immeuble. C'est la loi ! rugissait la concierge.

– Va faire ta loi chez les fous, criait Ngaremba.

Elle claquait la porte et la concierge la battait froid pendant quinze jours. Elle mettait un point d'honneur à ne pas croiser le chemin de la Négresse, à détourner le regard à sa vue et en serrant la main à tous les voisins de l'immeuble, bavassant : « Ça va, monsieur Guérin ? Et votre dos ? – Ne m'en parlez pas. Ça me tiraille jusqu'en bas. Le médecin dit que c'est le rhumatisme. – Allez savoir, monsieur ! Ils vous opèrent de la vésicule pour un rhume ! Aujourd'hui, on sait plus exactement à qui on a affaire. Les vraies dames ressemblent à des putes et les autres... Vous voyez bien de qui je veux parler. »

Ngaremba affectait de ne rien remarquer. On eût dit que cette brouille instaurée par la concierge répondait à ses souhaits. « Ta patronne est une vraie conne », me disait la concierge. « Ah, oui ? » répondais-je.

« Je vais la mettre à bout, jusqu'à ce qu'elle se retrouve dans la rue. C'est là sa place ! » L'hostilité entre elles répondait à mes vœux, car je pressentais que la concierge lui en voulait aussi pour cette vie qui n'avait à mes yeux ni queue ni tête. Elle subtilisa son courrier, nettoya le palier en prenant soin de ne pas laver devant notre porte. « C'est une fine mouche, au fond, me dit quelques jours plus tard la concierge. Elle n'a pas été étonnée de n'avoir pas eu une lettre depuis quinze jours et aujourd'hui, elle a même trouvé le moyen de me sourire. »

Les jours s'allongeaient. Par-delà les immeubles, je vis la ville s'éclairer et reprendre ses esprits. J'habillais chaudement Loulouze et l'amenais à l'école, lorsqu'elle me demanda : « Dis, Saïda, pourquoi qu'on n'est pas comme les autres ? » Je regardai l'enfant, ahurie : « Parce que nos os et nos chairs sont faits d'une matière différente, dis-je. – C'est peut-être pour ça que je ne vois pas mon papa », soupira la petite. Je sentis une dépression dans mon cœur et serrai plus fort la main de Loulouze.

De retour dans la cuisine, je triai le linge. Le ballot par terre, je séparai les couleurs et le blanc. Comme je relevais machinalement la tête, j'aperçus Ngaremba qui m'épiait sans bouger depuis l'embrasure, je sursautai :

– Vous m'avez fait peur !

– Je me demandais pourquoi tu veux vivre ici alors que, visiblement, tu ne m'aimes pas.

– Nous sommes à l'étranger, dis-je avec un sourire singulier. On se serre les coudes.

– Tu mens ! hurla-t-elle. Tout ce que tu veux, c'est profiter des autres tout en les méprisant. Tu penses vraiment que je suis une pute, n'est-ce pas ? Allez, dis-le. T'es une sans-cœur ! Une sans-cœur, voilà ce que t'es !

– Je ne...

– Tais-toi, menteuse ! Sale hypocrite ! Souillonne ! Tu manges ma nourriture et tu me traites injustement. Tu devrais mourir de honte !

– Je vous rends bien des services, dis-je.

Brusquement, elle se jeta sur moi et m'attrapa par la manche de ma robe : « Dehors ! hurla-t-elle. Fiche le camp de chez moi ! » Elle ouvrit la porte, je m'agrippai au chambranle pour ne pas sortir : « Faut que je prenne mes affaires », protestai-je. Nous faisions tant de raffut que les voisins s'attroupèrent sur notre palier. Soudain, elle se dépréoccupa de moi et s'en prit à eux :

– Nous ne sommes pas au Cirque d'Hiver, ici ! cria-t-elle, en gesticulant rageusement.

Ils restèrent bêtes. Ils ne comprenaient pas, ils avaient peur d'être frappés, peut-être tués : avec les Nègres, il fallait s'attendre à tout. Ils ne voyaient pas que Ngaremba souffrait.

Dans l'assistance, on voyait la robe de chambre mauve de monsieur Momo, où voletaient des oiseaux. Il s'approcha de Ngaremba en louvoyant :

– Qu'est-ce qui se passe, ma chérie ?

– Rien.

Momo en profita pour l'entourer de ses grands bras et de ses grandes jambes. Elle se démena contre le gros ventre et l'énorme poitrine, mais en réalité ce n'étaient que gesticulations de nourrisson, elle s'apaisa.

– Si on prenait un café ?

Ngaremba opina de la tête comme une toute petite fille enchagrinée qui savait que, derrière la peine, venait la joie d'une consolation et qui trouvait extraordinaire son chagrin.

Ngaremba prit place dans un fauteuil et Momo s'assit sur la moquette léopard aux pieds de la Négresse-princesse-et-dignitaire, la tête penchée vers ses cuisses. Je n'avais nulle part où aller. Aussi, je mis de l'ordre dans mes vêtements et repris mon travail, comme si toute cette engueulade n'avait été qu'un cauchemar qui s'évanouissait une fois les yeux ouverts. Je m'arrangeai, néanmoins, pour ne pas laisser le couple seul, car je savais qu'ils parleraient de moi. Je me trouvai mille prétextes pour être à quelques pas d'eux : une étagère à essuyer, des livres à ranger, l'aspirateur à passer. J'entrechoquais les objets pour leur faire croire que je ne les écoutais pas.

– T'es une vraie femme, dit Momo en caressant les cuisses musclées de Ngaremba.

– Selon Saïda, toute femme célibataire est une pute, tu te rends compte ?

– La pauvre est bien défraîchie, dit aimablement Momo.

Il défit les cheveux de Ngaremba et joua avec les petits coquillages qui terminaient ses innombrables tresses.

– Toi, t'es une vraie femme, souffla-t-il... Ça se voit que tu aimes ça.

– Excuse-moi, mais Saïda me rend folle.

– Les affaires de chair sont plus douloureuses que les affaires spirituelles, dit Momo.

– Justement, je me demandais pourquoi j'ai mérité ça ? Quelle faute ai-je commise ? Qu'est-ce que t'en penses, Momo ? Pourquoi est-ce que je souffre autant de ma situation depuis que cette vieille Arabe est chez moi ?

– C'est la volonté de Dieu, répliqua-t-il sans trop y croire. Naître dans le péché. (Pause-soupir, ses doigts soulevaient la jupe et caressaient furtivement un morceau de chair.) Grandir dans le péché. (Pause-soupir, nouvelle caresse.) Mourir dans le péché (repause-resoupir, caresse plus intense) parce que ce n'est pas toi qui pourras changer les choses. (Pause. Pause. Doubles soupirs. Caresses plus longues, plus intenses.) Ces choses sont et ont toujours été ce qu'elles sont. (Grand silence...)

– Mais cette femme ? demanda Ngaremba.

Silence et mouvement serpentin de Momo pour bien s'installer entre ses cuisses.

– Qu'est-ce que t'en dis, Momo ?

– Quoi ? demanda Momo, comme au sortir d'un long rêve.

– Cette vieille Arabe ? Elle passe son temps à me faire comprendre que ma vie ne vaut pas un clou.

– Trouve-lui un homme qui va la baiser ! dit Momo. (Je vis qu'il était pressé de passer aux choses plus sérieuses.) Les femmes adorent d'autant plus ça qu'elles le découvrent tardivement.

Ngaremba l'embrassa sur les deux joues et éclata de rire :

– T'es génial, cher ami, mais j'ai du boulot.

Momo se leva, déçu :

– Pour votre plaisir, ma très chère amie. Juste pour votre plaisir. Je suis disponible vingt-quatre heures sur vingt-quatre.

Ngaremba profita de la plénitude de son extase pour le mettre dehors.

Les jours suivants, je me montrai gentille envers Nga-remba. Dès l'aube, je préparais le petit déjeuner patro-nal. Rien ne devait clocher sur le plateau : la quantité de confiture sur les tartines, la température du café, la cuisson des œufs à la coque, le demi-verre de jus de fruits pour accompagner les ampoules de vitamine C. Loulouze se mettait en travers de mon chemin : « Pour-quoi que tu lui sers son déjeuner au lit ? Ça fait que je la vois presque plus ! » Je lui demandais de dégager, elle me tirait la langue et me devançait : « T'es franchement une lèche-cul, toi ! » Puis elle s'éclipsait dans la cuisine et manifestait son mécontentement par un silence bou-deur. Une fois devant la chambre, je crachais dans le café et toquais :

– Entre, Saïda, me disait la voix encombrée de som-meil de la Négresse.

Je pénétrais et mon regard transperçait les mains nues de Frédéric qui reposaient sur l'édredon. Il fermait les yeux mais, à ses paupières qui battaient, je voyais bien qu'il ne dormait pas.

– Quelle température extérieure ? me demandait Ngaremba.

– J'en sais rien, moi ! Mais il fait beau !

Je déposais le plateau sur un guéridon, au moment de refermer la porte, j'entendais Frédéric tousser et murmurer :

– Ce qu'elle est envahissante ! On peut plus être tran-quille dans cette maison.

– Moi, ça me plaît d'être servie au lit, disait Ngaremba.

Elle en était si heureuse qu'elle en oublia de me congédier. C'était le but que j'avais recherché. Un jour, tout en écrivant C.V., lettres d'amour et dérivées, tout en faisant construire des ponts aux éboueurs bellevil-lois, elle interrogea ses clients sur d'éventuels candidats célibataires. Je le compris en allant dans son bureau lui porter son thé. Elle était assise dans son fauteuil noir présidentiel. Ses pieds chaussés de bottes jusqu'aux

249

genoux frappaient le sol, obéissant à la cadence d'un blues qui provenait de la radio. En face d'elle, il y avait Joseph, un Nègre de Belleville avec des yeux vitreux et la peau jaune. Il ressemblait à un pingouin dans son costume marine trop étroit.

– Ah, j'oubliais, s'exclama la Négresse, tu ne connais pas un garçon, la cinquantaine, désireux de connaître une femme vierge de toute souillure, garantie séronégative après analyse en laboratoire de son HIV ?

– Pourquoi ? demanda Joseph, inquiet.

– J'ai rencontré une femme très belle, très riche, qui veut se marier.

Joseph se laissa aller sur le dossier de sa chaise :

– Il y a un maximum d'âmes solitaires en France, madame, dit Joseph. L'amour déteste Paris.

Les yeux aux pupilles de jais de Ngaremba s'agrandirent lorsqu'elle me vit :

– Dépose ça, m'ordonna-t-elle. (Puis elle ajouta à l'intention de Joseph :) Je veux des noms, des adresses, des situations précises.

Je me demandais bien de quelle femme il s'agissait. J'allais vite le découvrir.

Brusquement et de façon tout à fait imprévisible, dès que je sortais dans la rue, des hommes me courtisaient. Il y eut Diallo, un Nègre des poubelles, sénégalais d'origine. Le thermomètre affichait zéro mais il portait un grand boubou bleu et avait les pieds nus dans ses sandales. Il m'accosta au métro Belleville :

– Bonjour, mademoiselle. Me permettez-vous de vous inviter à prendre un verre ?

Et puis Juan Pablo, un Chilien désœuvré, rencontré comme par hasard sur le palier. Il était debout, les deux mains enfoncées dans sa salopette bleue. Ses cheveux noirs brillantinés lui collaient à la nuque. Dès qu'il me vit, il se jeta à mes pieds et déclama :

– Mon cœur saigne, belle donzelle, depuis que mes pauvres yeux se sont posés sur votre beauté. Les tourments de mon âme sont immenses comme l'Himalaya, gros comme les torrents du Mexique. Ordonnez et j'obéirai.

Ensuite Moussaï, un Arabe étudiant en quelque chose, qui souffrait d'éjaculation précoce, m'aborda avec un triste sourire : « Tu ressembles à ma mère. »

Et encore Isaac, un sexagénaire juif toujours vêtu d'une robe de chambre grise et d'une kippa noire. Il faisait les cent pas au coin de la rue des Couronnes et de la rue de Bisson, mains croisées derrière le dos, et parlait tout seul. Dès qu'il me vit, il traîna ses savates : « J'ai besoin d'une femme, d'une vraie. La mienne est ménopausée. » Je vis des larmes perler à ses yeux.

Enfin Sallam-Mohammed, un jeune Tunisien aide-pharmacien, la joua très sobre : « Vous croyez en Dieu tous les jours de la semaine ? »

Il y eut d'autres hommes moins intéressants, dont je passerai l'existence sous silence. C'eût été pour une agence matrimoniale la source d'une grande jouissance que de voir la procession qu'ils formaient au fil des rues. Je me faisais prier un peu pour attiser leur désir : « J'ai pas de temps aujourd'hui... Demain, si vous y tenez... »

Ils ne disaient jamais non. Ensuite, chaperonnée par Loulouze, je me laissais traîner docilement vers des snack-bars où l'on servait des hamburgers boucanés, des salades chancreuses parsemées de lard tanné, le tout accompagné de Coca ulcéreux. À tel point que je ne daignais plus parler à Marcel Pignon Marcel qui regardait, de loin en loin, d'autres hommes m'enlever avec une rufianesque élégance.

Nous étions en février. La nuit tombait vite, comme toujours en cette période, et la lune dansait sur les toits des immeubles. Dans les rues de Belleville, les magasins déversaient la lumière de leurs enseignes sur les passants. Deux clochards se battaient sur le trottoir dans une frénésie sanguinaire et répandaient autour d'eux des lambeaux de vêtements. Je revenais de mon tour de ménage chez madame Journaux et l'ex-adjudant, plus épuisée qu'un bœuf de labour. Je m'engageais dans la rue des Couronnes, lorsque Marcel Pignon Marcel me barra la route :

– Je vais pas me laisser châtrer sans gueuler ! cria-t-il en me crachant au visage.

Il était fou de rage. Ses lèvres tremblaient, ses mains tremblaient aussi :

– Scatologie et pornographie ! C'est tout ce que tu vis !

– Laissez-moi passer !

Il s'écarta, comme apeuré. Je m'éloignai, très éprouvée, car il m'avait fait peur. Je l'entendis dire : « Toutes des salopes ! »

Marcel se trompait. Les rendez-vous avec mes galants s'étaient avérés jusque-là sans intérêt. Après deux ou trois rencontres où ils dépensaient leur maigre dîme en hamburgers, mon plat préféré, et en Coca, la boisson de prédilection de Loulouze, les pourparlers traînaillaient en longueur. Mes soupirants parlaient de leurs problèmes : « Ah, l'État français est le plus rapace du monde, je vous jure ! » avait dit monsieur Diallo. « Je veux rentrer en Tunisie, maman me manque », avait déclaré Sallam en agitant sa tête de rouge-gorge. « Je suis sûr que ce sont les Serbes qui vont gagner la guerre », etc.

Je ne savais pas comment leur dire que je m'en fichais, des détournements de fonds, de la drogue qui minait la société, du droit du sol pour les enfants nés en France. Je ne voulais parler que de mariage. J'attendais le moment opportun, entrelaçais mes doigts gercés et disais :

– Je suis vierge...

Un silence de mort s'installait. Je souriais, très mal à l'aise et ajoutais :

– Je veux d'abord me marier avant de...

Mes compagnons me félicitaient : « Vous êtes un oiseau rare, vous ! » L'instant d'après, ils faisaient signe au serveur, réglaient l'addition, m'accompagnaient au métro : « On s'appelle ? » Ils disparaissaient sans laisser d'adresse.

Ngaremba se désespérait, j'ignorais la cause réelle de son désespoir. Elle avait réussi quelques semaines auparavant une opération intitulée : « Demain l'Afrique ». Accompagnée des intellectuels africains, elle avait installé un stand boulevard de Belleville. Puis elle avait pris un micro et avait soufflé dans son dôme : « Allô ! Allô ! » Le retour sonore avait tant surpris les passants qu'ils s'étaient retournés, terrifiés comme si une bombe venait d'exploser. Personne n'avait songé à lui arracher le micro pour faire taire le vent rugissant et rauque des « Allô ! Allô ! ». Elle leur avait souri et pas un n'eut le courage de lui crier : « Vous nous cassez les oreilles. » Puis d'un geste de ses bras gracieux : « Approchez, mesdames, messieurs ! N'ayez pas peur. Souscrivez pour les enfants malades en Afrique. » Elle faisait des grands mouvements de mains, et ses fringues voletaient dans le vent, et les Nègres autour de Ngaremba tapaient sur de minuscules balafons et criaient : « Nous sommes bien vivants ! » Quelques minutes plus tard, les Nègres des environs s'agglutinaient, portés par l'espoir de ces mots : « Nous sommes bien vivants ! » De vieilles Noires, qui n'étaient pas sorties de leurs chambres de bonne depuis dix ans, s'amenèrent, appuyées sur leurs béquilles : « Nous sommes bien vivants ! » Des jeunes filles se dépréoccupèrent de leurs poils aux aisselles et aux jambes pour crier : « Nous sommes bien vivants ! » Même des enfants qui savaient à peine marcher scandaient : « Nous sommes bien vivants ! » Des Whites, sans donner le moindre sou, regardaient les Nègres chanter et esquissaient même des mouvements de danse. Une vieille Blanche habillée d'un pardessus beige, avec des lunettes ailées, le dos perclus de rhumatismes, se fraya un chemin dans la foule et leva sa petite tête presque chauve :

– Qu'est-ce que ces truqueries, ces sensibleries et ces escroqueries ? avait-elle demandé en toisant la Ngaremba.

– Pour l'Afrique, madame. Souscrivez.

– Jamais ! cria la dame. C'est du vol ! De l'escroquerie sans possibilité de porter plainte.

– Vous êtes pingre, madame, dit la Négresse, avec une hostilité si vive que la vieille Française recula.

– Moi ? Moi ? Mais j'ai toujours aidé tout le monde, moi ! Mais je pense qu'il est plus que temps de s'occuper de nos pauvres en France !

– Vous devez savoir, madame, que les biens de la terre appartiennent à tout le monde. Il faut apprendre à partager, non seulement avec ceux de sa propre race, mais aussi avec des étrangers.

Puis, durant de longues minutes, elle lui avait parlé des traditions africaines où la notion du partage était essentielle. Ne mettions-nous pas toujours à table une assiette supplémentaire au cas où se présenterait un invité surprise ? N'organisions-nous pas des fêtes où les gens se débarrassaient d'objets dont ils n'avaient plus besoin ?

Ngaremba en faisait trop, cela se voyait aux intonations mellifues qu'elle donnait à sa voix, à ses mains croisées comme la Vierge Noire de Ouagadougou. C'est vrai que, très jeunes, on nous apprenait que les biens matériels sont superflus, mais aujourd'hui, on vivait chacun pour soi et que Dieu nous bénisse. Les Blancs l'écoutaient bouche bée tant ils se trouvaient coincés dans leur civilisation individualiste : « Ne perdez pas vos coutumes ! » dit une Blanche en raclant le sol avec ses bottines. « Nous devons tous faire comme vous. » Elle s'avança, donna un billet de cent francs et signa le document qu'on lui présentait. Un jeune Français, noir de partout sauf de la peau, se mit à danser en des gesticulations atroces en criant : « Je vais aller vivre en Afrique ! C'est la vraie vie, mes amis ! » Les Nègres l'encourageaient : « Ouais, *brother* ! » Ils lui tapotaient les épaules et lorgnaient son portefeuille : « T'es le bienvenu dans la tribu. » Puis toutes mains tout sourires : « C'est cent francs la cotisation annuelle. »

À la fin, les gens se bousculaient pour signer et donner leurs sous sans se demander ce qu'on en ferait, parce qu'ils se sentaient coupables.

Malgré le succès de cette opération, Ngaremba était triste. La maison exhalait l'odeur des désirs inavoués, des plaisirs inachevés, des rêves pétrifiés. Seul Frédéric semblait heureux. Dès qu'il revenait de son travail, il se jetait sur Ngaremba : « Mon bébé, j'avance dans mon enquête sur l'affaire Millaut. » Il la prenait dans ses bras, lui embrassait les yeux, la bouche : « Mais qu'est-ce qu'elle a, mon bébé ? Elle est toute tristounette. » Le gros bébé se laissait aller : « Juste un peu fatiguée. » Il la serrait fort : « Allons, ma chérie, à toi seule tu extermines un bataillon de quatre cents têtes. – C'est ça », répliquait Ngaremba, mais on voyait à ses yeux qu'elle crevait de l'étrangler.

C'est vrai que Ngaremba et moi avions trouvé une sorte d'équilibre, précaire certes, mais qui nous permettait dorénavant de vivre ensemble. Nous parlotions partout : dans le salon ou assises sur des bancs au Parc de Belleville, en marchant dans les rues ou, si le temps était trop mauvais, blotties dans la cuisine.

– J'ai pas de chance, disais-je. Ils me laissent tous tomber.

– C'est de ta faute, répliquait Ngaremba. T'as qu'à leur donner ce qu'ils te demandent.

– Comme ça ? Pour rien ?

– Toutes les femmes donnent ça aujourd'hui pour rien, disait-elle.

D'ailleurs, qu'est-ce que je croyais ? En France, selon les dernières statistiques, plus de trente pour cent des filles de quinze ans n'étaient plus vierges. Plus de quarante pour cent des femmes vivaient seules, divorcées ou célibataires, ce qui ne les empêchait pas d'être parfaitement heureuses.

La Négresse-princesse-et-dignitaire me donnait des conseils sur les rapports hommes-femmes. Elle me sortait des théories. Depuis douze ans qu'elle rédigeait toutes sortes de courriers, surtout celui du cœur, elle avait en cours de carrière affronté tous les cas, des plus complexes, des pires crapuleries imaginatives aux chimies les plus insensées.

– J'ai toujours tout réussi pourvu que je ne rencontre pas sur mon chemin des êtres bornés, disait-elle.

– Si je couche avec un homme, Dieu va me punir.

– T'as qu'à ne pas te confesser.

– Et si je tombais enceinte ?

– Il y a la pilule.

– Vous vous trompez. J'ai connu des filles, moi, qui tombaient enceintes rien qu'en saluant un homme.

– Des bêtises ! s'exclamait la Négresse-princesse-et-dignitaire.

– Je vous jure que...

– Jure pas, Saïda... C'est ce qu'on appelle des superstitions.

Et Ngaremba me parlait de ces tribus de la Nouvelle-Guinée qui ne font pas de rapprochement entre les relations sexuelles et la procréation et croient que les bébés flottent sur des rondins dans les cieux jusqu'à ce que l'esprit des femmes enceintes les réclame.

– Vous me traitez donc de menteuse ? éclatai-je.

– Nous sommes dans une société cartésienne.

– Vous feriez mieux de demander à Frédéric de bien

se nettoyer les fesses. J'en ai marre moi de laver ses culottes avec des crottes au fond. Ou alors, achetez un lave-linge.

Une seule fois, je lui demandai une information qu'elle ne souhaitait pas me fournir :

– Pourquoi ne voulez-vous pas que Loulouze voie son père ? la questionnai-je.

Je vis la tension s'accumuler dans son cou et ses épaules se voûtèrent. Pourtant, elle ne voulut pas relâcher la pression en avouant qu'elle aimait encore son ex-mari ; elle voulait conserver secrète cette souffrance-là, comme les autres, et y veillait jalousement, comme sur sa propre vie.

– Que ferait une enfant noire au milieu d'un couple de Blancs ? me demanda-t-elle.

– Remarquez que mon père ne s'est pas occupé de moi et je ne m'en porte pas plus mal, dis-je gaiement. (Puis voyant que ma réflexion ne changeait rien à sa tristesse, je décidai de changer de sujet :) Voulez-vous que je vous prépare un thé ?

L'absence de son père tracassait Loulouze. Si elle ne le disait pas, elle le faisait sentir par son comportement. Je n'étais pas là pour soigner son âme, mais pour la laver, l'emmener chez le médecin, caries, foulures ou torticolis, et partager sa fierté lorsqu'elle arborait un gros pansement sur un doigt : « Je suis accidentée », formule magique qui abolissait, l'espace d'un moment, les problèmes réels et faisait voler en éclats les souffrances.

Au fil des jours, elle devenait teigne. Dès qu'elle nous voyait profiter de la soirée, nous délasser quelque peu, elle réclamait quelque chose : « J'ai faim, madame maman – J'ai soif, Saïda – J'ai envie de regarder un film d'amour. »

On lui donnait à manger, elle écrabouillait sa purée sur la moquette, renversait son soda sur le sofa et collait son chewing-gum sur le canapé. Il y eut des disparitions mystérieuses d'objets, brosses à cheveux, dentifrice, téléphone. Un soir, j'étais à la cuisine, à tremper mon pain dans la soupe en compagnie de Loulouze, lorsque j'entendis, grondant comme un tonnerre :

– Loulouze !

Ngaremba était sur le seuil, la respiration sifflante, et sa silhouette se découpait dans la lumière du corridor, comme une épée.

– Loulouze !... rends-moi mon chéquier.

– Je l'ai pas, répondit Loulouze.

– Ô Seigneur ! En plus, elle ment ! hurla la Négresse.

Elle s'approcha de sa fille et ses mains s'abattirent sur ses joues.

Loulouze serra les dents et baissa les yeux.

– Tu me considères pas comme ta mère, Loulouze. Jamais tu ne dis maman tout court, mais madame maman. Pourquoi ? Tu m'aimes pas. T'arrêtes pas de me causer du souci... Tu fais exprès d'être méchante. D'ailleurs, t'écoutes pas quand je te parle. T'as pas de cœur, Loulouze !

Elle s'emportait, blême de rage en regardant sa fille qui se tassait sur sa chaise et frissonnait sans rien dire. Frédéric s'amena, se débattant avec la ceinture bleue de son peignoir, et tenta d'imposer une autorité qu'il n'avait pas :

– Faudrait l'envoyer en pension, vociféra-t-il. Elle nous pourrit la vie. J'en connais une, moi, où on te redresse un môme de cette espèce en trois mouvements !

Ngaremba soupira aigrement :

– T'es jaloux, hein ? Ça saute aux yeux que tu ne l'aimes pas parce que c'est pas ta fille !

Frédéric la regarda comme un fantôme.

– Mais... j'habite cette maison et, à ce titre, je peux donner mon opinion sur les dysfonctionnements...

Ngaremba tourna les talons et sortit comme un automate. La nuit même, je surpris cette conversation entre le couple :

– J'ai envie, dit Frédéric. Je peux pas dormir tant que j'ai envie.

– Je peux pas avoir envie d'un homme qui n'aime pas ma fille, dit la Négresse.

– Ta fille est mal dans sa peau et cela se voit, dit Frédéric. J'essaye de trouver une solution appropriée à son cas.

– Pendant que tu y es, propose aussi qu'on la foute à l'Assistance...

– Son père se fiche d'elle et un enfant sans père...

– Tais-toi, Fred. T'es qu'un sale égoïste. Je ne veux plus te voir.

– Pardonne-moi, amour adoré.

Je n'entendis plus rien pendant quelques instants, puis Frédéric reprit d'une voix chuchotée :

– Je ferai tout ce qui est en mon pouvoir pour l'aider. Je te promets.

– Alors, viens si t'as envie... Mais je te tiens à l'œil.

Pour les bêtises, il n'y avait pas que Loulouze pour en commettre. Je m'en aperçus en accompagnant Ngaremba un jour au supermarché. Princesse quelque chose gémissait une mélodie dans les haut-parleurs. Un adolescent perché sur des patins naviguait à travers les rayons et manqua renverser plusieurs personnes : « Ah, quel monde ! » gémit une vieille Arabe. « Personne ne respecte plus personne », renchérit une Française en regardant son vernis écaillé. « C'est parce que, de nos jours, on n'apprend plus aux enfants à croire en Dieu », dis-je. Un Nègre avec le cou comme des tonneaux attrapa l'adolescent par le collet et le ficha à la porte : « J'ai rien contre toi, mon gars, dit le gorille. Mais c'est mon job ! »

J'exultais en empilant dans le chariot plusieurs kilos de viande, de poisson, du riz, des tomates, des oignons et des pâtes. C'était un acte d'autant plus rassurant que je ne sortais pas un centime de ma poche. Ngaremba trottinait auprès de moi, les mains enfoncées dans les poches de son pantalon. Je la vis regarder plusieurs fois par-dessus son épaule comme si elle craignait une agression. À un moment, elle attrapa un paquet de chocolat qu'elle enfouit presto dans son sac :

– Mais qu'est-ce que vous faites ? demandai-je, ahurie.

Elle me regarda d'un air absent, sortit tranquillement son rouge et se peignit les lèvres.

– C'est du vol, lui dis-je d'une voix rauque. Si on vous attrape...

Elle me regarda de nouveau. J'avais des poches sous les yeux et sur ma lèvre inférieure un bouton pointait.

– C'est un bouton de règles, dis-je. Ça vient chaque mois et ça repart.

Elle haussa les épaules.

– Je vais construire une caisse pour les marchandises que je chipe au supermarché, dit-elle. (Ses yeux brillèrent de convoitise. Puis, très seigneuriale :) Je les enverrai en Afrique ! (Je ne répondis rien, car mon infériorité dans les pugilats oratoires avec la Négresse m'avait servi de leçon et je ne voulais pas m'exposer à de nouvelles chicanes. Elle conclut :) Ce n'est que justice ! Les supermarchés en ont de trop.

Ngaremba trempait sa tartine dans son café et je ne pensais qu'à travailler, battre le tapis, balayer la cuisine, faire du repassage en retard, lorsque Loulouze surgit, le visage jaunâtre. Sa mère lui fit signe de se joindre à elle mais elle secoua la tête et alla se mettre derrière elle, à côté de l'évier, aussi Ngaremba ne voyait-elle pas son visage.

– J'ai mouillé mon lit, madame maman, dit Loulouze d'une voix éteinte.

– À ton âge ? gronda Ngaremba. Tu devrais avoir honte !

Loulouze saisit sa culotte et la tordit, des gouttes de pipi perlèrent sur le carrelage.

Ngaremba regarda ses mains comme si elle lisait le tarot et dit en frissonnant dans son pyjama :

– Y a une malédiction dans ma vie. (Elle prit sa tête entre ses mains et des larmes dégoulinèrent sur ses joues :) Tu te rends compte, Saïda, que le trésorier de l'association s'est tiré avec la caisse ?

– Il doit y avoir un mauvais esprit dans votre existence, dis-je. Remarquez, la mienne n'est pas mieux.

C'est vrai qu'à Couscous des gens parlaient des fantômes qui hantaient des maisons. On les décrivait avec des plumes d'aigle, se déplaçant dans les airs, et persécutant les vivants jusque dans leur sommeil. Je n'y croyais pas, mais j'en avais peur. Un soir, alors que je m'étais assoupie, j'avais été réveillée par la chaleur d'un corps blotti contre ma chair. Je tenais une autre personne contre moi, c'était un homme. Il était blond, avec des sourcils comme des fougères, et ses cils, lorsqu'il fermait les yeux pour m'embrasser, se posaient délicatement sur ses pommettes.

– Je t'aime, Saïda, avait-il murmuré.

Et dès l'instant où j'ouvris les yeux, le présent fondit sur moi. J'étais seule dans ma chambre et mon visage accueillait les premières lueurs du jour. Depuis, je revis cet homme en rêve et, à force de ne pas être mariée, je m'étais convaincue que finalement c'était un *mamiwater*, un de ces esprits qui surgissaient des profondeurs des eaux et emportaient avec eux votre féminité.

– Il faut trouver des gris-gris, dit la Négresse.

– Mais quoi ?

Cette nuit-là, nous sortions de la maison lorsqu'un éclair nous aveugla. Le tonnerre explosa, claquant avec la violence d'un coup de feu, et des nuages coururent à travers le ciel. Les grosses gouttes chaudes ne tardèrent pas à se transformer rapidement en grenaille froide et mordante :

– Qu'est-ce qu'on fait ? criai-je à Ngaremba pour couvrir le bruit du vent qui se levait.

– Tu veux changer ton destin, oui ou non ? hurla-t-elle.

Je secouai la tête. C'est vrai que, soudain, je ne voulais pas y aller.

– C'est l'orage qui te fait peur ? demanda-t-elle.

Et avant que j'aie pu répondre, elle me saisit le coude. Nous trébuchâmes sur la chaussée glissante. Nous marchâmes silencieuses, serrées l'une contre l'autre, et nous engouffrâmes dans le métro. Nous prîmes la direction Créteil. Les stations étaient remplies de tout ce que Paris comptait de dealers, de voleurs à la tire, de sales gueules et de clochards. Nous descendîmes Porte Dorée. Alignées le long des avenues, des putes dans d'étroits fourreaux ou en minijupes, les yeux sombres alourdis de Rimmel, s'ennuyaient tranquillement sous leurs parapluies : « C'est la crise partout », commenta Ngaremba. Des hommes engoncés dans des imperméables marchaient à pas rapides. Un Noir s'arrêta devant une blonde platinée et entama le négoce. La blonde souriait, vénale : « Cent cinquante », dit-elle de sa voix rauque. « J'ai que cinquante francs », dit le Nègre. « Qu'est-ce que je deviens si je prends cinquante balles la passe ? demanda la blonde. Chômeuse, le ventre creux et les poches vides ? »

Nous empruntâmes une rue, à l'écart de l'avenue principale plantée d'arbres. Pas un chat perdu à l'horizon. On pouvait s'y faire égorger en toute sérénité. On voyait au loin les lampadaires scintiller dans la nuit.

– Vous êtes sûre que c'est ici ? demandai-je à Ngaremba, inquiète, lorsque je la vis prendre une ruelle encore moins éclairée.

– Fais-moi confiance, dit-elle.

– Ma parole, je voudrais pas me trouver dans un endroit pareil toute seule, dis-je en claquant des dents.

– Te casse pas la tête, dit Ngaremba. Je veille sur toi.

Elle me guida jusqu'à un bâtiment gris. De l'extérieur, l'immeuble semblait inoccupé. Aucune lumière ne filtrait des fenêtres et le silence était impressionnant. Ngaremba regarda avec circonspection autour d'elle, puis poussa la porte d'entrée que nous traversâmes à grandes enjambées. Le couloir était humide et barbouillé de chiures de mouches. Des cartons moisis s'y empilaient, et l'ensemble dégageait la puanteur de toute une gamme d'excréments. Nous arrivâmes devant une porte rouge où était marqué : « DIEU VOIT TOUT. »

Ngaremba frappa doucement. Une clef tourna et une targette coulissa. Ngaremba passa la tête dans le rai de lumière. On referma la porte et on l'ouvrit aussitôt.

Un gros Nègre à l'allure de boxeur se tenait devant l'entrée. Il portait une jupe semblable à celle des gladiateurs. Des tatouages de serpents et diverses sortes de diables lui enveloppaient le corps. Son crâne rasé luisait. Il nous détailla des pieds à la tête :

– Cent francs. Payez avant d'être servies.

Ngaremba sortit un billet de son sac que le gladiateur empocha. Il s'écarta pour nous laisser passer, croisa ses mains pieusement et dit :

– Que la paix du Seigneur soit toujours avec vous.

– *Amen*, dit la Négresse.

L'appartement comportait deux pièces séparées entre elles par une tenture rouge. La salle principale ondoyait dans les flammes des bougies. Les murs étaient tapissés d'animaux empaillés : têtes de buffles, de caméléons et de zébus. Sur un banc trônait une statue de la Vierge, des offrandes à ses pieds. À côté d'elle, il y avait le masque de Tùtù, la déesse de l'Amour. Djùdjù, le dieu de la Guerre, fumait. Au plafond, suspendus à un fil et alignés côte à côte, des saints en plastique électrifiés par des ampoules de soixante watts priaient. Il y avait également un étalage d'huiles iridescentes, d'amulettes, de talismans, d'encens. Des suppliants, accroupis, genoux ensanglantés, s'autoflagellaient avec des bambous pour implorer un pardon.

Une femme gigantesque, l'œil torve, surgit de la foule, leva les bras au ciel et annonça :

– Frère Ouakala !

Des rideaux couleur de feu bougèrent. Il n'était que de voir le frémissement de la foule pour s'apercevoir que l'apparition de frère Ouakala n'annonçait rien qui vaille.

Frère Ouakala était long et sec. Sa peau noire luisait et sa barbichette semblait avoir été sculptée dans son menton. Ses yeux ne fixaient aucun détail.

– Frère Ouakala veut savoir ce que vous demandez à Dieu, dit la vieille Négresse. Ordonnez et vous serez servis.

– Pas moi, dit Ngaremba en reculant. C'est elle, ajouta-t-elle en me montrant du doigt.

– Toi aussi ma sœur, dit la vieille Négresse d'une voix chaude. Frère Ouakala vient de la lointaine contrée Yoruba pour vous laver de vos disgrâces. Djùdjù exige : un coq blanc, trois chèvres, deux moutons, six mètres de tissu-wax et mille francs.

– Mais..., commença Ngaremba.

– J'ai pas d'argent, dis-je.

– Vous n'avez pas le choix, dit la vieille Négresse. Personne ne peut dicter sa conduite aux dieux.

– Au téléphone, vous n'aviez pas dit que...

– Que quoi ? explosa la vieille Négresse. Quand vous allez chez le médecin, y allez-vous les mains vides ?

Ngaremba n'eut pas le temps de répondre que le gladiateur se précipita et nous arracha nos sacs à main. Il en vida le contenu et s'accroupit : « Ça c'est pour l'esprit Kong, il s'essuie le derrière qu'avec du fric », dit-il, en faisant un tas de nos billets de banque. Il ramassa aussi nos cartes Orange, puis nous coula un regard complice en montrant les dents : « Le petit Jésus a besoin de tickets pour prendre le métro. » Puis ses yeux vitreux accrochèrent nos poudres et rouges à lèvres : « Pensez-vous que ça ferait plaisir à la Vierge ? » Comme personne ne lui répondait, il dit : « Finalement, quelques bricoles pour payer son entrée au paradis, c'est presque gratuit ! »

Frère Ouakala rassembla les fidèles autour de nous. Tandis qu'ils battaient leurs mains l'une dans l'autre, que leurs bouches s'ouvraient sur un chant laconique, frère Ouakala nous entoura de colliers de cauris et enduisit nos corps de beurre de karité. Il mâcha une noix de kola qu'il nous cracha au visage. La vieille Négresse lui tendit un coq qu'il égorgea d'un coup de couteau, et il orienta le flot de sang sur nos têtes. Le coq frémit puis cessa de bouger. Il agita un paquet de gros sel au-dessus de nos crânes, puis le répandit sur nous.

L'odeur sucrée du sang, des cierges et des encens me donna le vertige. Je m'écroulai sur le sol encore tiède du sacrifice, dans le sanctuaire du prêtre vaudou.

7

Les semaines suivantes, il ne se passa rien. Le jour venait et je travaillais. La nuit venait et je me blottissais solitaire dans mes couvertures, en priant Dieu de m'exaucer. Les invocations du prêtre vaudou restaient lettre morte. Entre-temps je m'étais purifiée au sel, j'avais inventé un nouveau gâteau aux bananes et ajouté des invocations aux prières coraniques. « Assez ! » avais-je dit à Ngaremba. Et j'avais rompu avec ces croyances.

Ngaremba avait demandé au prêtre vaudou de l'aider à résoudre les problèmes de l'Afrique : « Très bien, mon enfant », avait dit le sorcier, sûr de sa magie. Tandis que des dictateurs continuaient à manger des têtes de Nègres, à s'emplir le gosier d'or et de diamants, que leurs complices construisaient des Saint-Pierre d'Ivoire, Ngaremba continuait à demander l'aide des esprits. Et si vous étiez passé à Belleville durant cette période, vous l'auriez vue dansant à moitié nue sous la lune et criant : « J'en appelle au moi divin, aux astres et aux morts ! » Elle déversait entre les arbres des poudres : « J'en appelle au soleil de toute éternité. » Elle enterrait des rosaires : « J'en appelle aux esprits de mes ancêtres. » Elle cassait des œufs aux carrefours, tournoyait sur elle-même, jusqu'à ce que le firmament déverse le soleil, lumineux comme des billes d'or. Elle rentrait à la maison, grelottante de froid, les ongles noircis de boue, les cheveux emmêlés par le vent, et s'endormait, les deux mains cachant son visage.

Je comprenais que ces gris-gris restent sans effet, car elle était impure. Ne faisait-elle pas l'amour avec un homme qui n'était pas son époux ? Pis encore : alors que j'éprouvais des difficultés à toucher mon propre corps, même en me baignant, et que je récurais ma peau avec des gants en crin, Ngaremba prenait des longs bains que je considérais alors comme coupables, passant une éponge sur son corps avec une telle volupté qu'on aurait cru qu'elle lavait des verres en cristal. Il était normal que ses demandes vis-à-vis du Très-Haut ne trouvent pas d'écho. Mais le silence des dieux à mon encontre était injuste.

À la place Pali-Kao, ce matin-là, plusieurs parents attendaient l'ouverture des portes de l'école. Des Négresses, en pagne, pieds nus dans leurs sandales, se fabriquaient leur pneumonie à petites doses. Des autochtones, habitués à se battre contre le froid, sautillaient sur place et se frottaient les mains pour se réchauffer. Les enfants enfonçaient leur nez dans des écharpes. Un chien jaune pissa sous un arbre et continua sa route.

Un homme bizarre allait et venait dans la cour, les mains croisées dans le dos. Quatorze pas en avant, il pivotait sur lui-même, quatorze pas en arrière. Ses babouches étaient usées. Sa jambe droite était un peu plus longue que la gauche, de sorte qu'il traînait les pieds. Il portait un costume noir, une montre, une cravate, et ses moustaches soignées lui donnaient l'air d'un professeur de Paris-VI, à moins que ce ne fût celui d'un savant ! Une touffe de cheveux poivre et sel tombait sur son front. Entre deux tours, il s'arrêtait, croisait les bras et me regardait attentivement. J'attirais Loulouze contre ma poitrine. Cinquante années de solitude et les expériences catastrophiques de ces derniers mois m'avaient appris la méfiance. Il s'avança d'un pas décidé vers moi, puis, très théâtral :

– Bonjour, mademoiselle. Excusez-moi de vous déranger... Mais que vous... vous êtes belle ! Pouvez-vous me faire le plaisir d'accepter un verre en ma compagnie ?

– Bonjour, dis-je, l'air de ne pas manger de ce pain-là. Je ne suis pas une femme légère.

– Vous êtes le bienvenu, dit Loulouze.

– Ibrahim, pour vous servir, sujet de Sa Majesté le roi du Maroc, identifié musulman depuis ma naissance.

Il enfonça ses mains dans les poches de sa gabardine, et montra ses trente-deux dents saines. Loulouze s'approcha d'Ibrahim, le regarda par en dessous et demanda :

– Voulez-vous vous marier ?

– Comment l'avez-vous deviné, mon enfant ? Je cherche une jeune fille pour me marier.

– Ah, oui ? demandai-je, et je sentis mon sang se précipiter de surprise.

– J'ai décidé de me marier et vous êtes l'élue, celle que

mon cœur attendait depuis longtemps, il vous a reconnu tout de suite.

– Saïda a un fiancé-eu ! cria Loulouze.

Étonnés, les parents qui attendaient l'ouverture de l'école se tournèrent vers nous et m'inspectèrent. Certains se hissèrent sur la pointe des pieds pour essayer de voir ce qui se passait.

– Dis pas de bêtises, Loulouze, fis-je en poussant un soupir comme si j'allais m'étrangler.

– Il est sérieux, Saïda, dit Loulouze, inquiète. Il faut que tu prennes ta pilule pour pas tomber enceinte. (Puis elle ajouta :) Il faut que j'aille remercier le ciel de m'épargner la peine de protéger toute ma vie une vieille Arabe.

– Je suis ouvrier spécialisé, catégorie n° 1, dit Ibrahim. Si je travaille mieux, *Inch Allah*, je serai OS 2, ensuite 3 et puis tout de suite P 1, 2, 3 et puis chef, enfin patron, fini le boulot, je serai toujours en vacances à m'occuper de ma tendre épouse, à voyager sans frontières...

– Vous êtes déjà patron ? demanda Loulouze.

– Pas encore. Mais on fait grève pour avoir des avantages sociaux de carrière sur le tas, tu comprends.

– Sacré job d'avenir, dit Loulouze, admirative. J'aimerais bien, au fond.

– Maintenant que vous connaissez mes identités, dit Ibrahim, je vous attends au Café de la Paix, ce soir à dix-huit heures, pour les formalités.

Puis il s'éloigna.

Que d'émotions ! Le reste de la journée, je tremblai. C'était la première fois qu'un homme qui me plaisait m'invitait. J'étais excitée comme une tempête. Je dis à peine bonjour à madame Journaux. J'expédiai le ménage pour pouvoir être à l'heure à mon rendez-vous. Quand j'arrivai chez l'ex-adjudant, il était lui aussi dans un état d'excitation extrême. Ses mains tremblotaient. Ses yeux comme des goguettes lançaient des étincelles. Dès qu'il me vit, il bondit sur moi, tout écumeux :

– J'ai fait une conquête hier soir, me dit-il. (Il comprima son cœur, feignant une forte émotion :) Elle est... (il embrassa ses cinq doigts, ferma les yeux et clappa des lèvres)... bellissima ! N'est-ce pas merveilleux ?

Je voulais m'apprêter. Vérifier le rouge à lèvres, parfumer mon haleine au réglisse, élargir ma pupille au thé, brosser mes dents sur les conseils de Ngaremba avec du charbon. À la maison, je m'enfermai longtemps dans la salle de bains. Quand j'en ressortis, mon excitation avait grimpé de trois crans. Six fois je m'étais habillée, six fois je m'étais changée. Ngaremba me regardait m'agiter, m'emberlificoter dans mes vêtements, le visage éclaté dans un sourire, son verre de whisky à la main.

– Faut mettre ta jupe longue, proposa Loulouze, elle-même vêtue de sa robe de baptême, fin prête depuis longtemps et commençant à s'impatienter.

– Je préfère la jaune, dis-je.

– Pour ce que les hommes et les femmes font ensemble, tu peux y aller toute nue, dit Loulouze, énervée.

Je répliquai du tac au tac que j'en avais entendu des discoureux qui disaient n'importe quoi et que tout ça, c'étaient des mots qui disparaissaient comme une légère odeur de brûlé une fois les fenêtres ouvertes.

Ngaremba se leva, se mit en tête de participer à mon habillage. Elle s'agitait, elle aussi, autour de moi, tantôt en amont, tantôt en aval.

– Comment est-il ? demandait-elle.

– Qui ?

– Le monsieur.

– Comme un homme, répondais-je.

– Tous les hommes sont différents. De mon temps...

Elle m'enveloppait de strass, reculait pour voir l'effet.

– Comme quoi ça valait la peine d'attendre, hein ?

Elle resserrait à l'aide d'épingles les épaulettes qui pendaient trop bas.

– La vie est comme ça. Il se passe rien pendant cinquante longues années...

– Dix ou cinquante ans, c'est du pareil au même du moment où...

– Oui, mais tu me le laisses pas passer, celui-là.

À la fin des préparatifs, je ressemblais à un sapin de Noël couvert de neige, surchargée de guirlandes, de poupées miniatures et autres fanfreluches. La Négresse-princesse-et-dignitaire sortit ses plus beaux bijoux, sept bracelets en ivoire, deux colliers en tête de zébu et des boucles d'oreilles en malachite.

– Mets-les, me dit-elle.

– Mais qu'est-ce que... ?

– C'est ton véritable premier rendez-vous, ma chère. Faut que t'en jettes ! dit la Négresse.

Loulouze et moi nous en allâmes, le cœur battant.

Le cœur battant, oui, car ce n'était pas vers un simple désir physique que je me dirigeais. Non, c'était vers le bonheur conjugal, inassimilable à aucun autre.

Métro Belleville, il y avait foule. Hommes, femmes et enfants se coudoyaient dans le vacarme. C'était jour de troc. De loin, ils donnaient l'impression de se mouvoir dans un film au ralenti. Je vis Marcel Pignon Marcel s'avancer dans ma direction. Il tenait dans ses mains une rose. À chaque pas, ses jambes s'élevaient bizarrement comme s'il flottait dans les airs.

– Faut qu'on se parle, dit-il en me prenant le coude.

Je vis l'attente dans ses yeux et détournai la tête.

– Je suis pressée, dis-je.

– Même pas trois minutes que tu m'accordes, gémit-il. Pourquoi ?

Il me tendit la fleur. Je respirai les senteurs de la rose. Ensuite une rafale de vent lui brisa la tête.

Le Café de la Paix est situé place de l'Opéra et l'Opéra de Paris était magnifique. J'ignorais qu'il existait au monde un endroit aussi beau, avec ses pierres de taille, ses colonnades sculptées, ses statues, ses armoiries et ses deux « anges verts » qui montaient la garde au sommet. Même les rues avaient de la grandeur. Elles allaient dans tous les sens. Et les voitures allaient et venaient elles aussi dans tous les sens. Des gens faisaient du lèche-vitrine devant des magasins dont les marchandises sans couleur n'auraient eu aucun succès à Couscous. À l'intérieur, des vendeuses à l'allure de comtesses œuvraient en délicatesse. Un car double deck déversa son arrivage de Japonais. Je les vis rire, bavarder et se déplacer comme des fourmis, puis se fondre dans la foule.

Une ambiance bercée par une musique d'ascenseur nous accueillit à l'entrée du café. Loulouze et moi restâmes bouche bée devant l'élégance des lieux. Des plafonds peints en vieil or et vert avec des chérubins ennuagés ; des banquettes roses à petites fleurs vertes occupaient des angles, séparées entre elles par d'énormes baquets de plantes vertes à cœur blanc ou de minuscules palmiers ; le long des murs, d'énormes colonnades lustrées, des appliques avec leurs fausses lumières de fiacre ; des glaces partout où se réfléchissaient les têtes aux airs tristes des consommateurs. Ils parlaient à voix si basse qu'on les aurait crus à une veillée mortuaire. Des serveurs habillés en pingouin avec des chemises blanches amidonnées, pantalons noirs et nœuds papillons allaient et venaient, un plateau gris-marron dans leurs mains : « Monsieur désire... » Autour de nous, personne ne s'étonnait de rien. J'eus soudain l'impression de n'avoir jamais été aussi couscoussière. Loulouze me demanda, histoire de se donner un peu d'assurance : « Peux-tu me passer ton rouge à lèvres ? »

Mon esprit était si embrouillé par tout ce qui m'entourait, que je ne vis pas tout de suite, sur la terrasse, des chaises en rotin, et, sur l'une d'elles, Ibrahim. Il nous fit de grands gestes de la main. Il portait un costume gris, une chemise blanche et une cravate avec des motifs dorés.

– Puis-je vous être utile ? demanda un serveur blond, à l'allure très aristocratique.

– On ne t'a pas sonné, dit Loulouze.

Et elle se faufila entre les tables pour retrouver Ibrahim.

– C'est pas un endroit pour inviter des gens, cria Loulouze.

– Tais-toi, dis-je.

– J'ai le droit de parler, insista Loulouze. Nous sommes en république, nous !

– Elle a raison, dit Ibrahim. Nous sommes en démocratie. J'en sais quelque chose depuis que je m'oppose à Son Excellence le roi.

– Un opposant ? demandai-je, flattée.

– Chut, dit Ibrahim en regardant autour de lui, inquiet. (Il tira deux chaises et nous prîmes place. Puis baissant la voix et se penchant :) Oui.

– Ça alors ! m'exclamai-je. Où se trouvent les toilettes ?

– Là-bas, dit-il en m'indiquant, entre deux portes dorées, de superbes escaliers qui devaient mener au paradis et non à quelque lieu obscur où pullulent des germes pathogènes.

Quelques minutes plus tard, je revins, décomposée.

– Pourquoi les hommes pissent-ils debout ? demandai-je. Un monsieur a failli me mouiller tant il était surpris de me voir.

– Il y a des toilettes pour dames, dit Ibrahim.

– Je viens de le découvrir. Toi aussi, tu pisses debout ?

– Ça m'arrive. Tu ferais mieux de t'asseoir.

Le serveur était devant nous et attendait notre commande. Quelques instants plus tard, il nous servait deux cafés crème et une glace au chocolat. C'est alors que quelque chose attira le regard de Loulouze dont je ne m'aperçus que plus tard. J'avais disposé mes membres de manière inhabituelle : mes jambes étaient croisées haut sur mes genoux ; mes coudes reposaient sur les dossiers des chaises ; je tenais ma tasse avec le pouce et l'index et mon auriculaire pointait vers le ciel : « C'est étonnant ! s'exclama Loulouze. Franchement extraordinaire ! » chantonnait-elle. J'avais peur qu'elle dise que je lui étais aussi inconnue que l'autre face cachée de la lune. « Franchement extraordinaire ! » Je fus sauvée *in extremis* par Ibrahim :

– Mon temps libre, je l'occupe en arabisant des mômes et des adultes. Ce qui est surprenant, c'est que les enfants d'immigrés pensent qu'ils n'ont pas d'identité parce qu'ils sont nés en France. Ils sont convaincus que cette société s'est dressée entre eux et leur culture. Après, ils se retrouvent.

Par la baie vitrée, je voyais des rubans de nuages déchiquetés qui s'en allaient au-delà des toitures. Ils étaient d'un bleu vague, comme les robes délavées des veuves de Couscous. Le ciel se découvrait, éclairé par le soleil. Les cheveux d'Ibrahim luisaient, ses dents brillaient aussi, et moi je l'écoutais comme s'il m'annonçait l'arrivée du Prophète.

– Je coupe le mal par la racine, dit-il. Résultat : arabisation à outrance, personnalité forte donc tolérance, meilleure insertion dans la société, meilleur rendement.

– Moi, je me marierai jamais ! dit brusquement Loulouze.

– Et pourquoi pas ? demanda Ibrahim.

– Parce que... parce que c'est pas juste.

– Qu'est-ce qui n'est pas juste, ma fille ? demandai-je, hypocrite.

– C'est toujours les femmes qui doivent tout faire. C'est pas juste ! C'est pas juste !

J'enfonçai le nez dans ma tasse, craintive, et pour confirmer à Loulouze la présence de sa compagne de

tous les jours, je lui fis un clin d'œil qui voulait dire :
« Cet enquiquineur n'aborde pas le sujet qui nous intéresse. Mais si tu savais ô combien je suis vigilante ! »

– Je m'en étais aperçue, se vanta Loulouze. Hein,
Saïda, que j'avais bien vu que...

– Qu'as-tu vu, Loulouze ? demanda Ibrahim sans
comprendre.

– C'est un secret entre nous, coupai-je.

– Oui, un secret, confirma l'enfant. Mais dis, Saïda,
je peux le confier à Ibrahim ?

– Alors, ça ne sera plus un secret.

Loulouze soupira et j'y perçus sa rancœur.

Les jours suivants, je sortis beaucoup en compagnie
de Loulouze et d'Ibrahim. Des McDo aux restaurants
chinois, des promenades au Parc de Belleville, à la pis-
cine municipale, où j'osais à peine m'exhiber en maillot
de bain et m'accrochais au rebord du bassin pour ne pas
me noyer. À nous voir, on aurait pu nous prendre pour
une famille légitime. J'entretenais cette ambiguïté :
« Elle est belle, votre fille », me disait-on. « Merci,
madame », répliquais-je. Ibrahim m'offrait des cadeaux
que je ramenais à la maison : des vernis de chez Tati par
lots de six, des slips, des sacs à main en plastique, des
pantalons passés de mode ou des robes trois pour cent
francs, du café, du thé, des biscuits. Ngaremba observait ces achats, les retournait dans un sens, puis dans
l'autre, les jetait sur mes genoux :

– Y a de très jolies choses chez Lafayette, disait-elle.
T'as qu'à l'amener là-bas pour tes achats.

– Ils font selon leurs moyens, rétorquait Frédéric.

– Quand on veut une femme, on doit y mettre le prix,
sinon les hommes ne te respectent pas.

C'était à se casser comme un morceau de sucre et
éclater de rire. Elle qui jusque-là n'avait obtenu de son
amoureux que du vent-vent ! Je ne riais pas, puisqu'elle-

même ne voyait pas le ridicule de sa situation. Frédéric ne cachait pas son impatience de me voir débarrasser le plancher :

– C'est pour bientôt le mariage ? demandait-il.

– Ne vous inquiétez pas, disais-je.

Ngaremba se frottait les doigts pour d'autres raisons.

– Vous avez déjà... (Du pouce et de l'index, elle formait un rond et y introduisait un doigt.)

– Pas avant... (Je passais mes mains sur ma tête pour simuler un voile.)

– Ne me dis pas qu'il accepte de... (Elle mettait ses deux mains entre ses cuisses et comprimait son sexe.)

– L'éducation... (Je levais le pouce.)

– Peut-être que... (Elle avançait les lèvres, les faisait clapoter tout en indiquant la rue et suggérait qu'Ibrahim avait d'autres maîtresses.)

– Oh, vous savez... (Geste vague de ma main.)

Désormais, je m'amenais chez mes divers patrons en pantalon moulant. Mes seins pigeonnaient dans des corsets arc-en-ciel qui les rejetaient vers l'extérieur, comme des comètes. Madame Journaux pivotait sur son fauteuil sans décroiser ses immenses jambes :

– La maison a besoin d'être nettoyée de fond en comble, disait-elle. N'oublie pas de repasser correctement les cols de mes robes.

– Très bien, madame. Autre chose, madame ?

Elle réfléchissait quelques secondes :

– Je t'ai gardé des restes de nourriture.

– Merci, madame. Vous êtes trop gentille.

À la cuisine, je ramassais le sac-poubelle bleu, où m'attendaient des petits-suisses aux étiquettes périmées, des gigots vieux d'une semaine et des tomates en état d'avancement manifeste. Je retraversais le salon, le sac bien visible dans mes mains.

– C'est pas à jeter, Saïda, criait madame Journaux. C'est ta nourriture.

– C'est abîmé. Il faut jeter.

– C'est du gaspillage !

– Si vous voulez, je les range dans votre frigo, madame. Pour moi, jeter ou ranger, ça fait pas de différence.

– Ça alors ! s'exclamait madame Journaux, trop surprise pour trouver d'autres mots. T'as déniché un trésor ?

– C'est tout comme, répliquais-je. Le malheur se fatigue, vous savez ?

– Ben, je dois sûrement trop te payer. Faudrait qu'on rediscute du prix à l'heure.

– C'est tout vu, madame, rétorquais-je, mon salaire habituel ou j'arrête de travailler pour vous.

Je lui disais ce que je pensais car je me sentais capable de déplacer une montagne si l'envie m'en prenait.

Monsieur l'ex-adjudant ne trouvait rien à dire à ma métamorphose. Il restait rivé à son rocking-chair, à épouiller ses cheveux grisonnants. Puis il penchait sa tête et chantonnait d'une voix puissante :

> *Quand les femmes étaient femmes*
> *elles attendaient leurs chevaliers*
> *languissantes beautés, fleurs*
> *cœurs rouges offertes sous la*
> *langue asséchée du guerrier.*

Quand il achevait son chant, ses yeux larmoyaient.

– Ah, Saïda..., gémissait-il.

– J'ai déjà entendu, monsieur. Vraiment tout entendu.

– Mais ce que j'ai à vous dire...

– C'est la même chose que vous m'avez dite hier, monsieur.

– C'est toujours différent, les argumentations.

– Que vous êtes têtu, vous alors !

Et sans lui laisser le temps d'en placer une, je ramassais balai et serpillière pour mes vingt francs l'heure.

Les feuilles des arbres étaient lourdes de gouttes de pluie. Des appartements s'échappait une agréable odeur de cuisine. Les portes claquaient. Dans les rues, les gens allaient et venaient, comme si cet après-midi-là, avec son train-train habituel, avait été un jour comme un autre. Mais c'était un jour à nul autre pareil car je marchais à côté d'Ibrahim, épaule contre épaule, flanc contre flanc. Soudain, il s'écarta de moi :

– T'as grossi, dit-il. Il faut que tu te mettes au régime et fasses un peu de sport.

Il enfonça son majeur dans mon ventre et regarda son doigt comme s'il était sale :

– C'est gras.

J'eus l'impression qu'il venait de me gifler. J'avais pris quelques kilos mais j'en étais fière. Ne prouvaient-ils pas que je menais la belle vie, que je ne mangeais pas n'importe quoi ? Au même moment, au coin du boulevard de Belleville, je vis un homme debout, immobile, les bras ballants, qu'on eût dit cassé. Il ressemblait à Marcel Pignon Marcel, c'était lui. Je me retournai pour qu'il ne me vît pas et attaquai Ibrahim de front :

– T'es comme les autres, criai-je.

– Mais qu'est-ce qui te prend ?

Sans répondre, je fis demi-tour. J'allais foulant le trottoir et, devant moi, tremblait mon ombre. J'avais la bouche amère. Ma tête bourdonnait. Je n'avais plus envie de parler ni de penser.

– Pourquoi te fâches-tu ? demanda-t-il. C'est pour ton bien, après tout ! Regarde, regarde donc...

Il me montra une affiche publicitaire où s'exhibait une superbe créature.

– Tu es plus français que je ne le pensais, dis-je. Les Africains aiment les grosses !

– Je t'aime, dit-il.

Il me prit dans ses bras. Je m'abandonnai, vaincue, tout à coup sans forces. Nous continuâmes notre route au hasard, à pas lents, résignés.

Dès le lendemain, Ibrahim m'entraîna au bois de Boulogne. Entre des sentiers en terre battue, des Français couraient pour ne pas rater leur avenir. Des enfants jouaient sur les pelouses. Des mères promenaient leurs bébés dans des landaus. Des automobilistes roulaient doucement, cherchant des femmes disponibles pour faire l'amour à la pressée, entre les futaies. J'étais vêtue d'un jogging coquelicot qu'Ibrahim venait de m'offrir. Il avançait à grandes enjambées, dans sa tenue de sport bleue, et se fortifiait, selon ses propres expressions, du froid intense et de l'air pur. J'avais du mal à le suivre : « C'est génial ! disait-il. Avec les muscles que je me fais... » Le soleil donnait des éclats de bronze à son visage. Les oiseaux tournoyaient en rond dans le ciel et Ibrahim se penchait vers moi : « Avec tous les muscles que je me fais... » Puis il se malaxait les bras et soufflait : « C'est génial ! » J'avais mal aux pieds, aux jambes et surtout aux mollets. Je souriais agréablement, totalement écœurante à travers les bandelettes de lumière : « Ça me fait un bien fou ! » disais-je. Il avait l'air satisfait de mes efforts, je ne demandais pas plus au destin, rien qu'un petit geste, me blottir dans ses bras et jouir le restant de mes jours de la protection musculeuse du grand homme.

On se laissait tomber sur un banc. Je traversais alors un moment critique, car le chant des oiseaux, le vert des arbres et même le ciel si bleu me ramenaient des souvenirs. C'étaient des instants de transition entre le passé et l'avenir. L'ancien cycle venait remplacer le nouveau. Je revoyais Douala et je me demandais si nos politiciens, nos affaireux, nos exportateurs de biens sociaux avaient changé de comportement ; si Couscous, cette pétaudière, avait réussi à s'établir dans l'univers ; je pensais aussi à maman, au pharmacien, à madame Kimoto, au menuisier et je me demandais si, pour tous ces gens, la prospérité avait éclaté si fort qu'ils en avaient perdu l'expression animale de leurs yeux.

Je me méfiais des confidences que je pouvais faire à Ibrahim. Elles pouvaient me coûter le mariage. Je n'allais pas lui dire que j'étais une outre à malchance, que je me désolais du temps qui passait, que, jusqu'à présent, je n'avais pas pu trouver un mari, même dans une ville bidon comme Couscous. Ibrahim aussi était victime de la mélancolie. Il n'éprouvait aucun malaise à trifouiller dans ses souvenirs. Il m'en servait des tonnes, par brassées entières, à tel point que je n'arrivais pas à démêler le vrai du faux dans la trame de sa vie au Maroc, ses fiançailles avec les plus belles et les plus riches filles de la ville, ses séparations toujours de sa responsabilité – jamais comme il voulait qu'elles soient, trop belles, trop bêtes, trop maigres ou trop grosses, toujours ce trop de quelque chose. La belle auto de son père, toutes ces dentelles, ces cafetans brodés d'or dont son existence me paraissait comblée, mais dans cette marmelade, je pus quand même savoir que quand il habitait chez ses parents, il prenait sa brosse à dents avant d'aller chez les putains et disait à sa mère : « Je vais jouer au bridge ! »

Il était tard quand je rentrais. Ngaremba m'attendait, assise dans un fauteuil, dans les poses les plus dignes de son rang. Dès que je franchissais la porte, elle se frottait doucement les yeux et demandait de sa voix rauque :

– Alors ?

– Vous ne dormez pas ?

– Je ne peux pas fermer l'œil tant que je te sais à l'extérieur, répliquait Ngaremba. C'est si dangereux dehors, la nuit !

Il me restait, à moi, Saïda, la pauvre et toujours humiliée Saïda, en tant que jeune fille reconnaissante et serve enthousiaste, à me baisser aux pieds de Ngaremba et à les embrasser en criant : « Allah, mon sauveur et mon Roi ! » et puis : « Que votre nom soit à jamais béni et loué ! » Sans difficulté ni faux scrupule, la Négresse-princesse-et-dignitaire recevait ces hommages avec la digne suffisance de sa magnificence et revenait rapidement à ce qui l'intéressait :

– Alors ?

– Rien. Il m'embrasse juste sur les joues, puis c'est tout.

– Je ne te crois pas.

– Que le cancer me mange les mains si je mens ! On s'embrasse, un point c'est tout.

Elle détaillait tous les gestes – maudite sois-tu, Saïda – qui pourraient trahir en moi – maudite sois-tu, Saïda – les signes de perte d'une droiture, du sérieux et des bonnes mœurs que je trimballais partout – maudite sois-tu, Saïda – lorsque j'étais arrivée un matin de mon lointain Couscous – maudite sois-tu, Saïda –, yeux cernés ou vagues, ou encore une manière alanguie de reposer la tête, caractéristique des donzelles amoureuses qui avaient subi quelques instants auparavant des pelotées et des caresses qui illuminent les visages d'un soleil invraisemblable. Mais elle n'y voyait rien d'autre que mon habituelle nervosité, sans cette moue canaille.

– Ça ne va pas continuer comme ça longtemps, disait Ngaremba. Il va te laisser tomber.

8

Est-il sur terre un humain qui n'ait une fois dans son existence senti éclore les mystères de l'amour, si profondément enfouis dans nos cœurs ? si pareil bonheur t'a étreinte, qui que tu sois, lectrice, joins tes alléluias aux miens en te rappelant ces journées et ces nuits où une magnifique carrure masculine s'avançait vers toi. Tu croyais alors ne vivre qu'en lui, ne te reconnaître qu'en lui, que lui seul te reflétait. Tu te souviendras, même vingt ans plus tard, des bruissements des feuillages dans les arbres, du rire des ruisseaux, de cet étrange remous de l'air qui n'était pas du vent, et de l'inclinaison de la lumière, ni soleil ni lune. Alors, tu comprendras cette brèche qui s'ouvrait en moi, plus profondément au fil des jours. Ibrahim me montrait des paysages dont j'ignorais l'existence et il parlait une langue que je n'avais jamais entendue. Je ne me souviens plus de tout ce que nous partageâmes, mais cet après-midi-là...

Le soleil montait derrière les immeubles et jetait sur les choses ses gerbes d'or. Bras dessus, bras dessous, Ibrahim et moi allions prendre un thé chez monsieur Michel. Un cortège de femmes arabes remontait la rue Jean-Pierre-Timbaud :

– *Salam alékoum !* nous crièrent-elles.

– *Alékoum Salam*, répondîmes-nous.

Et il me sembla que s'offrait à moi une vie nouvelle de plaisirs et de liberté.

Tous les dépareillés s'étaient donné rendez-vous chez monsieur Michel. On y trouvait les bordels aux yeux noirs à la façon rue Saint-Denis à cent balles la passe ; plus loin, les nostalgiques fumaient leur kif dans d'énormes tuyaux en verre peint et ruminaient ; au fond, les pharaonnes fricotaient avec les sapeurs et les vibreurs black.

Nous nous étions à peine attablés que je vis Ngaremba faire une entrée maraboutée. Elle ressemblait à une lave incandescente, vêtue de rouge excessivement, chapeautée, gantée et un torrent de feu se répandit dans la salle. Des Nègres s'agitèrent juste pour la laisser passer.

– Qui est-ce ? demanda Ibrahim.

– C'est ma patronne. Ne te retourne pas.

J'avais une espèce de honte et je ne voulais pas qu'elle me voie. Ce n'était pas le lieu ni l'heure pour répondre à ses questions. Je me rapetissai sur ma chaise. Ngaremba se dirigea tête droite vers le comptoir, en laissant derrière elle des senteurs capiteuses et des émotions confuses sur les fronts étroits. Monsieur Michel s'empressa :

– Que puis-je pour vous, madame ?

– Un thé, s'il vous plaît.

– Je suis heureux de vous compter parmi ma clientèle, dit monsieur Michel en lui servant la spirituelle boisson.

– Vous me connaissez ?

– Qui ne vous connaît, madame ? D'ailleurs un de mes amis a de sérieux problèmes avec votre fille.

Elle ne demanda pas qui pouvait être cette « fille » car elle tourna la tête et me vit :

– Saïda ! Saïda !

Je rejoignis ma patronne, humble, rouge.

– Hé, les gars ! cria ma patronne à l'assistance. Dites à cette femme que c'est malsain pour l'organisme de rester vierge à cinquante ans !

Les gens se tournèrent vers nous et regardèrent comme s'ils n'avaient pas compris.

– Laissez tomber. Qu'elle se démerde, répondit monsieur Michel. Qu'est-ce que ça peut vous foutre qu'elle ferme ses jambes ?

– Je vais pas la laisser dans cet état ! dit la Négresse. C'est anticonstitutionnel, c'est moi qui vous le dis !

Contre la liberté de la femme ! Contre l'épanouissement de la femme ! Contre sa dignité !

Monsieur Kaba, le plus grand maquereau noir de Belleville, fit tournoyer les bagues à ses doigts et envoya un long crachat comme seuls savent le faire les Nègres :

– T'as qu'à me la confier, dit-il, en ajustant sa cravate rose à petits pois. Je te l'envoie travailler en deux mouvements. N'est-ce pas, les filles ?

Comme un signal, trois jeunes Négresses, habillées en houris, s'approchèrent de Ngaremba, en dandinant leurs énormes pots arrière :

– Nous sommes la liberté faite chair, dirent-elles en chœur.

Et elles parlèrent de leur immense champ d'expérience de la chose sexuelle, qui se réalisait grâce à l'intervention de monsieur Kaba. Celui-ci écoutait ces compliments avec de graves hochements de tête et les ailes de son gros nez palpitaient. Elles développèrent les théories d'Ève libre de toute procréation, possessive et non plus possédée. Elles s'adonnaient dans les je t'aime pas et je te mange, et je te dévore, et je te plante mes canines dans tes tendres viscères. Elles étaient sûres de leur sexe. Puis, ajoutant l'expérience à la théorie, elles titillaient les sens des types, jouaient leur rôle avec des prodiges de talent, comme si tout cela n'eût été que virtuel. D'ailleurs, deux hommes succombèrent à leurs suggestions et disparurent à leur suite, derrière le battant des toilettes. La Négresse-princesse-et-dignitaire regardait tout cela avec un intérêt aussi singulier qu'intense. Moi aussi, dois-je l'avouer ?

– Quelles filles ! dis-je à ma patronne.

– Elles sont tout, dit monsieur Kaba. L'amour et la haine, la colère et la tendresse, le vertige et l'angoisse.

– Elles incarnent la tragédie humaine, dit monsieur Michel.

Ils n'avaient pas fini d'énumérer les caractéristiques des prostituées que Ginette la clocharde me bouscula :

– Oh, pardon, me dit-elle.

– Pas de quoi.

Elle se pointa devant Ngaremba, croisa les bras et affirma d'une voix théâtrale à couper au couteau :

– On se connaît.

– Ça m'étonnerait, dit Ngaremba.

– Moi, j'en suis convaincue, dit Ginette. Je connais les gonzesses de ton espèce. Elles entrent quelque part et croient que la terre, le ciel et même les étoiles leur appartiennent. Mais je t'avertis, ici, c'est moi qui commande.

– Nous ne sommes pas du même monde, ma chère, dit Ngaremba, plus hautaine que jamais.

– Ah oui ? demanda Ginette en détaillant vicieusement les bas résille de Ngaremba. (Puis elle ajouta :) Vous portez des jarretelles. Je me trompe ?

– Je ne vois pas...

– Au contraire, très chère. Les femmes respectables portent des collants, des jupes plissées, des chemisiers boutonnés jusqu'au cou et ne se maquillent pas.

Et ses petits yeux battus par toutes ses nuits blanches se plantèrent résolument sur le visage outrageusement maquillé de Ngaremba. Tout à coup, la Négresse-princesse-et-dignitaire s'aperçut de l'insolite réalité des faits et l'éclair noir de l'épouvante frappa son cerveau :

– Vous me jugez à mes vêtements ? demanda-t-elle, outrée.

Mais Ginette fit la sourde oreille et continua :

– Vous venez faire vos choux gras de nos malheurs, si je comprends bien. Vous autres, intellectuels, semblez être les vautours de la dépravation contemporaine.

Elle s'assit sur le tabouret et y cala son gros fessier, tout heureuse de sa désobligeance.

– Je me considère plutôt comme une observatrice de la société, dit Ngaremba.

Ginette sourit :

– Bien sûr. Où avais-je la tête ? Vous êtes la reine

de l'opinion. D'ailleurs, les intellectuels africains se réunissent chez vous pour changer le monde. J'ai été à l'université, vous savez ? N'empêche, mon derrière, je le rentabilise.

– Je ne comprends pas, dit la Négresse.

– J'en étais sûre ! triompha Ginette. Vous vous mêlez des affaires des autres, vous leur construisez des avenirs à votre choix, quelle puissance ! Pourtant vous êtes incapable de gérer votre propre vie.

Et du pouce et de l'index, elle forma un rond qui aurait bien pu signifier O.K. ou zéro sous les yeux scandalisés de la Négresse

Ngaremba se retourna, furieuse, vers Ginette comme pour dire : Salope ! ou crier : « Je suis d'un autre monde. » Ou demander, comme les matrones : « Que vas-tu faire quand tu seras vieille pour satisfaire les hommes ? » Mais, jetant un coup d'œil aux gens attablés, elle se tut : chacun exprimait une discrète sympathie pour sa déroute. Ngaremba poussa un long soupir :

– À tout à l'heure, me dit-elle pour me congédier.

Je fis un pas et me retrouvai nez à nez avec Marcel Pignon Marcel. Il pelotait d'une main sa barbe, de l'autre sa virilité qui le torturait. Ginette bondit vers Marcel Pignon Marcel : « Qu'est-ce que tu deviens, cher ami ? Voilà des jours que je ne t'ai pas vu ! » Elle fit mine de l'embrasser. Mais Marcel Pignon Marcel se tourna vers moi : « Saïda, amour de ma vie. » Je m'esquivai presto et allai rejoindre Ibrahim. Marcel Pignon Marcel s'accouda à son tour au comptoir. Je l'entendis dire : « Elle est déjà peut-être enceinte ! Le môme ne me ressemblera même pas ! » Je restai sans bouger.

– Saïda ne t'appartient pas, dit Ngaremba

– C'est de votre faute ! cria Marcel Pignon Marcel.

Il se leva et cravata Ngaremba.

– Laisse tomber, Marcel, dit monsieur Michel.

– Non, gronda Marcel. Elle me l'a pourrie, ma Saïda.

Maintenant, elle ne réclame que des hommes qui ont des maisons et des voitures, avant...

– Oublie-la, dit Ginette. Les femmes orientales, c'est comme toutes les autres : elles aiment les bijoux, les dents en or et la prison.

Dans le café, des gens rassemblaient leurs manteaux et s'en allaient. Un couple se leva, la dame ramassa sa fourrure, chercha autour d'elle pour voir ce qu'elle avait pu oublier. Elle attendit que son compagnon massif et autoritaire la prenne par les épaules et l'entraîne vers la sortie, malgré ses protestations rieuses. Ils disparurent, laissant derrière eux plusieurs verres, des mégots et des mies de sandwich. Monsieur Kaba et ses filles se levèrent aussi.

Ibrahim jeta son mégot qui commençait à lui brûler les doigts, regarda par la vitre sur laquelle on pouvait lire peint en lettres rouge sang : CHEZ MICHEL, et me dit : « On s'en va ! »

9

L'insolence accomplie de Ginette avait dépouillé ma patronne des brumes qu'elle avait artificieusement créées pour ses glorifications triomphantes : Ngaremba n'était rien, creuse comme un vase. Elle n'avait existé tant soit peu que par son apparence, et encore la variait-elle étourdiment au gré des circonstances.

Ibrahim et moi cheminâmes, silencieux. Des pigeons se posaient sur les trottoirs. Des gens marchaient, les yeux rivés au sol pour éviter les crottes des chiens. Je les regardais et me disais que les Parisiens, tout innocents et malheureux qu'ils sont, n'étaient pas des gaillards sympathiques. J'en étais arrivée à redouter ces instants où

quelqu'un m'interpellait dans la rue et me demandait :
« Quelle heure est-il ? » Il leur manquait le sourire.

À un moment, Ibrahim tenta de me faire parler de ma patronne : « Comment elle est ? Quel caractère elle a ? Quel genre de personne c'est ? » Je me lançai dans une définition de la personnalité de Ngaremba. Je m'aperçus que je ne la connaissais pas vraiment, que je n'avais conscience que de quelques traits grossiers de son comportement. Mais, néanmoins, quand nous atteignîmes le carrefour de la rue des Couronnes et du boulevard de Belleville, j'avais déjà presque totalement perdu confiance en elle et l'idée que je m'en étais faite, comme porte-parole des sentiments et des intérêts des immigrés, avait volé en éclats. En outre, ces réunions de Nègres n'apportaient rien qui vaille, que des paroles et des soûleries immenses. Malgré tout, elle continuait, sans y croire. Pourquoi ? Aux yeux des marginaux de Belleville, elle n'était à l'évidence qu'une cacaba, « un zéro », avait suggéré la clocharde, et j'en étais arrivée à partager son opinion. C'était pitoyable dès que j'essayais de la décrire telle qu'elle était. Je voulais la rendre agréable à Ibrahim, répandre à son sujet des paroles élogieuses, je n'y arrivais pas.

– C'est une intellectuelle, dis-je.

Il n'y avait rien à ajouter, à moins de bavasser pour pas grand-chose.

J'étais à la maison depuis quelques minutes, à ranger, à épousseter, lorsque Ngaremba revint de son excursion fâcheuse, fondue comme lézard-mantègue au soleil. Elle me rappela des bonjour bonsoir, ces fleurs pervenche qui se fanent juste après éclosion. D'humiliation ses joues tombaient en poches. Même ses vêtements si étincelants quelques heures plus tôt s'étaient affadis. Elle me bouscula et des mots se bousculèrent d'eux-mêmes sous ma langue :

– Pardon, madame, dis-je.

Elle se tourna vers moi, agressive :

– T'as pas cru tout ce que cette putain racontait, n'est-ce pas ? dit-elle en se laissant tomber dans un fauteuil et en ramassant ses froufrous entre ses genoux.

Je n'avais pas l'assurance de Ginette. Je n'avais pas les moyens de rentrer dans une brutale polémique et lui cracher tout de go : « Ma vie privée ne vous regarde pas, madame, et vous n'avez pas à l'étaler sur la place publique », voilà pourquoi je rétorquai :

– Non, bien sûr !

Cette réponse la rendit triste et elle dut me trouver encore plus dégoûtante que tout ce qu'elle venait de subir, car, en deux enjambées, elle fut contre la fenêtre et l'ouvrit. Les rumeurs de la rue s'engouffrèrent dans le salon. On entendait les bruits des chaussures sur les pavés et l'air résonnait d'avertisseurs. Elle resta, pensive, à regarder l'agitation de la rue, puis pivota sur ses talons :

– T'aurais dû ! (Avant d'ajouter à voix basse :) À chacun ses propres vérités.

Comme je ne comprenais pas le sens de ses paroles, je m'excusai :

– Je sors avec Ibrahim ce soir, madame. Il m'a demandé de l'épouser. Il viendra vous voir un de ces jours.

– Félicitations, dit Ngaremba. Mais je ne crois pas que ce soit une bonne idée.

– On fera la fête, dit Loulouze accroupie devant la télévision. Je mettrai ma robe de baptême.

– Il est plus jeune qu'elle, insista la Négresse. Il va la tromper au bout de deux ans et...

– C'est pas grave, maman, dit Loulouze. Papa t'a trompée et t'en es pas morte !

– Tais-toi ! hurla-t-elle. C'est pas une façon de parler pour une enfant bien élevée.

Elle sortit son discours sur le couple-destructeur-depersonnalité, le couple-python, le couple-cannibale et autres insanités. Je voyais à son visage que l'idée de mon échec amoureux l'emplissait d'une joie secrète. Elle me suivit dans la cuisine sous prétexte de m'aider, mais délégua à sa langue tout le travail :

– À moins que tu n'aies vu d'autres marabouts sans rien me dire. C'est ça, hein ? D'ailleurs qu'est-ce que t'as qui peut séduire un homme d'au moins dix ans ton cadet ? C'est pas toi qu'il aime mais les gris-gris que t'as pratiqués.

Je ne prêtai aucune attention à ses paroles, sachant que je ne croyais plus aux sortilèges de frère Ouakala lorsque j'avais rencontré Ibrahim. D'ailleurs, ces pouvoirs existaient-ils ? S'ils existaient, ils avaient dû, au cours des siècles, se perdre quelque part ou disparaître comme une langue dont on ne se sert pas. En outre, des générations d'Africaines avant moi avaient été accusées de ce genre de pratiques uniquement parce qu'elles étaient aimées. Pour me ravigoter, je me dis qu'elle parlait ainsi pour sauvegarder ses propres intérêts. Qui garderait Loulouze si je me mariais ? Qui l'emmènerait à l'école ? Qui lui préparerait le thé à la menthe ? Et le méchoui ? Et les tajines ? Le couscous ? Les bricks odorants et fumants au petit-déj' ? Néanmoins, je m'efforçai de trouver un sujet de conversation agréable :

– Vous savez que Loulouze travaille de mieux en mieux à l'école ?

– C'est parce que je l'aime, dit-elle. Après tout, c'est moi sa mère !

J'eus un pincement au cœur, car elle venait de donner un coup de bec sec dans une cicatrice douloureuse. Mais, plus tard, je lui pardonnerais, confuse. Je comprendrais que malgré tout ce qu'elle possédait, Loulouze, Frédéric, sa belle maison et même ses beaux vêtements, elle souffrait atrocement et je n'oublierais jamais qu'elle m'avait été d'une aide précieuse.

10

Ibrahim m'entraîna vers un dancing souterrain où les garçons payaient soixante francs et les filles dix francs. Ma bouche sentait une association de réglisse et de thé à la menthe et le soleil s'infiltrait par l'arrière de mon crâne. J'aurais voulu que tout Couscous m'admire dans les bras de mon fiancé. Je penchais de temps à autre la tête pour l'admirer, un peu désorientée de ressentir une telle joie.

Le dancing-club-rencontre était situé porte de Clichy. L'immeuble était vieux. Les murs étaient marron. Des linges aux fenêtres et aux balcons indiquaient l'origine des habitants du lieu. Dans la cour où se mêlaient toutes les odeurs, des Arabes et des Nègres faisaient la queue pour acheter leurs billets, engoncés dans des vêtements criards. Ils bavassaient et rigolaient en piaffant d'impatience. Une grosse Blanche avec trois cheveux bigoutés ouvrit sa fenêtre et agita ses bras, furieuse : « Faites moins de bruit, bande de couillons ! Je dors ! » Un gros Nègre mit ses mains en haut-parleur : « J'arrive, chérie ! » Folle de rage, la femme referma sa fenêtre et la foule éclata de rire. Ibrahim paya nos tickets et nous entrâmes.

La gargote était plongée dans le vacarme des rires et des appels. Les ampoules rouges et jaunes, accrochées au plafond par des fils qui pendaient bas, donnaient une atmosphère romantique. Ici c'était l'Afrique, le Maghreb et La Mecque réunis puisqu'il y en avait pour tous les goûts et toutes les nostalgies. Partout, hommes et femmes, assis sur des poufs, remuaient comme des asticots. Ils dégustaient des cacahuètes, croquaient des pistaches grillées et mastiquaient des dattes séchées dont la consistance moelleuse s'écoulait en bave le long des commissures. De temps à autre, on chiffonnait bruyamment un paquet de bonbons, de chips ou de sucettes, qu'on envoyait atterrir sur l'estrade où six musiciens, en djellabas blanches, massacraient sans pitié des airs arabisants antédiluviens. Des femmes aux hanches épaisses comme dix gourdins dansaient. Elles s'escrimaient et leurs fesses se détachaient de leur corps comme des mangues mûres, prêtes à tomber. Des mémères vêtues de gris, trop longtemps exilées, économes de leurs bourses et des gestes, gaspilleuses en verbiage, surveillaient d'un œil mauvais l'évolution des jeunes et la trop dangereuse promiscuité que permettait la libération sexuelle en Europe où l'on ne sait pas se tenir ; elles refilaient des conseils : « Hé ! doucement les enfants ! » ou : « Faites gaffe aux maladies ! » ou encore : « Ah, on en a vu, nous, des vulves saignantes. »

Je m'assis et me pressai contre l'épaule de mon fiancé. Il regardait autour de lui, à la fois distrait et attentif, un mégot collé à la bouche. Des gens riaient, les émotions déboutonnées. Nul ne s'encombrait inutilement la cervelle avec des histoires – le FIS, les actions ouvrières pour l'augmentation des salaires, ou les problèmes des libertés fondamentales n'avaient que faire ici. Les discussions portaient sur des questions amoureuses, la belle blague universelle en goguette qui menait le monde par la braguette. On avait de l'avenir car on n'était pas morts. On allait vivre éternellement, pour des siècles et des siècles en esclaves ! On divaguait d'optimisme, en entière liberté. On castagnait le bonheur. On s'ébrouait, le cœur tranquille. Rien que des miasmes indistincts de cette joie humaine qui refuse de s'arrêter à l'imperfection de nos vies en France, aux flics qui interrogent juste pour nous donner un peu de frousse ; aux contrôles d'identité ; aux murs crevassés ; au crépi écroulé le long des rideaux sales ; aux chaises cassées, pour n'entendre que ce que la musique transmettait, un message de gaieté, de concorde et de sécurité.

Et Ibrahim était heureux : « On n'est jamais aussi bien que chez soi », disait-il en cigarettant tous les quarts d'heure. La salle était enfumée et empestait la sueur. Les yeux piquaient, les narines avaient des difficultés à happer l'air, mais ces inconvénients auxquels nous n'étions pas habitués devenaient affectueux. La musique se tut soudain et les ampoules s'éteignirent. On flairait, on sentait, on ne voyait rien ; peu à peu, les yeux s'habituèrent ; on distinguait dans l'obscurité des boucles d'oreilles luisantes comme des jets d'eau, des costumes droits, austères, plus sombres que la nuit et la blancheur des dents qui scintillaient comme l'argent. Soudain, sur l'estrade, la lumière jaillit. Des danseuses du ventre, déguisées en girls, entrèrent en scène, ravies de leur sublime beauté, de leur grâce universelle et qui ne demandaient qu'une chose : qu'on les applaudisse. Elles gigotaient à profusion, éparpillaient par grosses bouffées les odeurs épicées et sucrées de l'Orient. Des gouttes de sueur perlaient à leur nombril. C'étaient des étoiles, que dis-je ? des astres. Elles levaient les bras, criaient, concentraient sur leurs mouvements toute la clarté, la lumière qui jusque-là se répandait sans racisme sur le reste du monde, même sur des sans-rien comme moi. Dans l'obscurité, on n'y trouvait plus son fiancé. On pouvait juste toucher un bras ou des doigts. Elles fulguraient, belles à en être inhumaines, à moins qu'ovniennes. On les voyait, personne n'aurait pu distinguer à qui appartenait cette jambe ou ce bras, cette chevelure ou cette figure, tant l'éclat de leurs strass, la blancheur de leurs aisselles étaient insoutenables. Ibrahim applaudissait et riait. Mon propre rire traversait l'air, et me revenait noyé dans la ferveur fanatisée des mains qui saluaient les vedettes, et je sentais la concurrence féroce de ces femmes. Je savais que la plus miteuse d'entre elles pouvait me voler mon Ibrahim parce qu'elle était célèbre.

– Qu'est-ce que t'as à les regarder comme ça ? demandai-je en pressant une main tremblante sur le bras de mon fiancé.

Ibrahim me jeta un œil agacé.

– C'est pas interdit de contempler une grosse hanche !

Les danseuses du ventre disparurent en faisant cliqueter les tin-tin-tin de leurs bracelets à cheville, sous l'applaudissement du public. La lumière se fit. Nous restâmes un moment comme perdus, somnolant presque sous les ampoules.

– J'ai envie de danser, dis-je à Ibrahim.

Il ne bougea pas. Il semblait avoir pris racine et ses yeux continuaient à fixer l'estrade abandonnée par les girls.

– Ibrahim ?...

– Oh, pardon ! dit-il.

Il me prit dans ses bras. Nous dansâmes collés, encastrés. Nous tournions sur nous-mêmes, nous nous déplacions autour de l'orchestre, pareils à une conjonction de satellites. Sa main était posée sur ma taille, prenait possession de ma personne, par lampées. Je glissais imperceptiblement mes doigts vers sa nuque, la pelotais. J'adorais toucher ses cheveux, peut-être parce qu'en dessous se trouvaient concentrées l'intelligence et la force d'un mâle, le mien.

– Je ne te permettrai pas de te déshabiller, souffla-t-il.

Je ne compris pas. Et nous continuâmes à tournoyer. Autour de nous, des couples dansaient aussi. J'étais si émerveillée que j'arrivais à croire qu'il n'y avait que moi au monde pour connaître ces émotions, le cœur battant, cette chaleur aux joues. J'étais la seule au monde à les vivre, à expérimenter cette joie, et je voyais le luxe, la sécurité de ma vie future se déployer à mes yeux comme une queue de paon.

– Le nombre de nuits ou je t'ai imaginée dans ton sommeil, les jupons relevés, murmura-t-il soudain à mes oreilles en les mordillant. Je ne te permettrai même pas de défaire ton chignon.

Une femme s'avança à grandes enjambées vers nous. Elle n'avait plus vingt ans car son visage portait les rides

des difficultés qui avaient marqué sa jeunesse. Ses cheveux noirs étaient divisés au milieu par une raie et deux créoles pendaient à ses oreilles. Dès qu'elle fut à notre niveau, ses petits bras s'abattirent sur la ceinture d'Ibrahim :

– Salaud ! Fils de pute ! Maquereau !

Elle avait crié si fort que les couples s'arrêtèrent de danser pour nous observer. Mes genoux flageolaient. Qui était-elle ? D'où venait-elle ? Que voulait-elle ? Je n'arrivais plus à réfléchir. J'avais l'impression que mon esprit était comprimé, écrasé quelque part dans ma boîte crânienne.

– Mais d'où qu'elle sort cette folle ? demanda Ibrahim en se débarrassant de son étreinte. Oh, malchance ! Je ne la connais pas, moi !

– Ô mon Dieu ! Ô mon Dieu ! dit la femme. (Et ses narines palpitaient, et ses yeux refoulaient des larmes en clignant des paupières.) J'ai payé son billet pour la France et il me renie. Où va-t-on, Seigneur ?

Une femme, presque aussi laide que la mort, tapa des pieds et dit :

– Les filles d'aujourd'hui savent plus ce qui convient à un homme.

– Et toi, tu sais ? demanda un Nègre aux yeux de chat.

– Que oui ! Tout homme veut la vie d'une femme. Je ne dis pas la tuer, mais la prendre. Il la veut sans conscience, domestiquée jusqu'aux émotions. Au lit, n'en parlons pas ! Quand t'as du plaisir, t'es une pute. Quand t'en as pas, t'es frigide. Est-ce que j'ai tort ?

Des hommes gloussèrent. Quelques épouses regardaient ailleurs pour ne pas éclater de rire. La femme qui avait fait irruption continuait à parler :

– Ibrahim, tu ne connais plus ta Blandine ? C'est moi, ta Blandine, ton oiseau de paradis ? Souviens-toi de moi, de nos promenades au Bois, de nos pique-niques et puis de nos...

Elle battait l'air de ses mains osseuses, pour ne pas

294

parler de leurs baisers ardents, de la fusion de leurs corps car, vu son excitation, il semblait y avoir eu entre eux une telle passion qu'aucun apaisement n'était possible. Ibrahim fronçait les sourcils comme s'il cherchait dans ses souvenirs. À l'exception des contractions des muscles de ses joues, il semblait très détendu. Les gens riaient, car personne n'était dupe. Je leur en voulais de leur allure tranquille, de leurs bras enlacés, de leurs voix gaies.

– Désolé, dit Ibrahim. Mais j'ai beau chercher, je ne vous connais pas. Viens, on part, dit-il à mon adresse.

Je le suivis dans la cohue et les immigrés se rangeaient de part et d'autre, comme la mer Rouge devant Moïse, ce qui ne les empêcha pas de continuer à bourdonner comme des guêpes. Blandine bouscula les gens et se mit en travers de notre chemin. Elle me prit la main et me regarda longuement. L'intelligence brillait dans ses yeux :

– Faites attention, madame. Il n'en veut qu'à vos sous.

Je détournai la tête pour qu'elle ne vît pas mon angoisse et m'accrochai au bras de mon fiancé. La nuit était noire et glaciale comme les seins d'une sorcière ou d'un serpent. Des files de voitures passaient, indifférentes. On entendait des timbres, des trompettes, des échappements de motos. Des noctambules traînaient, la tête enfoncée dans leurs manteaux. Ibrahim héla un taxi. Nous nous y engouffrâmes et il donna l'adresse de son appartement. J'étais surprise, mais ne pipai mot. Ce n'était pas une prouesse car je me sentais lasse et déprimée. Ma cervelle d'oiseau piétiné pensait sincèrement qu'en le suivant docilement – sans lui demander : « C'était ta maîtresse, n'est-ce pas ? » –, je réussirais à me faire épouser. D'ailleurs, n'était-ce pas le moment de me défaire de ce qu'il y avait sous ma culotte, de me desserrer des griffes carnassières du temps, d'élargir mon paysage, de gommer mon enfance et cette éducation musulmane ? Je sais qu'il y avait dans ce pas franchi un peu de l'influence de Ngaremba, de ses réflexions sur l'évolution des mœurs, et des mots comme *orgasme*, *plaisir physique*, dont j'ignorais jusqu'à l'existence, s'étaient insinués dans mon esprit, sans que je m'en sois rendu compte.

L'appartement était une chambre meublée, avec deux lits superposés, une table dans un coin, un réchaud près de la fenêtre avec des casseroles, des assiettes et un pot de roses en plastique posé à même le sol. Au départ, je fus effrayée de ne pouvoir répondre à ses attentes, de ne pas être à la hauteur des circonstances. Je voulais me surprendre moi-même, adopter des comportements que je n'aurais pu reconnaître comme miens, me dépouiller de ma réputation et de cette peur tapie au tréfonds de mon être. Tandis qu'il me regardait, les yeux arrondis de surprise, j'ôtai mes vêtements jusqu'à ce qu'il ne restât que ma petite culotte blanche.

– C'est la première fois, dis-je.
– T'as de l'audace, ma chérie.

Il me prit dans ses bras et embrassa mon cou, la naissance de mes seins. Pour une femme de cinquante ans, qui n'avait jamais rien connu, je me mis à ressentir des frissons, gros comme un tremblement qui commençait depuis la pointe des cheveux, jusqu'aux orteils. C'était cela l'amour ? Cette sensation étrange qui vous donnait des crampes là, dans le bas-ventre, ce cœur qui cognait, et puis ces sens qui partaient par les rivières bleues des veines ?

Il me poussa doucement sur le lit et s'allongea sur moi. Je sentais la forme des muscles puissants sous son pantalon, la ligne aiguë du tibia, les poils noirs et durs de sa moustache qui frottillaient les coins de mes lèvres, et je m'imaginais qu'il était un sculpteur me façonnant dans l'argile, traçant la ligne de mes côtes, pinçant les os de mes hanches, pour fabriquer des petits monts de mes seins, écartant mes cuisses, pour les rendre plus accueillantes.

Brusquement, il se redressa, secoua la tête et ses cheveux bougèrent telle l'herbe sous la brise :

– Merde, Seigneur ! C'était donc vrai ton histoire de virginité ?

– Qu'est-ce qui se passe ? demandai-je.

– Fous le camp d'ici ! souffla-t-il.

– Qu'ai-je fait ?

– Rien, dit-il. Fous le camp, point final.

La violence du ton était telle que je ne pouvais rien faire, sinon me lever et rester bras ballants comme après un acte important.

Il alla se réfugier contre la fenêtre, y posa son front et respira bruyamment. L'espace d'un moment j'observai son corps, la courbe du cou, la puissance du dos, m'imprégnant une dernière fois de cette chair qu'inconsciemment je savais ne plus m'appartenir. Puis lentement, je m'approchai de lui et tentai de le prendre dans mes bras. Il esquiva mon geste et se réfugia loin de mes mains.

– Je t'ai fait peur ? demandai-je.

– Peur de toi ? ricana-t-il.

– Ce n'était pas une critique, affirmai-je.

Il me détailla lentement, totalement. Je me sentis honteuse.

– Je crois qu'il vaut mieux que je parte.

– Avec plaisir, dit-il.

Tremblante, j'enfilai mes vêtements et après en avoir lissé le tissu une fois avec mes mains, je me tournai, le fixai droit dans les cheveux :

– On se voit demain ?

– Demain, c'est un autre jour.

– Qu'est-ce que t'as ? Qu'ai-je fait ?

– Rien.

– Tu ne parles pas et tu me dis pas ce qui se passe.

Déjà, je m'excitais. Je l'appelais, échevelée, hystérique, une vraie femelle amoureuse.

– C'est à cause de Blandine, n'est-ce pas ? J'ai bien vu que tu jouais la comédie. Tu la connaissais et...

– Ce qui se passe entre elle et moi ne te regarde pas. De la même façon que je ne t'ai posé aucune question sur tes relations avec Marcel Pignon Marcel.

– Oh, que je suis bête ! Elle est trop vieille pour toi. T'en profites, voilà tout. Je me trompe ? Mais la véritable cause de ton détachement, c'est les danseuses. J'ai vu comment tu les regardais. J'ai tout vu !

Ibrahim me prit doucement le bras et me conduisit à la porte. Pas un reproche, rien. Il pencha la tête, m'embrassa comme si les choses s'étaient arrangées :

– À un de ces jours, dit-il.

Et la porte claqua.

Dans la rue, je marchai comme quelqu'un d'ivre. Près de deux ans après les faits, je garde en mémoire l'image de Paris cette nuit-là : la fine pluie qui martelait le sol ; l'eau qui brillait sur le pavé. Des formes grises ou noires qui disparaissaient aux coins des rues ; les voitures à l'allure menaçante qui me doublaient en klaxonnant. Plus tard, dans l'immeuble de Ngaremba, le lampadaire blanchâtre à l'entrée me fit ressembler à un fantôme et j'y vis flou. Quand j'entrai dans l'ascenseur, monsieur Momo s'y trouvait : « Ça va, Saïda ? » me demanda-t-il, bras croisés sur son imperméable gris. Il était calme et gentil, comme Ibrahim qui venait de me faire tant de mal. Je ne répondis rien et appuyai sur le bouton du quatrième.

Loulouze dormait. Frédéric n'était pas rentré et Ngaremba était dans son bureau, enveloppée dans un peignoir rose.

– J'ai à vous parler, dis-je.

– Ça ne peut pas attendre ? Je suis crevée, Saïda.

– J'en ai marre qu'on me chie dessus. Tout le monde fait ses besoins sur moi, depuis ma naissance.

– Tu ne penses pas qu'on pourrait en discuter demain ? Je te répète que je suis épuisée.

– Pourquoi ? Pourquoi êtes-vous fatiguée, Ngaremba ? Depuis que je suis chez vous vous n'avez rien soulevé de plus lourd que votre propre corps.

– Je suis une intellectuelle, moi ! À chacun son job, ma fille.

– Est-ce votre intelligence qui vous donne des droits sur moi ? Parce que vous vivez avec un homme ? Parce que vous êtes noire et que je suis arabe ? Pourquoi ?

D'un mouvement brusque, je saisis un cendrier et l'envoyai valser. Ngaremba eut juste le temps de baisser la tête. Le cendrier alla se fracasser contre une minuscule armoire.

– Je...

Avant qu'elle pût formuler sa phrase, sa lampe de bureau volait en éclats. Je m'attaquai méthodiquement à ses lettres types. Les livres tombaient morts. À chaque coup que je portais, je poussais des youyous primitifs, un de ces cris d'impuissance qui doivent composer la musique d'un crime ordinaire : je coupe les couilles à mon homme et je pleure comme une petite fille.

Ngaremba s'avança vers moi d'un pas ferme, sortit une main de la poche de son peignoir et m'envoya une gifle.

– Qu'avez-vous fait ? demandai-je, ébahie.

Devant mon regard vide, le sien était étincelant comme celui d'un hibou.

– Je fais comme toi, ma chère. Je casse. Et si tu oses encore toucher à un poil de mes affaires, je te brise le cou. Suis-je claire ?

Je baissai les paupières. Mes bras tombèrent d'eux-mêmes le long de mon corps et les sanglots me disloquèrent. Je savais que je souffrais, mais ma souffrance s'exprimait de manière illogique et faisait n'importe quoi, pire que la nature brute.

– Je... Ibrahim, commençai-je en sanglotant de plus belle.

– Pleure pas, mon enfant. Pleure pas mon tout-petit, dit Ngaremba en m'entourant de ses bras comme un gros poulpe noir.

Elle câlina mes cheveux. Je gémissais :

– Qu'ai-je fait au bon Dieu ?

– Pas au Bon Dieu, mais à un homme.

– Dites-moi que ce n'est pas vrai...

– Va comprendre les hommes, mon enfant. Bien courageuse est celle qui pénètre dans sa chair ! Comment garder son intégrité après la copulation ?

– Je n'ai pas...

– Castration affective, perte de la féminité, possession abusive. Tu ne perds rien, ma chère...

– Vous dites ça parce que vous, vous avez déjà été mariée. L'amour, j'y ai aussi droit, en plus je suis vierge. Je voulais tout lui donner, tout, et le meilleur !

– Tout ? demanda la Négresse, amusée.

– Oui, dis-je. Quand j'étais dans sa chambre, j'étais prête à connaître le plaisir par le sexe comme tu dis.

– Il n'en a pas profité ? *Tss ! Tss !* Un homme qui a une femme nue dans ses bras et ne la baise pas, ma foi, c'est pas un homme. As-tu senti son sexe se raidir dans tes mains ?

– Non.

– Ce type est impuissant, dit-elle. C'est normal. Quelle vie ont les immigrés ? Certains restent si longtemps sans toucher à une femme qu'ils en perdent les moyens dès qu'il s'en présente une.

– Mais c'est un musulman, lui ! Chez nous, seules les femmes ont des faiblesses de ce genre. Elles peuvent être stériles, être frigides, mais un homme musulman, jamais ! Et puis cette Blandine, je suis sûre qu'elle était sa maîtresse.

– Si c'est le cas, alors, il a eu pitié de toi. D'ailleurs, je ne vois pas pourquoi nous passerions un temps précieux à parler de ce type. C'est un maquereau. Il ne te convient pas.

– Ah oui ? Qui me conviendrait ? Qui êtes-vous donc pour savoir ce qui est bon pour moi ? Vous en souciez-vous seulement ? Vous demandez-vous si quelquefois en rentrant de mon travail je suis trop fatiguée pour avoir la force de vous préparer votre repas ? Depuis que je suis là, vous ne ramassez plus vos ordures. Vous ne faites pas votre lit. Vous n'accompagnez pas votre fille à l'école. Tout ce qui vous intéresse, c'est d'être sûre que vos vêtements sont lavés et repassés, que votre repas est prêt, que votre fille est propre. Est-ce que je me trompe ?

Prise d'un brusque vertige, je m'écroulai. « Saïda ! » hurla Ngaremba en s'agitant. Elle se courba en marmonnant entre ses grandes dents : « C'est vraiment ça notre condition ? Notre condition de femmes ? Souffrir ? Pleurer ? Servir ? » Elle prit ma tête au creux de ses bras et me tapota les joues :

– Reprends tes esprits, Saïda. Tu dois pas te laisser mourir, Saïda. Parce que ce qu'il veut, tu l'as peut-être pas.

Lorsque je repris connaissance, elle m'entraîna clopin-clopant dans la salle de bains. Elle me trempa la tête dans la baignoire. Je tournai sur moi-même, l'eau ruissela sur mon visage, depuis mes cheveux, et descendit jusqu'au col où elle s'infiltra entre ma peau et mon corsage.

– Tout ce que je voulais dire, fit-elle, c'est qu'il ne te mérite pas, cet imbécile. Il ne te comprend même pas.

L'image d'Ibrahim flottait sous mes yeux, floue comme une silhouette reflétée à la surface d'un lac. Non pas comme celle d'un être perdu, mais semblable à la figure d'un bourreau dégouttant de sang : « Je vais le tuer », dis-je. La Négresse-princesse-et-dignitaire m'essora les cheveux : « Étripe-le, si ça peut te soulager », dit-elle. J'étais surprise par son calme et sa sérénité, et elle-même semblait fière de son comportement.

Elle me sourit : « Moi aussi, des hommes m'ont jetée plusieurs fois, comme ça, sans explication. » Mes lèvres furent prises de tremblement : « Je croyais que c'était vous qui aviez quitté votre mari. » Ngaremba baissa la tête. Quand nos yeux se croisèrent, ceux de Ngaremba étaient pleins de larmes. « Pour l'honneur, qu'est-ce qu'on ne dirait pas ? » demanda-t-elle. Je pâlis et mes bras s'entrouvrirent à leur tour. Mais la Négresse-princesse-et-dignitaire les esquiva : « Je suis fatiguée. » Elle me conduisit à ma chambre. Je tirai les couvertures sous mon menton : « C'est affreux de penser par où vous êtes passée. Vous êtes formidable, Ngaremba. » Et au moment où Ngaremba refermait la porte, j'ajoutai : « Vous inquiétez pas pour les dégâts. Je paierai tout. Mais l'autre, je le tuerai. Promesse ! »

Le printemps frappait aux portes, mais Paris était frisquet. Malgré la beauté du temps, le petit déjeuner, bricks dorés, croissants, pain généreusement tartiné de beurre et de confiture, café fumant, je ne pus avaler grand-chose. Je chipotais dans les céréales. Je n'arrivais pas à digérer mon échec de la veille. J'accompagnai Loulouze à l'école. Je décidai de déambuler un peu, mais de combien de pensées était comptable chacun de mes pas ? Je passais par des alternances d'anéantissement et d'agressivité. Je n'y voyais plus clair, ou, tout du moins, je voyais tout en noir. Des choses entraient dans ma tête, des morceaux de nos promenades, des bouts de nos rires et, surtout, cet amas de désespoir qui n'en finissait plus. Mais au milieu de cette absurdité, ma haine à l'égard de l'homme que j'aimais s'était précisée. Je lui trouvais mille défauts : c'était un violeur, un pilleur, un maquereau et un assassin ! D'ailleurs, Blandine avait été limpide à ce sujet. Je brodais joliment son casier judiciaire de dix mille horreurs très précises, avec des tonnes de crapuleries, si énormes que ne pourrait les contenir une prison pour criminels de guerre. Pas un instant, je ne pus concevoir l'idée qu'il était tout simplement impuissant.

Dans la rue, je marchais comme une possédée. J'avais envie de hurler à l'amour perdu. Comment allais-je vivre désormais, regarder ma bouche qu'il ne baiserait plus ? Mes seins que personne n'avait jamais caressés ? Mes yeux qu'il ne contemplerait plus ? Mes bras qui ne s'ouvriraient plus à son approche ? Dans le train-train habituel de cette civilisation étalée à mes yeux, je me faisais l'impression d'une vieille sorcière, cheveux dressés, qui enfourche son balai dans la nuit orageuse pour aller assassiner une rivale. Je tâtais mes poches pour sentir mon couteau. J'étais soucieuse des détails de ma mission. C'était la seule décision que j'avais prise seule, sans avoir consulté quiconque. J'avais l'impression de n'avoir plus qu'un but dans l'existence : tuer Ibrahim. Puisque je ne pouvais obtenir son amour, j'allais me contenter de sa mort.

Toute la journée, cachée sous une porte cochère, à quelques mètres de son immeuble, je le traquai. Faisant les cent pas sur place, frottant mes jambes engourdies l'une contre l'autre comme une mouche, à regarder passer des voitures et des gens. Le ballon rouge d'un blondinet roula à mes pieds, je le ramassai et le lui rendis. « Merci, madame », et il continua son jeu. Un chien vint me renifler et s'en alla. Un Nègre, qui faisait le gros dos dans un complet abricot, s'approcha de moi. Ses yeux étaient laiteux comme ceux des vieillards, ses cheveux nuageux, mais le reste de sa personne était ferme.

– Pas une maison où habiter ? me demanda-t-il, en me regardant, en équilibre instable sur une jambe.

– J'attends quelqu'un.

– Ça fait plus de quatre heures que vous êtes là et je me suis dit que vous aviez peut-être besoin d'aide.

– J'attends quelqu'un.

– Votre mari ? (Il plissa les paupières et sourit.) Il est

avec sa maîtresse, c'est ça ? (Il se gratta la nuque.) Vous voulez le tuer ? (Il éclata de rire.) Laissez tomber. Vous allez pourrir en prison.

– Et lui, il va être bouffé par la vermine !

Il sortit un cure-dents de son complet et le mit dans sa bouche :

– Y a des tonnes de trucs qui sont pas pour les immigrés dans ce pays. T'as pas l'amour de ton homme mais t'as pas non plus de domestiques qui te servent au lit. Et t'as pas non plus de belles bagnoles électrifiées à l'intérieur, et t'as pas non plus le droit de voter, d'ailleurs, oublie ça, tu connaîtras jamais ; et t'as pas non plus de voyage en première classe avec des hôtesses qui font tes quatre volontés et tu vas pas pour autant tuer la terre entière parce que t'as pas ça.

– Je vais quand même le suriner !

– Comme tu veux, comme tu veux.

La cuscute s'éloigna et je l'entendis murmurer : « Merci Seigneur de m'avoir préservé de ces amours qui conduisent à la mort. » Il disparut. Toute la journée, j'attendis qu'Ibrahim sorte. Toute la journée, il resta chez lui. Juste avant la tombée de l'obscurité, à l'instant où je me décourageais, prête à faire demi-tour, à remettre à demain, je vis sa silhouette s'encadrer dans l'entrée.

Mon cœur cogna dans ma poitrine. Sans même savoir où j'allais lui planter mon couteau, à l'omoplate ou au cœur, au ventre ou au cou, je bondis sur lui, telle une tigresse. Je tremblais comme un papier au vent et mon estocade fut maladroite.

– Saïda !

Le moment de stupeur passé, il me saisit le poignet et le tordit en arrière :

– Tu voulais me tuer, Saïda, c'est ça ?

J'étais au bord de l'hystérie. Je lui donnais des coups de pied et criais. Près de nous, trois Négresses faisaient pieds-pieds. Elles étaient habillées pareil, avec des somptueux boubous. Leurs cheveux étaient tressés en d'immenses nattes qui traînaient sur leurs nuques. Des chaînes en plaqué or brillaient à leurs cous et elles avaient l'air extrêmement amusées :

– Elle s'y est mal prise, dit l'une d'elles.

– Fallait attendre qu'il dorme pour le lui couper, car sans ça, les mecs y sont rien, dit une autre.

Ibrahim m'arracha le couteau, le jeta par terre et l'écrasa du pied. Il se tint parfaitement immobile et scruta mon regard.

– Tu m'aimes, dit-il, et tu veux me tuer. Que c'est étrange, l'amour d'une femme !

Les mots me manquèrent car, en voyant son visage, je me dis en moi-même : Qu'est-ce qu'il est beau !

– Tu connais la tour Eiffel ? me demanda-t-il.

Je ne répondis pas.

– Tu peux grimper dessus, la pointe de ton couteau tournée vers ton ventre. Ensuite, tu te laisses tomber et tous tes problèmes seront résolus.

Il caressa mes joues creuses :

– À un de ces jours !

Quand je revins, Ngaremba était assise dans la cuisine. Je ne la voyais que de dos. Elle achevait d'ornementer Loulouze de six grosses tresses, deux de chaque côté des oreilles, deux à la nuque. Elle me demanda sans se retourner :

– Tu l'as tué ? Oh, mais que je suis distraite ! Si ç'avait été le cas, tu ne serais pas là, tss, tss !

Elle lança une main dans son dos et me tendit une feuille :

– Voilà mes conseils ! Ça m'a pris toute une nuit de réflexion. J'espère que tu sauras apprécier !

Je pris le document et demandai :

– Qu'est-ce qui est marqué ?

– Laisse-nous seules, dit Ngaremba à sa fille.

– Je peux tout entendre, dit Loulouze. J'en sais des choses, madame maman !

– Ah oui ? Sors d'ici.

L'enfant s'éclipsa en criant : « C'est pas drôle d'être un enfant ! On est même obligé d'accepter de pas voir son papa. C'est pas drôle ! Du tout ! Du tout ! » Puis j'entendis ses pas décroître. J'étais debout, les pieds à plat sur le carrelage de la cuisine, mais je me sentais au bord d'un précipice. Et ce fut longtemps après que Loulouze fut sortie que je pus me détendre assez pour me laisser tomber sur une chaise.

– T'as vraiment une sale tête, dit Ngaremba. Veux-tu que je te prépare un thé ? un café ?

Je la regardai avec les yeux les plus reconnaissants du monde.

– Non, merci.

Elle alluma une cigarette qu'elle aspira goulûment tout en disant : « Bon ben. » Après trois secondes de bon ben, ben bon, en avance et reculade, elle dit :

– Règle n° 1 : ne jamais courir après un homme.

Je secouai la tête : « C'est-à-dire ?... » La Négresse fit un mouvement du bras.

– Quand un homme nous laisse tomber, nous pensons que nous sommes bonnes pour la voirie municipale, que l'opinion qu'il a de nous est juste, mais il en va tout autrement. On veut le tuer, pour effacer ses pensées. Je ne te reproche pas d'avoir agi ainsi, mais ton comportement est dicté par l'orgueil et l'orgueil est le propre des petites filles gâtées.

– Moi gâtée ? Ma vie, si tu la connaissais...

La Négresse hocha la tête :

– Gâtée, je répète. T'as jamais eu à te préoccuper réellement d'organiser ta vie. Ton père, ta mère, tes cousins et tous les gens de Couscous l'ont fait pour toi. Fais. Prends. Donne. Couche-toi. Lève-toi. Couvre-toi. On voit tes jambes. Tout ces petits trucs donnent des repères, tu sais.

Je restai silencieuse. Au fond, Ngaremba avait raison. Pour vivre en France, un immigré doit être très fort, comme elle, ou simple d'esprit de manière à organiser sa vie sans se poser de questions. Il me fallait pour vivre ce qui est indispensable à la vie d'une femme en Afrique : les claques d'un époux, les colères des parents, les critiques des cousins, la jalousie des tantes, les caprices des petits-enfants et tout le tralala qui accompagne ces états pour que mon univers ne soit pas désaxé.

– Règle n° 2 : changer de garde-robe.

Je la regardai, les yeux exorbités comme ceux d'un pendu, les blancs très blancs, les noirs très noirs, en fait, mes yeux n'avaient plus de couleur. « Mais j'ai des très beaux vêtements ! » Et je lui parlai de ma garde-robe, de ma jupe rouge ornée de dentelle, totalement érotique avec ses fentes sur les quatre côtés ; de ma robe jaune à petits pois avec son jabot.

– Tout ça, c'est très arabe ou Couscous, dit Ngaremba. Les Arabes, c'est comme des Nègres, ça dit aimer quelque chose pour mieux aimer quelque chose d'autre. Voilà pourquoi ils mettent des complications dans leurs vêtements car quand ils aiment un vêtement, ils n'en sont jamais sûrs !

– Le bon Dieu pourrait au moins nous guider dans nos choix !

– C'est qui le bon Dieu ? interrogea la Négresse.

– C'est un homme avec une barbe blanche.

– Tu vois, tu vois, triompha Ngaremba. Tu peux pas compter sur lui parce que c'est un homme et qu'il arrange d'abord la vie de ses semblables.

– Hé ! là ! doucement, dis-je. Le bon Dieu peut vous entendre !

La Négresse haussa les épaules, l'air de s'en foutre de ce que le bon Dieu avait dans la tête.

– Règle n° 3 : apprendre à lire et à écrire.

– Pour quoi faire ? J'ai été à l'école coranique moi !

Elle balaya d'un geste mes mots.

– Comme ça au moins, la prochaine fois que l'envie te vient de tuer quelqu'un, tu sauras comment t'y prendre.

Les jours suivants furent catastrophiques. Mon cerveau me semblait un cimetière. J'y sentais des tombes où l'on enterre les morts. Fini le soleil ! Cassez le ciel ! Brisez les étoiles et balayez-les ! La nuit, la douleur me terrassait et me réveillait en sueur. Je me redressais sur mon séant : « Je n'en peux plus, Seigneur ! » murmurais-je en levant les yeux au ciel. Un léger tremblement me saisissait et je savais quel désir hantait mon sommeil : « J'en ai assez, Seigneur ! » Une douleur urgente comme une pénétration.

Je déambulais dans la maison, au marché, devant les étalages des viandes, des fruits et des agrumes. Chez mes patrons, je travaillais comme un zombie. Aucun repos nulle part, ni dans les sourires des uns : « Bonjour, Saïda ! » ni dans le gros soleil jaune, ni dans les bons nfoufous sauce arachide, ni même dans les magnifiques tailleurs pied-de-poule que m'avait donnés Ngaremba.

– Je peux pas mettre ça, avais-je protesté. C'est trop triste.

– C'est mode ! s'était exclamée la Négresse. C'est très mode, avait-elle déclaré comme on se délecte d'un mot particulièrement heureux.

– Dieu a dit que...

– Laisse Dieu où il est. S'il t'aimait, il t'aurait épargné le chagrin.

Dans ma lutte incessante entre la chair et l'esprit, je n'avais même plus le courage de défendre Dieu. Ne nourrit-il pas indifféremment les pierres stériles et les jardins, les putains et les saints, les oiseaux du ciel et les serpents du désert ?

Durant cette période, Loulouze me fut d'un grand secours. Quelquefois, revenant comme ça de l'école, me découvrant vide, pelotonnée sur mon chagrin, elle s'asseyait à mes côtés et couvrait mes mains froides de ses mains chaudes, me réchauffant, puis penchait son visage de poupée :

– Y a pas que l'amour d'un homme, Saïda, me dit-elle un jour. Il y a l'amour que j'ai pour toi et celui de madame maman.

– Ta maman se fout un peu de ce que les autres peuvent ressentir, dis-je.

– Tu te trompes. Elle t'aime et m'aime aussi à sa manière artistique.

La gamine disparut dans la cuisine et, peu après, elle me rapporta un dessin. Je pris la feuille et regardai. Elle avait dessiné une maison et, à l'intérieur, deux femmes étaient assises et surveillaient par-delà la fenêtre une fillette qui jouait dans la cour.

– C'est notre famille, me dit-elle. Tu ne trouves pas ça hyper-super ?

Loulouze était penchée vers moi et son visage emplissait mon champ de vision. J'aurais voulu crier, mais ma langue était toute cotonneuse. Des rais de lumière pailletaient le salon comme des diamants réduits en poudre dont la poussière m'aurait recouverte jusqu'à ce que mes yeux écarquillés en perdent la vue.

– Ce n'est pas la fin du monde, Saïda, dit Loulouze. Je te fais cadeau de ce dessin. Je l'avais dessiné pour madame maman à l'occasion de la fête des Mères. Mais, toi aussi, t'es ma maman. Chaque fois que tu seras triste, pense à notre famille.

Je pris le dessin et ouvris ma valise. Je possédais désormais deux objets plus précieux que mes yeux : mon certificat de virginité offert par le docteur-pharmacien à Couscous et le dessin de Loulouze. Je les posai côte à côte dans ma valise, dans l'intention de les y laisser. Mais je changeai rapidement d'avis. Il y avait quelque chose de si vivant dans la maison qu'elle semblait tout à fait capable de dévorer mon certificat, de l'enfouir dans ses tréfonds aux couleurs chatoyantes. Je pliai le dessin plusieurs fois et en fis une amulette portebonheur qui ne me quitta plus.

Cette souffrance fut bénéfique. Je ne dis pas heureuse, mais bénéfique. Durant ce laps de temps, je priai beaucoup, surtout pour demander à Dieu de s'occuper de mes ennemis :

> *Allam tara kayfa fagala rabbouka bi ashâbilfîl*
> *Alam yajgal kaydahoum fi tadlîl*
> *wa arsala galayhim tayran abâbîla*
> *tarmîhim bihijâratin min sijjîlin*
> *Fa jagalahoum kagasfin mâkoul.*

Ce qui signifiait :

« N'as-tu pas vu ce que ton Seigneur a fait aux gens de l'éléphant ? / N'a-t-il pas rendu leur ruse tout à fait vaine ? / Et il envoya sur eux des oiseaux en volées successives. / Qui jetèrent sur eux des cailloux de terre cuite. / Il les rendit comme de la paille mangée. »

Je ne sais pas s'il se chargea de punir Ibrahim, mais je changeai de coiffure, c'est-à-dire que je me coupai les cheveux à ras et les teignis au henné. Puis je m'attaquai au problème de comment je voulais profiter de mon existence sans me soucier des autres et de ce qui, au monde, avait de l'importance à mes yeux. Qu'est-ce que je préférais ? Aller au cinéma ou manger une tomate en branche ? Qu'est-ce qui me rendait triste, ou malheureuse, qu'est-ce que j'aimais faire et qu'est-ce qui me déplaisait ? Qu'est-ce qui sépare le réel du faux ? Comment faire pour survivre ? Ces questions existentielles m'amenaient le plus souvent aux découvertes d'une toute petite fille. Mais au fond, quelle était la différence entre Loulouze et moi ?

11

L'école du soir se trouvait boulevard de Belleville, dans un immeuble vert, et ce fut sans envie que j'en empruntai le chemin. Le premier jour, je restai devant la classe à écouter, à me préoccuper des bruits de la rue, des braillements des marchands à-la-sauve-qui-peut stationnés le long du trottoir : « Deux ananas dix francs. » J'étais trop angoissée pour entrer.

Maîtresse Julie n'était plus une jeune femme et pour cette raison, son visage était ridé et fortement marqué. Elle était grande et droite cependant, et ses cheveux permanentés brillaient, noirs comme du charbon. Son chemisier beige, joliment brodé, mais sans excès, avait exactement la même coupe que ceux des ladies. Sa jupe était assez longue mais on voyait ses varices à travers son collant clair. Ses mains aux grosses veines bleues bougeaient lorsqu'elle parlait : « Les pronoms possessifs sont : le mien – le tien – le sien – la mienne – la tienne – la sienne... Les adverbes en français ne s'accordent pas... »

La classe, c'étaient les Nations unies de Belleville. Il y avait des Négresses avec des pagnes colorés où voletaient des oiseaux. Des Arabes dont les bijoux cliquetaient lorsqu'elles levaient les mains pour répondre aux questions. Des Chinoises plus discrètes que la mort, des Espagnoles crieuses. Les élèves étaient très spéciales, chacune était mère, mariée ou non. Quelquefois, elles restaient bouche ouverte quand maîtresse Julie prononçait certains mots tels que *conjonctioncoordination*, comme si ceux-là sortaient tout droit du dix-huitième siècle. Et devant les regards vides qu'elle suscitait, maîtresse Julie mélangeait le français wolof avec un zeste d'arabe.

J'étais si impressionnée que j'en avais les yeux secs comme le désert. Mon souffle devenait de plus en plus court. Quand elles sortaient de classe, je restais encore de longues minutes, attendant que mon cœur revienne là, dans ma poitrine, au lieu d'être sous mon menton. Le deuxième jour, maîtresse Julie m'avait prise au dépourvu :

– Entrez, entrez donc. Ne soyez pas si timide !

J'entrai et m'assis à côté d'une Maghrébine aussi charnue et massive que le mont Cameroun. « Je m'appelle Fatima, je suis mariée et mère de trois petites filles », me dit-elle. Ses manières suggéraient qu'elle était heureuse de connaître une paumée, et je la remerciai pour s'être présentée. Le deuxième jour, Fatima fit cliqueter ses bijoux et me demanda si j'étais mariée. « Je suis vierge. » Fatima avait hoché la tête, puis ne m'avait plus regardée. Le troisième jour, elle demanda :

– Où tu habites ?

– Chez une Négresse-princesse-et-dignitaire. Elle est écrivain.

– Bourrée de fric ?

– Elle peut-être. Moi pas.

– Qui voudrait faire la bonniche chez quelqu'un s'il y a pas de fric ?

– Le confort, dit une Sénégalaise qui se trouvait juste derrière nous. Le confort et le vice.

– Sans blague ! dit Fatima, feignant la consternation. T'essayes de m'expliquer qu'elle est là-bas à faire la bonniche rien que pour le confort et le vice ? Mais elle serait beaucoup mieux dans un bordel, ma foi !

– Non, dit la Sénégalaise. C'est du vice caché, comme ça elle peut raconter partout qu'elle est vierge !

– Vos gueules ! criai-je.

Maîtresse Julie intervint aussitôt :

– Du calme, les filles. Du calme.

Les trois premières semaines, j'éprouvai quelques difficultés à écrire les *i*, à distinguer les *j des g*. Par moments, le découragement qui me prenait estropiait mon cerveau. Je jetais ma plume :

– J'y arrive pas. (Je croisais mes bras sur ma poitrine.) J'y arriverai jamais. J'abandonne.

Les autres élèves – dites toutes-mères – se levaient pour regarder mon ardoise. Elles gloussaient et chacune essayait de me montrer son truc magique pour s'en sortir. « *Ji* c'est comme quand tu fais *Hi* » et « *G*, c'est comme gueuler ». Mais je ne m'en sortais pas. Je n'y comprenais rien. Je restais butée comme un enfant capricieux. Elles s'éloignaient :

– Faut de la volonté, disaient-elles.

– C'est le luxe dans lequel elle vit qui lui mange son cerveau.

D'une démarche de mère maquerelle, maîtresse Julie s'approchait. Elle restait devant moi, raide comme un verre :

– Que comptez-vous faire ?

– J'abandonne. D'ailleurs, ça m'apporte rien.

Maîtresse Julie me voulait rayonnante devant l'amoncellement de *i* et de *y*. De mon côté, je ne voyais pas pourquoi j'aurais été sublime, je ne l'étais déjà pas le jour de ma naissance. Maîtresse Julie pouvait se permettre des choses parce qu'elle était née du côté des privilèges, de l'intelligence et de la sécurité. Elle me tracassait avec la connaissance, un luxe qu'on se paie tant qu'on peut manger, vivre convenablement, mais c'est aussi l'impossibilité des crève-la-faim de pouvoir se l'offrir.

– Tu joues ta liberté, me disait-elle.

– Si je peux manger, dormir au chaud, je n'en demande pas plus à la vie.

Elle m'observait, étrange. Son regard était délicieux. Elle ne me dévisageait pas. Elle me happait. Elle examinait ma peau et mes cheveux comme s'ils étaient faits de la même texture que la sienne et qu'elle les aimait. J'en étais si émue que je finissais par dire, presque trop rapidement :

– Je vais continuer...

313

Peu à peu mes idées revenaient dans l'ordre, ma vie, non. Je n'avais pas revu Ibrahim, malgré mon application à écrire des *i* minuscules et des *U* majuscules sur un cahier à doubles lignes. Même à Belleville, la célébrité liée à mon état physiologique tombait peu à peu dans l'oubli. Seul l'intérêt de Marcel Pignon Marcel allait croissant :

– T'es une belle femme, tu sais ?

Il m'offrait des choses qui pouvaient me faire plaisir : des savons « Roger Gallet », des sous-vêtements, des serviettes de bain dédicacées : « Elle et Lui », des crèmes « devenez plus jeune que jeune avec l'Oréal », des parfums d'« amour » ; des rouges à lèvres qui se dégageaient de leur étui rouge et brillant comme le bangala d'un chien. Il guettait mon regard, le sien plein d'effroi :

– Ça te plaît ?

Pour les fleurs, ce n'était plus une rose qu'il m'offrait, mais tout ce qui fleurissait sous les cieux et qui avait le malheur de croiser son chemin : des rhododendrons, des tulipes, des feuilles des pommiers en boutons, des roses, des azalées. Et ces fleurs étaient comme le remède primitif contre la souffrance. C'était la gifle contre l'épilepsie, le ndolé contre les maux de ventre, le psaume XXIV contre les douleurs de dents, le sang des règles contre l'acné, l'eau du Jourdain pour l'aveugle, Lourdes pour les paralytiques, l'ail contre le mauvais œil, le sang du coq sacrifié aux dieux pour s'enrichir.

Je posais les fleurs sur mon cœur :

– C'est gentil, Marcel, de penser à moi.

Il prenait ma main et contemplait les gros yeux du soleil.

– Il fait une belle journée, un ciel magnifique ! Tu veux pas qu'on marche un peu ? C'est un exercice sain. À moins que tu préfères venir chez moi. J'ai loué un appart pas loin d'ici.

– Non, merci.

Il me suivait en clopinant :

– Qu'est-ce qu'il t'a fait cet Ibrahim ? Comment est son pénis ? Plus long, plus gros ? Ah, je te crois pas ! Il n'est pas Nègre, donc...

– Tu peux croire ce que tu veux.

– C'est pas parce qu'un homme ne veut pas de toi que... Excuse-moi... Mais des cuisses rondes, blanches, ça fait dix ans que... Pourtant, j'en dors plus la nuit depuis que je t'ai rencontrée. Saïda, Saïda, ma Vierge de Jérusalem.

Il me prenait dans ses bras. Sans agressivité, je me dégageais. Il restait devant moi sans bouger, les bras tombants :

– Ah, je m'en vais. Je vais au métro.

Ma vanité en prenait un coup, je me retournais :

– Tu t'en es sorti, Marcel. (Je suppliais :) Tu ne vas pas retomber, n'est-ce pas ?

Il en profitait pour me reprendre la main :

– Ah, Saïda ! Saïda ma vierge purulente, ma pucelle en attente.

– Quel cochon ! Tu ne penses qu'aux saloperies !

À la maison, je passais la serpillière et récurais le carrelage de la cuisine jusqu'à ce qu'une crampe me fît crier de douleur. Je repassais les draps comme si j'attendais un amant. À l'heure du bain, je mettais les fleurs à flotter. Ensuite, j'entrais dans l'eau fleurie, m'allongeais et fermais les yeux. J'avais alors l'impression de pouvoir passer ma vie dans ces éléments qui évoquaient la richesse, l'opulence et le luxe.

Plus tard, j'enfilais un déshabillé de coton et examinais mon visage dans la glace de la coiffeuse.

– Les miroirs apportent la tristesse, rien d'autre, disais-je.

– T'as qu'à pas te regarder, suggérait Loulouze.

– Je vieillis, ma fille. Qu'est-ce que je vais devenir ?

– En l'an deux mille, tu viendras habiter avec moi. C'est plus très loin. Madame maman dit que c'est dans bientôt. T'inquiète pas.

– J'élèverai tes enfants et je serai plus vieille que la mort.

Loulouze regardait les deux plis profonds qui partaient de mes narines et s'achevaient en crochets sur ma bouche, les réseaux de petites rides qui marquaient mes yeux. Elle touchait mon bras, ses mains étaient douces et de la couleur du miel.

– Tu peux redevenir comme avant, suggérait l'enfant. J'ai vu à la télévision des vieux qui allaient dans un hôpital et ressortaient tout neufs !

Elle me regardait pendant que je m'aspergeais de lotions de jouvence et masquais mes rides avec « poussière-lumière ». Une fois achevé le ravalement de ma figure, je lui donnais son bain avec les fleurs restantes. Je la peignais et lui embrassais les yeux et le front, les seins et l'extrémité de chaque doigt, parce qu'elle m'aimait, parce que j'avais envie de lui donner des tendresses pour qu'elle puisse se construire un monde. Ensuite, je l'habillais avec son pyjama à petits cœurs rouges et la soulevais devant la glace :

– L'imagination comme la mémoire peuvent transformer les mensonges en vérités.

– Comme à la télévision alors ? demandait-elle.

– Presque. Je n'ai plus mes règles. Et les médecins ont dit que j'aurai plus d'enfants.

Elle m'embrassait sur les joues :

– J'en ai plein, moi, des règles. Je peux t'en donner.

J'étais encore triste et Ngaremba le savait. Elle se montrait joviale à mon égard au-delà de toute répugnance. Très habile connaisseuse de l'esprit et des multiples espèces de souffrances qui pouvaient le ronger, elle évitait des sujets qui auraient eu quelques traits avec mes fiançailles. Elle savait que pour me faire oublier ce maudit Ibrahim, elle n'avait pas besoin d'en appeler à des mutilations chirurgicales, à l'extirpation des organes pour obtenir l'effet recherché, à savoir la joie de vivre. Ainsi, une attention, un foulard acheté

316

chez Tati, ou un simple : « S'il te plaît, Saïda, veux-tu nous préparer un couscous ? » et à table : « C'est excellent ! T'es une fameuse cuisinière » suffisaient à ramener le sourire sur mes lèvres, du moins pour quelques heures.

Quand Ngaremba recevait ses amis, c'était toujours au moment des desserts qu'elle fabriquait des monuments à ma gloire. Trônant au milieu des Nègres et des Blancs piaillants, elle souriait au chocolat caramel et la bouche pleine, les yeux agrandis, elle disait brutalement, comme si elle avait omis une information importante :

– Saïda sait lire ! Vous vous rendez compte, elle sait lire !

– Ah oui ?

Elle se délectait des émotions qu'elle suscitait comme certaines mères lorsqu'elles annoncent : « Jacques savait parler à six mois » ou : « Il a marché avant de ramper. » Je répliquais, gênée :

– Vous exagérez, Ngaremba. Je sais à peine distinguer une lettre de l'autre.

– Sois pas si modeste, ma chérie !

À l'entendre, j'avais appris à lire et à écrire en trois jours ! Un génie dans mon genre. Et pour justifier le bien-fondé de ses allégations, elle fourrageait dans son bureau, sortait une feuille et un crayon.

– Montre-leur, Saïda. Ils me croient pas.

Acculée à faire une démonstration de mes capacités intellectuelles, j'écrivais sous la dictée de la Négresse-princesse-et-dignitaire : *Tête. Papa. Maman. Manger. Dormir*. Et tout ça, sous les applaudissements de l'auditoire. Ngaremba se laissait aller dans son fauteuil et s'exclamait :

– Je vous l'avais dit ! (Elle claquait de la langue :) Moi, je suis capable de transformer une souillonne en singe savant.

C'était bien là l'une des caractéristiques de Ngaremba : m'exhiber comme une vierge à Sodome et me crucifier comme une putain à Gomorrhe.

Ce soir-là, en entrant en classe, nous trouvâmes nos chaises superposées les unes sur les autres et repoussées dans les coins, si bien qu'on se serait cru à une surprise-partie et non dans une école. Mademoiselle Julie était assise en tailleur à même le sol. Elle était *Gol*, pitoyable. De grosses poches violacées cernaient ses yeux. Des ecchymoses fleurissaient sous son maquillage d'enseignante. Elle nous invita à l'imiter et nous nous laissâmes tomber sur le carrelage, formant un cercle.

– Vous vous demandez pourquoi j'ai enlevé vos chaises, commença-t-elle. Mais voilà : j'ai autant besoin d'apprendre de vous que vous de moi. Chacune de vous a hérité de ses ancêtres une sagesse. Elle est tapie tout au fond de votre âme. Je veux que nous exposions à tour de rôle nos coutumes, nos rituels, les contes, les histoires que nous avons toutes appris, entendus, digérés, sans en connaître les tenants et les aboutissants, sans nous interroger sur leur réelle signification.

Elle racla des pieds, son regard fit le tour de la classe, puis ses maigres bras se tendirent et son doigt désigna une grosse Ivoirienne, du nom de Fête Nat', vêtue d'un boubou à fleurs, avec d'énormes tresses incurvées sur ses épaules comme autant de fougères : « Vous ! » Fête Nat' tenta de se lever, mais son poids l'en empêcha. Deux élèves la prirent chacune sous un bras : « Oh, hisse ! Oh, hisse ! » criaient les filles. « Régime ! Régime ! » hurlaient-elles, en frappant leurs paumes l'une contre l'autre. Fête Nat' s'emmêla les pieds dans son boubou, tangua d'avant en arrière, puis retrouva son équilibre.

– Mon bon Nègre de mari préfère les grosses, dit-elle avec force, défiant la classe de la contredire.

– C'est une bonne chose, dit mademoiselle Julie. Nous vous écoutons.

Elle arrangea les épaulettes de son boubou en gesticulant tel un mille-pattes. Je la plaignais et redoutais le moment où viendrait mon tour. Zoubida, l'Africaine aux dents de chien qui était assise à mes côtés, était si angoissée qu'elle s'en rongeait les ongles. Mademoiselle Julie demanda à Fête Nat' de se mettre au milieu car c'est ainsi qu'on le faisait jadis sous l'arbre à palabres en Afrique. Fête Nat' prit une profonde inspiration puis dit d'une voix rauque :

– Je m'appelle Fête Nat' parce que à seize ans, en revenant du marigot, le chemin de ma mère croisa celui d'un missionnaire blanc nommé Durand, qui s'en allait convertir les gens, de village en village. La couleur de ses yeux était peu commune, vert pailleté de gris. Une grosse tache de naissance sur son front constituait son signe distinctif. Sa peau rouge pelait par plaques. Sa barbe rousse poussait sous son menton comme une épaisse bande de fourrure. Il y passa la main et la dévisagea. Les premières paroles qu'il lui adressa furent :

« Cherches-tu le bien ?

– Je ne sais pas où il se trouve, répondit ma mère.

– Dans le Christ. Suis-moi à la mission. »

« Ma mère avait souvent vu les Européens dans leurs puissantes automobiles qui écrasaient les chiens et éclaboussaient les villageois. Elle avait aussi vu de loin les parades du 14 Juillet, quand les militaires, rutilants de décorations, défilent dans les rues avec leurs drapeaux tricolores. Et puis toutes les Occidentales, groupées sur une estrade, avec leurs belles robes en dentelle, leurs chapeaux, leurs ombrelles et leurs gants. Elle déposa sa calebasse par terre, en plein milieu du chemin, et suivit le missionnaire.

« Il ne lui fut pas difficile de se faire admettre à la mission. Elle aidait au ménage, à la cuisine. Les sœurs lui racontaient des histoires de paradis et de vie éternelle, qu'il était en son pouvoir de changer son âme, cette chose noire et visqueuse, en quelque chose d'éthéré, de pur, blanc comme une colombe. Quand elle se montrait sceptique on lui donnait une fessée, et même, une fois, une paire de chaussures. Elles étaient si joliment petites qu'elle les porta en équilibre sur sa tête. On la baptisa chrétiennement et apostoliquement et on lui cadeauta une grosse croix. Elle s'attendait que le Christ lui chuchote directement non seulement sa parole, mais qu'il lui indique où se trouvait le *bien*. Il demeura silencieux, et même plus tard, quand elle tomba enceinte et qu'elle jeûna trois jours dans la savane. Le soleil frappait fort, le vent soufflait, accrochait des brindilles d'herbe dans ses cheveux. Elle vit des lièvres courir, des biches brouter et un lion s'approcher jusqu'à trois pas d'elle mais elle ne bougea pas. Elle attendit et, trois fois, la lune monta, illuminant l'immensité de la savane. Elle attendait que le Christ lui souffle le nom de l'enfant, comme l'aurait fait n'importe quel totem. Celui-là se taisait toujours et elle espérait encore, car tous les biens de ce Dieu-là, elle les avait en permanence sous ses yeux. Je naquis le premier de l'an et c'était marqué dans le calendrier : Fête Nat'. Ma mère me donna ce nom parce que le Dieu des Blancs n'était pas immatériel comme les nôtres, mais visible. Elle m'appela ainsi parce que c'était la volonté du Christ. Mais encore plus tard, quand elle prit conscience que ce Dieu-là n'existait pas, ou n'exauçait que les Blancs, elle ne dit jamais au père Durand qu'il n'était pas fait pour les Nègres, parce qu'il n'est pas poli dans nos traditions de parler ainsi à un vieillard. J'ai dit, acheva-t-elle.

Quand elle se tut, tout le monde avait la tête baissée. Notre immobilité était si totale que nul cheveu ne frémissait sur nos têtes. Même les mains des élèves-toutes-mères, qui n'étaient habituellement jamais au repos, pendaient le long de leur corps, comme des morceaux de bois, paralysées, et il fallut à mademoiselle

Julie toute sa puissance d'enseignante pour ouvrir de nouveau le monde :

– Mais, madame Fête Nat', s'exclama-t-elle, ce n'est pas un conte ça !

– Que voulez-vous, mademoiselle Julie. Depuis l'esclavage et la colonisation, la vie de chaque Africain est un conte.

Mademoiselle Julie tenta à plusieurs reprises de persuader Fête Nat' de raconter une mythologie, de chanter une berceuse, mais ses paroles furent noyées par un flot d'expressions négatives. Même les autres élèves ne parvinrent pas à ébranler Fête Nat'. De rage, mademoiselle Julie se leva, fourra les mains dans les poches de son pantalon.

– Qui allons-nous désigner maintenant ?

Son regard parcourut l'assistance et s'arrêta sur Zoubida, tout engoncée dans une robe de vieille femme, en jersey marron, qu'elle s'était elle-même confectionnée. De minuscules coquelicots étaient disséminés sur sa personne courtaude et rembourrée. Elle croisa les bras sur sa poitrine, cachant ses ongles rongés :

– Nous vous écoutons, dit mademoiselle Julie.

– C'est-à-dire que...

– Prenez votre temps, dit mademoiselle Julie.

Sa voix s'éleva, pareille à des coups de tonnerre ininterrompus, grave, rauque, un brin sensuelle. Pourtant, son histoire était simple, un conte que bon nombre d'Africains connaissaient, *L'Os* : il s'agissait de l'histoire d'une orpheline qui, maltraitée par la seconde épouse de son père, s'en va de chez elle et tout au long du chemin rend service aux créatures inhumaines avec tant de sollicitude et de sagesse qu'elle fait un retour triomphal dans son village, tant ces entités, contentes d'elle, l'ont comblée de richesses... Pendant qu'elle parlait, je pensais à Ngaremba et je me demandais si elle me transformerait en une créature sublime. Je me préparais aussi à ce que je raconterais. De multiples légendes relatant des sortilèges et des conquêtes traversèrent mon esprit : celle de la femme-araignée ; celle de l'homme-hyène. Puis je décidai de raconter celle de la femme punie que les dieux avaient transformée en pierre parce qu'elle trompait son mari. « Il était une fois une femme », voilà un bon début, me dis-je. Quand Zoubida se tut, mademoiselle Julie dit :

– Voilà ce que je vous demandais. Bravo, Zoubida !

Les élèves se levèrent et parlèrent à tour de rôle. J'entendis l'histoire du *mamiwater*, qui volait l'esprit des enfants très beaux ; celle de la femme-étoile transformée en rivière de larmes ; celle de l'enfant têtue dont la tête explosa et d'où jaillit une soupe de concombre. Quand ce fut mon tour, j'entrelaçai mes mains derrière mon dos et me sentis vide. L'arrière de mes jambes me démangeait, je me penchai pour me grattouiller les mollets et m'aperçus que mes bas étaient déchirés. J'étais mal à l'aise et ne parvenais pas à garder la même position. Je me surpris moi-même lorsque de ma gorge jaillirent ces mots :

– À quoi ça sert tout ce cirque, mademoiselle ?

Mademoiselle Julie fut si surprise par ma question qu'elle demeura interdite. Des étincelles fusèrent de ses yeux bleu électrique et elle posa ses poings durs comme des morceaux de pierre sur ses hanches :

– Mais c'est important que je lise le monde par vos yeux !

– Ça sert à rien, dis-je. Vous y serez toujours étrangère, comme nous sommes des étrangers ici.

– Nous faisons partie d'un tout, protesta-t-elle. Je vous donne et vous m'apportez beaucoup aussi.

– Je vous restitue ce que vous m'avez donné si cela peut changer quelque chose, dis-je en réponse.

Mademoiselle Julie trembla, et j'eus l'impression qu'elle allait verser des larmes pour rincer son amertume. Une voix dans mon cœur chuchota : « C'est une femme, donc vous êtes indissociables dans la joie et dans la peine, que tu le veuilles ou non. »

– Pardonnez-moi, mademoiselle, dis-je. J'ai grandi dans une civilisation orale mais je suis incapable de simuler une veillée pour la simple et bonne raison qu'ici les conditions ne sont pas réunies. Il faut un feu de bois, des vieillards et des enfants assis autour, le griot ou le joueur de nvet, mais aussi le clair de lune et des étoiles dans le ciel.

Mademoiselle Julie rejeta sa tête en arrière en même temps que sa tristesse. Un large sourire étira ses rides :

– C'est pas grave, Saïda. Je me suis souvent posé la question de savoir pourquoi je tenais tant à vous inculquer le savoir. C'est parce que je voulais apprendre à connaître vos cultures, à les comprendre. Vos peuples ont gardé la magie que nos sociétés modernes ont perdue. Bref, je vous vénère comme vous êtes !

– J'espère que vous avez rendu coup pour coup, mademoiselle, dit Zoubida en regardant attentivement l'entaille qui partait de la tempe gauche de mademoiselle Julie et descendait bas sur ses joues.

– Ah ! dit-elle en riant. Je suis tombée.

– Et vous vous êtes griffée toute seule ? demandai-je, moqueuse.

Mademoiselle Julie regarda de droite à gauche, sembla y trouver le soutien dont elle avait besoin et dit :

– C'est un homme de couleur, vous comprenez ? Ça n'a pas toujours été facile pour lui.

Les filles haussèrent les épaules. C'est tout ce qu'on pouvait faire. Mais quand je me retrouvai seule, m'acheminant lentement le long du boulevard, les paroles de mademoiselle Julie soulevèrent en moi bien des questions oppressantes. Il me semblait les entendre cliqueter comme des cauries dans mon crâne. Pourquoi acceptait-elle de se faire frapper ? Pourquoi ne portait-elle pas plainte contre son petit ami noir ? Parce qu'il était noir donc supérieur ou parce qu'il était noir donc sous-homme ? Je m'étonnais aussi qu'en France personne n'ose dire « Nègres », mais « gens de couleur ». D'ailleurs des Africains crades, qu'aucune Négresse n'aurait acceptés sur sa moquette comme cireurs de godasses, avaient pour petites amies les filles blanches les plus superbes. Pourquoi ? Les questions se posaient sans échappatoire possible. Il se passait quelque chose, voyons quoi.

– Ngaremba ? Madame Ngaremba, dis-je en ouvrant la porte.

– Qu'est-ce qu'il y a ? demanda Ngaremba.

– Je ne sais plus où j'en suis.

Je me laissai tomber dans le fauteuil à côté d'elle. Subrepticement, j'attrapai un bout de sa jupe et m'y cramponnai. Je fis bien, car brusquement elle se dressa sur son séant.

– Où allez-vous ?

– Mais qu'est-ce qui te prend, Saïda ? T'es pas bien ?

Je fixai le mur.

– Regardez.

Je désignais à Ngaremba des ombres vagues qui s'entrecroisaient sur le plafond.

– Je ne vois rien, mais, tu as raison, l'Afrique a tellement pleuré qu'elle n'a plus d'yeux pour voir. Tu te rends compte qu'on s'étripe entre frères au Rwanda ? Qu'en Somalie on crève de faim ? Qu'au Centrafrique les flics n'ont plus de salaire et que pour survivre ils égorgent les civils ? Qu'au Cameroun, il n'y a plus de président ?

Je laissai retomber mon doigt, car j'avais moi-même d'autres questions et j'espérais qu'elle qui savait tout, connaissait tout le monde, m'apporterait des réponses. La Négresse-princesse-et-dignitaire regardait tandis que j'attrapais mes genoux dans mes mains et me mettais à me balancer d'avant en arrière en chantonnant. Mes yeux ne se posaient nulle part et mes gémissements étaient si faibles que Ngaremba m'entendait à peine. Brusquement, elle couvrit ma main de la sienne et la pressa. Nous fixâmes les ombres qui se croisaient, mains jointes, nos respirations totalement suspendues. Sa paume était douce, la mienne était rugueuse, après tant d'années passées à des travaux ménagers.

– Ce sont nos honneurs, dit-elle en me montrant les ombres qui s'entrecroisaient...

– Quels honneurs ?

– Nos honneurs perdus.

Elle pivota sur elle-même pour me faire face.

– J'avais une sœur, commença-t-elle.

Puis elle s'arrêta, caressa l'ourlet de sa jupe.

– Elle s'appelait Sidone, ce qui signifie « ce que la terre donne ». Elle était si belle, si douce et si potelée que tout le monde l'appelait Bébé. Elle avait des grandes jambes, des longs cheveux, noirs comme minuit, et des yeux si profonds que notre mère disait qu'ils étaient les points d'intersection entre le monde d'ici-bas et l'au-delà. Elle avait quatre ans de plus que moi et je l'aimais, ni plus ni moins. Nous étions pauvres, mais, à table, je lui réservais toujours les meilleurs morceaux, à l'école, je la défendais, je me battais pour elle, car elle était incapable de se défendre. Non qu'elle fût faible, mais elle était incapable du mal. Je lui inventais des contes. Le soir, elle me demandait : « Nga, peux-tu me raconter une histoire ? »

Elle se tut, prit une longue inspiration avant de continuer :

– Plus tard, alors que nos parents n'avaient plus un sou pour nous envoyer à l'école, et que j'étais si triste, si malheureuse de ne plus continuer à apprendre, elle me prit sur ses genoux et dit : « Je vais travailler et je payerai tes études. » Et elle confectionna des beignets qu'elle alla vendre sur des chantiers. Par un jour de pluie où elle resta plusieurs heures debout à vendre des beignets, elle revint à la maison, grelottante. C'était une pneumonie. On n'avait pas les moyens d'appeler un docteur. Je la pris sur mon dos et l'emportai à l'hôpital.

Mais, là encore, le médecin ne l'ausculta même pas, parce qu'on n'avait pas d'argent pour régler les frais. Deux jours plus tard, elle était morte.

Elle posa sa tête sur mon épaule avant de continuer.

– Nos parents étaient éperdus de chagrin. Ma mère hurlait qu'elle ne survivrait pas à Bébé. J'étais dans un état étrange. Elle me manquait mais je n'arrivais pas à verser une larme. Quand on l'amena au cimetière, je ramassai une motte de terre rouge, cette terre glaiseuse qui allait recouvrir le corps aimé de ma sœur, le sourire de ma sœur, et jurai, les mains levées au ciel, les doigts écartés comme des trèfles : « Je te promets, Sidone, que, plus jamais sur cette terre, aucune femme, aucun enfant ne mourra par manque de médecin ou de médicaments ! » J'ai tout fait pour qu'il en soit ainsi, mais rien. L'Afrique va de plus en plus mal. Après le paludisme, la faim, on nous parle aujourd'hui du sida, du virus d'Ebola. Qu'allons-nous devenir ?

– Ngaremba, dis-je dans un souffle en la prenant dans mes bras. Je suis profondément désolée de vous avoir mal jugée. Pardonnez-moi. Je vous pardonne, moi aussi. Est-ce que vous me pardonnez, vous ?

Elle hocha la tête et murmura :

– Oui, je te pardonne. (Elle s'écarta, échappant à mon étreinte.) Mais c'est à moi-même que je n'arrive pas à pardonner. J'ai l'impression que si je ne tiens pas ma promesse, la terre s'ouvrira et des crêtes de feu jailliront de ses entrailles pour me frapper en plein visage.

– Vous vous faites des idées, Ngaremba, dis-je. J'ai tant de questions à vous poser, mais je me rends compte que vous n'avez pas les réponses non plus. Vous savez ce qu'on devrait faire ? Se considérer comme deux graines que le vent emporte à son gré, et dépose n'importe où. Quel que soit l'endroit où nous nous trouvons, sur la terre meuble ou dans le désert, sur un volcan ou sur un lit de pierres, nous survivrons toujours.

12

Au fur et à mesure d'autres questions vinrent me han-
ter. Au fil des jours, elles envahissaient mon cerveau, descendaient dans mon cœur, s'installaient dans mon estomac et estropiaient mes artères. Un matin, ne trouvant
plus d'espace à occuper à l'intérieur, elles débordèrent
sur ma peau sous forme d'eczéma ou d'acné, je ne saurais le dire. À bosseler de partout, mon visage ressemblait
à un corossol ; d'affreuses protubérances parsemaient
mes bras ; mes mains suppuraient et même les plantes
de mes pieds étaient couvertes d'horribles proéminences.
Ngaremba m'entraîna chez un médecin. Il ne toucha pas
mes meurtrissures, mais me prescrivit des antibiotiques.

Les excroissances hideuses disparurent. Mais les
paroles de Ngaremba restèrent gravées dans ma
mémoire. Elles étaient comme des milliers de becs de
martins-pêcheurs qui déchiquetaient son âme et la quié-
tude de son entourage. Je ne voyais la situation où elle
se trouvait que trop clairement, et j'en vins à lui souhaiter d'avoir elle aussi des boutons et qu'on puisse la soigner. Mais les dieux ne m'écoutèrent pas et sa peau
demeura intacte, nette de toute infection. J'étais
convaincue qu'elle se mêlait de choses qu'il valait mieux
laisser tranquilles et ouvrait sous mes pieds des brèches
béantes. Il me fallait faire attention pour ne pas tomber dedans. Aussi les heures données à l'apprentissage,
si elles ne m'apportaient pas le bonheur, me permettaient de ne pas vivre ses angoisses, ses désirs, ses
secrets ; d'ailleurs, il m'aurait été difficile de les comprendre réellement même si je devais vivre cent sept
ans. Je ne voulais que sentir mon propre présent. Les Y
minuscules ou majuscules, ou le W ou le i, la beauté des
lettres de mon nom, SAÏDA = Saïda ; 9 + 10 = 19, j'en
étais si heureuse que toutes les petites filles du monde
étaient dans mon visage. Dans ces moments-là, les dif-

ficultés de Ngaremba et des élèves-toutes-mères – « Je ne viendrai pas demain, il n'y a personne pour garder les enfants », ou : « Mon mari est trop jaloux, il ne veut plus que j'étudie » – me faisaient apprécier les avantages d'être restée comme j'étais sortie du ventre de ma mère.

Certains jours, même maîtresse Julie, à me voir si béate, si innocente aurait pu me croire idiote, ou stupide, avec mes yeux émerveillés et ma langue pendante. Mais elle m'avait souvent vue dévorer la page d'un livre, ou débiter à flots les règles mathématiques ou de grammaire. Si bien qu'un jour, subitement, parce qu'elle ne pouvait supporter de voir cette expression arc-en-ciel sur ma figure, Fatima me prit la main et m'obligea à me pencher vers elle, car je ne semblais pas capable de faire plus que de sourire.

– Il faut que tu apprennes à mieux te comporter, me dit-elle.

Silence.

– Nul besoin d'agir comme un gosse pour qu'on sache que tu étudies. Ça te fait paraître plus bête que t'es en réalité.

Je ne sus comment lui expliquer ma vie, et je lui dis ce qu'il y avait de plus important dans ma tête :

– Je voudrais connaître l'amour, ma chère Fatima.

– Cherche-le.

– Mais où ?

Elle me regarda attentivement, comme si elle imaginait le moyen de rendre mes traits sur une toile. Quand elle eut fini son examen, elle dit :

– Approche-toi.

Dès que je fus si proche d'elle que je pouvais sentir son *Joli Soir*, elle prit mon visage entre ses mains et ses yeux s'enfoncèrent en moi tels des hameçons. J'ouvris la bouche comme une grosse carpe qui cherche à respirer. Je louchais, distinguant l'arête de mon nez qui partageait un univers essentiellement opposé.

– L'amour, c'est là, dit-elle en pointant un doigt sur

ma tempe. (Ses doigts descendirent sur mon cœur :) Là. (Sur mon ventre :) Là. (Puis elle conclut :) Dans ton corps.

– Ah, si les choses étaient si simples ! ricanai-je.

Fatima sourit mais son sourire n'exprima rien d'autre que la douleur :

– Personne ne dit que c'est simple.

Elle se tut, posa ses mains à plat sur la table et resta de longues minutes à contempler ses ongles laqués qui brillaient comme la surface d'un miroir.

– Je n'ai eu que des filles, commença-t-elle. Il y a un an environ, mon mari a apporté un bébé de six mois à la maison. C'est son fils. Il l'a eu avec une pute qui s'est dépêchée dès l'accouchement d'expulser son enfant non seulement de son ventre, mais de ses pensées. Il le considère comme mon fils et même ma belle-mère a cette attitude. Je le prends toujours dans mes bras avant même qu'il ne se mette à crier, parce que sa voix stridente me rappelle sans cesse que, de toutes les façons, il sera l'héritier de mon mari et que mes enfants à moi vivront dans son ombre. Je me bats tous les jours contre ces pensées indignes. C'est ainsi que je suis aimée et admirée par tout le monde.

Trois jours plus tard, en entrant en classe, je trouvai sur ma table une enveloppe blanche et, sur l'enveloppe, une grosse écriture maladroite : *Pour Saïda*. Je l'ouvris. En grand titre : « La Vie intime d'une femme ». Suivait une explication sur ce qui se déroulait dans la petite culotte, comment pendant des siècles ce qui s'y passait avait été enseveli par la morale religieuse et bourgeoise. Le lendemain, une autre enveloppe, on y parlait de comment se font les bébés. Une autre fois, les écrits portaient sur les organes génitaux de la femme, et la température corporelle. Un soir, j'y découvris des préservatifs et, en pattes de mouches, au bas de la page, un nom : *Sabrina*. J'allai vers l'intéressée, une Espagnole qui en était à sa deuxième année d'études de langue.

– Merci, dis-je simplement.

– Pas de quoi, répondit Sabrina.

Durant les semaines qui suivirent, d'autres noms apparurent en signature, sous les conseils. Manifestement pour que je sache qui était la généreuse conseillère ou simplement pour engager la conversation. Toutes avaient connu des cas. L'une, sa grand-mère avait été excisée. L'autre, c'était sa mère qui avait subi l'infibulation. Une autre encore avait connu l'épreuve de l'œuf, chaque mois pendant dix-neuf ans jusqu'au jour de son mariage. Une raconta que lorsque sa sœur perdit sa virginité avant d'être mariée, on lui avait éclaté les pieds pour la punir et qu'elle avait dû la soigner. Peut-être voulaient-elles réellement m'aider. Ou exorcisaient-elles leurs propres années de brimades sexuelles. Quoi qu'il en soit, aucun mépris, aucune moquerie. Elles chuchotaient, s'interrogeaient, hochaient la tête. Certaines riaient franchement de ma pudibonderie mais cela ne les empêchait pas de se soucier que je connaisse l'amour, et n'enlevait rien au plaisir qu'elles prenaient à mon gentil « merci ».

Paradoxalement, au fur et à mesure que ma vie sociale s'améliorait, celle de Ngaremba se détériorait. Elle ne recevait plus. Sa maison n'était plus le lieu où les Nègres se réunissaient pour trouver des solutions aux maux de l'Afrique, commenter son évolution, goûter au ngombo queue de bœuf ou au pépé-soupe. Tout cela avait disparu, mort quelque part dans le passé. Terminés les sorties et les joyeux repas. Terminées les disputes paisibles ou orageuses sur la véritable signification de l'égalité des sexes, s'il fallait oui ou non voter la loi pour l'avortement libre, le marxisme-léninisme pour la construction harmonieuse de la société moderne et d'autres questions primordiales qui les tenaient éveillés jusqu'à des heures avancées de la nuit. La Négresse-princesse-et-dignitaire, capable de transformer la vieille Couscoussière que j'étais en femme moderne, vêtue de jupettes, de pantalons moulants et à qui on permettait même de devenir une intellectuelle, était au plus bas de sa forme.

Elle perdit le sommeil. Elle se levait et s'empiffrait de n'importe quoi de mangeable : des galettes à la framboise, des briochettes au miel, des yaourts aux fruits, du chocolat blanc ou noir, des pains ronds, du sucre cristallisé, du sucre semoule, des tartes aux myrtilles, des madeleines glacées. Elle ne résistait pas à cette boulimie. Une fois rassasiée, elle arpentait son salon entre les baobabs nains, les jacarandas miniatures et les portraits des ancêtres. Quelquefois, je me levais et la guettais en me demandant quel démon pouvait l'entraîner à garder les pupilles ouvertes, on aurait dit qu'elle n'en avait plus. Puis un soir, je penchai mon regard dans le sien : je l'interrogeai, suppliai, menaçai, mais ses yeux noirs remplis d'effroi ne répondirent pas.

Puis comme je reculais, mon esprit s'ébranla : j'y avais vu la pauvreté de la campagne africaine ; les dos nus ; les ventres ballonnés ; les dents gâtées. Au début, je croyais que manger et faire l'amour étaient le sens de sa vie. Aujourd'hui, je sais que c'était l'expression de son désespoir. Une nuit je la surpris et demandai :

– Vous ne dormez pas ?

– Trop de soucis.

– Mais, Ngaremba, vous avez une belle maison, une superbe petite fille, un homme qui vous aime.

– Je me bats.

– Contre qui vous battez-vous ?

– Je ne sais pas. Je me bats.

Elle se jeta sur des cakes et sa bouche fit des bruits sourds comme un chien hargneux.

– Un Africain ne peut pas être heureux, dit-elle. Nous avons trop de milliards de kilomètres de passé, mais l'avenir, pas un petit pas.

En dépit de tous ses beaux discours, je me refusais à plonger dans son Afrique douloureuse, pas même pour la dédommager des heures passées à m'encourager à lire et à écrire, à exprimer mes pensées dans un français d'abord simple, puis jusqu'à ce que je fusse capable d'utiliser des termes aussi compliqués que ceux de la Négresse.

– Venez, dis-je en l'encourageant à s'allonger sur le canapé.

Je m'installai à califourchon sur son dos et appliquai mes mains à plat sur ses muscles noués, libérant la tension.

– Je suis votre amie, maintenant, dis-je en lui massant la colonne vertébrale et les épaules. J'ai plus de paix intérieure qu'il ne m'en faut. Je la fais passer dans vos veines en vous massant le dos. Vous la sentez ?

Je lui pétrissais le cou de mes phalanges et Ngaremba hocha la tête, affirmative, parce qu'une chaleur la gagnait. J'avais l'impression d'avoir définitivement trouvé le chemin de son cœur et de l'illuminer de la flamme purificatrice d'Allah.

– Désormais, vous ne serez plus seule, fredonnai-je. Je suis avec vous que vous le vouliez ou non.

Elle s'assoupit. Je restai de longues minutes à regarder sa poitrine qui montait et descendait, montait et descendait. J'étais fascinée par la couleur sombre de son épaule, comme les ténèbres de l'éternité. J'étais prise d'un ardent désir de tendre les mains et la pincer afin de faire vibrer son unique note tremblotante. Je me dis qu'il devrait être plus équilibrant pour elle de dormir à côté de moi, plutôt que de connaître ces expériences sexuelles débridées avec Frédéric Feuchoux. Puis, honteuse de ces pensées indignes, j'allai prier dans ma chambre. J'étais si concentrée, mains jointes, que je ne l'entendis pas se lever et écrire à Frédéric des lettres dont il n'entendrait parler que bien plus tard.

« Lettres de la Négresse-princesse-et-dignitaire, hiver 1993-été 1994 » :

Mon cher Frédéric,
Je me lève quand la nuit est noire pour voir ton corps endormi. Je pense à ceux qui, comme moi, ont un procès avec le sommeil, les insomniaques, les putains, les voleurs, les SDF, les femmes abandonnées et celles dont les enfants ont été assassinés par des dépravés. Je regarde le soleil se lever avec sa collection de souvenirs et je prends des forces pour une nouvelle journée. Au crépuscule, j'ai le cœur en peine à l'idée que ma terre crève un peu.

Mon cher Frédéric,
Je pense à tes mains, si grosses, si épaisses, si larges et pourtant si délicates. Je crois qu'elles sont capables d'attraper un papillon par les ailes, sans les froisser. Pourtant, je suis sûre qu'elles sont aussi capables de défaire le corsage d'une prostituée sans égard, de le déchirer de haut en bas, en un mouvement. Quelle tragique contradiction. Ton amour me pèse. Je t'aime.

Mon cher Frédéric,
J'attends un bébé.

Mon cher Frédéric,
Un baobab géant pousse dans mon corps. Il prend racine dans mon ventre et son tronc se dresse le long de ma colonne vertébrale. Je sens ses branches dans mes bras et le long de mes jambes. Mes veines sont compressées, elles éclatent. Mes sens explosent. Je tangue comme une bouée à la dérive. Il fait froid cette année et je n'ai pas de répit. Je mets des chaussettes pour dormir. Je souhaite mourir dans un sauna.
Si c'est une fille, je l'avorte. J'irai en Afrique à pied.
À toi.

Mon cher Frédéric,
Le médecin a essayé de me convaincre de garder cette chose dans mon ventre. Quelle idée saugrenue ! Garder

une fille, et quoi encore ? Sais-tu ce que je lui ai dit ? Ben, que mon utérus mange les petites filles ou alors les transforme en méduses. Il m'a demandé : « Et Loulouze ? » J'ai dit que Loulouze n'était rien d'autre qu'un hasard, un hasard heureux certes, mais ce qui n'enlève rien au hasard, donc à l'accident heureux. Quelle vie aura-t-elle ? Celle d'une chienne ou celle d'une chatte de salon ? Je m'imagine toutes ces misères et je me dis que la pourriture peut sentir bon.

Ta Ngaremba.

Ses lettres terminées, elle allait se nourrir. « C'est pour reprendre des forces », disait-elle. Elle s'enfournait des tranches de gâteau, des cakes fourrés, des croissants aux amandes. Elle mangeait et la chair s'épaississait sur ses hanches, ses fesses, estompait les angles des os, s'accumulait sur ses cuisses, les fusionnant avec les genoux. Elle avait pris dix kilos sans complexes car les yeux des Nègres s'attachaient à ses rondeurs. « Ma Doudou », disait Frédéric, extasié en prenant ses fesses à pleines mains. Elle se retournait, le prenait par le pantalon et l'entraînait vers sa chambre.

Un jour, je les surpris en train de faire ça debout, dans la cuisine. Les mains de Ngaremba étaient agrippées à l'évier. J'ignorais que cela fût possible. D'ailleurs personne, ni ma mère ni aucune femme à Couscous, ne me l'avait dit. L'eau gouttait, tic-tac, et ils le faisaient, violents, impudents, indécents mais incroyablement silencieux. Et même si je trouvais cette situation vulgaire, c'est moi qui m'excusai et allai dans la chambre tester ma capacité d'effacer certaines scènes de ma mémoire.

Je m'intéressais aux déboires de ma patronne. Mais vivre avec elle, désormais, c'était comme partager le destin de quelqu'un qui ne vous montre sa silhouette que de dos. Et comme on peut rien voir de dos, ma patronne ne voyait pas mon intérêt. Je la comprenais d'autant plus que j'avais déjà expérimenté cette espèce d'agonie lucide et savais que, dans ces instants-là, il est impossible de comprendre autre chose que sa propre vérité, nue et absolue.

Pourtant, un soir, alors qu'on mangeait :

– J'en avais des très beaux autrefois, dit-elle en touchant ses seins.

– Mais vos seins sont toujours aussi jolis.

Je ne réussis pas à la rassurer.

– Ensuite ce seront mes cheveux qui vont s'abîmer, dit-elle en passant une main sur ses cheveux ébouriffés. Enfin des doigts, des orteils, des morceaux de moi qui tomberont comme des feuilles d'automne que le vent emporte.

Elle sourit avant de continuer :

– Le temps m'a pris tout ce que j'avais ou rêvais d'avoir, il m'a également brisé le cœur. Le temps, c'est la plus grosse malchance du monde.

– À qui le dites-vous, madame. À qui le dites-vous !

– Je vais avoir trente et un ans. Je n'ai toujours pas développé ma terre.

– Un peu de patience, madame, dis-je. Cela viendra.

– Je ne suis toujours pas mariée.

– Ça ne vous intéresse pas.

– Penses-tu que Frédéric va m'épouser ?

– Posez-lui la question. Vous verrez bien.

– Il veut l'amour sans contrainte et en toute liberté. Les féministes, vous comprenez ? Les hommes sont perturbés.

– Chacun sa culture, madame !

– Pourquoi notre vie à nous autres Africains doit-elle être ainsi ?

– Comment cela ?

– Une succession. C'est ça. Une succession de points d'interrogation. Où doit-on aller ? Demain ? Quoi ? Comment ? De petits coups brefs et des coups prolongés ? Nous allons tous devenir schizophrènes, à force.

– Oubliez ça, madame.

– Depuis que t'es dans ma vie, tu embellis, alors que moi, moi, moi...

« Elle me jalouse », me dis-je. Mais Ngaremba se ressaisit aussitôt :

– Tu sais, Saïda, je suis heureuse que tu saches lire et écrire. En t'offrant cela, c'est un cadeau que je fais à ma sœur morte. Tu comprends ? C'est comme si tu étais une continuation d'elle. Je t'aime. À ma façon.

Je fus si surprise par ces mots que je restai plusieurs minutes à regarder sa colonne vertébrale, si droite qu'il me plaît aujourd'hui de l'imaginer comme le tronc d'un manguier minuscule, qui ne tarderait pas à donner ses fruits. Je me levai, allai dans la salle de bains et ramenai un peigne afro. Je me mis à lui peigner soigneusement les cheveux. Elle resta silencieuse pendant que je m'activais et je me rendis compte qu'elle aimait cette sensation car elle ferma les yeux et les chagrins agglutinés autour de ses lèvres s'estompaient tandis que je lui passais cent fois le peigne d'un geste caressant.

– Voulez-vous que je vous fasse un chignon ? demandai-je.

– S'il te plaît.

– Je ne suis pas douée pour ça, dis-je. Mais si vous me dites comment m'y prendre...

Elle fut touchée par ma sollicitude et s'efforça de m'expliquer comment, de me prodiguer des conseils. Quelques minutes plus tard, la masse des cheveux emmêlés devenait une couronne sculpturale.

– Tout va bien, Ngaremba, murmurai-je.

Je détournai la tête pour qu'elle ne vît pas mes larmes et remarquai un pot d'azalées, seuls témoins de cette scène. Elles semblaient gesticuler dans ma direction, pétales ouverts, comme autant de bras, feuilles vertes, sillonnées de rides profondes. Je fus saisie d'angoisse et m'agrippai au dos de Ngaremba :

– Saïda, gémit Ngaremba.

– Taisez-vous, Ngaremba. Nous ne sommes pas seules. Même les fleurs peuvent répéter des choses. Taisez-vous, pour l'amour de Dieu.

13

L'été était à ses débuts et, à travers les jardins de Paris, on pouvait respirer des trucs très jolis à regarder : les lis, les roses à boutons blancs, rouges, jaunes, les feuilles des arbres, mais on pouvait aussi voir pousser des choses à manger, des salades, des carottes ou des endives dans les potagers de banlieue, où les Français passaient à travers la vie pour payer leurs bicoques. La journée de travail touchait à sa fin et je ressentais de l'excitation. Jamais, depuis le départ d'Ibrahim, je n'avais senti une vie pareille. J'essuyais la sueur qui perlait de mon front, rangeais liquide à vaisselle, brosse et chiffons sous l'évier quand monsieur l'ex-adjudant me dit que j'étais moins efficace qu'avant.

– Qu'avant quoi ? demandai-je.

– Avant que tu ne te mettes à penser à d'autres hommes qu'à moi, dit-il.

– Je tâcherai de m'appliquer, monsieur.

Quand je quittai le travail, il était cinq heures et demie et la ville s'activait comme en plein midi. Mon corps collait et tous les endroits atteignables de ma personne avaient besoin d'être lavés à grande eau. Des gens étaient attablés à la terrasse des cafés, à transpirer, à retrousser éperdument leur short. Sur le boulevard de Belleville, des immigrés vendaient et échangeaient des vieilles chaussures, des montres cassées, des chaussettes rafistolées, des casseroles, des chapeaux, n'importe quoi, dont la civilisation n'avait que faire. Je marchais tranquillement dans la foule, manquant d'être renversée par une poussette, bousculée par un homme, ce n'était pas grave, car je souriais au souvenir de papa et de maman. À des milliers de kilomètres, j'avais la nostalgie de Couscous alors que j'avais fait des pieds et des mains pour le quitter. Posséder une maison, des enfants et les soigner, tel avait été le plan établi par mon père et par ma mère. Cela semblait aller de soi. À supposer que maman n'eût pas eu de mari, aurait-elle accepté un tel jeûne sexuel ? Cinquante ans sans amour ne l'auraient-ils pas affectée et meurtrie ? Et durant la vie de papa, si une femme avait eu assez de force pour lui dire : « Tu peux vivre et circuler parmi les femmes, sans les toucher », qu'aurait-il fait ? Aurait-il accepté sans broncher ? Et le culte du Christ, de Mahomet et même des anges n'est-il pas la preuve formelle que Dieu aimait son corps ? Tandis que je marchais, un malaise me prenait que je tentais de refouler, très profond dans mes tripes. On m'avait appris que la discipline et la maîtrise de soi sont signes de maturité et exigent des individus la suppression de leurs désirs. Mes envies personnelles me submergeaient maintenant : j'étais dans l'utérus de mes inclinations. Une chanson s'insinuait dans mon âme, une mélodie lancinante née de la flûte dont les jeunes veuves se servent pour proclamer leur manque affectif. Mon esprit vibrait de colère douloureuse et je comprenais que j'étais victime d'une foi absolue. Je continuais à poser mes pieds l'un devant l'autre, tentant de combler ces cavités profondes, lorsque quelqu'un me prit l'avant-bras :

– Si j'avais une femme comme toi...

– Ah, c'est toi, Marcel ? demandai-je, surprise.

– Ou ce qu'il en reste.

Et le soleil posait des taches d'or sur sa figure, et il clignait des yeux pour me regarder.

– Ça ne te dérange pas si je t'offre un verre ? proposa-t-il

Nous allâmes au café de monsieur Michel, vivre ce

qu'il y avait à vivre. Marcel Pignon Marcel marchait, ses deux mains dans les poches déformées du pantalon. Sa tête baissée semblait celle d'un gosse qui venait de faire une bêtise, je ne savais pourquoi. Il donnait des coups de pied à un morceau de papier en regardant la fine pellicule de poussière qui recouvrait peu à peu ses Adidas.

Monsieur Michel, au comptoir, découpait des rondelles de citron qu'il accrochait au rebord des verres :

– Salut, Marcel ! Hé ! Jojo, Ginette, regardez qui est là.

Ses amis baissèrent les yeux. Nous traversâmes le chaos sonore pour nous attabler au fond du café. Pardessus la table, Marcel prit ma main. Nos doigts entrelacés disaient qu'il s'était passé quelque chose de grave mais de bénéfique parce que agréable. Quelque chose qu'aucun mot n'eût exprimé, qu'on ne pouvait décrire.

– Qu'est-ce qui te rend heureuse, Saïda ?

– Rien.

– Tu ris pour rien ?

– Je ne m'étais pas aperçue que je souriais.

Alors, Marcel rit à son tour. Nous nous regardâmes, comme perdus dans un grand sentiment.

Nous nous levâmes et je rendis les armes. Nous prîmes la direction de son meublé, hésitants, traînards, un moment de misère où l'esprit est fâché avec le corps. Nous marchions lentement, tête baissée, sans parler.

La maison de Marcel ne comportait qu'une pièce de la taille d'un grenier. De chaque côté, un volet clos, et tout au fond une porte verrouillée. On aurait dit les bureaux d'un chef de gare d'une ville de trois cents habitants. Un minuscule lit occupait les trois quarts de l'espace. Dans un coin, où la peinture tombait en pétales, il y avait une chaise. Marcel me demanda de m'asseoir. Il traversa trois fois sa chambre de long en large, mains dans le dos, écrasa si violemment sa cigarette dans un couvercle en ferraille, qui avait autrefois servi à protéger des haricots en boîte, que j'en arrivai à redouter les confidences. Je me tortillais d'une fesse sur l'autre.

– Dix ans que..., commença-t-il, en devenant pivoine.

– C'est pas grave, le coupai-je.

– C'est-à-dire...

– Je ne veux rien savoir, dis-je.

Il se montra doux, prudent et me traita comme un animal sauvage. Il mit plusieurs minutes à se risquer à m'embrasser sur la bouche et lorsque nos lèvres se frôlèrent, il écarquilla les pupilles, prêt à capter un geste de dégoût.

– Tout va bien, lui dis-je.

Je passai mes mains dans ses cheveux, m'attardai à jouer avec les mèches coupées à ras et qui repoussaient comme des épis. Puis, lentement, je défis les boutons de sa chemise. Sa ceinture tomba sur le sol dans un bruit de métal. Et tandis que dehors un vent se levait, que des pas frappaient le macadam, que les crissements des pneus disparaissaient là-bas au tournant, je découvrais le corps de Marcel Pignon Marcel, les plis des poignets, l'intérieur du coude, les creux entre les clavicules, les poils de sa barbe naissante ainsi que ceux dissimulés habituellement sous ses vêtements. L'image d'Ibrahim vint me frôler et je supposai qu'elle avait surgi de nulle part, pour m'aider à franchir cette étape. Mon corps vibrait de haut en bas, dans la même soumission enthousiaste à ce besoin naturel qu'aux autres, comme celui de manger, de boire ou tout simplement de dormir. Je prenais de la passion pour les trente ans perdus, au moins. Je rattrapais les autres histoires d'amour qui se référaient au cul dans la soie ou dans la bouse, hâbleuse ou traficoteuse, bénies par la Très Sainte Mosquée ou illégales, agressives entre deux paniques ou doucereuses. C'était de la même sauce, à Couscous ou à Paris, un éternel recommencement.

À la fin, il n'y avait plus que nos sourires perclus de bonheur. Et, au-delà, ce rouge sur nos joues, si bien frottées l'une contre l'autre, qu'il n'y avait plus qu'à fermer les yeux. Et lui de demander :

– T'as soif, chérie ?

– Non, merci.

Je me rhabillai et l'embrassai longuement pour compenser mon départ abrupt. Parce qu'il était temps que j'aille annoncer à ma patronne la réalisation de la prophétie, que je partais me perdre quelque part, dans la chambre de Marcel ou alors si loin qu'elle ne pourrait plus me trouver, me transmettre des connaissances qui ne pouvaient que mettre en péril mon équilibre ! Je me sentais une femme neuve. Dans la rue, j'aurais voulu rencontrer quelqu'un qui me connaissait, ou arrêter n'importe quoi, un chat, un chien, et lui dire que j'étais amoureuse. J'avais traversé la vie rien que pour rencontrer Marcel. Et comme quelqu'un qu'on vient de déterrer, j'en étais étonnée. Je me sentais partout à la fois. C'était nouveau. Et je regardais le nouveau, moi. La triste Saïda s'en allait. Les mauvais sorts contre lesquels personne ne peut rien. Comme chaque Africain, j'avais en moi une frange du continent à oublier. Terminé l'esclavage ! Abolies les colonisations ! Finies les néo-colonisations ! Hontes et misères étaient à pendre et à perdre exprès dans un vestiaire comme un manteau ! L'histoire s'achevait. Je regardais le clocher de Notre-Dame-de-Lorette, les entrées cuivre et noir de la Compagnie Française d'Assurances. J'étais forte. Pas d'enfants. Pas encore de mari. Mais indestructible. Comme à la fin d'une grande épidémie quand les morts sont enterrés et que les survivants jettent leurs chapeaux en l'air parce qu'ils y ont échappé. J'étais contente comme une ressuscitée car mon bonheur était devant moi.

Il était neuf heures du soir quand j'arrivai rue de Tourtille. Des Nègres cancanaient avec leurs sales figures que le soleil, comme une main, lavait. Ils bougeaient telle une entité indissociée, comme si leurs jambes avaient été nattées ensemble. Ils vociféraient des ordres :

– Fais pas ça !

– Descends de là !

– Ne lâche pas !

Un grand Noir, aux épaules si tordues qu'on aurait pu le prendre pour un vautour aux ailes brisées, dit :

– C'est que du chantage ! Elle adore se faire admirer ! Allez, arrête de déconnarder !

Un autre Nègre, vêtu en djudjukalaba, portant échasses et boubou rose, se mit à gratter de la guitare et à chanter :

S'il y avait pas de femmes,
que deviendrions-nous, pauvres mortels...

La concierge, qui s'en allait à gauche puis revenait à droite comme si elle y avait oublié ses courses, levait les bras au ciel : « Elle n'a qu'à aller se tuer ailleurs ! » gémissait-elle. Je me frayai un chemin : « Qui est morte ? » demandai-je. « Mais regarde ! »

Je levai la tête et mes oreilles se déchirèrent. Ngaremba était accroupie sur le rebord de la fenêtre. Elle était vêtue d'une combinaison en voile bleue, on la voyait tout entière dessous. Une couronne de fleurs d'oranger entourait sa tignasse en paille. Ses grandes dents souriaient aux crânes de ses clients, pas tristes pour un sou. Des bijoux en simili-or tintinnabulaient à ses chevilles et à ses poignets. J'eus une brusque nausée et le soleil couvrit ma bouche, s'inséra dans mes narines et dans mes yeux. « Fais pas ça », hurlai-je, et la chair de poule frémit sous ma peau. « Je t'aime ! » Mais ma voix se perdait dans la foule. Aux fenêtres environnantes, des Français regardaient, pensant sans doute que ces fêtards de Nègres s'en donnaient à cœur joie. Ils descendirent pour jouir du spectacle. Une grosse

Négresse, vêtue d'un grand boubou fleuri, s'amena avec une pancarte où était inscrit à la craie : SE DONNER LA MORT EST UN PÉCHÉ CAPITAL, qu'elle secoua en scandant : « Non ! » Un groupe d'enfants du centre aéré passa.

– Elle va vraiment sauter ? demanda l'un d'eux.

– J'en sais rien, dit l'éducatrice. Allez, on se dépêche.

Le Nègre continuait à chanter en grattant sa guitare.

> *Ne t'élève pas dans les eaux claires*
> *et ensoleillées d'en haut*
> *Je suis trop petit pour te rattraper.*

– Pourquoi ? demandai-je. Pourquoi veut-elle faire ça ?

La concierge haussa les épaules.

– Elle s'est enfermée à double tour. Elle dit qu'elle a laissé une lettre. Elle aurait pu faire ça ailleurs, c'est moi qui vous le dis ! Je déteste les morts, moi !

Je regardai sa figure dégarnie, ses milliards de rides et je fus étonnée qu'elle détestât tant les morts alors qu'elle était déjà dans un état de délabrement avancé. Je me demandai pourquoi les Blancs ont si peur de la mort ? Pourquoi les Nègres en jouent-ils comme des mômes à la poupée ? Mais les pourquoi des choses ont-ils un intérêt ?

La voix du Nègre chanteur fut aussitôt couverte par les cris d'une sirène qui allaient en s'amplifiant. La centaine de badauds attroupés se tourna vers la direction du bruit. Nous restâmes plantés là quelques secondes, absorbés par le timbre de l'automobile pompière. Le temps de nous retourner, le corps de Ngaremba, comme une étoile à cinq branches, tourbillonnait dans le ciel et s'écrasait dans la poussière.

Frédéric surgit tout en chagrin : « Elle aurait pu me dire qu'elle voulait se marier. Je l'aurais fait, moi ! Je ne suis pas un salaud, moi ! » Les gens l'écoutaient sans l'interrompre. Loulouze gémissait dans un coin. « Maman ! Je veux ma maman ! » J'étais comme engourdie, je ne m'en plaignais pas, car il ne sert à rien d'ouvrir les yeux et les oreilles, c'est des horreurs perdues, point à la ligne. Frédéric parla de toutes les gentillesses qu'il lui octroyait, de ses propres et légales qualités d'amant, de beau-père, d'époux. Il pleurnichait, se grattait à s'arracher la peau, attrapait sa tignasse à pleines mains pour se détériorer. Après cinq minutes de rumination, les Nègres furent assez imbibés de son chagrin pour devenir assez lyriques : « C'est pas de votre faute, monsieur Frédéric ! » Et les pompiers ramassaient ce qui restait à ramasser. « Elle était trop pressée pour les épousailles, voilà tout ! »

Je pris Loulouze dans mes bras et la ramenai dans l'appartement.

Je lui racontai des histoires pour la distraire de sa souffrance. Je lui appris à jouer à pousse-qui-vise, aux cailloux lance-main, au cochon pendu. Mais comme cela ne sembla pas lui suffire ni bannir de son visage les stigmates de sa tristesse, je ressortis des jouets qui avaient cessé de l'intéresser des années auparavant. J'agitai une poupée Barbie sous son nez : « Câline le bébé, Loulouze. » Je la lui mis dans les bras : « Allez, caresse-la, ma toute-petite ! » J'ajoutai à ces simagrées des chants et des mélodies que j'avais entendues autrefois à Couscous. Je lui chantai des airs gais et même des Coquines lorsque sa douleur fut à son apogée, j'entonnai le *sassa-modé sassa ma pororo*. Elle avait trop de tristesse pour parler. Elle enfonça sa main dans sa bouche comme pour s'étouffer. J'eus soudain l'envie de la garder, d'hériter d'elle comme si elle était ma fille :

– Je suis là, dis-je. Je serai ta maman, si tu veux bien de moi.

Elle baissa la tête sans répondre puis pleura doucement. Je la repris dans mes bras. Je savais que je n'avais pas le pouvoir d'effacer le malheur. Mais néanmoins j'essayai :

– Tu auras toujours un foyer auprès de moi, dis-je. Je t'aime.

– Moi aussi, maman.

Je frémis à ces mots et, un moment, j'eus l'impression d'avoir arraché au destin l'âme de Ngaremba et de m'en être enveloppé les épaules. Je la serrai plus fort dans mes bras et toute la provision d'amour maternel accumulé depuis tant d'années jaillit de mes pores dans une éruption poétique. Je la câlinai, louai sa beauté et son intelligence, lui souris des milliers de fois, lui chantai encore des berceuses. J'en fus si heureuse que cela finit par me déprimer.

La maison était sombre et j'avais presque perdu ma voix lorsque j'entendis la sonnette de la porte d'entrée.

– J'arrive ! dis-je d'une voix rauque.

C'était un grand blond, si blond qu'on aurait pu le prendre pour un Suédois. Ce n'étaient pas des cheveux qu'il portait sur la tête mais des pousses de maïs. Son visage était agréable, avec des traits fins, qu'adoucissaient encore des taches de rousseur. Il portait un jean et un tee-shirt. Il me sourit et deux fossettes se creusèrent sur ses joues :

– Je m'appelle Didier. La police m'a averti. Je suis venu chercher ma fille.

– La petite a subi un choc, dis-je. Laissez-la-moi quelques jours avant de...

– Auprès de moi, elle trouvera le réconfort.

Sans me laisser le temps de réagir, il franchit le seuil, pénétra dans la chambre et rangea les affaires de l'enfant. Je le regardai faire sans bouger, car les veines de mon cou gonflaient, ma gorge brûlait. Je me sentis devenir cendre, pourquoi pas poussière, du moins quelque chose de l'ordre de l'originel. Voilà pourquoi je continuai à chanter des berceuses. Quand j'entendis la boucle de la valise qui se refermait, je hurlai :

– Foutez le camp !

– Calmez-vous, me gronda-t-il. Je sais que c'est dur, mais ressaisissez-vous.

– Fichez le camp ! braillai-je d'une voix dure. (Les phrases m'écorchaient la gorge et des larmes brillaient à mes paupières.) S'il vous plaît, prenez votre fille et partez !

Didier, sans un mot, se pencha vers la petite.

– Viens, Loulouze. On va faire une promenade.

Sa voix était douce, si douce, en comparaison de ma violence, que les bras m'en tombèrent. Il s'empara d'un gilet, couvrit sa fille et sortit de la maison.

J'aurais voulu lui crier : « Revenez ! », mais pour ce faire, il eût fallu que je me sentisse d'une part très seule et d'autre part définitivement forte. Mais ce n'était plus le cas. Après tout, j'avais Marcel Pignon Marcel.

Ce livre n'est pas une autobiographie, c'est ma lutte, du moins celle que m'ont léguée mon père et ma mère. Parce qu'il m'a fallu du temps pour croire à mon destin plus qu'en n'importe quel Dieu.

J'ai assemblé ma vie de travers comme tous les immigrés. Mais peu importe, notre monde à nous est désintégré et on recolle les morceaux comme on peut.

Le temps a passé. J'ai transformé la chambre de Marcel. Dans un coin, j'ai installé une table. Je l'ai recouverte d'une nappe blanche. Dessus, j'ai déposé un bouquet de fleurs séchées. C'est là que nous recevons nos invités. Ils disent : « C'est joli, votre maison. »

Je pense très souvent à Loulouze. Se souvient-elle de nos promesses ? Quelquefois aussi mon esprit court vers la très regrettée Ngaremba. Assise seule dans ma cuisine, je repense à cette femme, écrivain public de surcroît, qui avait droit à sa juste part de bonheur, qui s'était battue sa vie durant pour cette joie comme on nous a appris à le faire, à nous autres femmes, avec notre corps, avec notre esprit. Elle avait vaincu tous les démons. Pas le désir de bâtir un foyer ou même celui de développer l'Afrique. Mais ces absences justifiaient-elles que l'on se prive d'avenir et que l'on bondisse du quatrième étage dans une extase divine ? De mourir avec des cheveux noirs, si jeune ?

Pourtant, un soir, je fis un rêve étrange. Ngaremba était assise, jambes croisées dans une clairière, et le soleil jouait à sauve-qui-peut dans sa chevelure. Elle me souriait et à mesure que sa bouche s'écartait, des boulettes de feu sortaient de ses lèvres entrouvertes, s'agrandissaient, devenaient grosses comme des crêtes, se dilataient au point qu'elles remplissaient l'espace, incendiaient la clairière, brûlaient les arbres, desséchaient les mers, envahissaient les montagnes et les rendaient comme cendres. La terre explosa en mille particules qui se métamorphosèrent en autant de minuscules Ngaremba. Je me dressai sur mon séant, trempée de sueur, et rallumai. Marcel bougea dans son sommeil et me demanda d'une voix endormie :

– T'as pas sommeil, chérie ?

– Non, dis-je.

Il bâilla, se retourna vers le mur et bientôt son corps rejetait l'air par intervalles réguliers. Je restai longtemps assise et une tendresse soudaine m'envahit :

– Je t'aimais, Ngaremba, murmurai-je. Pardonnemoi.

– Ce n'est pas de ta faute, murmura sa voix à mon oreille. Je t'aimais, moi aussi. Mais tu n'y pouvais rien.

Je me levai et ramassai mon châle. Marcel gémit et son corps se déploya dans la partie chaude que je laissais dans le lit. Par la fenêtre, je vis un nuage danser sur la lune. La porte se referma doucement derrière moi et je restai immobile, écoutant ce bruit, les poings fermés comme pour l'étouffer.

Tandis que je descendais les degrés, un à un, je compris que Ngaremba n'était pas morte. Cette femme avait été appelée ailleurs toute sa vie. Une histoire, une configuration différente l'avait emportée. Sans un geste brusque, je m'assis sur une marche, mes deux mains tenaient le porte-bonheur que Loulouze m'avait donné et je souris à l'obscurité.

Composition Jouve
Achevé d'imprimer en Europe (France)
par Brodard et Taupin à La Flèche (Sarthe)
le 7 septembre 1998. 6718U-5
Dépôt légal sept. 1998. ISBN 2-290-04974-3
Éditions J'ai lu
84, rue de Grenelle, 75007 Paris
Diffusion France et étranger : Flammarion

4974